LE SPECTRE DE LA RUE SAINT-JACQUES

Né à Marseille en 1939, Jean Contrucci est journaliste et romancier. Correspondant du *Monde* à Marseille durant vingt ans, il est aujourd'hui critique littéraire à *La Provence*. Outre sa série *Les Nouveaux Mystères de Marseille*, il a consacré de nombreux ouvrages à sa région. *La Vengeance du Roi-Soleil* a reçu le Prix des Marseillais en 2013.

Pour Jeannine
en bien vive
sympathie

Paru dans Le Livre de Poche :

LES DIABOLIQUES DE MALDORMÉ
DOUBLE CRIME DANS LA RUE BLEUE
L ÉNIGME DE LA BLANCARDE
LA FAUTE DE L'ABBÉ RICHAUD
LE GUET-APENS DE PISCATORIS
L'INCONNU DU GRAND HÔTEL
LE SECRET DU DOCTEUR DANGLARS
LA SOMNAMBULE DE LA VILLA AUX LOUPS
LE VAMPIRE DE LA RUE DES PISTOLES
LA VENGEANCE DU ROI-SOLEIL
RENDEZ-VOUS AU MOULIN DU DIABLE

JEAN CONTRUCCI

Les Nouveaux Mystères de Marseille

Le Spectre de la rue Saint-Jacques

JC LATTÈS

ISBN : 978-2-253-12056-8 – 1re publication LGF

À Michèle,
À Jérôme.
Comme toujours...

NOTE DE L'AUTEUR

On trouvera parfois dans ce texte certaines expressions tirées du parler marseillais, quand la vérité du dialogue l'exige. Qu'on ne voie pas là le recours à une couleur locale facile, ou à un folklore langagier dépassé. Les Marseillais de la Belle Époque, à quelque classe sociale qu'ils appartiennent, sont bilingues (franco-provençal, ou franco-marseillais). Ils truffent leurs propos exprimés en français d'expressions venues du provençal, du patois local ou de l'italien. Cette habitude s'est prolongée bien après la Deuxième Guerre mondiale. Aujourd'hui la tchatche a pris le relais. C'est pourquoi nous avons fourni une traduction des expressions qui pourraient poser problème de compréhension aux Français vivant au-dessus du 45e parallèle, qui, comme chacun sait, passe par Valence.

Pour juger il faut comprendre.
Et quand on a compris,
on n'a plus envie de juger.
(André Malraux)

AVERTISSEMENT

L'auteur laisse chacun libre de sa position et de ses croyances à propos du spiritisme et entend pouvoir disposer de la même liberté de pensée.

Il n'a jamais été question dans son esprit de tourner en dérision, encore moins de dénoncer comme obscurantistes, ceux et celles qui sont persuadés que le spiritisme est une science exacte, une religion respectable et ses adeptes des gens sérieux.

À la Belle Époque, où se situe cette histoire inventée, les séances de « tables parlantes » au cours desquelles on invoquait les esprits des morts n'étaient le plus souvent que des distractions à la mode, tandis que d'authentiques chercheurs – tels Camille Flammarion, Charles Richet ou Eugène Chevreul – se penchaient sur les phénomènes psychiques inexplicables en l'état de la science, ou les « forces naturelles inconnues » comme les appelait le premier d'entre eux. Cela afin de démontrer scientifiquement leur réalité... ou leur illusion.

Ici, il s'agit d'un roman, et non d'une prise de position pour l'un ou l'autre camp. Avec tout ce que le mot roman implique d'invention et de fantaisie. Il met en scène des escrocs et des charlatans *qui se servent du spiritisme* pour abuser les gens croyant en leurs dons et pouvoirs. Il ne cherche pas à démontrer quoi que ce soit.

Que tout cela soit bien entendu.

1.

Où l'on découvre dans le parc d'une belle propriété de Saint-Julien, près de Marseille, un squelette vieux de dix ans...

La nuit était tombée en ce 4 avril 1906. Un mistral de tous les diables prenait en enfilade le boulevard de la Comtesse, soulevant des nuages de poussière, lorsque déboula dans la bourrasque un fiacre noir de la Sûreté marseillaise. Il s'arrêta devant les larges grilles de *La Mitidja*, la vaste propriété du négociant en vins Honoré Castellain, située en bordure du village de Saint-Julien, à six kilomètres à l'est de Marseille.

Un second équipage suivait à peu de distance. Il stoppa à son tour. Un inspecteur descendit du premier fiacre et fit retentir longuement la cloche de bronze qu'une poignée de cuivre invitait à haler. Une tête inquiète – celle toute ronde du gardien de la propriété – apparut dans un halo lumineux à la fenêtre du premier étage d'un petit bâtiment situé à droite de l'entrée.

— Police, ouvrez ! intima l'inspecteur, la main droite en entonnoir devant la bouche, tandis que la gauche maintenait à grand-peine son chapeau melon sur son crâne, que le vent déchaîné voulait lui chiper.

Le buste du gardien eut un soubresaut en arrière et l'homme referma précipitamment la croisée après avoir crié : « J'arrive ! J'arrive ! »

Il déboula bientôt par la porte du rez-de-chaussée du bâtiment et, à pas précipités, vint fourrager avec un trousseau de clefs dans l'imposante serrure de la grille d'entrée. C'était un petit bonhomme chauve aussi large que haut qui ressemblait à un culbuto et roulait des yeux effarés au-dessus d'une imposante moustache en balai-brosse usagé. Il tentait d'enfiler une veste que le mistral lui disputait en s'arc-boutant aux grilles. Il les ouvrit en grand dans un long grincement de protestation des gonds rouillés. Le fiacre pénétra au pas du cheval dans le parc, par l'allée gravillonnée conduisant à une magnifique bastide XVIIIe masquée par les frondaisons qui l'entouraient, à la vue des passants du boulevard de la Comtesse. Le premier équipage fut suivi comme son ombre par le second attelage. Les deux fiacres stationnèrent à quelques mètres du perron tandis que l'inspecteur s'expliquait avec le gardien de plus en plus inquiet. Ce que dit le policier au brave homme fut emporté par les bourrasques du vent maître, mais on put voir la tête du vigile opiner à maintes reprises. Il montra du bras une direction dans le fond du parc à droite de la bastide, avant de porter ses mains devant sa bouche tandis que ses yeux s'écarquillaient de surprise et peut-être d'effroi.

L'inspecteur ouvrit la porte du premier fiacre, mais n'y monta pas. Il se contenta de se pencher vers les occupants et de désigner à son tour la direction indiquée par le gardien.

Contrairement à ce qu'on aurait pu attendre, les deux attelages délaissèrent la bastide plongée dans l'obscurité, tournèrent à droite sur l'esplanade qui la précédait et s'enfoncèrent sous les grands arbres du parc. Le policier et le gardien suivaient à pied, penchés en avant pour résister aux tourbillons. Le premier répondait au second :

— Je sais bien que votre patron n'est pas là en ce moment. Mais ça ne fait rien. Sa femme et son fils sont prévenus. Ils viendront demain matin. M. le procureur de la République nous accompagne. La présence du propriétaire n'est pas indispensable. Vous avez pris toutes vos clefs ?

L'autre agitait un trousseau sous le nez du policier en signe d'acquiescement.

Les bourrasques rageuses empêchaient d'entendre ce qu'objectait le vigile, mais on le devinait aux réponses du policier qui avait la voix sonore :

— Mais non, vous ne risquez rien, je vous dis ! Je prends tout sur moi. De toute façon vous n'avez pas le choix. La loi, c'est la loi, pour tous. M. Castellain, malgré tout son argent, doit s'y soumettre comme les autres.

Tout en parlant et marchant dans la direction prise par les fiacres, les deux hommes arrivèrent devant la façade d'un bâtiment niché sous les frondaisons, près du mur d'enceinte, au fond du parc, et retrouvèrent les attelages. C'était là qu'on entreposait le matériel agricole, voitures à bras, outils, machines diverses utilisés pour l'entretien d'un parc qui devait bien faire ses cinq hectares et comportait un important jardin potager, ainsi qu'une basse-cour, à voir les hauts grillages qui cernaient une aire de terre battue équipée de mangeoires et d'abreuvoirs. Les volatiles, à cette heure tardive pour eux, devaient déjà dormir la tête sous l'aile, mais il n'était guère plus de 7 heures du soir, le ciel du couchant était encore éclairé. Sous les frondaisons, il faisait plus sombre. C'est pourquoi plusieurs des personnes qui venaient de mettre pied à terre portaient des lampes tempête et cherchaient déjà de l'œil un endroit où se réfugier à l'abri du vent pour les allumer. La tâche se révélait délicate.

Le policier qui arrivait flanqué du gardien le questionna :

— C'est ça, la remise ?

— Voui ! C'est là qu'on range les outils.

— Vous avez la clef ?

— Bien sûr que je l'ai.

— Eh bien, ouvrez donc.

Le gardien fourragea dans un gros cadenas noir accroché à une chaîne passant par deux trous percés dans l'épaisseur du bois et poussa la lourde porte.

Aussitôt, le groupe d'hommes vêtus de sombre arrivés dans les fiacres s'engouffra sans même jeter un œil au gardien plus mort que vif qui demeurait figé sur le pas de la porte la main tendue comme un guide au moment où les visiteurs s'en vont.

On battit le briquet et les flammes de quatre lanternes trouèrent la nuit de la remise, faisant surgir de la pénombre des formes indistinctes résultant de l'entassement désordonné du matériel entreposé. Les rafales du vent enragé sifflaient dans les solives au-dessus des têtes.

— Avez-vous une table ?

Le gardien tendit le bras.

— Là-bas, au fond, derrière la charrette. On y met les pommes à sécher.

— Elle pourra servir. Faites-la placer ici, au milieu de la pièce.

Deux hommes – des policiers – suivirent le gardien jusqu'au fond du hangar et revinrent en portant comme un brancard une longue table de bois brut.

Tandis que les yeux des arrivants s'habituent peu à peu à la pénombre, il est temps de connaître leur identité. Des neuf messieurs à la mine grave débarqués des fiacres, quatre sont des policiers de la Sûreté, dont le commissaire Antoine Brizard qui les dirige. Deux autres se distinguent à leurs tenues d'ouvriers : vêtus de drap bleu et coiffés de casquettes, munis de pelles et de pioches, ce sont des terrassiers. Deux personnages à la mine sévère, coiffés de chapeaux hauts de forme qui désignent des gens d'importance, ne sont autres que le doyen de la faculté de médecine, Louis Orfila, chirurgien, flanqué de son collègue Alfred Dumontier, anatomo-pathologiste renommé. Le dernier enfin se nomme Armand Fouquier, il est procureur de la République à Marseille.

C'est à lui que s'adressa le chirurgien en désignant son collègue.

— Monsieur le Procureur, nous sommes à votre disposition. De quoi s'agit-il ? Empoisonnement ? Autopsie ?

Un maigre sourire apparut sur la face émaciée du magistrat :

— Rien de tout cela, il s'agirait plutôt d'archéologie.

— Alors, vous vous êtes trompé d'adresse. Il fallait quérir du côté de la faculté des sciences.

Tout en parlant le magistrat avait fait un signe discret au commissaire :

— Vous avez votre plan, Brizard ?

Le policier tendit une feuille pliée en quatre où le procureur distingua, à la lueur d'une lampe maintenue haut levée, un plan très sommaire qui semblait représenter une bâtisse entourée d'un parc rectangulaire planté d'arbres hâtivement crayonnés et ceint de murs. Dans le coin droit en haut à droite du dessin se détachait une croix tracée au crayon rouge, derrière un carré qui aurait pu figurer la remise où se trouvaient ces messieurs. En dessous du dessin, comme une légende, figurait un simple nom : *La Mitidja*.

— Messieurs, dit le magistrat en s'adressant plus particulièrement aux deux praticiens, nous allons nous transporter derrière cette remise. Entre le bâtiment et le mur d'enceinte du parc nous devrions, si on m'a bien renseigné, mettre au jour les vestiges annoncés.

Sur ces sibyllines paroles le procureur Fouquier se dirigea vers la porte restée ouverte. Précédé de deux policiers portant des lampes tempête, il prit la tête du cortège cueilli par une rafale de vent particulièrement violente dès sa sortie. Les pans des redingotes furent saisis de mouvements convulsifs et chacun s'arc-bouta contre les gifles de la tempête.

Derrière la remise, on était relativement abrité. Le procureur de la République, son plan à la main, s'arrêta, les autres se groupèrent autour de lui. Désignant un point sur le sol de terre battue, M. Fouquier dit aux terrassiers :

— Commencez là.

Les deux hommes attaquèrent le sol entre l'allée qui longeait le mur de la remise et de vieilles souches de pins parasols probablement abattus pour laisser place à la construction de la remise. Ils travaillèrent méthodiquement durant un bon quart d'heure, creusant une fosse d'un mètre carré. Elle s'enfonçait dans le sol sur une soixantaine de centimètres, quand tout à coup sous la pioche apparut une excavation.

— À partir d'ici, dit le procureur aux ouvriers, prenez toutes les précautions. N'avancez que ligne à ligne et gardez-vous bien de rien briser.

Les terrassiers commencèrent à vider à la main le trou et dégagèrent bientôt une couche de chaux qui formait comme une voûte. C'est là que le pic avait pénétré. La voûte fut ôtée par croûtes et cette manœuvre mit au jour une fosse creusée en entonnoir dont la forme évoquait celle d'un tombeau. Derrière les dos des deux terrassiers penchés sur leur ouvrage, on aperçut bientôt les premiers os de ce qui allait se révéler être un squelette complet, les jambes repliées. Une rotule coiffant un fémur avait été découverte la première. Peu à peu les ossements furent dégagés de leur croûte de chaux. La tête surgit. Les dents étaient en place ainsi que des restes de chevelure. Il aurait été difficile de dire leur couleur d'origine. Un anneau d'or portant une perle entourait encore l'annulaire droit.

Au fur et à mesure qu'apparaissaient les ossements, se lisait dans les yeux du malheureux gardien, planté comme un piquet sur le bord de la fosse, l'épouvante qui s'y inscrivait.

Le doyen Orfila vint se pencher sur le gisant et de son coup d'œil professionnel déduisit :

— Il paraît évident que ce cadavre a été recouvert de chaux vive, mais on a oublié de jeter suffisamment d'eau. Si bien que la chaux, au lieu de consumer le corps, comme on l'espérait sans doute, n'a fait que le conserver. Les vêtements et les chairs ont disparu, mais le squelette semble complet.

Le chirurgien se tourna alors vers le procureur :

— Eh bien, mon cher, est-ce là le sujet que vous soumettez à notre diagnostic ? Que faut-il faire de votre antiquité ?

Le magistrat se racla le gosier avant de lâcher sans reprendre son souffle :

— Il faut, messieurs, faire un miracle. Recomposer ce corps rongé par la chaux vive, me dire qui fut ce squelette, déterminer si tous ces os épars appartiennent à un même individu. Il faut faire plus encore : préciser le sexe et si possible l'âge de celui – ou celle – qui fut inhumé ici et dire depuis combien d'années il y repose.

Les deux praticiens échangèrent un coup d'œil et le doyen, penché sur les ossements, prit la parole :

— Je peux déjà vous affirmer sans risquer d'être contredit, à la forme du bassin, qu'il s'agit d'un spécimen femelle. Impression corroborée par la longueur de ses cheveux et la gracilité générale de ses os. Les mains sont petites et l'état des ongles laisse deviner que le sujet ne travaillait pas à des ouvrages pénibles. Les dents sont particulièrement remarquables par leur longueur et il y a gros à parier que cette femme avait de son vivant un sourire de jument qu'elle conserve *post mortem*. La seule chose que je ne puisse vous dire encore en l'état de la science, c'est le prénom et le nom de cette malheureuse…

— Ça, c'est l'affaire de ces messieurs, répliqua le procureur Fouquier en désignant les policiers qui l'entouraient.

Les fonctionnaires baissèrent la tête.

Le chirurgien reprit :

— Mais mon collègue Dumontier, ici présent, qui ne jure que par les théories de Gall, Lavater et Spurzheim sur la conformation des bosses crâniennes, va vous dire à la seule inspection de cette tête ricanante quels furent les pensées habituelles, les vertus et les vices de l'âme qui l'anima. Avec un peu de chance il vous dira même à quel âge elle fit sa communion solennelle !

Un sourire moqueur se dessina sur les lèvres minces du magistrat.

L'anatomiste ne reprit pas ce qui relevait d'une querelle de chapelle.

Pendant cet échange au bord de la fosse, les os, soigneusement dégagés par les deux terrassiers et les inspecteurs munis de gants, avaient été transportés dans la remise et on recomposa sur la longue table de bois débarrassée de ses pommes le puzzle macabre. La carcasse fut bientôt dégagée de la gangue de chaux et de terre qui y adhérait à l'aide d'instruments de jardinage trouvés sur place. Les praticiens confirmèrent d'un commun accord le premier diagnostic. C'étaient bien les restes d'une femme qui gisaient là sous la lumière tremblotante des lampes tempête. Elle devait mesurer un mètre soixante-cinq environ. Quant à son âge, l'examen de la denture laissait supposer que la malheureuse était décédée à un âge situé entre vingt et vingt-cinq ans.

À chacune de ces indications l'œil du magistrat s'animait. Un archéologue reconstruisant pièce à pièce la momie d'un pharaon n'aurait pas eu une autre physionomie que celle de M. Fouquier à cet instant. Il continuait à asticoter les hommes de l'Art :

— Ce n'est pas tout, messieurs, de déterminer l'âge de la morte, c'est l'âge *de la mort*, que j'aimerais connaître.

— Ça, c'est le plus difficile, assura le doyen, mais on va tâcher de vous faire plaisir.

Les deux hommes examinèrent alors avec attention les diverses parties du squelette, manipulèrent longuement les os longs, palpèrent les articulations et, après un bref conciliabule, lâchèrent un pronostic :

— À vue de nez, comme ça, nous dirions une dizaine d'années. Quant à la cause de la mort, elle n'est pas difficile à établir. C'est ce qu'on appelle le « coup du lapin ». On a frappé la malheureuse avec un objet contondant qui a fêlé deux vertèbres cervicales. À moins qu'elle n'ait chuté dans un escalier et n'ait atterri tête première. L'idée de suicide suivi d'un enterrement discret nous paraît improbable.

— Il est malaisé de se frapper par-derrière, ajouta son collègue adepte de l'humour noir. Quant à celui, celle ou ceux qui ont placé le corps dans la fosse, ils se sont hâtés de le faire, car la position des jambes nous indique que le transport a eu lieu peu de temps après la mort, avant même la complète rigidité cadavérique.

Le procureur abonda avec un air gourmand :

— Ce qui laisserait supposer que le coup avait été préparé. Sans doute accompli sur place. Précipitation ne signifie pas forcément affolement. Et s'il n'y avait pas eu la négligence d'une chaux insuffisamment arrosée, nous n'aurions rien retrouvé de cette malheureuse.

Sur un ordre du magistrat les restes furent placés dans deux grands sacs de jute apportés par les terrassiers. Les policiers les transportèrent vers les fiacres.

Deux d'entre eux furent désignés pour demeurer sur place jusqu'à ce qu'on vienne les relever.

Le procureur Fouquier reprit sa serviette de cuir et, se dirigeant vers la sortie de la remise, ajouta à l'intention des praticiens :

— Il me tarde de savoir qui était cette jeune femme. Peut-être M. Castellain, maître des lieux, sera-t-il en mesure de satisfaire notre légitime curiosité ?

Le magistrat s'engouffra dans l'habitacle du fiacre, suivi comme son ombre par les deux médecins pressés de se mettre à l'abri du vent et, par la portière, il lança aux policiers qui le saluaient :

— Ah, j'ai hâte de le voir revenir d'Algérie, celui-là !

2.

Où notre héros, Raoul Signoret, reporter au Petit Provençal, *alerté par la découverte macabre de Saint-Julien, vient aux nouvelles chez son oncle, chef de la Sûreté marseillaise*

— Ah, te voilà toi ! Je m'y attendais. Dès qu'il y a du macchabée au menu, monsieur rapplique avec l'air réjoui du chien à l'*agachon*[1], qui guette le moment où le boucher sortira sa poubelle.

Avant même d'avoir décroché le combiné trônant sur son bureau du commissariat central, le Commissaire divisionnaire Eugène Baruteau savait que son neveu Raoul Signoret était au bout du fil, arrivant sans tarder aux nouvelles. La découverte d'un squelette dans la propriété de l'un des plus gros négociants de la ville avait mis en transe les rédactions des journaux marseillais. C'est à qui grillerait le confrère. Et pour cela, Raoul Signoret, reporter au *Petit Provençal*, doté d'un oncle patron de la Sûreté, n'était pas le plus mal loti.

— Vous savez bien mon cher oncle, dit au bout du fil la voix joyeuse du journaliste, que je me vautre par profession dans l'ignominie. Me voilà prêt à toutes

1. Guet du chasseur au poste.

les bassesses pour obtenir de vous une information exclusive. Jusqu'à subir sans broncher les pratiques d'un policier sadique qui me les distillera au goutte-à-goutte.

— Arrête de jouer les enfants martyrs et venons-en au fait, dit Baruteau en reprenant sa voix de chef de la Sûreté. Que veux-tu savoir ?

— D'abord, si vous avez mis un nom sur le tas d'os.

— Et puis quoi ? Tu ne veux pas la marque de sa poudre dentifrice, pendant que tu y es ? On vient à peine de le retrouver !

Le reporter joua l'offusqué :

— Alors, qu'est-ce que je mets dans le journal de demain, moi ? Que la police marseillaise, comme d'habitude, patauge ?

— Tu mets : l'enquête suit son cours.

Raoul ricana :

— Ce n'est pas un télégramme, que j'ai à écrire, mon cher oncle, mais un article dans un journal d'information.

Le Divisionnaire rendit les armes.

— Bon allez, ça va, tu m'as eu, comme d'habitude. Tu passes quand ?

La réponse fusa aussitôt :

— J'arrive !

*
* *

Quand Raoul Signoret pénétra dans le bureau de son oncle, Eugène Baruteau achevait de compulser un dossier posé devant lui. Il contenait les premiers éléments de l'enquête. Elle avait mis les policiers de la Sûreté marseillaise sur les dents.

— Tu es beau comme un astre ! s'exclama le commissaire en levant les yeux et apercevant un dandy qui arborait un costume de demi-saison couleur champagne sur des guêtres bicolores et avait coiffé un panama assorti. Tu vas à un mariage ?

Le reporter accola son oncle venu à sa rencontre et le bouscula affectueusement.

— Ce serait plutôt à un enterrement, si je devine ce que vous allez me raconter.

Baruteau se rassit et regardant Raoul d'un œil complice :

— Je commence par où ?

— Par le début. J'ai besoin de faire le portrait d'Honoré Castellain pour situer « le décor du drame » comme ne vont pas manquer d'écrire les chers confrères.

Le policier leva les bras au ciel.

— Attends, attends. Pas si vite ! Tu sais que rien ne prouve qu'il soit mêlé de près ou de loin à l'affaire, ton Castellain. Pour l'instant, on ne peut pas le savoir, puisqu'à l'heure qu'il est il se trouve à bord du *Ville-d'Alger* qui le ramène à Marseille et il ne sera pas à la Joliette avant vendredi matin. Donc, vas-y mou, qu'il n'aille pas te coller un procès.

— Tout de même, objecta le reporter, on trouve un squelette chez lui – enfin dans sa propriété – et vous voudriez qu'il ne soit pas au courant ?

Baruteau joua la prudence :

— Oh moi, tu sais, tant que je n'ai pas ses aveux écrits, je ne préjuge de rien. En outre, c'est une personnalité de la ville. Il a des appuis. Alors, avant de l'envoyer aux galères, il faut être sûr de son coup. Pour l'instant je n'ai pas de certitude. Il peut être un horrible assassin, comme aussi bien être l'agneau innocent à qui on fait une entourloupe majeure pour le mettre hors course.

— Hors course de quoi ?

— Tu sais tout de même qu'il s'agit de l'un des gros négociants de Marseille. Dans ce milieu, c'est comme chez les voyous : tous les coups sont permis et...

Raoul interrompit son oncle :

— Au fait, j'ai oublié de vous demander : comment la police a-t-elle eu vent de l'affaire ?

Baruteau eut une moue :

— Comme souvent. Lettre anonyme. D'après les premières analyses graphologiques, ce serait une écriture de femme, mais rien n'est sûr. C'est pour ça que, lorsque je te dis qu'il s'agit peut-être d'un coup en vache que l'on fait à Castellain, je ne prends pas forcément mes désirs pour des réalités.

— Bon alors, voyons ce qu'il a dans le ventre, votre agneau… Sa spécialité, c'est quoi ?

Baruteau sourit.

— Sa spécialité, c'est de ne pas en avoir, justement. Il mange à plusieurs râteliers. Le plus gros de ses activités se situe dans le négoce des vins. Il importe son pinard essentiellement d'Algérie où il possède des vignobles du côté de Boufarik. Mais il fait aussi dans l'absinthe et le vermouth avec des entrepôts dans l'Hérault du côté de Cette[1] et Marseillan. Son vermouth, il en revend d'ailleurs une bonne partie en Algérie après un aller-retour à travers la Méditerranée. C'est le plus gros concurrent de Noilly-Prat. Tu as déjà bu un *Castellain* ?

Raoul Signoret répondit en riant :

1. Rappelons que ce fut jusqu'en 1927 l'orthographe de la ville de Sète.

— Je les ai tous essayés, mon oncle. Question de conscience professionnelle. Mais vous disiez qu'il ne se cantonnait pas au pinard.

— En effet, on le trouve aussi dans le négoce des laines et des peaux.

Baruteau parcourut plusieurs paragraphes de son dossier et relevant la tête remarqua :

— Ah ! il fait aussi dans la viande. Décidément, l'Algérie c'est sa vache à lait, à ce bonhomme. Si je puis dire. Il importe des moutons sur pied, il revend la barbaque à Marseille, fait traiter les peaux dans sa tannerie et commercialise les laines après passage dans les lavoirs qu'il a installés au Bachas, sur le ruisseau des Aygalades, près de la gare du Canet.

Après être allé jusqu'au bout de sa lecture le policier ajouta :

— Je te fais grâce des conseils d'administration divers et variés auxquels il émarge : Caisse d'Épargne, Comptoir d'Escompte, Compagnie des Docks et autre Raffineries de la Méditerranée...

— Nous serons donc sans inquiétude pour ses fins de mois, commenta le journaliste. Quel âge ?

Baruteau chercha la réponse dans son dossier :

— Cinquante-cinq ans. Marié, deux enfants. Oh, il a donné dans la petite noblesse ! Un coup classique chez les parvenus. Madame est née Marie-Louise Teste de Saint-Léger. Ça ne doit pas remonter aux croisades, mais ça fait bien sur un faire-part pour épastrouiller les *pacoulins*[1].

— Quel âge, les enfants ?

— Ils sont déjà grandets, si je ne m'abuse. Le fils a – tiens ! – le même âge que toi...

---

1. Équivalent provençal de plouc.

— Avez-vous son prénom ?

— Edouard.

— Alors, je crois le connaître. Si c'est bien le même, nous étions ensemble au Grand Lycée en classe de sixième. Un garçon discret, si je me souviens. Pas du tout le genre « Moi, mon papa… ». C'était un cancre majuscule, mais sympa. Je lui vendais les solutions des problèmes d'arithmétique.

Baruteau s'étrangla :

— Tu les lui vendais, *marrias*[1] ?

— J'avais les solutions, il avait les sous. Nous étions en affaires. Où il est le mal ?

Le Divisionnaire joua l'offusqué :

— Tu ne t'en étais pas vanté, à l'époque, hein *coquinas* ! Tu devrais avoir honte. Je le dirai à ta femme.

Raoul taquina son oncle :

— Objection, Votre Honneur ! Il y a prescription !

L'incident finit dans un commun éclat de rire.

Baruteau reprit sa lecture :

— Et la petite… Ah, c'est un *tardillon* : dix-neuf ans. Agathe de son prénom. Sans doute un petit coup de *revenez-y* conjugal du père Castellain pour se faire pardonner d'être un peu trop souvent allé voir ailleurs.

Raoul s'offusqua faussement :

— Oooh, mon oncle ! Quel mauvais esprit ! Sans vos moustaches, vous auriez fait une excellente punaise de sacristie.

Baruteau pouffa :

— Côté moustache, je connais des femelles, à l'ombre des bénitiers, qui me rendent des points ! Mais tu sais que tu me surprendras toujours, toi.

1. Brigand.

— Pourquoi donc ?

— Parce que tu viens de prononcer les mots « punaise de sacristie » et je lis dans les fiches de renseignement que Marie-Louise Castellain en est une de taille. Catholique romaine de stricte obédience, toujours fourrée dans les jupes du curé de Saint-Joseph, la paroisse chic de la rue Paradis, où elle figure en bonne place dans le Conseil de fabrique, bienfaitrice patentée des hospices civils, bref la panoplie parfaite de la haute bourgeoise engagée dans les bonnes œuvres pour compenser les coups tordus de son époux. Elle doit vouloir gagner le ciel pour deux.

Les deux hommes ricanèrent en même temps. Raoul regarda son oncle avec dans l'œil cette lumière qui lui disait mieux que les mots son affection.

Le policier suivit son idée :

— C'est amusant, cette concurrence entre les Castellain et les Noilly-Prat ne se limite pas au nombre de tonneaux vendus. Elle se poursuit au pied des ostensoirs.

— Comment ça ?

— Tu ne sais pas ? La bienfaitrice numéro un de la paroisse Saint-Joseph, c'était, jusqu'il y a peu, Anne-Rosine Noilly-Prat, enlevée à notre affection voici quatre ans. Elle avait payé de ses deniers le maître-autel monumental tout de marbre et d'onyx que lui avait sculpté Cantini[1].

— J'ignorais ce détail, avoua le journaliste.

— Tu appelles ça un détail ! s'exclama Baruteau. Ça a dû lui coûter bonbon, cette affaire.

— Quand on veut sa part de paradis, il ne faut pas

1. Jules Cantini (1826-1916). Marbrier et mécène, il fit de sa firme, propriétaire de carrières de marbre et d'onyx en Italie (Carrare) et en Algérie (Numidie), l'une des premières d'Europe.

lésiner, remarqua Raoul. Et puis qu'est-ce que c'est une poignée de millions pour des gens qui ne savent plus où les mettre ? Si je me souviens, quand elle est morte, *Madame Vermouth,* on a parlé d'une fortune personnelle de vingt millions de francs-or[1].

— Sans doute, admit le policier. Mais pour se faire pardonner d'avoir collé une cirrhose du foie à la moitié des soiffards de Marseille, elle a multiplié les bonnes œuvres. La société Noilly-Prat, sur ordre de sa patronne, continue à distribuer chaque année gratuitement 600 000 litres de vin de messe à toutes les églises, chapelles et couvents de Marseille[2].

— Bon, dit Raoul en riant, si je comprends bien, Marie-Louise a pris la relève d'Anne-Rosine auprès du *capelan* de Saint-Joseph pour gagner elle aussi sa part de paradis.

Baruteau cligna de l'œil :

— Oui, mais elle, n'offre pas le vin de messe ! Saint Pierre risque de lui imposer quelques années de purgatoire avant de la laisser entrer.

— Revenons à notre mouton, s'il vous plaît, mon oncle. Ces considérations nous ont éloignés de notre ami Honoré Castellain et de son jeu d'osselets.

— J'y reviens, mon petit, j'y reviens, car je vois là – Baruteau montra du doigt un passage du dossier qui lui avait fait froncer les sourcils – quelque chose qui pourrait t'intéresser, fouille-m… comme je te connais.

Raoul Signoret tendit le cou comme s'il tentait de deviner ce qui avait fait tiquer son oncle.

— Je lis ici que les affaires de notre pinardier-tondeur de moutons en gros n'ont pas toujours été

---

1. Un franc-or de l'époque équivaut à 3,20 euros. La fortune d'Anne-Rosine Noilly-Prat repésentait donc 64 millions d'euros.
2. L'usage se perpétua jusqu'en 1970.

aussi florissantes qu'à présent. Il a même été à deux doigts du dépôt de bilan à la suite de placements hasardeux. Le dossier ne donne pas de détails, mais Castellain semble avoir été en pétard contre un courtier dénommé Conil qui l'aurait entraîné dans des affaires toujours liées au commerce des laines : celui de la culture de la garance.

— *Qu'ès acò ?*

— Tu ne sais pas ça ? Une plante tinctoriale, si je me souviens de ce qu'on nous apprenait à l'école. C'est pour teindre en rouge. Les pantalons des militaires, notamment. On s'en sert aussi dans la peinture, comme pigment. Voici dix ans, la plante a chopé une maladie et les exportations se sont effondrées, entraînant la débâcle de ceux qui avaient misé gros sur l'exportation vers les États-Unis. Castellain en était. Il a failli y laisser sa chemise, semble-t-il, d'autant plus que les relations ont tourné au vinaigre avec le courtier. Tout ça s'est terminé au tribunal de commerce.

— On sait comment il s'en est sorti ?

— Castellain ? Il semblerait qu'il se soit refait à la suite d'un héritage. Un gros paquet qui lui est tombé du ciel au bon moment quand sa mère a été déclarée incapable et qu'il a ramassé le pactole. C'est son père – un ancien marchand de vin, décédé en 1877, qui avait créé la maison *Castellain et Cie.* Il était allé s'installer en Algérie sous le Second Empire et il aura suffisamment fait suer le burnous pour que le fils revienne en métropole plein aux as et fasse fructifier l'affaire en multipliant les activités. Quand la mère a été déclarée inapte, c'est le fils, notre Honoré, donc, qui a tout ramassé, car sa sœur aînée, Marthe, a eu le bon goût de décéder au moment où il aurait fallu faire le partage entre le frère et la sœur. Elle est morte à Marseille, d'ailleurs. Elle vivait jusqu'alors en Algérie, sur la propriété familiale de Sidi Moussa, c'est près de Boufarik, dans la Mitidja.

À ce nom, Raoul tiqua :

— Ah, je comprends le pourquoi du nom exotique de la propriété de Saint-Julien.

Baruteau reprit :

— La sœur aînée, Marthe, était venue précisément à Marseille, chez son frère, le temps que l'héritage soit liquidé.

— En fait, la liquidation fut pour elle, remarqua le journaliste. On sait de quoi elle est morte ?

— Je n'ai pas de détails.

Raoul Signoret écoutait son oncle avec un pli au front qui dénonçait sa réflexion. Il mordillait ses fines moustaches, l'air pensif.

— À quoi tu penses, beau blond ?

— Vous dites que Castellain a refait surface depuis combien de temps, à la suite de son héritage ?

— À vue de nez une dizaine d'années.

— Et quel âge supposé a le sac d'os retrouvé dans le parc de sa propriété ?

Pour toute réponse, Baruteau écarquilla les yeux.

— Oh, bon Dieu !.. Qu'est-ce que tu vas chercher, toi ? Tu ne crois pas que tu lances le bouchon un peu vite et un peu loin ?

Raoul Signoret prit un air innocent :

— Je ne fais que supputer, mon cher oncle... Ça n'accuse personne en particulier, mais ça pousse à réfléchir.

Baruteau demeura un moment silencieux, puis il lança sur un ton que son neveu connaissait bien.

— Venons-en aux choses sérieuses. Ta tante Thérèse fait les *alouettes sans tête*[1], dimanche midi. Vous venez les manger avec nous, Cécile, la petite et toi ?

---

1. Paupiettes de bœuf à la mode de Provence.

L'habituelle comédie familiale installa ses tréteaux entre l'oncle et le neveu.

— Nous viendrons, mais c'est bien pour vous faire plaisir.

Baruteau entra dans le jeu.

— Moi, si je t'invite avec ta petite et ta femme, tu sais, c'est pas pour la corvée de vous avoir à table à nous encombrer jusqu'à pas d'heure. C'est parce que si vous venez, il y en aura plus et tu sais bien que les alouettes sans tête, plus y en a, meilleure est la sauce.

— Alors, je veux bien vous rendre ce service, répondit Raoul, faussement désabusé.

Baruteau avança son pion :

— Autant pousser le sacrifice jusqu'au bout : qu'est-ce que tu verrais en accompagnement ?

— Des alouettes ? Un peu de polenta pour pomper la sauce, comme quand j'étais petit…

Raoul sut, à la mine de son oncle, qu'il avait touché juste. La nostalgie, c'était le point faible du terrible policier. À la seule évocation d'un enfant blond écopant la sauce brune avec sa polenta dorée piquée sur sa fourchette, il se revoyait au temps où il servait de père de substitution à ce petit garçon orphelin de Paul Signoret, son beau-frère, ouvrier de savonnerie, mort d'avoir trop longtemps inhalé l'haleine méphitique des grands chaudrons où pendant des jours entiers mijotait la *cuite* de savon. Un sourire attendri éclairait la face du policier, plongé dans ses souvenirs, au temps où sa moustache comportait moins de poils blancs et où il n'était pas contraint, comme à présent, de la cirer avant de l'enduire de brillantine fixative Jaumard pour lui redonner son lustre d'antan.

3.

Où l'on se rend dans le village de Saint-Julien pour humer choses et gens et découvrir le décor de l'affaire

Passé le village de Saint-Barnabé, on quittait carrément la ville. Sous un ciel lavé de frais par le déluge printanier de la veille, la longue montée vers Saint-Julien permettait de découvrir un terroir campagnard qui s'en allait vers le sud en pente douce rejoindre les rives de l'Huveaune, coulant aux pieds de la montagne de la Gélade[1] avant de filer vers la mer qui l'attendait sur la plage du Prado. Des fermes et des mas aux façades patinées d'ocre par des années de soleil et de pluies, entourés de terres cultivées le plus souvent en *restanques* – ces terrasses bordées de murets de pierres grises qui retenaient la terre arable – ponctuaient un paysage où alternaient les champs et les vergers. Ici débutait la terre des paysans de Marseille dont les produits alimentaient les marchés de la ville en légumes et en fruits frais. Une terre prodigue, irriguée par les eaux bienfaisantes du canal de Marseille, puisées dans la Durance, dont on voyait le tracé ser-

1. Aujourd'hui Mont-Saint-Cyr.

pentiforme luire sous le soleil printanier, qui l'avaient mise à l'abri de la soif.

Depuis la motrice du tramway n° 8, où Raoul Signoret avait pris place en cet après-midi ensoleillé d'avril, le reporter laissait courir ses regards vers les hameaux des Caillols et des Comtes dont les maisons regroupées comme les cubes d'un jeu de construction étaient entourées d'arbres fruitiers en fleurs qui poudraient de blanc et de rose le paysage comme une carte postale de Noël. La vue portait au loin jusqu'au clocher pointu du village de la Valentine.

A son habitude, le reporter du *Petit Provençal* était venu humer choses et gens sur les lieux de sa future enquête. Certes, il n'avait pas la prétention de donner avant la police et la justice une identité aux restes humains mis au jour dans la propriété des Castellain, mais il avait besoin – avant de publier ses articles – de s'imprégner du décor du drame. Cela ne lui avait pas mal réussi à La Blancarde comme à Mazargues, et lors de l'affaire du Docteur Danglars, comme à la Belle de Mai, il avait rendu des points à la Sûreté marseillaise elle-même[1].

Dans un ultime effort, le tramway, ferraillant sur ses rails en courbe, abordait le virage avant l'entrée de Saint-Julien, perché sur son plateau, en balcon sur la plaine qu'il dominait comme une crèche provençale. On apercevait les vestiges des remparts derrière lesquels les villageois s'étaient longtemps abrités aux temps où le danger pouvait surgir à tout moment de la vallée. Une porte monumentale – l'entrée du noyau villageois – attestait encore l'importance de l'ancien système de défense.

1. Voir les 4 tomes précédents de la série *Les Nouveaux Mystères de Marseille.*

Dans un long grincement des sabots de ses freins sur les roues métalliques, la motrice stoppa dans la Grand Rue[1] du village, au terminus de la ligne, à proximité d'une fontaine au bassin octogonal surmonté d'une vasque de fonte d'où ruisselait une eau fraîche venue des collines. Devant le tramway stationnait un omnibus à chevaux qui permettait de poursuivre vers le hameau des Olives, Les Trois Lucs, Enco de Botte ou rejoindre le village de La Rose. Le wattman détacha la manivelle du rhéostat et la poignée du frein pneumatique, descendit sur la route pavée et se dirigea vers la plate-forme arrière de la motrice qui, au retour, deviendrait celle de l'avant. Il serra vigoureusement la manivelle de son *frein biceps*[2], en usage lors des arrêts prolongés, puis il fit accomplir à la perche du trolley une rotation de 180° afin de la mettre dans le sens de la marche vers Marseille, avant de se diriger vers un édicule public tout proche où il pourrait soulager une vessie mise à mal par la station debout et les trépidations de son cheval de fer.

Jetant un coup d'œil circulaire, Raoul Signoret s'étonna de ne point apercevoir de clocher ni d'église dominant le village, quand il repéra la dentelle d'un campanile de fer forgé coiffant un clocher carré, massif comme une tour de défense. Il flanquait la nef d'une église néo-gothique qui avait la particularité de se situer en contrebas du village, si bien que la courte voie en pente qui y conduisait méritait son nom : rue Descente de l'Eglise. Elle même conduisait à la Traverse du Diable qui longeait le canal d'irrigation. Ainsi,

1. Aujourd'hui rue Pierre-Béranger.

2. Ainsi surnommé à cause de la dépense musculaire qu'exigeait ce frein utilisé uniquement à l'arrêt, quand le tram ne pouvait plus bénéficier des freins à air comprimé.

à Saint-Julien, le Diable et le Bon Dieu étaient-ils voisins.

Sur la placette, à droite de le rue principale, toute une marmaille – on était jeudi – participait à des jeux répartis selon les sexes : les garçons coiffés de bérets, chaussés de souliers à hautes tiges enserrant leurs mollets laissés nus par le pantalon court, jouaient aux billes, aux patelles, aux échasses, tandis que les filles berçaient des poupées de chiffon avec un air de mamans miniatures ou lançaient en l'air des diabolos qu'elles rattrapaient habilement avec des cris aigus.

Raoul Signoret aperçut l'homme avec lequel il avait rendez-vous. C'était un personnage dont le teint vultueux dénonçait un usage obstiné de la liqueur d'absinthe. Il se tenait en retrait d'un ventre proéminent que ceignait une ceinture de flanelle rendant son torse encore plus bref qu'il n'était, chaussait habituellement par temps sec des espadrilles, seul modèle compatible avec la sensibilité tellurique de ses cors aux pieds, était invariablement vêtu d'une veste noire portée sur un pantalon clair et complétait sa silhouette par un canotier coiffé de guingois été comme hiver. Sa face de lune était agrémentée d'une courte barbe grise et pointue et ses bésicles perchés sur un nez charnu semblaient pointés sur l'arrivant comme le double canon d'un fusil de chasse. Tel est le portrait sans retouches d'Alphonse Banégas, courtier d'assurances en retraite, correspondant particulier (et bénévole) du *Petit Provençal* pour Saint-Julien *« et ses environs »*.

Apercevant la haute silhouette du reporter le gros homme jovial s'avança les bras ouverts en s'écriant :

— Oh, ooh ! Je vois qu'on nous prend au sérieux, cette fois ! On nous envoie l'élite du reportage !

Raoul en riant prit dans sa main les doigts courts et grassouillets que Banégas lui tendait et s'excusa :

— Je suis désolé de venir marcher sur vos plates-bandes, mais le patron a dit…

Le correspondant l'interrompit :

— Tuuut, tuuut, tuuut ! Pas de ça entre nous, jeune ! C'est trop gros pour moi, cette affaire ! Moi, vous savez, les mariages et les décès, les décorations et les fêtes votives suffisent à mon bonheur. Qu'est-ce que j'irais m'empoisonner la vie avec des affaires qui me dépassent et qui de toute façon ne me regardent pas ?

Raoul Signoret objecta en flattant le gros homme :

— Tout sujet, gros ou petit, concerne un journaliste digne de ce nom, tel que vous l'êtes, mon cher Banégas. Et puis, moi, je débarque, vous, vous connaissez tout le monde, ici !

Banégas rigola :

— Justement ! C'est bien ça qui fait problème. J'ai pas envie de me fâcher avec la moitié du village. Quoi que je fasse ou dise, je me mettrais à dos cinq cents personnes, puisque le dernier recensement nous attribue 1124 habitants. Déjà, il me faut marcher sur la pointe des pieds pour ne pas entrer dans les bisbilles entre les *Blancs* de l'Orphéon – les mangeurs de Bon Dieu – et les *Rouges* du Cercle – les mangeurs de curés – il ne me manquerait plus qu'avoir à compter les os d'un macchabée à qui je n'ai même pas été présenté ! Je vous les laisse à ronger, mon petit Signoret.

Raoul se fit diplomate :

— Mais j'ai besoin de vous ! De vos connaissances des choses et des gens d'ici !

Banégas rassura le reporter d'un geste apaisant de la main :

— Ça, tant que vous voudrez. Je suis là pour ça. Du moment que c'est vous qui signez les articles… cocagne ! Je vous dirai où il faut ou non mettre les pieds, mais ne comptez pas sur moi pour jouer les *Sherlockome*.

Le partage des rôles était donc fait. Et vite fait. Raoul Signoret se réjouit que le correspondant de Saint-Julien ne fût pas comme d'autres – qui défendaient leur pré carré contre les *estrangers* – de l'espèce susceptible. On sentait Banégas attentif à l'équilibre futur de sa petite vie pépère. Qui sait dans quel pastis on allait s'engager ? Prudence ! Mieux valait laisser *le jeune* venu de la ville monter en première ligne.

Raoul prit le gros homme par l'épaule :

— Merci d'avance pour votre aide, ça me fera gagner un temps précieux.

Alphonse Banégas prit soudain un air sérieux comme si la réponse à la question qu'il allait poser décidait de l'avenir de leurs relations :

— Dites, Signoret, nous sommes là à bavasser. Vous n'avez pas soif avec toute cette route ? Venez vous asseoir un moment au Cercle. Après je vous ferai faire le tour du propriétaire.

Le reporter sourit intérieurement.

— Déjà ! pensa-t-il. Et ça ne fait que commencer…

Il se résigna d'avance à devoir sacrifier aux rites bachiques en honneur dans le village. Ne pouvant pas froisser l'indigène en se proclamant hydrophile de stricte obédience, il se dit que la bière – en dépit de ses vertus diurétiques – allait constituer un moindre mal pour affronter les tournées qui l'attendaient en ces lieux conviviaux. Quitte à faire un usage intensif de l'édicule public aperçu tout à l'heure sur la place.

— Je vous suis.

Banégas, escorté comme son ombre par Raoul Signoret s'engagea résolument dans la bien nommée rue du Cercle. Tout en avançant sur ses courtes jambes, le correspondant local du *Petit Provençal* faisait les présentations :

— Je vous emmène voir mon ami Larguier. C'est le président du Cercle républicain. Il est incollable sur Saint-Julien. Il vous sera précieux. C'est un puits de science. Son savoir, il se l'est fait tout seul, ce qui ne l'empêche pas de *s'engatser*[1] avec M. Sauvan, le directeur de l'école de garçons qui prétend que le nom de Saint-Julien viendrait de Jules César, du temps où il avait fait le siège de Massalia. Vous vous rendez compte d'une couillonnade ? On est à six kilomètres du Vieux-Port, il aurait fallu qu'il ait de sacrés catapultes, le Jules !

Histoire de paraître s'intéresser à des considérations historiques qui n'avaient que peu à voir avec la raison de sa présence, le reporter demanda :

— Et il viendrait d'où, ce nom ?

— J'ai entendu dire qu'il y avait ici un château fortifié dénommé *Castrum Juliani.* Et que de Juliani à Julien, puis à Saint-Julien, le pas a été vite franchi. Comme le *Castrum Massilien,* de l'autre côté de l'Huveaune, qui est devenu la banlieue de Saint-Marcel. Mais Larguier vous dira mieux que moi si ça vous intéresse.

Raoul Signoret songea qu'il allait lui falloir s'armer de patience. L'érudit local est un auxiliaire souvent précieux à l'enquêteur, mais il est redoutable à cause de la mission qu'il s'est fixée : faire partager son savoir et sa passion à tous les passants. Jules César et

1. S'engueuler.

son *castrum* risquaient de l'éloigner pour des heures d'Honoré Castellain et son squelette. Il allait falloir jouer serré. Et ne pas lâcher la bride aux vagabondages archéologo-historiques du président du Cercle, si on voulait rester dans le cadre strict de l'enquête qui avait amené en ces lieux agrestes le reporter du *Petit Provençal*.

Tout en parlant, les deux hommes avaient atteint le Cercle de Saint-Julien fondé en 1869 pour « favoriser la pratique des Arts, des Lettres et du Sport ». En fait de sport, sur la terre battue du terrain qui précédait le bâtiment abritant le siège, une demi-douzaine de retraités, entourés de deux rangées de spectateurs attentifs, s'empoignaient dans une partie de pétanque acharnée autant que commentée.

L'arrivée de Banégas fut saluée aussi bien par les joueurs que par la *galerie*.

— C'est pas Gouiran qui tire aujourd'hui ? s'inquiéta le correspondant du *Petit Provençal* en serrant la main d'un pointeur chef d'équipe.

— Il a préféré s'abstenir, dit l'homme.

— Il est malade ?

— Il a une extinction de voix.

— Et alors ?

— Alors, il peut pas jouer.

— Et pourquoi, ça n'empêche pas ?

— Tu le connais. Il dit comme ça : s'il peut pas parler, c'est pas la peine de jouer aux boules. La partie n'a plus de goût.

Tout le monde admit sans rire les raisons de Gouiran.

Banégas demanda :

— Vous vous en sortez bien, sans lui ?

— Vois toi-même, dit le pointeur. Nous en sommes à 10 à 3. Ils ont deux boules qui tiennent le point sur les nôtres, mais Alfred (c'était le remplaçant de Gouiran) a une boule en main. Il va pointer et tâcher de la mettre. Ce qui nous fera onze. Tu arrives bien.

Le prénommé Alfred – un grand sifflet laconique, avec un sang-froid de lanceur de couteaux annonça :

— Non, je vais pas pointer, je vais tirer.

Le chef d'équipe s'emporta :

— Mais enfin, c'est pas le jeu ! Tu peux pas prétendre frapper leurs deux boules avec une seule. Et pour mettre le point, il faudrait que tu fasses un *carreau sur place*[1]. C'est un peu risqué. Je *préférerais mieux* que tu assures le coup et que tu pointes.

— On finit là, je te dis, annonça avec calme le remplaçant de Gouiran.

Le pointeur sortit de ses gonds :

— Quel *testard,* celui-là ! Si tu tires, c'est mathématiquement impossible de finir là, il nous faudrait trois points.

Le tireur ne se laissa pas impressionner :

— Mathématiquement, c'est peut-être impossible. Mais physiquement, c'est possible.

— Je voudrais bien voir ça.

Le tireur flegmatique sortit imperceptiblement de son calme :

— Toi, tu *voudrais* voir, moi je *veux* te faire voir. Et tu aurais *déjà vu* si tu ne parlais pas tout le temps.

Raoul Signoret glissa à l'oreille d'Alphonse Banégas :

— Je comprends pourquoi l'aphone Bottazzi a renoncé. Avec une voix cassée, il n'aurait pas tenu le coup dans cet affrontement.

---

1. Façon de frapper la boule adverse de façon à rester sur place, à sa place.

Avant de laisser son partenaire faire à sa tête, le chef d'équipe demanda des explications :

— Alors, dis-nous ce que tu comptes faire.

Avec l'air hautain du *magister* face au cancre, le tireur dévoila son plan :

— C'est pas leurs boules que je vais tirer. Elles sont derrière le bouchon. Trois des nôtres sont devant. Je vais donc tirer sur le *garri.*

L'autre suffoqua. Il prit la galerie à témoin :

— Le *garri*[1] ? Ma parole il est fou ! Pourquoi le *garri* ?

Le tireur eut un ricanement de mépris et dit comme une évidence :

— Je vais le choper de façon à le faire reculer vers nos boules et on a trois points.

Le pointeur regarda son partenaire d'un air incrédule.

— Tu ferais ça ?

L'autre s'énerva :

— Si tu arrêtais un peu de poser des questions, la partie serait déjà finie.

Il ajouta en haussant le ton :

— Et gagnée !... Et maintenant, regarde bien, saint Thomas !

L'homme se concentra un instant et fit ce qu'il avait annoncé ! Le bouchon, heurté sur « la nuque » recula vers les trois boules qui n'attendaient que ça pour entrer en jeu !

Faussement modeste, l'auteur de l'exploit sidérant profita des deux secondes d'un silence stupéfait de l'assistance précédant un orage verbal de magnitude majeure, pour dire :

1. Autre nom du cochonnet.

— Et trois, treize !

Alors, des vivats unanimes éclatèrent, attirant les joueurs de manille assis dans la salle du Cercle. On n'avait pas fini d'en parler à Saint-Julien ! Ceux qui n'étaient pas au premier rang de la galerie se faisaient expliquer l'impossible prouesse avant de serrer à leur tour les mains du champion avec de grandes exclamations. Seuls ses partenaires semblaient un peu en retrait.

Banégas s'approcha du chef d'équipe ;

— Oh, *Mèu*[1] on dirait que ça te fait pas plaisir, un coup pareil…

— C'est pas ça, mais…

Raoul, qui s'était avancé, demanda :

— Vous jouez tous comme lui, à Saint-Julien ?

Le visage du pointeur se ferma. Il montra le tireur, entouré d'admirateurs :

— Justement, lui, il est pas d'ici, il est de Beaumont. C'est pas loin, mais…

Il n'acheva pas. Devoir pareille victoire à un *estranger* au village en gâtait le goût.

Banégas aggrava son cas en ajoutant :

— Avec un partenaire comme ça, Gouiran peut rester aphone encore une semaine.

L'autre ne releva pas.

On entendit une voix s'élever au-dessus de la mêlée sonore. C'était celle du chef de l'équipe adverse, M. Mouren, le directeur d'école :

— Messieurs, nous avions parié l'apéritif, nous allons nous acquitter de notre dette. Mais il nous faut être beaux joueurs. Face à cette performance, avec

1. Diminutif de Marius.

l'accord de mes co-équipiers, ce sont deux tournées que nous vous offrirons !

La proposition, accueillie avec enthousiasme, ramena chez son adversaire un peu de sa bonne humeur un instant gâchée.

La compagnie unanime prit le chemin de la salle du Cercle, tandis que Banégas présentait le président Larguier à Raoul Signoret.

— Et voici le gardien vigilant de la flamme laïque et républicaine face à la réaction cléricale incarnée par les papistes de *l'Orphéon*.

Le reporter du *Petit Provençal* serra la main d'un robuste quinquagénaire dont une forte moustache noire n'arrivait pas à rendre sévère un visage avenant et des yeux rieurs.

— C'est tendu, par ici ? demanda Raoul.

Larguier eut un geste de la main qui semblait faire la part des choses :

— Depuis le vote de la Loi de Séparation de l'Eglise et de l'Etat, on s'accroche un peu de temps à autre, mais c'est pas grave. Le curé Coupin n'est pas un fanatique. On lui laisse faire ses processions et ses patenôtres. Il y a toujours deux ou trois imbéciles pour faire *« croâ ! croâ ! »* sur le passage des communiants et dans l'autre camp cinq ou six bigotes hystériques pour nous vouer aux flammes éternelles, mais le temps arrangera tout ça. Un jour il n'y aura plus qu'un cercle, vous verrez[1].

La salle était à présent pleine à ras bords, les boulistes et leur cortège ayant rejoint les amateurs de manille et de belote contrée. L'atmosphère se chargeait de vapeurs de tabac et de senteurs anisées.

---

1. C'est chose faite depuis 1950 au profit du Cercle républicain.

Banégas prit Larguier par le bras :

— Mon confrère Signoret enquête sur l'affaire du squelette de Castellain. Qu'est-ce que tu peux lui dire ?

— Qu'est-ce qu'il veut savoir ?

Le correspondant suggéra :

— Fais-lui un peu l'état des lieux. Il veut savoir qui est qui et qui fait quoi.

Le président du Cercle prit Raoul par le bras.

— Venez avec moi, on va passer dans l'arrière-salle. Ici, ils font un boucan que c'est pas possible de parler.

Les trois hommes s'isolèrent, non sans que Larguier se soit inquiété de les pourvoir de façon à étancher leur soif. C'est donc devant un demi-panaché (pour Raoul) et deux absinthes que la conversation s'engagea.

Pour éviter que l'on commence par émettre des hypothèses sur l'emplacement du camp de Jules César lors du siège de Massalia en 49 avant Jésus-Christ, Raoul Signoret prit l'initiative :

— Que pouvez-vous me dire à propos de Castellain ?

Le président du Cercle républicain échangea un regard de connivence avec Banégas :

— A part que c'est un gros prétentieux, pas grand-chose, parce que vous savez, pour ces gens-là, nous autres, les *pacoulins*[1], on fait tous peu ou prou partie du petit personnel.

— C'est-à-dire ?

— C'est-à-dire qu'il nous regarde de haut. On n'est pas du même monde.

---

1. Culs-terreux.

Raoul tiqua :

— Pourtant, si j'en crois mes informations, ses quartiers de noblesse ne remontent pas aux croisades. C'est son père, parti *une main devant une main derrière*[1], en Algérie dans les années 1850 qui a bâti la maison en faisant suer les Mahométans, mais en fait d'armoiries, c'est une bouteille de pinard qui les décore.

Banégas opina :

— D'accord. Mais mon ami Larguier veut dire que ces gens-là ont la morgue que donnent les sous. Ils se croiraient déshonorés d'avoir à baisser les yeux sur le Saint-Julien d'en bas ! Ils ne viennent nous trouver que pour des histoires d'arrosage et de cadastre ou bien lorsqu'ils ont à se plaindre d'un braconnier et de gamins qui entrent dans le parc de leur bastide pour marauder des cerises ou poser des pièges. Le reste du temps, ils nous ignorent.

Raoul insista :

— Pourtant, ils habitent ici ?

— Une partie de l'année seulement, précisa Larguier. Ils y viennent l'été. Je ne sais pas si vous avez eu le temps de faire un tour dans Saint-Julien…

Raoul nia de la tête.

— … mais vous avez deux catégories d'habitants. Il y a ceux, les plus nombreux, qui vivent de la terre, catégorie sociale à laquelle j'adjoindrai les commerçants et puis tous ceux qui font marcher les services publics : poste, écoles, gardes champêtres, employés du canal, et puis vous avez la caste des propriétaires. Je ne sais pas si c'est la beauté de nos paysages ou la qualité de notre air…

1. Nu et cru, sans argent.

Il s'interrompit pour préciser avec un clin d'œil à son complice :

— Nous culminons à cent cinquante-trois mètres d'altitude !

— … mais tous les rupins de Marseille semblent s'être donné le mot pour venir s'installer chez nous.

— Banégas objecta :

— Ceux du moins que ne sont pas sur la Corniche, à Mazargues, dans la vallée de l'Huveaune ou à la Panouse.

— Toujours est-il, reprit le président du Cercle, que nous avons l'honneur d'abriter en nos terres nourricières quelques-unes des familles les plus chargées en picaillons de Marseille. Le village est cerné de domaines qui ne pâliraient pas devant ceux du pays d'Aix. Je veux parler de Saint-Pons ou du Colombier qui appartient à la famille Thumin, ou encore celui de la famille Empereur, le plus grand quincaillier de Marseille[1], et je ne parle pas des cinquante hectares des Lemaître de Beaumont, un domaine qui remonte au XVIe siècle, et puis vous avez une ribambelle de villas et de chalets, qui cachent sous ces noms d'apparence modeste de petits paradis cachés derrière de hauts murs, appartenant à des rentiers ou des propriétaires dont vous pourrez retrouver les noms dans *Le Tout-Marseille,* l'annuaire de la bonne société marseillaise.

Raoul Signoret prenait des notes.

— Donc ces gens vivent ici, mais ne se mélangent pas aux indigènes ?

Le regard de Larguier s'éclaira :

— On peut le dire comme ça. Vous avez tout

---

1. Fondé en 1827, le magasin existe toujours au moment où ces lignes sont écrites, ce qui doit en faire après *Le Four des navettes* le doyen des grands commerces marseillais.

compris. Comme les hirondelles, ils nous reviennent aux beaux jours. Dès que les chaleurs arrivent, on les voit rappliquer avec armes, bagages et domesticité. Ils fuient l'air empoisonné de Marseille, pour les frondaisons saint-julienoises. Ils s'installent pour trois ou quatre mois. Jusqu'à la rentrée des classes. Madame et les minots sont là en permanence et monsieur les rejoint le soir et les dimanches. On les voit aussi quelquefois à Noël. Ils viennent pour le réveillon et nous font l'honneur d'assister à la messe de minuit. Car tout ce beau monde est calotin comme pas deux.

— Je sais, je sais, opina Raoul.

Banégas ajouta la sienne :

— Remarquez, un qui est content, c'est notre curé. Il a du beau linge à l'office. Aussi, en général il se fend d'un sermon de première. Et en français, s'il vous plaît. Ça le change des prêches en provençal devant des parterres de paysans. D'ailleurs, si ça vous dit d'aller jeter un œil vous verrez : les prie-dieu des premiers rangs leurs sont réservés. Ils ont leur plaque de cuivre à leur nom. Les autres se contentent des bancs du fond, quand les gens de la haute arrivent.

Raoul Signoret en avait assez pour brosser un premier article d'introduction à l'enquête à venir. Il proposa :

— Vous me faites les honneurs de votre village ?

— Volontiers, dirent les deux autres en chœur.

On commença par le cœur villageois, la partie la plus ancienne, autour de la place du château. Ce fut assez vite fait, car il était tout entier concentré autour de l'église. Les deux cicérones tinrent à présenter le reporter du *Petit Provençal* à chaque commerçant rencontré, à chaque passant d'importance croisé, puis ils se dirigèrent vers les « faubourgs » de Saint-Julien. Là où se trouvaient les maisons des riches. N'entendant pas les passer en revue une à une, Raoul, en prenant soin de ne pas froisser la bonne volonté de ses guides demanda – arguant de son emploi du temps – que l'on privilégie le domaine des Castellain, cette vaste propriété de *La Mitidja* dans le sous-sol de quoi on faisait de si étonnantes découvertes.

— C'est au boulevard de la Comtesse. C'est pas loin. Rien n'est jamais bien loin, chez nous.

Chemin faisant, persuadé qu'il n'éviterait pas les explications du président du Cercle, Raoul demanda :

— Qui était donc cette comtesse dont un boulevard porte le nom ?

Laugier ne laissa pas passer l'occasion de partager son savoir :

— Eugénie du Puy de Saint-Pons. Encore une famille de rupins. C'est elle qui a cédé le terrain où on a percé le boulevard.

Les trois hommes arrivèrent à l'extrémité d'une artère largement dimensionnée qui filait en pente douce en direction du nord, vers La Rose. Elle était bordée de villas et on apercevait de chaque côté les grilles des propriétés flanquées de parcs ombragés de cèdres et de pins parasols. La chaussée du boulevard était en terre battue mais Raoul admira une surface ronde caladée[1] dont l'alternance des galets et leur positionnement formaient une sorte de mosaïque rustique. Au centre se dressait une bigue de pierre d'environ un mètre cinquante de hauteur. Voyant le regard intrigué du journaliste, Larguier expliqua :

— C'est une aire pour battre le blé. On accroche le mulet à la bigue, attelé à un rouleau de pierre pour écraser les grains et *faï tira*[2] !

1. Pavée de galets ronds.

2. Littéralement : *« fais tirer »*. Dans le sens de *« Avance ! Continue ! »*

Il tendit le bras :

— *La Mitidja,* la propriété des Castellain, un peu plus bas. Vous en voyez l'entrée d'ici. C'est la « maison du crime », comme on dit à présent, un peu plus bas à gauche. Venez y jeter un œil. Vous allez voir, c'est pas rien.

— Ça fait parler, cette affaire à Saint-Julien ? questionna le journaliste.

— Pas qu'un peu ! s'exclama Larguier. On parle que de ça vous voulez dire ! Vous pensez !

— Et alors ?

Le président fit un geste fataliste :

— Comme toujours, le village est divisé en deux. Du côté de *L'Orphéon,* on dit que c'est pas possible que quelqu'un de la famille ait fait le coup. Ils sont trop *bien*, ces gens-là ! Certains affirment même qu'on leur a mis le macchabée dans le parc pour compromettre Castellain père.

— Dans quel but, à votre avis ?

Larguier eut une moue entendue :

— Vous savez, il est dans le négoce. On sait jamais ce qui peut se passer dans ce monde-là.

Il cligna de l'œil et ajouta :

— Et puis on est à Marseille…

Il laissa sa phrase en suspens. A bon entendeur…

— Et dans l'autre camp, on dit quoi ?

— Des bêtises sans preuves, comme en face. Que Castellain aurait pu vouloir éliminer un concurrent.

— En ce cas, précisa Raoul, ça serait une concurrente.

— Ah, c'est une femme ? intervint le gros Banégas qui n'en perdait pas une. Je savais pas. Ce que c'est quand même que la presse d'une grande ville !

— L'information n'a pas encore été publiée, dit le

reporter du *Petit Provençal.* Je l'ai su par mon oncle qui comme vous le savez est le patron de la Sûreté.

Raoul Signoret se flagella intérieurement. Il était trop bavard. Sans illusions, il dit tout de même :

— Gardez ça pour vous, pour l'instant.

Les deux autres promirent, mais il y avait dans leurs regards une lueur d'excitation qui laissait craindre qu'avant le soir Saint-Julien fût informé, toutes obédiences confondues.

Tout en échangeant ces informations, le trio était arrivé devant les grilles de *La Mitidja.*

Raoul Signoret jeta un large coup d'œil panoramique sur la propriété. En dehors de la maison du gardien, bien visible à droite de l'entrée, les cèdres et les pins, ainsi que de hauts buissons de lauriers-tins et de pittosporums, tous arbres et arbustes à feuilles persistantes, masquaient la bastide située au fond du parc et l'on ne voyait que le début de l'allée gravillonnée qui y conduisait.

— Ils sont là en ce moment ?

— Les Castellain ? demanda Banégas. Non, il n'y a que le gardien. Pour eux, c'est encore trop tôt. Le beau temps n'est pas assez assuré. Il arrivent fin juin. Mais j'ai bien peur que cette année, il y ait du retard… Pour lui, au moins.

Le correspondant du *Petit Provençal* questionna Raoul :

— A propos : vous savez où il est en ce moment ?

— Les hommes de la Sûreté marseillaise sont en train de lui compter les poux de la tête.

— Je m'en fais pas trop pour lui, dit Larguier. Il saura s'en sortir. Avec les appuis qu'il a en ville…

Raoul eut une moue entendue :

— Mmm… Là, il ne s'agit plus d'entourloupettes

entre margoulins. Il y a mort d'homme, si j'ose dire. C'est du sérieux.

Le reporter tendit le cou vers le parc et demanda :

— Dites-moi, la fameuse grange auprès de laquelle on a déterré les restes, on la voit d'ici ?

C'est Larguier qui répondit :

— Non, il faut faire le tour et passer par la rue du Puits Saint-Pons. Mais avec le mur, ça m'étonnerait que vous y voyiez *quèque* chose.

— Allons-y toujours.

Le trio fit le tour du parc de *La Mitidja* par la traverse Pinatel et se retrouva sur l'arrière de la grange dont le toit dépassait d'un mur hérissé de tessons de bouteilles aux tranchants aigus destinés à décourager les maraudeurs.

— C'est un peu symbolique, rigola le gros Banégas. Avec une couverture pliée en quatre ou un gros sac de jute posé sur le faîte, vous enjambez comme de rien.

— Alors c'est là qu'on a joué aux osselets ? dit Raoul.

— Là, montra Larguier avec un geste du bras en forme de parabole. Juste derrière ce mur, à trois ou quatre mètres, pas plus.

Raoul s'approcha dudit mur et tomba en arrêt. Il repéra un creux dans le crépi dans lequel il engagea l'extrémité de sa chaussure comme un cavalier dans l'étrier. En prenant soin d'éviter les morceaux de verre les plus aigus, il prit appui des deux mains sur le faîte et se hissa souplement. Sa tête dépassait tout juste assez pour jeter un bref coup d'œil dans le parc, et apercevoir, à gauche de la grange, la fosse où les ossements avaient été découverts. On n'avait pas rebouché le trou, sur ordre du procureur, et une barrière hâtivement confectionnée pour empêcher toute approche, lui donnait une allure de tombe rustique. Raoul sauta à terre, se pencha vers le mur. Il passa longuement la main sur une partie dont le mortier n'avait pas la même couleur que le reste de la maçonnerie qui noyait les grosses pierres constituant l'armature de l'enceinte.

Le reporter se redressa :

— On dirait que cette partie du mur est plus récente. Il a été refait ?

C'est Banégas qui répondit.

— Oui. Il s'était écroulé sur plusieurs mètres. Ça arrive souvent. Les maçons, ils soignent pas toujours les finitions. A force, la pluie s'infiltre et un beau jour, un grand pan dégringole. Il est resté longtemps comme ça et Castellain se plaignait de voir des gens en profiter pour entrer dans la propriété et faucher des fruits, des légumes, voire des outils. Vous savez comme il sont, les riches. Plus ils ont de sous, plus ils sont *raspis*[1]. Il ne se décidait pas à faire réparer. Quand il a en eu assez de plus manger un abricot cueilli mûr sur l'arbre ou de ne pas pouvoir déguster les petits pois frais de son potager, il a fini par faire les travaux. Tiens, c'est quelqu'un d'ici qui les a faits : Botazzi, l'entrepreneur de travaux publics. Si c'était pas un oursin, côté caractère, il pourrait vous en parler et de Castellain aussi. Il était un des rares à qui ce *môssieu* si important daignait adresser la parole. Comme à un larbin, certes, mais au moins il lui parlait, à Botazzi. Il a fait souvent appel à lui pour des travaux d'entretien de la bastide.

Raoul Signoret s'abstint de faire partager à ses hôtes l'idée qui venait de lui traverser l'esprit. Si on avait tardé à faire réparer la partie écroulée, ses dimen-

1. Avares.

sions étaient largement suffisantes pour que quelqu'un s'introduise sans être repéré, dans le parc de *L'Amazone,* fût-il encombré d'un cadavre à faire disparaître. Il suffisait de venir de nuit, par la rue du Puits Saint-Pons déserte, et on avait tout loisir de creuser une fosse, de répandre la chaux sur les restes humains et de reboucher soigneusement le trou. Ni vu, ni connu. Le reporter, en jetant un coup d'œil par-dessus le mur, s'était convaincu que la grange était totalement invisible, aussi bien de la bastide que de la maison du gardien.

A partir de cette constatation, pour être équitable, on pouvait penser que Castellain aurait pu être ce fossoyeur-assassin, mais aussi n'importe qui d'autre : un concurrent prêt à tout pour le compromettre, voire un meurtrier inconnu de lui, soucieux de faire disparaître sa victime et trouvant dans le parc désert auquel on accédait si facilement, l'occasion d'effacer toutes traces de son forfait.

Aucune de ces pistes ne devait être ni privilégiée, ni abandonnée. Le reporter se promit de s'en ouvrir à son oncle.

Pour rompre le silence de sa méditation et ne pas intriguer ses guides, Raoul demanda :

— Vous souvenez-vous de l'époque où remonte la réparation du mur ?

— Neuf, dix ans, pas plus, répondit Larguier.

Une petite veilleuse s'alluma dans les pensées du reporter. Neuf, dix ans. Le rapport du médecin légiste ne précisait-il pas que la mort de la personne retrouvée dans le parc de *La Mitidja* remontait à son avis à une dizaine d'années ? La réparation du mur était-elle antérieure ou postérieure à l'enfouissement du cadavre ?

Banégas suggéra :

— Botazzi pourrait nous dire la date avec certitude, s'il est bien luné.

A cet instant on entendit une très forte détonation qui venait d'un peu plus bas, du côté de Fondacle.

A l'étonnement de Raoul Signoret, les deux hommes, après un bref coup d'œil complice, éclatèrent de rire en même temps.

— Qu'est-ce qu'il vous arrive ? Qu'est-ce que j'ai fait ou dit ?

— Rien, répondit Larguier les larmes aux yeux. Mais quand on parle du loup…

Banégas compléta, toujours riant :

... on en voit la queue ! Figurez-vous que ce qu'on vient d'entendre c'est une mine qui a pété dans la carrière de Fondacle. Et vous savez qui vient de la faire péter ? Botazzi. Juste au moment où on vous parle de lui et on vous dit qu'il a un caractère de cochon : Boum ! Il nous engueule par mine interposée. Si on avait voulu le faire exprès…

— Allons le trouver, proposa Raoul. Il m'a l'air de péter de joie. Profitons-en.

Les trois hommes retrouvèrent le boulevard de la Comtesse et s'y engagèrent résolument. Malgré son embonpoint, Banégas ne se laissait pas distancer. Seule sa respiration sifflante signalait son effort et aussi le fait qu'il économisait son souffle en ne parlant plus.

Ils n'avaient pas parcouru plus de huit cents mètres que leur parvinrent aux oreilles des cris et des exclamations. Deux charrettes les dépassèrent à grande vitesse, se dirigeant vers Fondacle. Puis on vit le garde champêtre, Jean-Baptiste Girard, penché sur le guidon de son antique vélo, foncer dans la descente tel un champion un jour de Grand-Prix.

— Oh, *Tistet*[1] ! héla Banégas. *Qué novi*[2] ?

L'autre fila sans répondre.

— On dirait qu'il s'est passé quelque chose du côté de Fondacle, dit Larguier, l'air soudain inquiet.

— Allons voir, proposa Raoul Signoret en allongeant l'allure. Son tempérament de sportif reprenait le dessus et il se serait mis à courir si le président du Cercle n'avait pas été à ses côtés. A ce rythme, Banégas, hors d'haleine, fut bientôt décroché. Il lui resta suffisamment de souffle pour dire aux deux autres :

— M'attendez pas. Je vous rejoindrai.

En approchant de Fondacle, le reporter et le président du Cercle distinguèrent des cris d'horreur et des pleurs spasmodiques.

— On dirait qu'il est arrivé malheur chez Botazzi, dit Larguier.

— Vous croyez que…

Raoul n'eut pas le temps de finir. Venant à leur rencontre, sur le chemin montant vers la carrière, Jean-Baptiste Girard, le garde champêtre, le visage défait, se dressait pour leur barrer le passage. Reconnaissant Larguier, il dit sur un ton de commandement, où se mêlaient des tremblements d'émotion :

— Montez pas ! C'est terrible ! C'est la mine qui a cagué. C'est pas beau à voir. Y a deux morts.

— Qui ça ? demanda Larguier.

— Botazzi et son ouvrier-carrier, Esprit Pellegrin.

— Qu'est-ce qui s'est passé ? questionna Raoul.

— On pense que dans un premier temps, la mine a fait long feu. Ils ont dû croire qu'elle avait foiré. Botazzi est allé débourrer avec une barre à mine et

1. Diminutif de Baptiste.
2. Quelle nouvelle ?

c'est à ce moment-là que tout a pété. Pensez : cent cinquante kilos de poudre, ça fait des dégâts. Le malheureux, on l'a retrouvé quillé sur un pin à vingt-cinq mètres de là, massacré, avec les tripes qui pendaient jusqu'à par terre…

Jean-Baptiste Girard ôta son képi où brillaient en lettres dorées les initiales de sa charge, G.C., et s'épongea le front.

— Et l'autre ?

— Pellegrin ? Il a vraiment pas eu de chance, le pauvre garçon. Lui, était resté à l'écart, mais un bloc de rocher a giclé et est venu lui écrabouiller la tête.

Le garde champêtre se retourna vers le haut du chemin – dont la configuration masquait l'entrée de la carrière comme s'il craignait de voir arriver deux suppliciés ensanglantés.

— C'est une horreur, ce qu'il y a là-haut. C'est pour ça que je veux que personne monte. Aidez-moi à barrer le passage. J'attends la femme de Botazzi et on sera pas de trop de trois…

Comme pour illustrer les craintes du garde champêtre, on entendit arriver une charrette attelée d'un mulet, conduite par un paysan et une femme les yeux fous, les cheveux défaits sauta à terre en poussant une sorte de feulement :

— Où il est, où il est ? Je veux le voir !

Girard s'interposa :

— C'est pas possible Marinette, soyez brave…

La femme repoussa le garde des deux mains en criant : « Laissez-moi passer, vous ! » Girard chut sur les fesses qu'il avait par chance rembourrées et son képi roula à terre. Raoul Signoret rattrapa la malheureuse, la ceintura et tenta de lui faire entendre raison. Peine perdue. Telle une furie, hurlant « c'est mon mari ! Vous n'avez pas le droit ! » elle décochait coups de pieds et de poings, griffait les mains du reporter nouées autour de sa taille, si bien que le chapeau de Raoul alla rejoindre le képi du garde champêtre. Larguier, pétrifié, n'avait pas bougé.

C'est à ce moment-là que Banégas, suant et soufflant, déboucha sur le chemin, suivi de curieux attirés par le drame au fur et à mesure que la nouvelle s'en répandait. A pied, à bicyclette, en voiture à cheval, il en venait de tout le canton. Girard, brossant son uniforme, avait repris la dignité de sa fonction et s'efforçait de canaliser la curiosité morbide de la foule dont les effectifs grossissaient.

On vit enfin débouler deux fiacres de la police, venus du commissariat de Saint-Just, prévenus par téléphone et les agents se déployèrent de façon à faire respecter les consignes.

— Reculez, messieurs-dames, reculez !

L'inspecteur de police qui dirigeait la manœuvre gravit le chemin en compagnie de deux agents.

Les curieux, les voisins, refluaient de mauvaise grâce. Qu'auraient-ils à raconter à ceux qui ne savaient encore rien si on les privait du rôle envié de témoins oculaires ?

Dès qu'elle avait aperçu la bedaine de Banégas, Marinette Botazzi s'était précipitée vers lui, tendant les bras.

— Ah, *Fonse* ! Vous qui étiez son ami. Ils veulent m'empêcher de le voir ! Je suis sa femme, non ?

Devant l'évidence de la question, le correspondant local du *Petit Provençal* ne savait que répondre. Il prit la malheureuse dans ses bras et lui prodigua des paroles d'apaisement. Elle s'était abattue contre le torse court du gros homme et, pleurant sans retenue, se laissait enlacer comme une enfant terrassée par le chagrin.

Mais ce n'était qu'une ruse pour endormir la méfiance de l'autorité. Dès que Larguier, Raoul et les agents de police, rassurés de la voir calmée par la présence réconfortante de Banégas, relâchèrent leur surveillance pour s'occuper des autres badauds qui tentaient malgré tout d'avancer, elle se dégagea des bras consolateurs. Comme une furie, elle bondit vers le haut du chemin conduisant à la carrière, dont la croupe cachait les lieux du drame à la vue. En quelques enjambées vigoureuses, elle se mit hors de portée de ses poursuivants. Raoul Signoret avait tenté en vain de la plaquer à la manière des rugbymen, mais avait raté son coup.

— Arrête, malheureuse, arrête ! cria inutilement le garde champêtre.

Tous la virent disparaître en haut de la côte. Deux secondes d'un pesant silence précédèrent un hurlement de bête blessée qui glaça le sang des plus audacieux. Marinette Botazzi venait de découvrir le corps éclaté de son mari accroché comme un crucifié aux branches d'un pin qui figurait son Calvaire.

Dans le chemin menant à la carrière, plus personne ne pipait mot parmi l'assistance qui avait instinctivement resserré les rangs.

On vit bientôt l'inspecteur de police, livide, revenir, accompagné des agents et d'un ouvrier de l'entreprise Botazzi qui portait dans ses bras le corps inconscient de sa patronne.

— Ne laissez personne approcher sous aucun prétexte, ordonna l'inspecteur au garde champêtre. J'ai laissé deux de mes hommes là-haut. Je me charge de prévenir le procureur de la République. Qu'on ne touche surtout à rien tant qu'il n'est pas venu sur les lieux. Qu'on ne déplace pas les restes de ces malheureux. Ensuite, les familles pourront les récupérer. Je ne pense pas qu'il y ait lieu à autopsie, car les faits parlent d'eux-mêmes. Ce type d'accident n'est malheureusement pas rare chez les carriers. C'est un des risques du métier.

Comprenant qu'il n'y aurait plus rien à voir et se résignant à imaginer le spectacle affreux qui avait bouleversé ceux qui avaient eu le triste privilège de le contempler, la foule commençait à refluer en parlant à voix basse comme pour des obsèques.

Raoul Signoret et ses deux compagnons reprirent le chemin vers Saint-Julien.

— Ce fait divers est à vous, mon cher Banégas, dit le reporter. Il vous appartient de droit.

— Je m'en serais bien passé, répondit le correspondant dont les traits révulsés reflétaient l'émotion. Pauvre Botazzi ! Il laisse une veuve et trois enfants, ça va pas être facile pour elle. Puis reprenant son réflexe professionnel, il ajouta : je vois le titre : *Terrible coup de mine à Saint-Julien, Deux morts.*

— Ça vous va, Signoret ?

— Très bien. C'est sobre et informatif. Il ne faut rien de plus.

Fier comme un bon élève félicité par le maître, le gros homme se rengorgea. Après tout, il l'avait mérité, son fait divers. Ce n'est pas tous les jours qu'une affaire pareille lui tombait sous la plume. En outre, elle ne risquait pas de diviser les habitants de Saint-Julien.

— Dites-moi, mon cher confrère, dit Raoul en insistant sur le mot. Pour mon information personnelle, il faisait quoi exactement, Botazzi ?

— Il était entrepreneur de travaux publics, comme je vous l'ai dit. C'était un gros travailleur, il avait développé son affaire. Il employait une quinzaine d'ouvriers, car il contrôlait toute la chaîne. Il avait acheté cette carrière pour avoir la matière première et il possédait une fabrique de chaux un peu plus loin.

Ces deux mots, – « de chaux » – tout simples et tout bêtes provoquèrent dans l'organisme de Raoul une sorte de décharge électrique. Il s'exclama :

— De chaux !

— Bé, oui, quoi ? s'étonna Larguier. Qu'est-ce qu'il y a de surprenant à ce qu'un carrier, qui possède des millions de tonnes de pierres, fabrique de la chaux avec, puisqu'on l'obtient en calcinant le calcaire ? Les Romains s'en servaient déjà et...

Pour couper court au cours de chimie et d'Histoire qui s'annonçait, Raoul joua les benêts :

— J'ignorais tout bêtement que la chaux s'obtenait à partir du calcaire. Voilà pourquoi…

Le reporter ne risquait pas de confier la vraie raison de son étonnement. Il fit dévier la conversation sur l'émotion qui n'allait pas manquer de s'emparer du village à l'annonce du drame, mais il continuait à réfléchir. Dans son esprit soudain excité, des connexions s'établissaient, des rapprochements s'opéraient presque à son insu. Décidément, depuis quelques jours ce petit mot si commun, la chaux, qui n'occupait pas une grande place dans son vocabulaire quotidien, faisait des apparitions, comme un lutin fait des farces. Botazzi fabriquait de la chaux ? Et alors ? Alors, la chaux sert habituellement à construire des murs, à badigeonner des façades, à assainir les boiseries des étables et des bergeries. Elle peut aussi servir à dissoudre un cadavre… N'allons pas plus loin, mais c'est indubitable.

Raoul Signoret se souvenait tout à coup d'une définition donnée jadis par Félix Garbiers, son instituteur[1]

1. Voir *Double crime dans la rue Bleue* (tome 4 des *Nouveaux Mystères de Marseille*), Le Livre de Poche n° 35043.

de la Communale, rue du Refuge : « L'intelligence, c'est l'art d'établir des rapports entre les choses ».

Il n'y avait sans doute aucune raison de rapprocher ces deux usages de la chaux : l'un constructif, l'autre destructif. Mais rien ne l'interdisait. C'est bien ça qui était le plus excitant.

Ce faisant, le reporter du *Petit Provençal* venait – sans le savoir encore – de s'engager dans une enquête qui allait le mener bien plus loin qu'il n'aurait cru.

4.

Où l'on mesure la difficulté de faire endosser à un suspect un crime quand il a soigneusement préparé sa défense

Les *alouettes sans tête* de la tante Thérèse étaient – osons la comparaison – une sorte de poème symphonique où tous les accords, tous les timbres, toutes les harmonies eussent été transformés en saveurs par une magicienne en tablier bleu.

Un moment de recueillement unanime de la tablée avait accompagné les premières bouchées. À présent, les commentaires et les compliments fusaient de tous les convives. Adèle Signoret, neuf ans, était la moins bavarde, pour la raison qu'en jeune fille bien élevée elle savait qu'on ne parle pas la bouche pleine.

Adrienne Signoret, la mère de Raoul, était en extase.

— *Thérésou*, expliquez-moi comment vous faites pour obtenir une sauce aussi liée ? Je ne parle pas de son goût, il est exquis, mais c'est un velours. Moi, quand je m'y risque, j'obtiens au mieux une sauce marronnasse liquide qui ressemble plus à du bouillon qu'à autre chose.

Rosissant de plaisir, l'épouse du commissaire Baruteau entonna un air connu :

— Je suis à la lettre les conseils de Reboul[1].

Son époux s'exclama :

— Et revoilà Reboul. Mon rival dans le cœur de *Thérésou.*

Thérèse Baruteau se rebiffa :

— Avec ça que tu as à t'en plaindre de Reboul ! Il n'y a qu'à voir ton ventre !

La jeune Adèle pouffa la bouche pleine.

— Toi, merdouillon, gronda l'oncle Eugène, toujours une oreille qui traîne là où il ne faut pas !

Un sourire du policier atténua le reproche.

Adèle, rassurée, avala sa bouchée.

Thérèse Baruteau, qui n'attendait que ça, prodigua ses conseils à sa belle-sœur.

— Quand vous avez fait votre hachis de petit salé auquel vous incorporez l'ail et le persil hachés et bien assaisonnés, et que vous en avez garni vos tranches de noix de bœuf coupées fin, fin, fin, il faut les mettre à suer dans une casserole avec une barde de lard, des carottes et un oignon émincés. Quand le fond commence à attacher, vous arrosez d'un verre de vin blanc, vous faites bien réduire et puis vous mouillez avec trois cuillères à pot de bouillon. Vous couvrez et vous faites cuire à petit feu. Quand vous les jugez cuites, vous les poussez au four en les arrosant souvent pour qu'elles prennent cette belle couleur glacée.

On pouvait croire que c'était fini, mais non, le « secret » demeurait pour la fin :

— Et pendant ce temps – c'est ça le tour de main – vous mettez le jus qui reste dans une casserole, vous le dégraissez, vous le faites bouillir et vous le liez avec une cuillerée à bouche de fécule délayée avec un

1. Auteur du célébrissime livre de recettes *La cuisinière provençale* (Éditions de l'Aube). Sorti en 1897, il est toujours édité.

peu d'eau. Et voilà. Vous dressez vos alouettes et vous saucez par-dessus. C'est pas compliqué.

— *Boudiou !* s'exclama la mère de Raoul. Vous, Thérèse, vous êtes née avec une casserole à la main ; moi j'y arriverai jamais !

Baruteau, pragmatique, intervint et lança à sa sœur :

— Eh bè, tu viendras les manger ici avec les enfants ! C'est plus simple.

— C'est certain, s'esclaffa Adrienne Signoret, mais j'ai honte. Je peux jamais vous rendre les invitations. Mon ardoise s'allonge.

— Et le plaisir de nous retrouver ici, en famille, tu crois que ça ne l'apure pas, ta dette ?

Touchée au cœur par ces paroles fraternelles, la mère de Raoul cacha son émotion sous la plaisanterie :

— Comme il est galant, mon frère ! Puis se tournant vers sa belle-sœur :

— Depuis que vous avez pris en main son éducation, à ce grand brutal, il s'est bien policé.

Baruteau ne put pas s'empêcher :

— Pas policé : policier !

Ces dames rirent poliment.

Raoul Signoret, qui finissait ses alouettes avec le même entrain montré dès la première bouchée, ne laissa pas passer le jeu de mots de son oncle.

— À propos, cher *policé*, si nous échangions nos propres recettes, nous aussi ?

Tandis que Cécile exhortait sa fille à terminer sa portion de polenta, Adrienne Signoret et Thérèse Baruteau, à ces mots, comprirent que l'oncle et le neveu allaient – à leur habitude – « parler travail ». Elles s'isolèrent dans la recette du pithiviers aux amandes promis pour le dessert et qui attendait son tour en trônant sur le buffet.

— Alors ? dit Raoul, en ne lâchant pas son oncle

des yeux. Qu'est-ce que j'apprends ? On a relâché Castellain ?

La mine du commissaire s'assombrit, comme si son neveu lui reprochait une décision de justice dont il n'était pas le maître.

— Je suis le premier à regretter cette précipitation. On aurait pu le laisser quelques jours à mijoter, comme dirait ma *Thérésou*. Mais je ne peux rien – pour l'instant du moins – contre une décision du Parquet qui a ordonné qu'au terme de son interrogatoire Honoré Castellain soit remis en liberté. Il reste cependant sous contrôle judiciaire. Et moi, je l'ai à l'œil.

— Ça va faire jaser, je vous le dis.

— Peut-être, soupira Baruteau, laisse jaser. On ne peut pas garder en prison un type contre lequel on n'a, pour le moment, aucune preuve de culpabilité.

— Tout de même, c'est bien dans le parc d'une maison lui appartenant, qu'on a trouvé le squelette d'une femme ! Ça vaut explication.

— Je ne le nie pas, mais rien ne prouve qu'il soit son assassin. Ça en fait un suspect, mais pas plus que d'autres. Imagine que quelqu'un entre chez moi, au cabanon de Montredon, en mon absence, pour estourbir… je ne sais pas moi, sa bonne amie par exemple, avec qui il serait venu faire une sieste crapuleuse. Ça t'irait, toi, qu'on vienne te dire « ça s'est fait chez votre oncle, donc c'est lui l'assassin ! ».

Raoul répliqua en bouffonnant :

— Je remuerais ciel et terre pour établir votre innocence à la face du monde !

Baruteau, qui entrait dans le jeu habituel entre les deux hommes, répliqua sur le même ton emphatique :

— Je n'en attendais pas moins de toi, mon neveu !

Le reporter redevint sérieux :

— Tout de même, dans le cas qui nous préoccupe, il ne s'agit pas d'un crime de maraude où l'occasion fait le larron. On a transporté le corps, on l'a enterré. Ça prend non seulement du temps, mais il faut réfléchir au coup. On n'improvise pas.

— Les faits sont là, reconnut Baruteau, Castellain a un point d'avance. Ça ne veut pas dire qu'il gagnera la partie, mais je n'ai pas d'arguments assez convaincants pour fourrer dans la tête d'un juge que l'un des plus importants négociants de Marseille est un meurtrier. Ah, si au moins je savais qui est celle qu'on a tirée de la fosse !

Raoul suggéra :

— Vous m'avez dit que Castellain avait été balancé par lettre anonyme. Attendons. Peut-être maître-corbeau se manifestera-t-il (ou elle) de nouveau !

— Tu as raison. Attendons, conclut Baruteau.

Mais Raoul Signoret n'entendait pas en rester là. Repoussant sa chaise et posant serviette sur la nappe, il secoua la tête.

— La Fontaine est toujours d'actualité : *« Selon que vous serez puissant ou misérable...*

Le policier compléta :

— *...les jugements de Cour vous rendront blanc ou noir »*, je sais.

Le neveu acheva sa pensée :

— Imaginons un instant qu'on ait déterré des restes humains dans le jardinet d'un ouvrier. Croyez-vous qu'il serait dehors à l'heure qu'il est ?

Baruteau s'agaça :

— Écoute, Raoul, si tu veux que ça change, prends le pouvoir et fais établir un nouveau code de procédure pénale. Pour l'instant, on fait avec ce qu'on nous donne.

Le journaliste joua l'apaisement :

— Allez mon oncle, je ne veux pas vous taquiner pour rien, mais vous savez bien que ce fameux code ne s'applique pas de la même façon pour tous. Je suis sûr que lorsque vous l'avez cueilli à sa descente du *Ville d'Alger*, l'autre matin, la défense de Castellain était déjà toute prête.

— Ça ! reconnut Baruteau. Il y avait même son défenseur, sur le quai. Me Delaud.

— Dans son vin ?

— Écoute, Raoul si tu veux que je continue à me persuader que tu es un garçon intelligent, n'ajoute pas tes propres couillonnades à la couillonnade universelle. Cette astuce, le malheureux, on devait déjà la lui faire au jardin d'enfants.

Le reporter comprit qu'il devait changer de registre. Cependant, pour ne pas avoir l'air de capituler au premier froncement de sourcils policier, il se justifia :

— Aussi, c'est un provocateur ce type ! Quand on s'appelle Delaud, on se fait plombier-zingueur ou éleveur de poulets, mais on évite de choisir une profession dont l'intitulé commence par Maître. Ni avocat, ni notaire, ni artiste peintre, ni chef d'orchestre. C'est comme un Jean Bonnaud qui voudrait devenir charcutier.

Eugène Baruteau secoua la tête, mi-amusé, mi-accablé :

— Toujours le dernier mot…

Le policier se rendit compte qu'il était depuis quelques instants placé sous le double faisceau des regards de reproche de sa sœur et de sa femme. Il se demanda un bref instant pourquoi, quand il se rappela avoir prononcé deux fois dans la même phrase un de ces « gros mots » dont sa petite-nièce, Adèle, faisait ses délices. Il jeta un œil sur la fillette, qui avait la tête baissée sur son assiette, et à son air jubilatoire, aux regards qu'elle échangeait avec sa mère, par-dessus la table, il se persuada que le mot « couillonnade » placé en rafale sous le coup de l'emportement avait enchanté la gamine. Dire des gros mots à table était un privilège d'adulte. Vivement que je sois « vieille » songeait Adèle avec envie.

Afin de ne pas rester en rade sous le coup du double reproche muet, Baruteau reprit, comme si de rien n'était, son discours où l'intempestif jeu de mots de son neveu l'avait laissé.

— Me Delaud était donc là, à la descente du paquebot qui nous ramenait Castellain d'Algérie et celui-ci a refusé de nous adresser la parole quand nous l'avons interpellé, laissant à son avocat le soin de jouer les intermédiaires.

— Qu'il le prenne de haut était une tactique pour retarder l'interrogatoire, remarqua le journaliste.

— Certes, mais cela prouvait qu'il s'était déjà mis d'accord sur son système de défense avec Delaud, bien qu'il ait d'abord déclaré ne pas être au courant de la découverte du squelette dans le parc de sa propriété. Je pense qu'on l'avait prévenu par télégramme et qu'en attendant son retour, l'avocat s'était chargé de réunir des arguments, voire des preuves de l'innocence de son client.

— Qu'est-ce qui vous fait dire ça, mon oncle ?

— Le fait que lorsque il a été présenté au juge d'instruction, il a *excipé*, comme on dit chez les Chats-Fourrés[1], de sa possession de plusieurs factures prouvant que des travaux de réfection du mur d'enceinte de sa propriété avaient été entrepris voici neuf ans. Les devis – datés d'octobre 1896 – montrent qu'il

1. Surnom des gens de justice, à cause de l'hermine qui décore leur toge.

s'agissait de remonter une maçonnerie qui s'était écroulé sur plusieurs mètres. Auparavant, on entrait à *La Mitidja* comme dans un moulin par cette brèche. Or, tu sais que les légistes font remonter la mort et l'ensevelissement de celle dont on a retrouvé les os dans le parc à « dix ans environ ». Castellain a beau jeu de prétendre que n'importe qui pouvait avoir fait le coup avant qu'il fasse réparer son mur.

— Y compris lui-même, remarqua Raoul.

— Bien sûr, reconnut Baruteau, mais dans une défense, ça pèserait son poids. Il a exhibé sous le nez du juge ses devis, émanant d'une entreprise dont je me souviens du nom, car c'était celui d'un camarade de régiment…

— Botazzi, avança le journaliste.

Le policier jeta un œil faussement noir à son neveu.

— Botazzi, oui. Toi, tu es déjà allé fourrer ton nez dans l'affaire…

— Vous savez ce qui lui est arrivé à Botazzi ? demanda Raoul.

Le policier balaya l'incidente d'un geste du bras :

— Je suis au courant. Une mine qui lui a pété à la figure. Toujours est-il que Castellain n'en démord pas. On lui a collé le macchabée avant qu'il rafistole son mur. Point final. Va prouver le contraire, toi. C'est invérifiable et la tombe est à trois ou quatre mètres de la rue. C'est donc possible, objectivement. Ah, Bonne Mère ! si les légistes pouvaient affiner leurs dates. Mais va y voir, après dix ans !

— Si les légistes sont impuissants à établir avec précision le calendrier, dit Raoul, c'est à nous de trouver dans le passé récent du négociant des éléments propres à le confondre.

Baruteau tiqua :

— Vite dit, tu vas t'amuser…

L'arrivée du pithiviers sur la table familiale mit fin à l'échange.

Raoul regarda son oncle dans les yeux et lança, avant d'attaquer sa portion :

— C'est bien ce que je compte faire, mon oncle. M'amuser !

5.

Où la mobilisation de la rédaction pour célébrer les fastes de l'Exposition coloniale provoque un affrontement entre Raoul Signoret et son rédacteur en chef

La rédaction du *Petit Provençal* était en effervescence. On n'avait jamais vu autant de journalistes présents en même temps au siège de la rue de la Darse. Les correspondants locaux avaient été priés d'assister à la réunion, bien que l'ordre du jour ne les concernât pas directement ! Il s'agissait d'unir toutes les forces du journal en vue de la « couverture » d'un événement inouï, encore jamais vu en France, d'une importance considérable pour le présent et l'avenir économique de Marseille : l'ouverture de l'Exposition coloniale, première du genre. Jamais encore une ville française ne s'était investie pareillement pour devenir huit mois durant – d'avril à novembre 1906 – la vitrine de l'Empire colonial français, ce qui sous-entendait qu'elle se considérait comme sa capitale, avant Paris.

Cet événement devenait pour les journaux marseillais prioritaire sur toute information. La rédaction avait reçu son ordre de mobilisation sous la forme d'une note de service du nouveau rédacteur en chef, Roland Grosdidier, dans laquelle il avait prévenu que, durant tout le temps de l'Exposition coloniale, les habituelles prérogatives ou spécialités des divers services du journal seraient provisoirement bouleversées afin que chacun soit à la disposition privilégiée de l'événement.

Grosdidier avait précisé sa pensée en donnant pour exemple : « un chroniqueur judiciaire pourrait être appelé à assurer des reportages dans les divers pavillons des colonies représentées, ou un reporter se charger des portraits des visiteurs de marque ». Cela avait été pris par Raoul Signoret comme un *casus belli* le visant en particulier. Les deux hommes ne s'aimaient pas, ce n'était un secret pour personne. Non que Raoul fût jaloux de l'avancement obtenu par ce médiocre à force d'intrigues, mais parce qu'il ne lui reconnaissait aucun des caractères qui font les chefs. Grosdidier était paresseux, veule, sournois, courtisan, mais le reporter lui reprochait surtout son manque d'envergure et son incompétence. Il n'avait jamais écrit un reportage digne de ce nom de toute sa carrière déjà longue, ni proposé un sujet original à la moindre réunion de rédaction. Il attendait qu'on le fasse à sa place, quitte à sabrer le journaliste si le résultat n'était pas à la hauteur de ce qu'il en attendait, selon les idées préconçues qu'il s'en était fait. Comme de mémoire de reporter on ne l'avait jamais vu « sur le terrain », il ne pouvait pas imaginer que le journaliste lâché dans la nature, à la merci de l'événement imprévisible, n'est pas toujours certain d'en ramener la moisson d'information attendue, mais à la manière des *chiens de quartier*[1] « il ne voulait pas le savoir ».

Grosdidier avait gravi lentement les échelons internes de la rédaction, tissant sa toile grâce à un

1. Surnom donné à l'adjudant dont la réponse favorite à une objection est *« 'pas l'savoir ! »*.

réseau d'affidés et, comme il faisait partie du décor et ne savait pas rédiger, on s'était dit, à la direction du journal, qu'il ferait un très bon rédacteur en chef. Il répondait point par point à cette règle non écrite qui veut qu'un journaliste brillant soit bloqué dans son avancement parce que jalousé, tandis qu'un médiocre, qui ne fait peur à personne, est régulièrement promu.

Raoul Signoret apprenant sa nomination avait dit à haute et intelligible voix : « Grosdidier me fait penser à ces sous-off'qui ont fait toutes les guerres le porte-plume en main comme fourriers. Les vrais soldats sont morts sur les champs de bataille, eux sont toujours là. Alors, comme on n'a plus personne sous la main, on les promeut officiers, non pas au mérite, mais à l'ancienneté. »

Ce jugement sévère avait été rapporté tout chaud à l'intéressé par un de ses caudataires, si bien que les rapports entre les deux hommes étaient tendus. Grosdidier ajoutait à son ressentiment une jalousie certaine face à un journaliste brillant dont la renommée l'offusquait. Tant il est vrai que les minables considèrent le talent des autres comme une offense personnelle.

Raoul Signoret demanda une audience à son chef. Il savait la démarche inutile, mais voulait en profiter pour lui faire savoir ce qu'il pensait de ses façons. L'autre l'attendait de pied ferme, sûr du bon droit que confère la hiérarchie et pas fâché de faire valoir son autorité. Grosdidier, comme tous les êtres sans caractère, faisait de l'autoritarisme son mode habituel de relation envers ses subordonnés.

— Pas question de déroger pour qui que ce soit, rappela le rédacteur en chef du *Petit Provençal* dès que le reporter eut fait valoir les contraintes de l'enquête en cours. D'ailleurs, je crois savoir qu'il n'y a plus d'affaire Castellain. Et je vous signale au passage que M. Castellain est un ami personnel. J'ai dîné avant-hier soir en compagnie du procureur Fouquier, il m'a assuré que le juge d'instruction chargé du dossier s'apprêtait à prononcer un non-lieu. Donc, vous voilà dégagé pour nous donner un coup de main durant l'Exposition coloniale qui va être l'événement maj…

Raoul l'interrompit :

— Il y a bien assez de monde dans la rédaction pour aller chanter les louanges de ceux qui font leurs choux gras de la sueur des peuples colonisés. Je n'ai pas la vocation.

C'était ce qu'il ne fallait pas dire. Grosdidier était un chaud partisan de la mission « civilisatrice » de la France au-delà des mers car, à ses yeux, elle redorait un blason passablement amoché par la raclée reçue des Prussiens en 1870. En outre, il voyait dans un événement dont Marseille se faisait à l'avance une gloire personnelle le moyen de mettre au pas un journaliste à son goût trop indépendant.

Avec un air fuyant – mais qui ne cachait pas sa satisfaction à humilier un homme ayant une si piètre opinion de son supérieur, il répliqua, fielleux :

— Vous ferez comme les autres, Signoret. Nous sortons une édition spéciale quotidienne et j'ai besoin de monde. L'affaire n'est pas indigne de la haute opinion que vous avez de vos capacités. Il n'existe pas de petits sujets, il n'est que de petits journalistes.

Raoul se retint de lancer « et de minuscules rédacteurs en chef ». Il se contenta de donner son opinion sur la question :

— Je conçois que l'Exposition coloniale soit un sujet d'importance sur le plan de l'information. Ce que je déplore c'est que, d'avance, nous l'abordions uniquement par la louange et l'encensoir. Il me semble qu'un journal socialiste devrait se faire un devoir d'informer ses lecteurs sur la réalité de la politique coloniale française. S'il est une occasion de le faire, c'est bien celle-là.

Le visage mou de Grosdidier se crispa d'un rictus mauvais. À son habitude son regard devint fuyant, mais il cracha un trait de venin :

— Eh bien, vous ne le ferez pas ! Du moins tant que je serai à la tête de ce journal. Je reconnais bien là vos idées prétendument avancées. La réalité de la politique coloniale française, Signoret, je vais vous la dire : une grande nation civilisée apporte les lumières et les moyens du progrès par la mise en valeur de leurs pays, à des tas de moricauds et de sauvages, qui, sans elle, demeureraient dans la misère et l'obscurantisme.

Raoul Signoret ricana. Avec un type comme Grosdidier ses espoirs d'avancement étaient enterrés. Autant en profiter pour dire sa façon de penser :

— La mise en valeur des pays conquis se fait à l'avantage exclusif des compagnies spéculatives à qui on concède de vastes domaines comme elles n'en trouveraient plus en France. Et les expropriations des indigènes n'ont jamais cessé depuis quarante ans. Croyez-vous que ce soit pour le bien des Algériens que l'on ait fait main basse sur près d'un million d'hectares de terres cultivables pour les donner – à ceux-ci les vallées les plus fertiles de Kabylie ? Quand ces malheureux ont eu l'audace de relever la tête en 1871, leur révolte a été noyée dans le sang. Croyez-vous aussi que ce soit pour le bien des indigènes que l'on plante de la vigne à tour de bras dans un pays musulman abstème ? Pendant ce temps, ils crèvent de faim, on les prive de leurs ressources traditionnelles et de leurs terres, et on les oblige à importer quatre-vingt-dix pour cent de leurs besoins alimentaires. Ainsi, le bénéfice des « civilisateurs », comme vous dites, est double.

Grosdidier tapa du poing sur la table :

— Arrêtez, Signoret, avec ce catéchisme rouge ! Allez prêcher chez les libertaires. Ceux qui posent des bombes et tuent des innocents. Vous êtes un mauvais Français, voilà ce que vous êtes ! Et les routes, les équipements et les écoles qu'on leur construit, qu'en faites-vous ?

— Des écoles où seulement cinq pour cent des enfants arabes sont scolarisés ? Parlons-en ! Quant aux adultes, ils paient un « impôt arabe », ils sont privés du droit de vote, mais on leur impose le service militaire. Vous trouvez ça juste ?

Raoul était lancé, il irait jusqu'au bout :

— Et je ne vous parle pas de notre chère A.O.F. où, dans le seul Congo, quarante compagnies françaises se partagent soixante-dix pour cent du territoire. Cette mise en valeur dont vous vous gargarisez se fait par l'expropriation des terres et la spoliation. Belle mission civilisatrice ! Et c'est de ça qu'elle va se goberger « votre » Exposition coloniale !

— Taisez-vous, allons ! tenta Grosdidier, vous racontez n'importe quoi. Vous récitez la propagande de vos amis anarchistes.

— J'en termine, rassurez-vous, répliqua Raoul. Je n'ai pas la prétention de vous convertir, pas même celle de vous ouvrir les yeux. Mais laissez-moi vous dire une dernière chose : les colonies dont vous vous apprêtez à célébrer les richesses et les beautés sans tenir compte de la réalité ne sont que des réserves pour le capitalisme français en recherche de profit maximal.

Grosdidier se contenta de ricaner sans argumenter.

Regard toujours fuyant, il lâcha comme pour signifier que rien de ce que lui avait dit Raoul ne l'avait touché :

— Pour commencer, je vais vous demander d'assurer le reportage de la journée d'inauguration, prévue pour le 15 avril. Vous pouvez toujours refuser, mais vous pouvez aussi chercher une place dans un autre journal.

Il devait y avoir dans le regard que Raoul Signoret porta sur son chef une certaine proportion de plomb fondu, car l'autre, après avoir voulu vérifier sur le visage de son interlocuteur l'effet de son ordre, détourna la tête avec hâte comme si on l'avait brûlé.

— C'est votre dernier mot ?

— Absolument.

— Je vous préviens que je compte continuer à m'occuper de l'affaire où est impliqué votre ami Castellain, qui, pour briser les grèves de ses ouvriers marseillais importe des Kabyles de son domaine de Sidi Moussa.

Toujours sans regarder Raoul, Grosdidier lâcha :

— Cette enquête, vous la ferez pour votre compte personnel, alors. Je ne publierai rien d'une affaire qui n'a plus lieu d'être. Mais vous ne vous y consacrerez que lorsque le travail pour le journal sera achevé. Je ne peux vous empêcher de faire des heures supplémentaires, si ça vous amuse…

Le reporter se leva et rompit de lui-même l'entrevue. La porte du bureau fit les frais d'une brutale montée d'adrénaline.

Dans la salle de rédaction pleine d'une foule de confrères qui traînaient à l'affût des derniers ragots, une fois la réunion terminée, Raoul Signoret aperçut la silhouette imposante d'Alphonse Banégas qui lui fit un petit signe discret de la main pour attirer son attention. Le correspondant de Saint-Julien prit son jeune confrère par le bras et l'attira près d'une fenêtre donnant sur la rue de la Darse. L'embrasure procurait une relative intimité – d'autant plus que le brouhaha général ponctué de gros rires soulignant les plaisanteries habituelles entre journalistes assurait qu'une conversation pouvait garder une certaine discrétion.

— Dites, Signoret, dit le gros homme en baissant la voix, je n'ai encore rien publié, mais j'ai une information qui pourrait vous intéresser. Botazzi, ça ne serait peut-être pas un accident.

Raoul eut un sursaut :

— Que voulez-vous dire ? Un attentat ?

— On peut dire comme ça. Les spécialistes de l'armée ont été appelés pour examiner ce qui reste du rocher que le carrier devait faire exploser, ils ont dit que tout leur paraissait normal, que les précautions habituelles avaient été prises, le trou foré dans les formes et la charge placée comme il faut. Il n'y aurait pas eu d'imprudence.

Raoul tiqua :

— Oui, mais enfin, il peut y avoir eu une fausse manœuvre.

Banégas, eut un mouvement négatif de la tête :

— Pas chez un spécialiste comme Botazzi. S'il est allé en personne voir de quoi il retournait quand la mine a *cagué*, c'est qu'il était sûr de ne rien risquer. Sinon, il n'aurait pas *gansaillé*[1] la charge avec une barre à mine.

— On la lui aurait donc sabotée, d'après vous ?

— Oh, d'après moi, dit Banégas prudent, avec un recul du buste, je risque pas d'avoir d'opinion, parce

1. Secouer.

que moi, j'y comprends rien. Tout ce que je sais c'est ce qu'ont dit les témoins aux enquêteurs.

— Les témoins ?

— Oui, des ouvriers de l'entreprise se trouvaient un peu plus loin dans la carrière à pousser des wagonnets. Ils ont dit aux policiers que le trou où était placée la charge avait été creusé dans la matinée. C'était une roche dure comme un *casse-dents*[1] d'Allauch. Ils y ont passé un bon moment dessus. Quand Botazzi a placé la charge, des ouvriers du chantier l'ont entendu dire au *pôvre* Pellissier : « Elle nous a fait assez suer, celle-là. Allons manger, on la fera péter cet après-midi. »

Raoul pensa tout haut :

— Ce qui signifie que la charge serait restée sans surveillance entre midi et deux ?

— C'est ce que m'a confié un policier que je connais, parce qu'il est des Trois-Lucs et que…

Le reporter mit fin aux explications inutiles :

— Vous voyez bien que même Botazzi, avec toute son expérience, peut commettre des imprudences. Un gosse pouvait venir y mettre son nez et se faire pulvériser.

Banégas baissa le nez comme s'il se faisait gronder :

— C'est vrai, j'y avais pas pensé.

— Quoi qu'il en soit, on pouvait donc parfaitement saboter la charge pour qu'elle explose dans la figure de Botazzi.

Le correspondant de Saint-Julien acquiesça :

— C'est ce qu'ils ont laissé entendre. Mais on n'a pas de preuve formelle. Sinon qu'on aurait – j'emploie

1. Croquant aux amandes particulièrement dur.

le conditionnel, hein ? – trouvé des débris métalliques calcinés qui n'avaient rien à voir avec la charge de poudre et des traces d'un autre type d'explosif, différent de celui que Botazzi emploie habituellement. Ils m'ont dit un nom que j'ai pas bien compris : Notriglo… Nitragly...

— Nitroglycérine ?

— C'est ça ! La Nitriglocérine. C'est ce qu'ils m'ont dit.

Banégas sortit un minuscule carnet de sa poche de veste où quelques notes étaient griffonnées et il lut avec application :

— Botazzi utilisait principalement la mé..li..ni..te ou la dynamite. Et là, ils auraient trouvé des traces de ce que vous dites, la *nitro* machin-chose. Qui pète paraît-il plus fort que la dynamite.

Raoul précisa :

— Surtout, elle est assez instable pour exploser si on la secoue un peu trop.

Il se plongea dans une réflexion qui lui fit froncer les sourcils.

— À quoi pensez-vous ? questionna Banégas.

— À rien de précis. Je me demandais qui pouvait avoir intérêt à faire disparaître Botazzi. Un concurrent, ou bien…

— Ou bien quoi ?

— Ou bien rien, je n'en sais pas plus que vous. Mais ça vaudrait peut-être la peine de creuser de ce côté-là. Vous savez que je suis réquisitionné pour célébrer les fastes de la colonisation. Je ne vais donc pas pouvoir être maître de mon temps comme je le désirerais. Puis-je compter sur vous, pour…

— Avec plaisir, mon cher Signoret ! répondit Banégas avec le ton d'un vieil enfant que l'on vient de récompenser. Si vous croyez que je sois capable de…

— Je ne le crois pas, j'en suis sûr, répliqua Raoul. Vous avez déjà fait un sacré travail d'enquêteur. Si je n'étais pas à couteaux tirés avec notre chef, je réclamerais pour vous une prime.

Banégas rougit jusqu'au bord de son canotier :

— Vous êtes gentil, Signoret, mais je ne le fais pas pour l'argent, vous le savez.

— Je le sais. Vous le faites, parce que vous êtes de la race des chiens de chasse de l'information. Rien à voir avec ceux qui la traitent le cul sur la chaise, par personnes interposées.

Cette dernière opinion avait été émise à haute voix afin que Grosdidier – qui passait à proximité – n'en perde pas une miette. Le regard de mépris que le rédacteur en chef du *Petit Provençal* jeta sur son subordonné prouva à Raoul que les mots avaient atteint leur destinataire.

6.

Où l'on visite l'Exposition coloniale en compagnie de notre héros qui y retrouve une vieille connaissance

— Papa ! Je veux monter sur le chameau ! Je veux monter sur le chameau, papa !

Mlle Adèle Signoret – qui venait de fêter ses neuf ans la veille – était excitée comme une puce. Pour un cadeau d'anniversaire, c'en était un de taille. Le méhari, de son air de maître d'hôtel offusqué par le sans-gêne du client, contemplait la petite Marseillaise en robe à carreaux sur des bottines noires qui montaient haut sur ses mollets ronds et, si son dresseur n'avait pas tiré l'animal en arrière au bout de sa longe, il aurait volontiers goûté au petit bouquet de fleurs artificielles qui ornaient le chapeau de paille de la gamine. Adèle poussait des cris en sautant sur place. L'appréhension première, face au grand animal inconnu, avait cédé devant la perspective d'une expérience unique ! Son père avait beau lui expliquer que son chameau était un dromadaire, cela ne changeait rien à son envie irrépressible de l'essayer. Faire une promenade perchée sur la bosse de l'étrange bestiau, ça n'arriverait pas tous les jours dans une vie de jeune fille de la place de Lenche, Adèle en était consciente.

Cette perspective reléguait la dînette et la poupée reçues la veille à un rang très subalterne.

Cécile Signoret, toujours aussi naturellement élégante avec sa ligne de sylphide soulignée par la taille haute et cintrée d'une longue jupe bleu nuit tombant jusqu'à terre, avec un boléro assorti sur un chemisier blanc qui mettait en valeur son teint mat de Méridionale, tentait en vain de calmer sa fille en lui proposant l'alternative d'un tour en pousse-pousse *à roues caoutchoutées* tiré par un authentique *coolie* cochinchinois. Adèle n'en démordait pas, en dépit de la bouille ronde du petit homme jaune avec sa natte qui lui battait les reins.

Que faisait donc ce lymphatique camélidé sous les ombrages d'un parc public marseillais tout récemment aménagé ? Il participait à sa manière à la plus grande gloire de Marseille. Cette ville avait eu le culot de s'autoproclamer capitale de l'Empire colonial français sous les sourcils froncés du Quai d'Orsay, offusqué de se voir disputer l'exclusivité des relations avec les possessions françaises d'Outre-Mer. Le ministère des Affaires étrangères voulait l'exposition sur les bords de Seine. Marseille l'avait emporté, grâce à l'esprit d'entreprise du Commissaire général de la manifestation, Jules Charles-Roux, qui avait l'appui sans réserve du maréchal Lyautey, tout auréolé de son aura de pacificateur du Maroc.

Voilà comment ce qui – deux ans auparavant – n'était encore qu'un champ de manœuvre militaire aux portes sud de la ville s'était transformé en un immense chantier pour aboutir à un espace vert de quarante hectares sillonné d'allées bordées de palmiers géants, ombragées de platanes, d'ormes, d'acacias et de micocouliers et parsemé de pièces d'eau. La ville en liesse s'y était donné rendez-vous, sous un beau soleil printanier, pour envahir pacifiquement les quelque cinquante palais et pavillons officiels où se côtoyaient toutes les races et couleurs de la terre. C'était une « leçon de choses » et une leçon d'Histoire grandeur nature. On avait vu sortir de terre – entourant le Grand Palais où Marseille étalait ses industries traditionnelles : huiles, savons, sucres, pâtes alimentaires, tuiles, bougies, manutention portuaire, réparation navale – des constructions plus inattendues sous nos climats : villages africains ou cochinchinois, rues algériennes de la Casbah, case de chef soudanais, temples cambodgiens, marchés de Haute-Volta ou de Tananarive, mosquées et minarets, souks, paillotes et pagodes. On y trouvait même un inattendu jardin mexicain, sans oublier l'incongru *water toboggan* et l'habituel kiosque à musique où des militaires chamarrés jouaient au piston des *pas redoublés* et des polkas piquées, alternant leurs prestations avec celles du Philarmonique de Mazargues, de l'orphéon de Château-Gombert, de l'Harmonie de Saint-Antoine, les sonneries des Amis de la Trompe, les éclats cuivrés de l'étendard de Saint-Louis ou de la Lyre maritime. Au détour d'une allée on découvrait même un surprenant *Mas de Sant'Estello*, où des Provençales en costume proposaient spécialités et produits du terroir.

En l'apercevant, Raoul Signoret n'avait pu s'empêcher de lancer à l'intention de sa femme :

— Je te l'avais bien dit que la Provence aussi était une colonie !

Tout Marseille était en fête, en ce dimanche de Pâques 15 avril 1906, jour de l'ouverture de la manifestation au public. L'arrivée de l'escadre venue de Toulon avait donné le coup d'envoi la veille, tandis que vingt et un coups de canon étaient tirés depuis

Notre-Dame-de-la-Garde et que les officiels – le maire Amable Chanot[1] en tête – procédaient à l'inauguration après force libations et discours – aux accents de la cantate *Salve Massilia !* composée tout exprès par Messieurs Fosse et Galerne, exécutée par les sociétés chorales de la ville et la musique du 9e hussard. À la nuit tombée, un feu d'artifice d'anthologie avait embrasé le plan d'eau du Vieux-Port. C'était si réussi qu'on en avait presque oublié qu'aucun officiel d'envergure nationale – pas même le ministre des Colonies, M. Georges Leygues – n'avait daigné participer à l'événement[2].

A présent, prises d'assaut, les norias incessantes des rames de tramways d'une ligne spéciale, avec leurs trois remorques ouvertes, parties de l'angle cours Saint-Louis – rue Cannebière, devant le *café Riche,* où se dressait un immense portique, emportaient en droite ligne vers le Rond-Point-du-Prado, des milliers de visiteurs impatients de découvrir ce voyage immobile au pays des merveilles, pour lequel certains n'avaient pas hésité à traverser la France à bord du *Paris-Lyon-Méditerranée*.

Adèle Signoret, à présent installée à califourchon sur une selle haute munie d'une croix de bois ouvragé

1. Maire de Marseille de 1902 à 1908 et de 1912 à 1914. Son nom fut donné en 1920 au parc public aménagé sur l'emplacement de l'exposition. Le Parc Chanot accueille depuis 1924 la Foire internationale de Marseille.

2. Le président de la République Armand Fallières visitera l'Exposition coloniale les 15 et 16 septembre... soit quatre mois après son inauguration ! Il est vrai que l'ouverture coïncidait avec les élections législatives et que ces messieurs étaient plus soucieux de retrouver leur siège que d'inaugurer une manifestation, fût-elle d'ampleur nationale.

où accrocher les mains, surmontant la bosse molle du dromadaire, poussait des cris aigus tandis que sa mère, inquiète, suivait l'insolite équipage qui s'éloignait en tanguant dans l'allée principale. La fillette ne regrettait pas son choix : tant pis pour les petits ânes tunisiens dont les yeux doux l'avaient un moment tentée. Adèle les regardait à présent de haut. Tant pis aussi pour le dragon cochinchinois de trente-quatre mètres de long qui déroulait ses anneaux colorés, déployés par cent manipulateurs.

Cécile suivait l'animal qui donnait à sa fille des souvenirs pour plus tard, heureuse de s'en être tirée à bon compte. La gamine avait d'abord manifesté le désir de grimper dans la nacelle du ballon captif qui à quatre cents mètres d'altitude offrait un coup d'œil panoramique sur l'ensemble de l'exposition.

— Rendez-vous devant le pavillon de l'Algérie ! étaient convenus Cécile et Raoul.

C'est par lui que le journaliste avait décidé de commencer son reportage du jour. Il n'est pas sûr que « l'affaire Castellain » ne lui ait pas inconsciemment dicté ce choix.

En se dirigeant vers le pavillon, Raoul jeta un coup d'œil amusé vers le stand de la maison *Picon frères*, qui attirait tous les soiffards de Marseille en proposant la dégustation gratuite et à volonté de son fameux vermouth à base d'oranges d'Algérie.

Le reporter passa devant les fiers cavaliers kabyles, défilant, superbes, dans leurs burnous clairs aux parements rouges, en faisant caracoler leurs pur-sang blancs aux naseaux frémissants.

Afin de rapporter à son rédacteur en chef la moisson quotidienne exigée et alimenter les pages de l'édition spéciale imprimée sur place par *Le Petit Provençal*, Raoul Signoret parcourut les stands et les reconstitutions qui étalaient toutes les richesses dans lesquelles la France – et Marseille ne laissait pas sa part aux chiens – puisait sans scrupule, après avoir soumis, au terme de dix-sept années d'une guerre acharnée, cette terre africaine pour en faire un département français. Le pavillon de l'Algérie était dominé par un faux minaret et la reconstitution d'une ruelle montueuse et étroite de la casbah d'Alger en était le point focal. De vieux Arabes accroupis figuraient ses artisans : batteurs de cuivre, marchands de laines colorées, potiers, tanneurs, vendeurs de bijoux, de narguilés, de babouches et de chéchias. On avait même pensé à faire figurer les petits cireurs de chaussures, nu-pieds avec leur boîte en bois suspendue à l'épaule par une courroie de cuir.

Raoul parcourut ce décor pour touristes avec dans le cœur un sentiment de compassion pour ces gens qu'on exposait comme des bêtes curieuses afin de satisfaire le goût frelaté pour l'exotisme de pacotille de visiteurs imbus de leur supériorité qui les bombardaient de questions saugrenues ou humiliantes et ponctuaient leur discours de *« mon z'ami »* croyant se mettre à la portée de l'indigène.

Raoul en vit et entendit assez pour « torcher » son article du jour dans le sens voulu par Roland Grosdidier. Il refusait tout simplement de les signer. « L'invite » suggérée par le rédacteur en chef du *Petit Provençal* d'aller exercer ses talents ailleurs avait un instant tenté le reporter de claquer la porte au nez de son tourmenteur, mais Raoul – qui ne voulait pas faire ce plaisir à son chef – tenait à ses idées. Et il savait bien que ce ne serait pas au *Petit Marseillais* qu'on lui permettrait de les défendre.

En quittant le décor de carton-pâte et de stuc de la fausse casbah d'Alger, le journaliste fut attiré par un stand devant lequel se pressait la foule, car on y dégustait gratuitement du vin d'Algérie. Des serveuses au teint trop clair, en costume indigène d'opérette – larges pantalons bouffants, corsage porté sous un boléro rebrodé, la tête ceinte d'un voile et de larges pendants circulaires en cuivre aux oreilles – servaient aux amateurs un vin rouge épais et sombre qui dégageait des arômes complexes de bois et de cuir. Raoul prit machinalement le verre que lui tendait une jeune femme et, le portant à ses narines, huma les senteurs puissantes qui se dégageaient. « C'est un costaud ! » dit-il à la serveuse qui ne comprit pas l'allusion. Il goûta. Le vin était encore un peu âpre, mais dégageait une puissance étonnante qui fit comprendre au journaliste pourquoi on appelait ces crus des « vins médecins », quand on en mêlait discrètement une certaine proportion aux crus métropolitains, les années où ceux-ci faisaient de l'anémie du côté de la teneur alcoolique. Celui-là – qui avait dans ses gènes la force de l'Afrique – accusait 15° sur la bascule ! Du jamais vu en Provence. Pas étonnants que les Marseillais, plus habitués aux rosés, ou aux rouges légers, arborassent dès le second verre ces trognes réjouies.

En levant le coude en même temps que les yeux pour une seconde lampée symbolique, Raoul Signoret sursauta. Au-dessus de sa tête s'inscrivaient en lettres colorées imitant la graphie « arabe » (du moins l'idée que s'en faisaient des Français), le nom et la raison sociale du producteur :

H. Castellain et Cie
Domaine d'El Harrach
Sidi Moussa (Algérie)

De grands panneaux dressés sur le fond du stand vantaient les atouts du domaine : six cent cinquante hectares en bordure de l'Oued Tlata, sur des coteaux exposés au sud, avec des rendements de cent cinquante hectolitres à l'hectare. Ces crus vigoureux, pour ne pas bénéficier des appellations nobles de la métropole, avaient, par leur jeunesse triomphante, sauvé la viticulture française du désastre, quand le vignoble métropolitain avait été ravagé par le phylloxéra en 1871.

Le journaliste vit dans cette « rencontre » inattendue comme un signe. Alors qu'il n'y pensait plus – du moins le croyait-il – le squelette retrouvé dans le parc de *La Mitidja,* à Saint-Julien, venait le tirer par la manche en grimaçant au beau milieu de la fête. Comme un fantôme revenant parmi les vivants pour reprocher à ses descendants de le négliger.

Sur l'instant, Raoul Signoret n'avait pas voulu attacher plus d'importance qu'il n'en fallait à cette coïncidence.

C'est alors qu'il tomba en arrêt.

Dans la silhouette de l'homme qui lui tournait le dos, discutant avec d'autres représentants de la firme, debout au milieu du stand, il crut retrouver l'image lointaine d'un petit garçon en culottes courtes, un élève de sixième. Il revit l'enfant sangloter dans la cour du Grand Lycée, isolé par son chagrin au milieu d'une troupe joyeuse et turbulente de gosses hurlant et se dépensant sans compter, tandis que lui, perdu, abandonné, bousculé à chaque seconde par des hordes piaillantes se bourrant de coups, tentait vainement de se protéger avec son seul bras valide. L'autre bras, inerte, était en permanence glissé dans la poche de sa culotte et n'en sortait jamais, ce qui donnait à l'enfant cette allure déjetée, aggravée par une scoliose due à une mauvaise position du buste prise dès la prime enfance. Il avait le bras gauche atrophié et sa main avait l'aspect d'un crochet de chair et d'os mêlés, où l'on ne distinguait pas les doigts. Sa vue était difficile à supporter, aussi l'enfant enfonçait-il en permanence ce moignon au fond de sa poche, ce qui lui donnait une allure penchée dont les autres se moquaient : *Tour de Pise ! Tour de Pise !* Cette infirmité congénitale complexait le petit garçon et le tenait à l'écart des jeux de ses condisciples. Loin de provoquer la compassion, cette attitude excitait au contraire le sadisme naturel de certains de ses camarades qui ne manquaient jamais de l'humilier, sûrs de leur force et de leur normalité.

Raoul Signoret était un des très rares, non seulement à ne pas participer à la curée, mais à se conduire spontanément en défenseur de l'infirme. Plus d'une fois, cela s'était terminé par une sévère empoignade où la force et la vigueur de Raoul – qui avait fait ses humanités dans les rues du Vieux-Marseille – lui avaient donné le dessus sur les plus coriaces. Le futur journaliste et pratiquant assidu de la boxe française[1] n'hésitait pas à s'affronter à plus grand que lui et avait déjà une réputation bien au-delà des limites de la cour de récréation.

Ces images tremblotantes, venues du fond de la mémoire comme des clichés jaunis par le temps, dansaient devant les yeux du reporter qui retrouvait ses onze ans :

— Qu'est-ce qu'on t'a fait ?

L'enfant infirme se retournait et au travers de ses larmes pointait un sourire confiant.

---

1. Voir les 4 tomes précédents des *Nouveaux Mystères de Marseille*.

— C’est Maresca. Il m’a dit que je ressemblais à Quasimodo.

— Où il est ?

— Là-bas, près des cabinets.

C’était un redoublant aussi épais au physique qu’au moral, une terreur des préaux, d’une tête plus grand que la moyenne de ses condisciples, dur aux faibles, qui compensait ses désastreux résultats scolaires en régnant sans partage sur une cour d’admirateurs qu’il tyrannisait.

Maresca n’avait pas eu le temps de voir venir. Quand une main lui avait frappé sur l’épaule, il s’était retourné d’un bloc et un crochet du droit l’avait cueilli à la mâchoire. Avant de se retrouver le cul par terre, il avait eu le temps d’entendre :

— C’est de la part de Quasimodo. Je fais la commission. Si tu en veux un autre, te gêne pas.

Sauvé par le gong – la cloche annonçait la fin de la récréation – Maresca, sonné, s’était contenté de promettre, sans trop de conviction, d’attendre son agresseur à la sortie, mais il me mit jamais sa menace à exécution. Humilié devant ses troupes, le chef avait abdiqué toute morgue et l’affaire n’eut pas d’autre suite qu’une nouvelle réputation pour Raoul, « le petit qui a pas peur des grands ».

Revenu à l’instant de sa plongée dans le coffre aux souvenirs d’enfance, Raoul Signoret se déplaça le long du stand pour apercevoir l’homme qu’il contemplait jusqu’alors de dos. Celui-ci tourna la tête. Leurs yeux se croisèrent. L’homme se détacha du groupe qui l’entourait et vint vers le journaliste. Il demeura quelques secondes muet, le regard attentif à détailler les traits de celui qui lui faisait face, puis lâcha, avec un rien d’hésitation :

— S... Signoret ? Raoul Signoret ?

Le reporter lui sourit et dit, ému, à mi-voix :

— Edouard Castellain… Ça nous rajeunit !

L'homme – geste rare ! – retira sa main mutilée de la poche de sa veste. Il portait une sorte de mitaine en velours noir, et de son bras valide s'arrima aux avant-bras de Raoul en lâchant dans une sorte de fièvre :

— Comme je suis content de te revoir ! Je m'étais toujours dit… Mais viens donc, ne reste pas là ! Entre ! Allons nous asseoir.

Il semblait très ému :

— Ça alors ! Ça alors ! Je ne t'ai jamais oublié, Raoul, et je m'en voulais, tu sais, de ne jamais t'avoir fait signe depuis le temps ! C'est idiot, la vie ! Elle vous sépare et puis on laisse filer. Les années passent et nous voilà. Presque des vieux ! Ah, mais il ne faut plus ! On va se revoir, organiser quelque chose.

Raoul était surpris de cet assaut d'enthousiasme chez un être dont il se rappelait la discrétion jusqu'à l'effacement. Certes, leur amitié juvénile était réelle, mais leurs vies avaient suivi des cours différents. Edouard Castellain n'avait pas dépassé la classe de troisième. Les jeunes gens s'étaient revus de temps à autre. Et puis, les barrières sociales que l'école de la République avait un moment abaissées s'étaient dressées à nouveau entre eux. Comment un fils de prolétaire – orphelin de père de surcroît – aurait-il été accueilli dans la famille d'un fils de grand bourgeois ? Edouard était allé à Paris, suivre une vague formation commerciale, Raoul, bachot en poche, s'était inscrit à la faculté des Lettres d'Aix. Ils avaient correspondu un temps et puis…

Edouard Castellain semblait avoir gardé de son « vengeur » d'antan un souvenir très vif.

— Combien de fois tu te seras battu pour moi !

Jusqu'à te faire punir à ma place. Un jour, je me souviens, j'étais allé voir le censeur pour lui dire : c'est moi qui dois venir jeudi à la place de Signoret pour faire sa colle. Il n'y comprenait rien, le malheureux. Finalement, nous avions été collés tous les deux !

Il rit, jusqu'aux larmes, mais Raoul se demanda si elles n'étaient pas mêlées d'autres sentiments... Castellain fils semblait être dans un état d'excitation que Raoul n'arrivait pas à mettre sur le compte de leurs retrouvailles.

Cet homme, encore jeune, portait en permanence un masque de tristesse, même lorsque, comme à présent, il cédait à un brusque accès de gaieté. Ses yeux, eux, ne riaient pas. De quelle blessure secrète Edouard Castellain souffrait-il ?

Il demanda brusquement :

— Te souviens-tu de Maresca ?

— J'y pensais à l'instant, dit Raoul, sincère.

— Non ! Pourquoi ?

— Parce que, de loin, je me demandais si c'était bien toi et…

Edouard Castellain, avec un air désespéré, exhiba de nouveau son moignon caché sous le velours.

— C'est bien moi…

Raoul en avait été sûr dès le premier coup d'œil, mais il avait eu un moment d'hésitation à retrouver les traits juvéniles de son camarade de classe en découvrant ce visage glabre aux contours affaissés, ce double menton, ce teint blafard, cette calvitie précoce et, par-dessus tout, cet air accablé, comme résigné. Edouard Castellain avait gardé l'air malheureux du petit garçon qui pleurait dans la cour du Grand Lycée. Ce qui ne l'empêchait pas de bombarder le journaliste de questions :

— Tu es toujours aussi bon en maths ?

Le reporter sourit.

— Je crois, oui, mais tu vois, ça ne m'a servi à rien. Je fais un métier de littéraire.

— Je sais, je sais. Oh ! Je t'ai suivi de loin, tu sais ? Bien que chez nous on lise plutôt *Le Petit Marseillais*.

Edouard Castellain ajouta avec un clin d'œil : « Et *La Croix de Marseille,* pour ma pieuse maman ! »

Il avait dit « chez nous ». Était-il possible que cet homme de trente ans passés vive encore chez ses parents ? Raoul n'osait pas poser la question d'emblée. Edouard le fit à sa place :

— Marié ? Des enfants ?

— Marié, oui. Avec la fille de quelqu'un que – il hésita un bref instant – ton… père doit connaître : Léon Jacquemet, le négociant en oléagineux, qui…

Castellain le coupa :

— Oh, mais alors nous sommes du même monde !

Raoul éclata de rire :

— Je ne crois pas, non. Mes relations avec mon beau-père sont à dose… – comment dire ? – homéopathique. En épousant sa fille, j'ai dérangé ses plans commerciaux. Il avait d'autres vues pour elle. Et pour tout arranger, Cécile a rompu avec son milieu pour mes beaux yeux. Alors, tu vois l'atmosphère familiale… De ce côté-là du moins, car chez les miens, la « petite fille de riches » a été pleinement adoptée[1].

— Et tu as des enfants ?

— Une fille, Adèle, neuf ans hier. Et toi ?

Edouard Castellain baissa les yeux :

— Oh, moi… Avec ça ?

Le moignon emmailloté de deuil reparut un instant.

1. Voir *L'Énigme de La Blancarde* (tome 1 des *Nouveaux Mystères de Marseille*), Le Livre de Poche n° 35016.

— Mon père a bien tenté de me caser sans me consulter. Il voulait me marier avec la fille – moche – d'un gros colon qui a encore plus d'hectares de vigne que lui, entre Boufarik et Sidi Moussa. J'ai refusé. Question de dignité. Elle, dont aucun fils de gros colon ne semblait vouloir s'encombrer en dépit des millions du papa, aurait sans doute passé sur ma pince de crabe en échange d'un bon mariage.

Il ricana douloureusement :

— C'est bien la première et la seule fois de ma vie que j'aurai été un parti intéressant !

Voilà qui répondait à une question non posée. Edouard Castellain était célibataire.

Celui-ci eut une grimace de dégoût :

— Répugnantes, ces façons de bourgeois enrichis. Ils ne pensent qu'à l'argent, qu'au profit. Comme si c'était un unique but dans la vie…

Raoul Signoret était troublé. Il lui semblait que son ami se hâtait de faire de sa situation familiale un portrait des plus désolants. Sa façon d'évoquer son père qui avait voulu le placer comme un maquignon son veau invendable, pouvait signifier à l'avance qu'il n'avait pas grand-chose de commun avec le négociant.

Le journaliste saisit avec précaution la perche tendue :

— Ton père, justement, je…

Edouard jeta des coups d'œil fiévreux autour de lui.

— Ne restons pas ici, dit-il en baissant la voix. Je suis entouré de ses plus proches collaborateurs. Allons prendre quelque chose dehors. Nous parlerons.

— Volontiers, dit Raoul mais il faut d'abord que je retrouve mon épouse et ma fille qui nous a tannés pour faire une promenade à dos de dromadaire. Je leur ai donné rendez-vous devant le pavillon et elles pourraient s'inquiéter.

— Ah, dit le fils Castellain l'air déçu, dans ce cas, voyons-nous un autre jour...

Raoul comprit que son ami désirait un entretien en tête à tête. Il proposa, tirant sa montre de son gousset :

— Il est 4 h 30, la nuit ne va pas tarder et ma fille Adèle ne doit pas trop traîner si elle veut faire ses devoirs pour demain. Je rejoins Cécile pour la rassurer sur mon sort et je les expédie à la maison. De toute façon je ne les accompagne pas, je dois écrire mon article du jour avant de rentrer. Retrouvons-nous à la terrasse de la brasserie *Marx*, à 6 heures, si ça te convient. Nous serons tranquilles.

Edouard Castellain prit Raoul à l'épaule et dit chaleureusement :

— Parfait. À 6 heures devant un bock. Il répéta : je suis vraiment heureux de t'avoir retrouvé.

Le journaliste ne fut pas en reste.

— Moi de même. À tout à l'heure.

*
* *

Cécile et Adèle admiraient les cavaliers kabyles qui inlassablement faisaient cabrer, volter et caracoler leurs coursiers blancs. Dans la foule qui applaudissait la parade, Raoul Signoret avait au premier coup d'œil repéré la silhouette aimée. Cécile, attentive à suivre les évolutions, ne l'avait pas vu et il resta quelques instants à admirer, sous son chapeau retenu par une épingle plantée dans sa chevelure ramenée en chignon, ce profil de madone à qui la maturité avait donné un supplément de féminité. Elle était dans tout l'éclat de sa beauté. Les années passaient et rien n'entamait cet amour partagé, bâti dans la confiance, la tendresse et la complicité, auquel Adèle avait ajouté un pilier.

Cécile était penchée sur sa fille et, en baissant le regard, le journaliste découvrit la mine pâlotte de la petite.

— Qu'est-ce qu'elle a ?

Cécile l'apaisa d'un regard.

— Rien. Elle a compris pourquoi on dit du dromadaire qu'il est « le vaisseau du désert ». Ça tanguait, là-haut.

Avec un regard piteux vers son père Adèle compléta :

— J'ai vomi, papa.

— C'est pas grave, dit sa mère. Avec toutes les cochonneries sucrées qu'elle a avalées depuis ce matin, ça lui a dégagé l'estomac. Ce soir, une *aïgoboulido*[1] et au lit.

Le journaliste raccompagna sa femme et sa fille jusqu'au départ du tram qui les ramènerait en ville.

— Combien de moukères sont-elles tombées sous ton irrésistible charme ? s'enquit Cécile.

— Tout un douar.

Raoul ajouta plus bas :

— Sans compter les chèvres.

La jeune femme pouffa :

— Idiot !

— Tu l'as cherché.

Le reporter raconta à sa femme les étonnantes retrouvailles avec Edouard Castellain et la relation

1. Littéralement « eau bouillie ». Il s'agit en fait d'une soupe stomachique souveraine contre les ennuis digestifs à base de laurier et de sauge, deux gousses d'ail écrasées, puis on incorpore au bouillon mêlé d'huile d'olive un jaune d'œuf. On en arrose des tranches de pain rassis.

privilégiée que les deux jeunes garçons entretenaient naguère.

La fine mouche comprit à demi-mot :

— Il semblerait que cet homme – hors le plaisir de retrouver un ami d'enfance qui se comportait déjà comme le chevalier Bayard – ait des choses précises à te dire. Elles concerneraient certains ossements récemment exhumés que je n'en serais pas autrement surprise.

Adèle qui avait toujours une oreille à la traîne s'interposa :

— Pourquoi il a des ossements, ton ami, papa ?

Cécile répondit avec le plus grand sérieux :

— Il est boucher, ma chérie.

Adèle, pratique, demanda :

— Il te donnera peut-être un gigot, alors ?

Raoul, qui désirait poursuivre avec Cécile, s'en tira par une pirouette :

— Dans ce cas nous le porterons dimanche prochain chez tonton Eugène et tatie *Thérésou* le fera cuire.

Puis il enchaîna en direction de Cécile :

— C'est ton impression aussi, hein ? Il m'a semblé qu'Edouard n'attendait qu'une chose : pouvoir me parler de son père. C'est lui qui l'a mis sur le tapis à peine nous étions-nous retrouvés.

— À mon avis, dit Cécile, tu peux aborder la question sans prendre d'inutiles précautions. Il n'attend que ça.

— Et *a priori*, qu'en penses-tu ?

Cécile regarda son époux avec un air entendu :

— Je pense que ça va nous valoir encore quelques nuits agitées, selon l'habitude que tu as prise quand une enquête te turlupine.

Raoul répondit avec un coup d'œil appuyé :

— Il est d'autres façons d'avoir des nuits agitées.

Faussement détachée Cécile répliqua :

— L'un n'empêche pas l'autre. À bon entendeur…

Les « adieux » furent effusifs. Cécile et Adèle se seraient embarquées pour les antipodes, ils ne l'auraient pas été plus.

— Ça tangue moins que le dromadaire, promit le père poule à sa fille quand elle fut installée dans la remorque du tramway au côté de sa mère, tandis qu'Adèle se penchait vers lui pour un ultime *poutoun*[1].

— À tout à l'heure ! Ne m'attendez pas pour dîner, je ne sais pas combien de temps les confidences d'Edouard vont me prendre.

— N'oublie pas le gigot ! cria la fillette tandis que le convoi démarrait dans un crissement de ferraille.

---

1. Équivalent provençal de bisou.

7.

Où notre héros se voit proposer par son ami d'enfance une étrange mission d'enquêteur officieux dans une douloureuse affaire de famille

Quand Raoul Signoret, son article du jour expédié, arriva sur la grande terrasse abritée par de vastes toiles de tente, aménagée par la brasserie *Marx*, Edouard Castellain était déjà là. Il s'était installé en bordure afin d'être facilement repéré. C'est lui qui vit le journaliste en premier et il le héla. Raoul le rejoignit en jouant les toréadors pour éviter les charges frénétiques d'une escouade de garçons de café en tenue demi-deuil – pantalon noir, gilet noir sur chemise blanche – qui maniaient en virtuoses de vastes plateaux chargés de bocks écumants. Edouard Castellain était assis devant un verre à bière à demi plein :

— La même chose ! commanda Raoul à un garçon qui croisait à proximité, montrant le bock de son ami.

— Deux ! cria celui-ci.

On entendait non loin les éclats cuivrés du Philarmonique des Crottes, venu de ce quartier au nom désastreux, situé au nord de Marseille, qui jouait faux mais fort sur le plateau du kiosque à musique, une suite de valses lentes d'Olivier Métra intitulée *Les Roses*.

C'est sur ce fond sonore langoureux que s'engagea le tête-à-tête.

Après quelques secondes d'un silence partagé, durant lequel Raoul Signoret préparait la phrase qui permettrait de renouer le fil de la conversation, il se décida pour attaquer le sujet de front :

— Tu sais sans doute que j'avais commencé à enquêter sur cette affaire de squelette retrouvé dans le parc de *La Mitidja*...

Edouard Castellain l'interrompit :

— Je le savais. J'ai lu tes articles…

Apparemment, il n'avait pas l'air d'en être autrement offusqué.

— Ce n'était qu'une présentation de l'affaire, dit Raoul. Nous n'avons pas pu aller bien loin, tu sais pourquoi…

Edouard ricana :

— Oui, mon cher père a fait donner l'artillerie lourde de ses relations. Il a des amis bien placés au Parquet. Le procureur Fouquier est l'un de ses rares intimes. Ils fréquentent les mêmes lieux et probablement les mêmes filles.

Ça commençait fort.

— Tu n'es pas tendre avec ton géniteur.

Edouard saisit le mot au bond :

— Géniteur, oui, c'est le mot juste, bravo ! Bien trouvé ! « Animal mâle destiné à la reproduction », dit le Larousse. C'est exactement ça. Il m'a engendré. Il n'a jamais été un père pour moi. L'argent l'a dispensé de l'amour paternel.

Castellain fils ajouta avec un sourire douloureux en montrant la mitaine qui cachait son moignon :

— Mais, tu vois, malgré tous ses moyens, il m'a un peu raté…

Raoul était ahuri par la violence de cette douleur :

— Allons, mon vieil Edouard, tu te fais du mal…

Pour toute réponse l'autre dit entre ses dents :

— Pas tant qu'il m'en a fait. Et qu'il m'en fera.

Il devenait superflu de tergiverser. Le journaliste entra dans le vif du sujet :

— Les relations entre toi et ton père sont à ce point détestables ?

— C'est une litote.

— Je me trompe ou tu as voulu me le faire savoir d'emblée ?

— Tu ne te trompes pas, Raoul.

— Pourquoi ?

— Parce que je voudrais qu'il paye, cette fois. Et que tu m'aides à le faire payer. Pour tout ce qu'il a fait. Ce qu'il *nous* a fait, à ma mère, ma sœur Agathe et à moi. Moi, surtout.

— Pourquoi, toi surtout ?

— Parce que M. Honoré Castellain n'aime pas les ratés et que j'en suis un. Raté dans son métier. J'ai déçu ses ambitions. Il voulait un héritier qui prenne la relève. Il a tenté de m'initier « aux affaires », comme il dit. Ce que je fais ne m'intéresse pas. Le pinard me débecte. Je voulais être artiste peintre, moi. Je me suis même inscrit aux Beaux-Arts, dans la classe de Loubon. Il a tout fait pour m'en dissuader. J'ai résisté. Il ne me l'a pas pardonné. Il m'a puni. Je ne suis qu'un employé chez *Castellain et Cie*, moins considéré qu'un contremaître. Je n'ai aucune réelle responsabilité. L'arrivée tardive de ma jeune sœur, c'était pour tenter de compenser ses déceptions. Il voulait un autre fils. Un vrai. Il lui est advenu une fille : bien fait !

Après un bref coup d'œil pour vérifier l'impact de ses révélations sur son vis-à-vis, Edouard poursuivit :

— Je suis un raté dans ma vie personnelle, aussi. J'ai tellement été humilié que je n'ai même pas eu la force de claquer la porte. Je vis comme un assisté. Je suis resté à cause de ma mère. Pour ne pas la laisser en tête à tête avec ce type sans cœur qui la bafoue ouvertement. Tiens, je te disais tout à l'heure que mon… géniteur fréquentait les mêmes lieux que le procureur Fouquier. Parmi eux, il y a le fameux bordel de Mme Brun, rue Venture. Un bordel *high life* comme on dit dans les milieux snobs de la grande bourgeoisie marseillaise. Avec décorations exotiques, piscine intérieure et chambre de torture pour masochistes. Quand j'ai eu seize ans, mon père m'y a traîné de force. « Pour me déniaiser », prétendait-il. Et sais-tu quel a été son argument ? « Si tu veux savoir à quoi ressemble une femme, mon pauvre Edouard, c'est de celles-là dont tu devras te contenter. Car avec ton physique… » Délicat, non ?

Raoul était abasourdi. Il voulut être sûr de ce qu'il croyait comprendre :

— En effet. Mais dis-moi, tu disais tout à l'heure vouloir le faire payer une fois pour toutes. C'est à l'affaire du squelette que tu faisais allusion ?

Edouard Castellain se contenta de battre des cils avec un mouvement de la tête.

— Tu crois ton père dans le coup ?

— Ça ne m'étonnerait pas. Rien ne m'étonnerait venant de sa part. C'est bien chez lui qu'on l'a retrouvé, non ? Ne me dis pas qu'il n'est pas au courant de ce qui s'est réellement passé.

— Oui, mais enfin, Edouard, soyons sérieux : on ne peut pas accuser les gens sans preuves. Nous n'avons que des présomptions. Ça ne suffit pas devant un tribunal. Tu as vu d'ailleurs avec quelle facilité Me Delaud, son avocat, a réussi à le faire blanchir.

L'information est close, le juge d'instruction a signé un non-lieu, on n'a plus aucune raison valable de se mêler de ça.

Castellain fils s'appuya au dossier de son fauteuil et regardant Raoul dans les yeux lâcha :

— Sauf si on trouve de nouveaux indices.

— C'est certain, mais en as-tu ?

Edouard secoua la tête :

— Non. Mais toi, tu pourrais peut-être en trouver ?

Raoul était consterné. Son ami le prenait pour un phénix de l'investigation. Il se revit en un éclair en culottes courtes. Malgré les années, Edouard Castellain réclamait, comme avant, sa protection. Il persistait à considérer Raoul Signoret comme le « vengeur des cours de récréation ». Celui qui allait terrasser un père honni comme il avait jadis terrassé le « grand » Maresca. C'était à la fois touchant et ridicule.

— Tu me prends pour Arsène Lupin[1], Edouard. Je n'ai pas les moyens de mener une vraie enquête. Il n'y a aucune information ouverte. On va me demander de quoi je me mêle.

L'autre n'en démordait pas :

— Mais ton oncle…

— Mon oncle ne peut m'être d'aucun secours puisque l'enquête est close. Quant à moi, imagine que je me pointe de mon propre chef à Saint-Julien, pour enquêter à *La Mitidja* ou que je fouine dans les affaires de ton père : je me ferais virer. Il aurait beau jeu de porter plainte. Et, avec les appuis qu'il a, de me faire coffrer. Comment veux-tu seulement que je vous approche ? Sous quel prétexte ?

---

1. Rappelons que le premier texte publié par Maurice Leblanc, *L'Arrestation d'Arsène Lupin*, est paru en juillet 1905.

Edouard eut un rictus douloureux. Il était au bord des larmes :

— Ah, Raoul, ne m'abandonne pas ! J'ai besoin de ton aide.

— De quelle aide parles-tu Edouard ? Je ne comprends pas...

— Un coup de main pour le faire coffrer. Il faut reprendre l'enquête. Il a certainement tué quelqu'un. Et il va s'en sortir, le salaud ! Comme toujours ! Et il s'en fera un titre de gloire. Je n'en supporte pas l'idée, Raoul ! Pour l'honneur de ma mère.

Le journaliste ne savait plus quoi penser.

Edouard Castellain s'agitait sur sa chaise :

— Sors-moi de là, vieux frère.

— Te sortir de là ? Mais te sortir d'où ? Que veux-tu dire ?

L'infirme rougit. Son regard quitta le visage du journaliste. Il bégaya, chercha ses mots :

— Je... Je veux dire... Sors-moi de cet état d'angoisse... où je me trouve une fois de plus... à cause de mon père.

Raoul Signoret ressentit à cet instant une bizarre impression. Pourquoi Edouard Castellain tenait-il à le mêler de si près à cette vengeance ? Il n'eut pas d'explication claire à cette interrogation. Il renonça à réfléchir plus avant, remettant sa réflexion à plus tard, d'autant qu'Edouard Castellain poursuivait son harcèlement :

— Viens à mon secours. Comme quand nous étions gosses. Je t'en supplie, Raoul ! Pas besoin de prétexte pour nous rencontrer et te faire venir chez nous. Je peux t'inviter à la maison, j'en ai le droit, tout de même ! J'ai un appartement indépendant à l'étage de l'hôtel particulier de la rue Saint-Jacques. Nous sommes amis. Tu viendrais me voir chez nous.

Et aussi à Saint-Julien. Cela se ferait tout à fait officiellement. Tiens, je peux t'inviter à une soirée spirite. On fait tourner les tables. Ça passionne ma pauvre maman. Parfois même mon… géniteur daigne s'y mêler. Quand il n'est pas chez les filles. Tu viendrais et nous en profiterions pour penser au moyen de coincer ce s…

Le regard de Raoul sur son ami devait être effaré, car Edouard se fit suppliant :

— Ne me laisse pas tomber !… Je t'en prie !… J'y réfléchis depuis que j'ai vu ton nom sous les articles qui parlaient de l'affaire. J'ai même pensé te joindre au journal. Et puis, je n'ai pas osé. Mais les retrouvailles d'aujourd'hui, c'est comme un signe de la providence ! Aide-moi, Raoul, aide-moi !

Le journaliste ne savait comment calmer cette excitation morbide et mettre fin à cette scène pénible. Il vida son bock pour se donner contenance et demeura un instant silencieux. Puis il dit à mi-voix :

— Je vais réfléchir, Edouard. Je vais voir.

L'autre prit ça pour un accord :

— Ah, merci, merci ! Je savais pouvoir compter sur toi.

— Mais je…

— Non, ne dis plus rien. Je suis sûr que tu vas trouver.

Il se dressa :

— Appelle-moi quand tu voudras. Voilà où m'atteindre.

Il tendit à Raoul une carte de visite professionnelle à l'adresse des chais Castellain sur les quais de la Joliette, près du bassin national.

— On se revoit bientôt, hein, Raoul ? Je sais pouvoir compter sur toi.

Il ajouta, exalté :

— Comme avant !..

Sur ces mots, il fit demi-tour sur place et partit vers le pavillon de l'Algérie sans même dire au revoir.

Raoul regarda pensif s'éloigner d'une démarche raide cette silhouette brisée qui penchait vers la gauche, entraînée par le poids psychique d'un moignon profondément enfoncé dans une poche de sa veste.

8.

Où son refus d'entonner les louanges de la politique coloniale française vaut à notre héros une mise à pied d'un mois...

— Dites, Signoret, vous avez vu qui vient nous rendre visite bientôt ? Béhanzin. L'ex-roi du Dahomey. Il sera accompagné de ses quatre femmes…

Le regard d'Auguste Escarguel, célibataire endurci, se fit rêveur. Il ôta son pince-nez, en essuya les verres avec un grand mouchoir à carreaux tiré de sa poche et répéta : « Quatre femmes… »

Il branla longuement le chef et lâcha :

— Sapristi….

S'il y avait dans la rédaction du *Petit Provençal* un journaliste que la tenue de l'Exposition coloniale à Marseille enchantait, c'était bien ce vieux rédacteur, dont le bureau faisait face à celui de Raoul Signoret. Il était d'habitude confiné à la rubrique *Faits et Méfaits*, collectionneur d'événements minuscules qu'il calligraphiait et magnifiait avec le soin que d'autres auraient mis à relater l'éruption du Vésuve en cours, le tremblement de terre qui venait de ravager San Francisco, l'épouvantable catastrophe de Courrières où plus de mille mineurs du Pas-de-Calais avaient péri, ou encore le récent décès accidentel de l'illustre savant Pierre Curie, prix Nobel 1901 pour sa découverte du radium, renversé par un camion tracté par deux percherons, alors qu'il voulait éviter un fiacre à l'angle du quai des Grands-Augustins et de la rue Dauphine[1].

Pour toute la durée de l'exposition Auguste Escarguel avait été promu préposé à la rubrique *Nos visiteurs illustres* qu'il tenait avec son scrupule habituel. Elle lui permettait de pimenter sa vie de cloporte et de fréquenter par la pensée les grands de ce monde qui honoraient quotidiennement la manifestation de leur présence. La photographie du sculpteur Rodin – qu'Escarguel avait d'abord pris pour Tristan Bernard – venu faire un tour en pousse-pousse avant de dessiner les petites danseuses du ballet royal du Cambodge – l'avait transporté.

De temps à autre, on voyait le vieux scribe se dresser de sa chaise comme un diable à ressort, l'œil allumé et lancer comme si la nouvelle le concernait personnellement :

— Le roi Sisowath du Cambodge arrive demain avec dix-huit de ses enfants et ses cinq femmes !

Ce qui valait au vieux rédacteur toutes sortes de plaisanteries douteuses :

— Il y en aura bien une ou deux pour vous, Escarguel ! Faites-les vous livrer ici, qu'on en profite ! lançait Marius Mouttet.

— Dites, Escarguel, vous avez vu qui vous avez raté ? demandait l'air sérieux un farceur, André De Rocca, du service des sports. Le maharadja de Kestufélah, est arrivé de Bombay. Il a demandé après vous. Et le Grand Vizir de Flagornaska ? Vous ne l'avez pas oublié, Escarguel ? Il est vrai qu'il était là

1. 19 avril 1906.

incognito. Mais c'est très important pour l'avenir du commerce marseillais.

Le malheureux, croyant à un *ratage*[1], s'affolait et multipliait les appels au téléphone pour essayer de rattraper sa bévue, jusqu'à ce qu'il découvre la supercherie sous les rires du reste de la rédaction.

L'événement marseillais de l'année avait mis le brave Escarguel en transe. Ne s'était-il pas fourré en tête de composer de temps à autre à sa gloire des sortes d'odes exotiques qu'il intitulait *Petite Gazette rimée,* dont il donnait la primeur à Raoul, pris entre le fou rire et l'apitoiement ?

— Mon petit Signoret, écoutez ça et dites-moi franchement ce que vous en pensez :

J'ai passé la semaine
Dans Tunis, dans Alger
Où mène
Le goût de voyager[2]

— Ça commence fort, mon cher Auguste, continuez !

J'ai vu mainte moukère
De Bizerte je sors,
Le Caire
M'a montré ses trésors

— Ça tient ses promesses… Encore !

---

1. Dans l'argot du journalisme un ratage est une information qu'on n'a pas eue, oubliée ou ignorée.

2. Ce « poème » a réellement été publié dans la presse marseillaise de l'époque.

Ô plaisirs sans limites !
Ça vous transforme en An-
Namite
En Turc, c'est surprenant

— Fameux ! L'enjambement *An / Namite* est d'une audace !

Albano, du service des informations locales, était venu s'en mêler :

— Auguste, à ce train-là, Sully Prudhomme n'a qu'à bien se tenir. À vous l'Académie de Marseille. Dans un premier temps. Parce qu'ensuite les portes du Quai Conti vous sont larges ouvertes. Ou alors c'est qu'on ne sait pas reconnaître les vrais poètes dans ce pays.

Le pauvre Escarguel qui ne voyait pas qu'on se payait sa tête ne se tenait plus.

Bras levé, le nez sur sa feuille, il entamait une nouvelle strophe…

Sans inventaire occulte
Docile on se soumet
Au culte
De ce bon Mahomet…

… quand une grosse voix, celle de l'adjoint de Grosdidier, Duthil, surnommé on ne sait pourquoi *Crafalat*, héla Raoul :

— Signoret ! Le patron veut te voir !

Le sourire disparut de la bouche du reporter. Il savait le pourquoi de la convocation.

À son entrée, Grosdidier était penché sur l'article qu'on venait de lui soumettre et il avait l'air furibard :

— Vous ne pensez tout de même pas que je vais publier ça ?

Raoul, d'un air indifférent, lâcha :

— C'est vous qui décidez.

— Vous vous foutez de moi ?

— Pas du tout.

— Vous croyez qu'on va attirer les gens à l'exposition en leur décrivant la prison de Saint-Jean-du-Maroni où sont parqués les bagnards relégués ?

— Pourquoi pas ? On l'expose bien ! Tous les visiteurs peuvent admirer la maquette très soignée qui trône dans le pavillon de la Guyane. Les cellules minuscules où s'entassent les forçats, les plafonds grillés, les chemins de ronde, il ne manque que les mygales et les scorpions.

— Vous faites du mauvais esprit, Signoret.

— Pas du tout, c'est vous qui voyez le mal partout. Ces messieurs les organisateurs de l'exposition ont cru bon d'inclure le bagne de Guyane dans les réalisations « dont la France peut être fière », puisqu'il figure au même titre que le pont Doumer à Hanoï, l'assèchement des marais de la Mitidja ou le chemin de fer du Gabon. Il n'y a donc pas de raison pour cacher à nos lecteurs ce que tout visiteur peut voir… On peut même visiter une fumerie d'opium[1]. Vous m'avez dit que j'avais le choix des sujets.

Grosdidier jeta sur son reporter un regard sanglant.

— Et vous avez choisi juste celui-là. Faites le malin ! Je vous la ferai payer celle-là. En attendant, pas question que je publie. J'ai un article de Gherardini sur la réplique de la tour centrale du temple d'Angkor et le cinéma indochinois qui remplacera

1. Authentique.

avantageusement votre sabotage. Je n'ai plus rien à ajouter.

Raoul avait déjà fait demi-tour, Grosdidier l'arrêta :

— Ah, si ! C'est vous qui assurerez le reportage de la visite de l'ex-roi du Dahomey, Béhanzin. Voyez la date avec Duthil. Et considérez cela comme la dernière chance que je vous donne.

Le reporter sortit sans un mot.

Le jour où fut publié le reportage de Raoul Signoret sur la visite du monarque déchu du Dahomey, Roland Grosdidier était absent du journal, pris par une des innombrables invitations mondaines qui jalonnaient le déroulement de l'Exposition coloniale laquelle – reconnaissons-le – connaissait un succès public considérable[1], où il importait d'être vu parmi les personnalités qui comptent à Marseille.

C'est pour cette raison qu'il ne découvrit que le lendemain ce que « son » journal avait publié.

« Hier, 12 avril, un visiteur de marque, accompagné de ses quatre épouses, trois de ses filles et un de ses fils, débarqués le matin même à 6 h 50 en gare Saint-Charles, venant de Bordeaux, a honoré de sa présence les pavillons de l'exposition qu'il avait rejointe en landau découvert sous la surveillance discrète mais effective de la police. Car ce monarque étranger est prisonnier de la France. En effet, l'ex-roi Béhanzin du Dahomey déchu depuis 1892, s'est opposé de toutes ses forces aux lumières de la civilisation que notre pays voulait lui imposer. Il a fait la guerre à nos troupes durant deux ans.

1. À l'heure de la fermeture, en novembre 1906, on dénombrera un million huit cent mille visiteurs.

Le général Doods a mis cet entêté à la raison en le capturant. Le roi Béhanzin a d'abord été déporté en Martinique, on s'apprête à l'exiler définitivement en Algérie[1]*. Mais auparavant, on a voulu lui montrer tout ce dont son obstination l'a privé. La visite a été conduite au pas de charge. On l'a fait défiler dans les divers palais au trot, déjeuner au galop, rentrer à son hôtel à la course et filer tel le zèbre à bord du paquebot* Eugène-Pereire *qui l'emporte actuellement vers Alger d'où il gagnera Blida, lieu de son futur et dernier exil.*

L'idée de finir ses jours dans "la ville des roses" n'enchante pas plus que cela l'ex-monarque, qui est arrivé chez nous dans une tenue surprenante compte tenu des canons de la mode actuelle. Chaussé de sandales faites de cordes tressées, il portait une sorte de sarouel qui laissait ses mollets nus et dont l'allure générale rappelait ce que le peuple de Marseille appelle plaisamment un pantalon "cague aux brailles"[2]*. Sa chemise blanche ressemblait à ce qui se fait de mieux chez les bons faiseurs européens. Il la portait sous un gilet joliment brodé mais un peu usé, seul vestige de son lustre d'antan. L'ex-roi était coiffé d'un large chapeau de paille à la mode de son pays où le soleil tape fort toute l'année.*

On ne sait ce que les officiels qui ont accueilli le dernier souverain du Dahomey avaient en tête, mais ils n'ont pas eu la présence d'esprit de lui éviter la visite du pavillon consacré aux richesses de son pays. Sans doute voulaient-ils lui permettre de constater combien nous en prenions soin, maintenant qu'il n'est plus là.

---

1. Il mourra quelques mois après sa visite à Marseille.
2. Qui laisse une grande aisance entre les jambes.

Si bien que ce qui devait arriver arriva.

Au détour d'une allée le roi tomba en arrêt dans une vitrine où se trouvait une petite canne royale en ébène richement ornée d'argent.

"À moi ça..." a dit Béhanzin d'un air mélancolique et malheureux[1].

Moment de gêne intense parmi le cortège où chacun baissait le nez ou bien comptait les anges qui passaient au plafond en troupes serrées. Le premier à reprendre ses esprits, M. Philippe Meyer de la Chambre de Commerce, a dit sans réfléchir les mots qui lui venaient, en tirant le monarque par le bras. Il s'est voulu rassurant. "Alors, vous partez pour Blida ? Vous y serez très bien, vous verrez. Et puis, c'est déjà l'Afrique."

À quoi, l'ex-roi, homme simple, a répliqué : "Oui, mais ce n'est pas le Dahomey."

M. Meyer n'a pas su quoi répondre.

Enfin, espérons qu'avant de rejoindre sa résidence surveillée de Blida, Béhanzin prendra le temps de saluer à son passage à Alger l'ex-reine Ranavalo de Madagascar qui l'a précédé depuis sept ans. Ils ne manqueront pas d'évoquer ensemble la mission civilisatrice de la France. »

Grosdidier entra dans une colère jupitérienne.

Le coup n'était pas rattrapable, mais il se vengea à sa façon. Mesquinement.

Il ne pouvait rien sur le fond, la visite de Béhanzin s'était réellement déroulée de la façon dont Raoul Signoret l'avait rapportée. Les articles parus dans des journaux concurrents l'attestaient. L'incident de la

1. Incident authentique.

canne royale, notamment, avait fait du bruit. Ce que le rédacteur en chef du *Petit Provençal* reprocha à son subalterne, c'est la forme de l'article. Le ton persifleur, les commentaires sévères et surtout le refus de chanter les louanges de la politique coloniale de la République.

— Je considère ça, comme une insulte personnelle. Vous avez profité de mon absence pour faire un sale coup. Vous allez me le payer. La direction, à qui j'ai demandé votre tête, me la refuse à cause de vos états de service, mais je vous informe qu'à partir de demain vous êtes mis à pied pour un mois sans traitement. La raison ? Faute professionnelle.

« Tant mieux, pensa Raoul Signoret. Cela va me donner tout mon temps pour m'occuper de l'affaire Castellain… »

9.

Où l'on retourne à Saint-Julien pour reprendre l'enquête sur la mort brutale du carrier Botazzi et l'on apprend à l'occasion l'existence de mystérieuses lettres anonymes...

Pour retourner à Saint-Julien – où Raoul Signoret voulait renouer le fil rompu de son enquête – le reporter avait retrouvé l'usage de sa chère bicyclette, un engin tout neuf que Cécile lui avait offert pour remplacer celui qui lui avait été dérobé par une nuit sans lune dans une rue de La Belle de Mai[1]. C'était une *Gladiator*. Elle avait l'étonnante particularité de pouvoir se replier, grâce à un cadre, un guidon et des pédales articulés, et même de se porter sur le dos à la manière d'un sac tyrolien, puisque deux courroies de cuir étaient prévues pour ce faire. Engin bien pratique pour le reportage, il délivrait Raoul des sujétions horaires du tramway et il pouvait se déposer aisément chez Alphonse Banégas, le correspondant du *Petit Provençal*. Pour chevaucher son coursier de fer, le reporter avait adopté une tenue pratique : un manteau court qui évitait aux basques de se prendre dans la

1. Voir *Double crime dans la rue Bleue.*

chaîne et une casquette de tweed, qui offrait moins de prise au vent qu'un chapeau.

Raoul retrouva Alphonse Banégas fidèle à son poste de prédilection, c'est-à-dire la salle du *Bar du Château*, quartier général et tour de guet du gros homme. C'était le lieu géométrique de toutes les nouvelles, rumeurs et médisances circulant dans le village.

En apercevant la silhouette athlétique de son jeune confrère, le correspondant de Saint-Julien arbora un large sourire et leva les bras au ciel en guise de bienvenue :

— Alors, gros lâcheur ! Je *me* languissais !

— Eh, c'est que nous étions réquisitionnés pour une unique mission : entonner d'un chœur unanime l'hymne de triomphe dédié à la gloire de nos colonies. Et vous, veinard qui en êtes dispensé, *qué novi* [1]?

Le visage du jovial Banégas redevint sérieux :

— Il semblerait que l'enquête sur la mort de Botazzi avance. L'attentat ne fait guère de doute. Un des chefs d'équipe des ouvriers de la carrière, un Italien nommé Danbrone, aurait confié aux policiers qu'une semaine avant, son patron aurait reçu une lettre anonyme qui disait à peu près *« Les gens trop bavards dans ton genre, on a les moyens de les faire taire »*. Botazzi lui aurait dit qu'il ne voyait pas d'où ça pouvait venir et que c'était une mauvaise plaisanterie.

Raoul demeurait pensif.

— Qu'est-ce que vous en dites ? demanda Banégas.

— Rien. Je suis simplement étonné de l'imprudence de Botazzi. Il vous arriverait une chose pareille, vous iriez en parler, vous, à un de vos ouvriers avant de savoir de quoi il retourne ?

1. Quoi de neuf ?

Banégas demeura un instant bouche ouverte.

— C'est vrai… D'autant que ça me revient, maintenant : la femme de Botazzi a dit qu'elle n'était pas au courant non plus. Son mari ne lui avait rien dit.

— Vous voyez ! Il cache à sa femme l'arrivée d'une lettre de menaces et il en parle à un collaborateur. Tout ça n'est pas logique.

— Oh, vous savez, dit Banégas, pratique, Botazzi, c'est un *Babi* [1]. Chez eux, les femmes, on les laisse à leur place.

La mimique du reporter montra qu'il n'était pas convaincu par l'argument.

— Mon cher Banégas, il faudrait savoir balayer devant notre porte. Je connais force paysans provençaux qui mangent à table avec leurs journaliers ou leurs gardians, pendant que la maîtresse de maison les sert et avale debout quelques *rataillons*[2].

— Je sais. Mon grand-père, qui était un paysan de Verquières, faisait comme ça.

Raoul sourit.

— Alors ne donnons pas de leçons aux *Babis,* ni à personne. Mais dites-moi, on pourrait le voir, ce Danbrone ?

— Oh, sûrement. Ça m'étonnerait que la veuve de Botazzi ne l'ait pas gardé auprès d'elle. Il lui faut des gens de confiance. Toute seule avec trois gosses à élever et l'entreprise à faire tourner, ça ne doit pas être drôle.

Les deux journalistes s'en allèrent vers la carrière de Fondacle d'un pas de promeneur, plus adapté à la corpulence du correspondant du *Petit Provençal* que

1. Un Italien (péjoratif).
2. Restes, débris, reliefs.

la marche forcée imposée par Raoul le jour de l'accident.

En passant devant la grille de *La Mitidja,* le reporter ne put s'empêcher de jeter un œil dans le parc. Il semblait désert.

— Rien de nouveau, de ce côté-là ?

— Rien, et vous ?

Inutile de parler à Banégas des retrouvailles avec Edouard Castellain. C'était prématuré. Raoul Signoret avait encore en tête trop de questions sans réponses pour diffuser l'information.

Leonardo Danbrone était là, au pied du front de taille, avec sept carriers auxquels il s'était naturellement imposé comme leur patron, en raison de son expérience et de son ancienneté. C'était un solide gaillard quadragénaire, au teint recuit par le grand air, au poil grisonnant sous sa large casquette, qui portait entre le nez et la lèvre une monumentale paire de *baffi*[1] dont les pointes se voyaient même quand il vous tournait le dos. Un bel homme, si on les aimait corpulents, assez velus et un peu rugueux.

Banégas l'aborda :

— Alors, c'est vous qui remplacez ce pauvre Botazzi pour faire tourner la boutique…

– *Eh ! per forço... Lo* travail *ze* connais. *Ze* viens de Carrara, expliqua-t-il à Raoul aussitôt que Banégas eut fait les présentations. Là-bas, c'est *dou marbré, ma* la pierre, c'est *touzours* la pierre.

— Mon ami voudrait vous parler de cette fameuse lettre anonyme que votre patron aurait reçue quelques jours avant l'explosion. Vous l'avez vue ?

1. Moustaches.

— *No*. Il m'en a parlé, mais il l'a pas montrée. *Ze* sais pas lire.

— Il avait l'air inquiet ?

— Pas *plou qué* ça.

— Vous lui connaissiez des ennemis ?

— *Ennémis ?*

— Des concurrents, des gens qui auraient pu lui prendre un chantier ou une commande. Des gens jaloux de voir une affaire leur échapper.

— *No*. Gaetano, c'était *loui*, *lo plous* fort. Il avait *por dé* personne. Il était de Carrara, *commé* moi. C'est pour ça que *jé souis vengu* travailler *aveque loui.*

— Vous êtes sûr qu'il n'y aurait pas eu une jalousie d'un autre carrier qui aurait pu…

Danbrone s'agaça :

— *Qué zalousie ? Zé* vous dit qué *no. Zé lé* sais, tout de même !

— Vous n'auriez pas une petite idée de l'identité de celui qui aurait menacé votre patron ?

— *Che domanda da bestia !*[1] Eh ! *Coument ze* saurais ça, moi ?

Il n'y avait rien à en tirer. Aurait-il su quelque chose, Danbrone ne semblait pas du genre à se confier au premier venu.

Le carrier tourna la tête vers une silhouette de femme toute vêtue de noir qui s'approchait. Banégas s'avança vers elle, la prit dans ses bras et l'embrassa sur les deux joues en parlant à voix basse.

Raoul eut des paroles de compassion envers la veuve Botazzi dont le visage ravagé gardait les traces du drame. Elle paraissait terrorisée.

— Mon ami, dit Banégas, demandait à Danbrone

1. Quelle question idiote !

si feu votre mari lui avait montré la lettre de menaces reçue quelques jours avant et il nous disait que non. Mais vous-même, Marinette ?

Les yeux clairs de la veuve, qui n'avaient plus de larmes, se posèrent sur le reporter.

— Je ne sais pas si j'ai le droit… La police…

Banégas intervint :

— N'ayez pas peur, Marinette. Nous savons être discrets. Mon confrère enquête sur la mort de votre mari et si nous pouvions contribuer, si peu que ce soit, à la découverte des misérables qui…

La veuve l'arrêta en lui posant la main sur le bras.

— J'ai confiance en vous, Alphonse. On se connaît assez. Mais j'ai peut-être pas le droit de vous parler de ça.

— Pensez-vous ! mentit le correspondant du *Petit Provençal* avec une vivacité que Raoul n'aurait pas supposée. Les journalistes et les policiers travaillent la main dans la main. Ils échangent des informations. Et croyez que, si nous apprenions des choses que l'inspecteur chargé de l'enquête ne saurait pas, nous nous dépêcherions de les lui dire.

On lui aurait donné le Bon Dieu sans confession quand il ajouta :

— Et vice versa !

Mise en confiance, Marinette Botazzi se décida à parler. Mais ce fut pour lâcher une information qui n'avançait guère les reporters :

— Comme je l'ai dit à l'inspecteur, moi, cette lettre, je ne l'ai pas vue non plus. Mon mari a dû la déchirer. C'est Leonardo… Enfin, c'est monsieur Danbrone qui m'en a parlé en me disant « y a un salopard qui a envoyé un mot à Gaetano, que j'ai rien compris. Des menaces comme quoi il voudrait le faire taire. Taire de quoi ? Ça doit être un *pazzo* [1] ».

Danbrone écoutait sa patronne en opinant. Raoul demeura songeur. Un fou peut-être, mais il savait manier les explosifs et mettre ses menaces à exécution. Les idées valsaient dans la tête du reporter. La façon dont l'attentat avait été monté, la rapidité et la discrétion avec lesquelles la nitroglycérine avait été placée dans le trou où Botazzi avait au préalable mis sa dynamite, prouvaient au moins deux choses : la première c'est que l'exécutant surveillait Botazzi et qu'il attendait le moment opportun sans savoir à l'avance quand il pourrait agir. La pause de midi et la remise à plus tard de l'explosion destinée à briser le rocher lui avaient fourni une occasion rêvée. Tout cela avait donc été préparé à l'avance. La seconde hypothèse, c'est qu'il s'agissait sans doute d'un homme du métier. Dès lors, tous les ouvriers de l'entreprise devenaient suspects, Danbrone inclus. Ce n'était qu'une piste, elle n'éclairait pas les motivations de l'assassin.

Comprenant qu'ils n'iraient guère plus loin ce jour-là, Raoul Signoret et Alphonse Banégas prirent congé, non sans avoir bien recommandé à leurs interlocuteurs de les prévenir si par hasard un élément nouveau se produisait. « Si ténu soit-il », avait dit Banégas. Une autre lettre, par exemple. S'il s'agissait d'un fou, il était possible qu'il se manifeste ou se vante de son triste exploit. Bien sûr, il faudrait en informer prioritairement la police, mais il n'était pas interdit de le dire à la presse. Enfin, pas à toute la presse. Au correspondant du *Petit Provençal*, de préférence…

Raoul souriait intérieurement en écoutant le gros

1. Un fou.

homme « se placer » pour avoir la primeur de l'information. Vieux réflexe de chasseur de primes : éliminer la concurrence.

En retournant vers Saint-Julien dans le soir déclinant les deux journalistes faisaient le maigre point de leurs investigations, quand le grondement de roues cerclées de fer sur la terre gravillonnée du boulevard de la Comtesse leur fit lever la tête. Un fiacre arrivait au trot de ses deux chevaux. Il s'arrêta devant les grilles de *La Mitidja.* Raoul, instinctivement, pressa le pas. Un homme vêtu d'un sombre pardessus en descendit et hala la cloche munie d'une chaîne pour avertir le gardien. Cette silhouette à la ligne brisée ne pouvait être confondue par Raoul avec aucune autre : c'était Edouard Castellain. Le journaliste accéléra encore le pas, semant son confrère.

Au crissement des semelles sur la terre gravillonnée du boulevard l'arrivant se retourna :

— Raoul ! Ça, pour une surprise ! C'est un nouveau signe de la providence. Je m'apprêtais à te joindre sous peu au journal. Mais je te croyais à l'exposition, prisonnier des sauvages.

— Je me suis évadé. Je suis venu me réfugier dans la jungle. Quelques semaines de repos forcé, que je mets à profit pour renouer des contacts.

— Tout comme moi, répliqua le fils Castellain. Cette bousculade journalière m'épuise. Je me suis octroyé deux jours pour respirer le bon air de la campagne.

Il ajouta avec un coup d'œil entendu :

— Mon... patron les retiendra sur mon salaire.

Banégas les avait rejoints et roulait ses gros yeux d'étonnement. Après s'être présenté, incrédule, il demanda à Raoul :

— Vous... Vous vous connaissez ?

Son index boudiné allait de l'un à l'autre comme s'il découvrait une chose inimaginable. En trente ans, il n'avait jamais réussi à approcher un Castellain à moins de vingt mètres et voilà que Signoret, qui une semaine auparavant savait à peine situer Saint-Julien sur un plan de Marseille, tutoyait le fils d'un des plus gros propriétaires du village !

— Entre donc, proposa Edouard Castellain à Raoul, tandis que le gardien, enfin descendu de son perchoir ouvrait grand les grilles, tu ne peux pas mieux tomber : nous avons à causer, tous les deux. J'ai surtout une chose à te montrer pour laquelle je voulais t'appeler.

Cela fut dit avec un coup d'œil vers Banégas. Le correspondant du *Petit Provençal* se tenait en retrait comme un domestique congédié.

Le reporter, choqué par ces façons de bourgeois pour qui tout ce qui n'est pas de son rang appartient au personnel subalterne, prit son compagnon par le bras et l'obligea à se tenir à ses côtés :

— C'est que je ne veux pas abandonner mon confrère…

Mais Banégas, dont le physique épais cachait une grande finesse, avait compris qu'il était de trop. Il inventa un prétexte pour sauver les apparences :

— Ne vous souciez pas de moi, monsieur Castellain. Je disais justement à mon confrère Signoret qu'il me fallait me dépêcher. Ma fille, Rose, vient avec son mari dîner chez nous ce soir et j'ai promis à Mme Banégas de rapporter le dessert. Je me hâte avant que la pâtisserie ne ferme.

Et il les planta là, s'éloignant de son pas de gros ours, avant que Raoul ait pu le retenir.

Edouard Castellain régla le cocher qui, face à un pourboire conséquent, lança un tonitruant « merci mon prince ! » accompagné d'un salut, chapeau melon en main.

Les deux hommes remontèrent l'allée qui conduisait à la maison de maître. C'était un imposant bâtiment d'une architecture incongrue sous ces latitudes, car suivant le goût douteux de la grande bourgeoisie du Second Empire, il en avait hérité le style en vogue : sur un corps XVIIIe on avait monté des toitures couvertes d'ardoises grises qui lui donnaient un air sévère et juraient avec la lumière et le paysage méditerranéen qui l'entouraient.

Un grand hall d'entrée carrelé à la manière d'un échiquier distribuait les deux salons se faisant face au rez-de-chaussée. Au fond, un large escalier avec une rampe en fer forgé tarabiscotée conduisait à l'étage. Un énorme lustre à pendeloques luisait doucement dans la lumière déclinante.

En pénétrant, Raoul Signoret fut saisi par la sensation de froid et d'humidité qui régnait dans le bâtiment silencieux. Edouard Castellain s'en rendit compte.

— Nous ne sommes pas revenus à *La Mitidja* depuis septembre de l'année dernière. Tout cela a besoin d'être aéré et chauffé. J'ai demandé à Borrucand – c'était le gardien de la propriété – de me faire une petite flambée, mais je l'ai prévenu un peu tard. Allons par là.

Edouard conduisit Raoul vers le salon de droite où flambait un feu de bûches de bois fruitiers qui produisait plus de fumée que de chaleur. Il alluma un lampadaire à gaz qui répandit une clarté insuffisante à tirer de l'ombre les recoins de la grande pièce où on devinait des canapés, des fauteuils et des tables de jeu. Les deux hommes s'installèrent dans des fauteuils proches de la cheminée, mais conservèrent leurs pardessus.

— Alors ? commença Edouard Castellain sur un ton qui se voulait cordial, tu as donc repris l'enquête, comme je te l'avais demandé ?

Ce ton de patron demandant des comptes à un employé agaça un brin Raoul. Il fut tenté de rappeler à son ami qu'en matière d'enquête il ne recevait pas d'ordres. Mais il se dit qu'après tout, il préférait cela au Castellain pitoyable de leur dernière entrevue.

— A dire vrai, j'étais venu d'abord aux nouvelles à propos de la mort de Botazzi. Bien que rien ne m'autorise à établir pour l'instant un lien avec ce qui nous préoccupe avant tout : ce foutu squelette enseveli pendant une dizaine d'années dans la terre du parc qui nous entoure.

— Oui, mais enfin, les restes de cette femme ne sont pas arrivés là par…

Raoul ne laissa pas passer. Le résultat de l'autopsie n'avait pas été divulgué dans la presse :

— Tiens ! Tu savais qu'il s'agissait d'une femme ?

Edouard Castellain resta deux secondes interdit. Il se reprit.

— Naturellement… Les enquêteurs l'ont dit à mon père.

— Qui te l'a redit.

— Bien sûr…

— Je croyais que vos relations…

— Elles ne sont certes pas au beau fixe. Mais de là à ne plus se parler… Il se ressaisit : Et puis je dis « mon père », mais c'est peut-être ma mère, qui me l'a confié.

— Ou ta sœur.

Castellain eut un rire forcé.

— Oh, non, elle… Elle est en dehors de tout ça. Agathe vit dans un monde peuplé de princes charmants et d'enchanteurs. C'est encore une enfant. Sa dernière lubie c'est de faire tourner les tables et d'interroger les esprits. Elle y a converti ma mère.

Raoul sourit.

— Ah ! Les tables tournantes, la dernière baliverne à la mode.

Le visage du fils Castellain se renfrogna :

— Tu as tort de prendre ça à la légère, Raoul. C'est plus sérieux que tu ne crois.

Le journaliste eut un geste qui en disait plus long que les mots.

Edouard précisa :

— Plus exactement, chez nous, il s'agit de *tables parlantes*. Depuis qu'Agathe a appris que Victor Hugo se livrait avec fureur à ces expériences, cela donne à sa passion un vernis littéraire. Avec notre mère, elles organisent des séances de spiritisme conduites par un médium professionnel. Un type remarquable. Si ça t'intéresse, je peux t'y inviter avec ton épouse.

Raoul Signoret, bien que convaincu de la foutaise de cette pratique, ne refusa pas. Avec un sourire entendu, il répondit :

— Pourquoi pas ? Nous pourrions demander aux esprits de nous donner l'identité de la morte de *La Mitidja*...

— Bonne idée, répliqua Edouard Castellain. Mais il détourna le regard, quand les yeux du reporter se plantèrent dans les siens.

— Bien, dit Raoul. Puisque le hasard – ou les esprits, qui sait ? – nous fait nous rencontrer à l'abri des oreilles indiscrètes, j'aimerais que tu me donnes des détails que je n'ai pas. Notamment en matière de chronologie. Je sais que ton père a connu quelques revers de fortune il y a une dizaine d'années. Tu t'en souviens ? Tu sais pourquoi ?

— Mon père n'est pas du genre à parler de ses

affaires avec un type qui s'y intéresse aussi peu que moi. Je crois me souvenir qu'il a connu des difficultés de deux ordres. D'abord des capitaux risqués dans une affaire de culture de garance…

— J'étais au courant, le coupa Raoul. La plante a eu une maladie.

— Tu en sais plus que moi. Ensuite, c'est du côté de notre domaine d'*El Harrach* dans la Mitidja, que ça a mal tourné. Mon père est du genre à n'en avoir jamais assez. Il a acheté à tour de bras des terres neuves prises sur les marais, les a fait défricher, ce qui lui a coûté une fortune, puis il a planté des vignes neuves. Mais il faut cinq ans, pour qu'elles donnent. Et entre-temps, il y a eu tout à la fois mévente, car les rendements à l'hectare sont énormes là-bas et il y a trop de vin, puis le phylloxéra s'y est mis. Alors les banques qui lui avaient permis d'investir les capitaux empruntés ont repris leurs billes. Il a fallu vendre une partie du domaine pour rembourser.

— Il lui reste tout de même six cent cinquante hectares, si j'ai bien lu. J'en connais qui vivent avec moins.

— Oui, mais il était arrivé à mille trois cents !

— Bon, alors, résumons. Ça branlait au manche du côté du vignoble. Il s'en est sorti comment ?

— Par un concours de circonstances favorables qui n'adviennent qu'aux canailles sans scrupules comme dirait ma chère maman. D'abord, la mise sous tutelle de ma grand-mère – sa mère donc – qui était l'unique héritière du domaine bâti par son mari. Celui-là fut un vrai pionnier. Il avait fait la guerre contre Abd el Kader avec Bugeaud et il était devenu un de ces soldats-laboureurs – *ense et aratro*[1] tu te souviens ? – souhaités par le maréchal. Il a fait partie de ceux qui

1. L'épée et la charrue.

ont transformé le marais putride de la Mitidja en plaine agricole, la plus riche d'Algérie. Il a fait le coup de feu contre les Arabes, il a défriché des dizaines d'hectares, drainé des kilomètres de terres infestées de moustiques, bref, il ne l'a pas volé son domaine.

« Sauf aux Arabes », songeait Raoul Signoret, mais c'était un détail de l'histoire.

Edouard poursuivait :

— Mon père devenait l'héritier de *Castellain et Cie* avec sa sœur aînée, ma tante Marthe, célibataire, qui avait toujours vécu à Sidi Moussa avec mon grand-père. Elle est venue à Marseille pour régler les questions de succession avec son frère. Deuxième coup de chance pour mon père aux abois qui avait absolument besoin d'argent frais : ma tante décède pendant son séjour marseillais. Il devient donc seul héritier.

Raoul intervint :

— Ah, voilà qui m'intéresse ! Te souviens-tu de quoi ta tante est morte ?

— C'est un peu compliqué. Elle souffrait d'une affection rare et très invalidante. Elle tombait à l'improviste dans une sorte de coma léger. On appelle ça la maladie léthargique et soporeuse[1], je crois me souvenir.

— Tiens donc qu'est-ce que c'est que ça ? Jamais entendu parler.

— C'est une saloperie qui se manifeste d'abord par de violents maux de tête, puis te plonge dans une sorte

1. On la connaît comme le syndrome de Gélineau, du nom du médecin français qui l'a le premier décrite en 1880. Aujourd'hui elle est connue sous le nom de narcolepsie-cataplexie. Elle se manifeste par des accès de somnolence irrésistibles et des pertes brutales de tonus musculaire en pleine activité physique ou à la suite d'une émotion.

de coma. Cela pouvait durer des heures, voire des jours. Après, elle refaisait surface comme si de rien n'était... Jusqu'à la prochaine fois. Et cette fois-là, durant son séjour marseillais, elle ne s'est pas réveillée. Le médecin qui a donné le permis d'inhumer ne s'en est pas autrement offusqué. C'est en général ainsi que ça se termine.

— Elle était suivie médicalement ?

— Bien sûr. Mais il n'y a pas grand-chose à faire. Qu'à veiller à ce que le malade ne se mette pas en danger, car le sommeil léthargique arrive sans crier gare. C'est pour cette raison que tante Marthe était en permanence accompagnée d'une gouvernante, une dame de compagnie, si tu veux, qui ne la quittait jamais.

— Sais-tu ce qu'elle est devenue ?

— La gouvernante ? Sans doute est-elle retournée en Algérie, c'est de là qu'elle venait. Elle était originaire de Boufarik.

— J'aimerais connaître son identité.

— Mlle Gottvallès. France Gottvallès.

— Quel âge ?

— Dans les... vingt ans, vingt-deux, peut-être.

— Et ta tante ?

— Cinquante-neuf, je crois.

Raoul, qui avait pris des notes, demeura un instant silencieux.

Edouard Castellain proposa :

— Que dirais-tu d'un petit armagnac pour nous réchauffer, puisque décidément on ne peut pas compter sur la flambée du père Borricand ?

— Je le tutoierais volontiers, répondit Raoul, je suis en train de me solidifier à partir des orteils.

Edouard Castellain se leva et se dirigea vers un buffet dans la pénombre.

— Il doit en rester un fond si quelqu'un ne l'a pas lampé en douce.

Il revint vers Raoul, tenant dans sa pince de chair le goulot d'un flacon aux flancs rebondis et dans sa main valide deux verres ballons qu'il posa sur une table basse devant son invité. Il servit d'office ce qui restait dans le fond du flacon. Raoul se saisit de son verre et plongea le nez dans l'ouverture resserrée. Il huma longuement, les yeux mi-clos, puis, empaumant le ballon de verre pour le réchauffer, il fit tourner le liquide ambré en portant son contenu à hauteur de la lumière du bec de gaz. Les fragrances s'épanouirent.

— Mon cher Edouard, tout cela n'a l'air de rien mais va me faire gagner du temps. Je ne vais pas devoir aller mendier mes informations à la police ou dans des enquêtes de voisinage.

Le journaliste lampa une première gorgée et laissa les arômes envahir son palais et sa langue.

— Ce sont des broutilles, dit le fils Castellain. L'information la plus importante, tu ne la connais pas encore.

Il s'interrompit comme pour faire un effet et ajouta, mystérieux :

— Mais tu vas la connaître.

Il mit sa main valide à la poche intérieure de son veston et en tira un feuillet plié en quatre. Il tendit le papier à Raoul.

— Qu'est-ce que c'est ?

— Une lettre. Une courte lettre. Malheureusement elle n'est pas signée. Mais fort intéressante.

Raoul Signoret déplia la feuille et ses yeux s'arrondirent de surprise quand il put lire, à la faible clarté du gaz :

Dix ans, déjà.
Comme cela passe vite dix ans.
Il ne doit plus lui rester que la peau sur les os...

— Où as-tu trouvé ça ?

— À la rue Saint-Jacques. Chez nous. Dans le tiroir fermé à clef du secrétaire de mon père.

— Tu avais la clef ?

Edouard Castellain ne répondit pas directement :

— Si par hasard on te demandait qui t'a communiqué cette lettre, tu dirais qu'elle t'est arrivée au journal, sinon je suis grillé et adieu les informations. Mais j'ai confiance en toi, Raoul, je sais que tu vas faire l'impossible pour débrouiller cette affaire crapoteuse et trouver le coupable. Alors, je peux te dire. Je connaissais l'existence de cette lettre par l'indiscrétion d'un vieux domestique que j'ai toujours connu chez nous. Adrien Mazel. Il était dévoué corps et âme à mon père qu'il a connu enfant. Un jour, il est venu me trouver tout gêné mais bouleversé et il m'a confié : « Monsieur Edouard, j'ai fait quelque chose que je n'aurais pas dû faire. J'ai lu un courrier adressé à Monsieur votre père. Il l'avait laissé traîner un moment sur son bureau, après l'avoir reçu, quand votre mère lui a demandé de la rejoindre au rez-de-chaussée. J'avais vu qu'à la lecture de la lettre Monsieur votre père avait l'air très contrarié. Ça a été plus fort que moi. Il a fallu que je la lise. C'était étrange, il n'y avait que trois lignes, sans signature, mais on lui parlait de quelqu'un qui n'avait plus que la peau sur les os. J'ai pensé qu'il y avait un danger, quelque part. Je ne sais pas expliquer pourquoi. On n'écrit pas des choses pareilles sans raison. C'est pourquoi je m'en ouvre à vous. Je n'ai pas osé en parler à Monsieur. Surtout après ce que j'ai fait. »

— Tu l'as rassuré, bien sûr ?

— Je l'ai remercié, surtout. J'ai aussi assuré le vieil Adrien de ma discrétion. Ensuite, durant un voyage d'affaires de mon père, j'ai fait fabriquer, par un serrurier venu réparer les gonds d'un volet de ma chambre qui s'était descellé, un double de la clé du secrétaire et c'est là que j'ai trouvé la lettre. J'en ai tiré une phototypie. C'est elle que tu as entre les mains.

Raoul restitua le papier.

— Il va falloir la montrer à la police. Je suppose que ton père n'en a rien fait.

— Tu parles ! Il s'est bien gardé de le claironner.

— Tu crois que – comment l'appelles-tu ? – Mazel – accepterait de me parler ?

Le visage d'Edouard Castellain se figea :

— Il a pris sa retraite. Il était largement temps. Je crois qu'il s'est retiré dans le patelin d'où il venait. Je n'ai même pas son adresse.

— Mme Castellain l'a peut-être.

Edouard paraissait crispé :

— Écoute Raoul, je vais être franc. Laisse ce pauvre vieux tranquille. Tu risquerais, en l'effrayant, d'abréger son existence. Il croirait avoir fait une vilaine action et, en outre, il penserait que je l'ai dénoncé. L'essentiel, c'est que nous ayons la lettre, non ? Qu'elle vienne de lui ou de moi ne change rien.

— Tu as sans doute raison, admit le reporter. Une lettre qui semble contenir une menace de révélation, avec cette allusion à quelqu'un « qui n'a plus que la peau sur les os ». Dans les mots croisés ce pourrait être la définition d'un squelette, ça.

— Je ne te le fais pas dire.

— Alors cessons de tourner autour du pot, mon cher Edouard. Et je pose les questions sans détour :

crois-tu que le squelette retrouvé soit celui de ta tante Marthe ? Corollaire : crois-tu qu'elle ait été assassinée par ton père ou quelqu'un agissant sur ses ordres ?

Edouard Castellain demeura quelques instants silencieux, la tête baissée. Il fixait un point devant lui sur le sol. Il se redressa et regarda Raoul Signoret dans les yeux :

— Je ne le crois pas, j'en suis sûr…

Raoul se leva pour prendre congé. Dans sa tête, les réflexions venaient d'entamer une ronde folle. Il en était étourdi.

Edouard Castellain le raccompagna jusqu'à la grille après avoir proposé de faire appeler un fiacre.

— Inutile, j'ai ma bicyclette, avait objecté le journaliste.

— Toujours d'accord pour participer à la prochaine séance de *tables parlantes* ?

Au point où on en était…

— Toujours.

— Viens avec ton épouse, ça sera encore plus intéressant.

10.

Où l'on part en croisière vers Alger-la-Blanche à bord du « Ville-d'Oran » pour faire connaissance du maître du domaine viticole d'« El Harrach »

— Ma chère femme, que dirais-tu d'une croisière en Méditerranée ?

— Mon cher mari, je dirais que j'en suis fort surprise, ce n'est ni ma fête, ni la date anniversaire de notre union ; ensuite, je proclamerais bien haut que tu déraisonnes. Ce n'est pas au moment où, grâce à ton rédacteur en chef, nous frisons la cessation de paiement, qu'il faut se lancer dans des dépenses inconsidérées.

— C'est parce que tu ne fais pas confiance à mon sens inné de l'économie, ma chère femme. N'oublie pas que, si je ne suis pas un nouveau riche, je suis un ancien pauvre. Donc, j'ai tété avec le lait maternel le goût de la gestion prudente de mes biens. Chaque mois, depuis que je te connais, j'ai mis sur mon livret de Caisse d'épargne quelques sous prélevés sur mon argent de poche. Je ne fume pas, je ne joue pas, je ne bois pas plus que de raison pure, comme aurait dit Emmanuel Kant. Là où d'autres maris moins soucieux de leurs devoirs que moi ont gaspillé l'argent du ménage, je suis, avec le temps, à la tête d'un pécule inattendu de toi, créature pusillanime, qui me permet aujourd'hui de t'éblouir de ma générosité.

— J'en suis bouleversée de reconnaissance, mon maître. Mais pourrais-je te faire remarquer que nous avons une fille en charge, elle vient d'avoir neuf ans, va à l'école et exige que nous agissions en parents responsables ?

— À quoi je répliquerai que cette enfant possède une grand-mère paternelle qui se ferait un plaisir de la garder durant une semaine, même si c'était une semaine de huit ou neuf jours.

— Oublies-tu alors, être inconséquent, que j'exerce la profession d'infirmière à domicile et que, chaque jour, nombre de paires de fesses des alentours attendent la bienfaisante piqûre qui rendra la santé à leur propriétaire ?

— Certes non. Elles nous permettent, ces bienfaisantes piqûres, de mettre une seconde couche de beurre sur la tartine matinale de notre chère enfant, lui assurant, par le calcium qu'elles apportent, une croissance satisfaisante. Mais je sais par expérience qu'il existe dans cette ville d'autres infirmières justement nommées « remplaçantes » puisque personne n'est irremplaçable. Il suffit de se mettre d'accord avec elles, à charge de revanche. Donc, tu as épuisé les raisons mesquines de refuser d'obtempérer à ma demande. Laisse-toi offrir sans scrupules ladite croisière.

— Et où irions-nous, ô Temple de Générosité ?

— Le paquebot de la Compagnie générale transatlantique, *Ville-d'Oran,* nous emporterait à la vitesse prodigieuse de vingt nœuds vers Alger-la-Blanche.

— Pourrais-je au moins connaître la raison de cette largesse, ô Abîme de Munificence ?

— J'aimerais, pour ne rien te cacher, faire une

petite excursion du côté de Boufarik, respirer les fragrances des orangers, m'enivrer des senteurs des géraniums odoriférants, humer les parfums subtils de l'eucalyptus et parcourir sans hâte les allées bordées de mimosas ou de palmiers-dattiers en ta compagnie.

— Une vocation tardive d'horticulteur, ô Himalaya de Libéralité ?

— Que non pas ! Mais une mise à profit des vacances forcées offertes par mon chef pour compléter une enquête qui m'amène à me poser des questions dont une partie des réponses se trouve peut-être là-bas, de l'autre côté de la Méditerranée, entre Alger et les sommets neigeux de l'Atlas, en un lieu appelé plaine de la Mitidja, nouveau jardin d'Allah où tout pousse en abondance sous le chaud soleil d'Afrique, quand on a suffisamment d'eau pour que les plantes ne meurent pas de soif.

— Ah, je me disais aussi... Ainsi pour éviter qu'une fois encore je te traite de père indigne et de mari absent, tu veux faire de moi ta complice en feignant de m'éblouir de tes largesses. J'aime mieux ça. Je te reconnais là, monstre de duplicité ! Tu fais semblant de m'offrir un second voyage de noces, pour endormir mon ressentiment, mais tu pars pour travailler !

— Oh que cette pensée est basse ! Alors que je connais tant de mes semblables qui profiteraient de l'occasion pour passer en garçon l'essentiel de leur séjour dans les harems peuplés de mousmées grassouillettes élevées au rahat-loukoum, ou à se vautrer dans les *bousbirs*[1] en compagnie de houris expertes en caresses exotiques, moi, c'est avec mon épouse

1. Bordels (argot militaire colonial).

légitime à mon bras que je veux fièrement parcourir ce pays où brille désormais la lumière de la civilisation comme on l'affirme à l'Exposition coloniale. Et on me remercie en me prêtant je ne sais quelle horrible arrière-pensée. Ô ingratitude féminine et conjugale !

Cet échange de comédie avait lieu entre Cécile et Raoul Signoret, allongés de conserve sur le lit conjugal, endroit privilégié de leurs rencontres amoureuses dont l'intérêt ne s'émoussait pas pour eux en dépit des années qui passent. Cela explique la tenue succincte qu'arboraient les interlocuteurs, ce qui ne les dispensait pas, on vient de le voir, d'employer un vocabulaire châtié.

Pour faire simple : il était brusquement venu à Raoul l'idée de traverser la mer pour deux raisons : la première, à son habitude, « humer » les lieux et les gens qui entraient dans le cadre de l'enquête en cours. Voir de près le fameux domaine d'*El Harrach* où les Castellain avaient bâti leur prospérité. Et si possible rencontrer France Gottvallès, la gouvernante qui avait si longtemps assisté la tante Marthe, cette sœur aînée opportunément morte au moment où elle risquait de priver Honoré Castellain de la moitié de l'héritage, quand il avait si grand besoin de sa totalité…

De là à proposer à Cécile de l'accompagner, l'idée était spontanément venue à Raoul car c'était joindre l'utile à l'agréable. Les occasions de voyager à deux avec un peu de temps devant soi étaient rarissimes.

C'est pourquoi lorsque le journaliste sortit de la poche du veston qui chevauchait un dossier de chaise près de la tête de lit, deux billets ornés du sigle rouge de la Transat, et les jeta sur le drap, Cécile était aussi ravie que lui.

— Un aller-retour Marseille-Alger à bord du *Ville-*

d'Oran ! Nous partons jeudi *« à une heure du soir »* comme on dit à la Transat, et il ne faut plus que vingt-quatre heures, en service rapide, pour apercevoir les arcades du boulevard de France et les maisons blanches de la Casbah.

La traversée fut… mouvementée. Un méchant mistral s'était acharné à poursuivre de sa rage le *Ville-d'Oran* et l'avait secoué comme un prunier jusqu'à la latitude des Baléares. Cécile avait passé une bonne partie de la « croisière » promise allongée sur sa couchette, le cœur au bord des lèvres. Raoul était l'un des rares passagers à faire honneur au dîner des premières auquel le commandant en personne avait participé afin d'honorer de sa présence les « rescapés ».

Mais l'arrivée dans la baie d'Alger, sous une lumière splendide fit bien vite oublier à Cécile les inconvénients de n'avoir pas le pied marin. La ville était grouillante et sonore, ce qui ne changeait pas vraiment de Marseille. Les Algérois coiffés de canotiers, habillés de tenues claires, ressemblaient comme des frères à « ceux d'en face ». Seule la plus grande présence de silhouettes fantomatiques des Arabes enveloppés dans leurs djellabas disait qu'on venait d'arriver en Afrique du Nord. Mais la majeure partie de la ville ressemblait à une grande ville française, avec ses immeubles haussmanniens en pierre de taille ornés de balcons en fer forgé. Quand à Notre-Dame d'Afrique qui, du haut de sa colline, veillait sur la ville, c'était pour Cécile et Raoul la sœur africaine de la *Bonne Mère* marseillaise.

La surprise vint plutôt du paysage contemplé depuis le wagon du tortillard qui traversait puis longeait la Mitidja, les emportant vers Boufarik. Il tenait en un mot : luxuriance. N'était la couleur du ciel, la température de l'air qui annonçait l'été tout proche en ce début du mois de mai et la présence « exotique » de palmiers dont la silhouette se détachait sur celle des espèces plus familières aux voyageurs, on aurait pu se croire en quelque coin de Touraine : la beauté ordonnée des vignes dont les pousses claires contrastaient avec le tapis de terre brune sur lequel elles étaient impeccablement alignées ; les champs de plantes fourragères alternant avec les taches sanglantes de plantations de géraniums destinés aux distilleries dont les hautes cheminées marquaient le terroir comme des repères, et la présence de bovins rappelait la riche Normandie. Mais où l'Afrique reprenait ses droits c'est dans les orangeraies verdoyantes, à l'abri de brise-vent de cyprès, portant déjà leurs fruits de soleil, les haies plantées d'eucalyptus ou de lilas bordant les canaux d'irrigation où l'eau coulait sans hâte, l'insolite présence de rizières et de champs de tabac qui entraient dans la fabrication du fameux cigare de Boufarik, et surtout la taille inusitée des fermes, plantées au cœur de domaines dont les plus modestes avoisinaient les trois cents hectares. Tout ici disait le triomphe de l'esprit d'entreprise des colons et la réussite insolente de la colonisation officielle prônée par Bugeaud qui justifiait l'occupation française de ces espaces inexploités ou si mal, et la création du centre de colonisation de peuplement à l'ombre du camp militaire d'Erlon, dès 1835.

L'arrivée en gare de Boufarik fut l'occasion de nouveaux sujets d'étonnement de nos voyageurs. Fier de son titre de « première ville de la colonisation », ce gros bourg surnommé « la verte émeraude de la Mitidja » portait les stigmates de la guerre sanglante qui avait été conduite en ces lieux soixante ans auparavant pour en chasser les premiers propriétaires. Sa forme même rappelait qu'avant de devenir cette cité coloniale dont tout – l'église au clocher pointu, le kiosque à musique, le théâtre, le tribunal, les maisons bourgeoises, la place du marché, les cafés et commerces traditionnels – évoquait quelque sous-préfecture de la province française, la ville avait été une sorte de camp retranché à l'abri de ses murs, flanqués de miradors d'où les premiers colons guettés par les tribus en guerre permanente, ne sortaient qu'au jour sous la protection de l'armée. Toutes les rues de Boufarik se coupaient à angle droit en une sorte de Manhattan miniature et la ville elle-même s'inscrivait dans un rectangle parfait. L'arrivant était accueilli au carrefour de la rue Duquesne et de l'avenue Borély La Sapie – qui portait le nom du premier maire de la ville – par la statue d'un fier militaire, fusil dans la main gauche et geste viril du bras droit. C'était Jean-Hyppolite Blandan, sergent du 26e de ligne, mort en héros le 11 avril 1842 à la tête d'un détachement de vingt hommes massacrés par trois cents cavaliers d'Abd el Kader.

Le premier souci de Cécile et Raoul fut de trouver un couvert et un gîte pour la nuit : l'*Hôtel des Colonies*, rue Duquesne, paraissait tout indiqué. Il leur tendait les bras avec sa terrasse à l'ombre des eucalyptus, sa salle de restaurant au rez-de-chaussée, ses chambres simples mais confortables et d'une méticuleuse propreté. Mme Munoz, la propriétaire, y engageait son honneur. Quant à M. Munoz, il remplaçait à lui seul toutes les gazettes et n'avait pas son pareil, avec sa faconde et sa jovialité, pour vous faire « passer à table » avec le savoir-faire du policier qu'il avait été avant de se lancer dans l'hôtellerie. Pour une fois, ce n'est pas Raoul qui posait les questions et en un clin d'œil l'aubergiste sut tout de ses nouveaux clients… sauf la raison exacte de leur présence. La tendresse que se manifestaient les époux, leur visible complicité, leur gaieté naturelle, tout contribua à endormir la curiosité professionnelle de Sebastian Munoz et à lui faire admettre la version officielle d'un tardif voyage de noces destiné à « rattraper » celui qui n'avait pu se faire à temps, assorti de l'envie de découvrir un « pays frère » dont on vantait les charmes et les richesses à Marseille en ces temps d'exposition coloniale triomphante. Pourquoi Boufarik ? Parce que c'était l'un des lieux mythiques de la colonisation, théâtre d'exploits légendaires où la bravoure du soldat français affronté à des troupes sanguinaires infiniment supérieures en nombre avait atteint au sublime. Bien sûr, on évitait d'aborder le souvenir des « colonnes infernales » de Bugeaud qui, sur le modèle de celles qui avaient jadis ravagé la Vendée, dévastaient les territoires des tribus en révolte, les enfumaient dans les grottes où elles trouvaient refuge, brûlaient les récoltes, détruisaient les douars, massacraient femmes et enfants. Inutile de gâcher la bonne ambiance qui régnait à l'*Hôtel des Colonies* par ces considérations dépassées.

— Elle est pas belle, notre Algérie ? s'exclamait M. Munoz qui en oubliait ses origines hispaniques. Ah, c'est pas les Arabes qui auraient fait tout ça ! Quand « nous » sommes arrivés, ils étaient tout juste bons à crever de misère et de malaria.

Par prudence, Raoul avait évité de se renseigner d'emblée auprès du patron de l'hôtel sur France Gottvallès. Les choses vont vite dans cette société coloniale où tous se connaissent.

Il préféra commencer par la mairie, où sa demande, pour peu qu'il se fasse passer pour un parent éloigné de la gouvernante de « tante Marthe », éveillerait moins les curiosités.

L'employé de l'état civil compulsa d'un œil indolent ses listes et secoua la tête d'un air navré. Gottvallès France était inconnue au bataillon. Seul figurait un Gottvallès Léon, mais il était mort l'année dernière sans descendance.

Cette déconvenue ne découragea pas le journaliste.

— Mlle Gottvallès, née de père inconnu, est originaire de Boufarik et elle a longtemps vécu au domaine *d'El Harrach,* où elle était gouvernante de Mlle Marthe Castellain. À la mort de cette dernière, on m'a dit qu'elle serait revenue vivre à Boufarik.

— Il faudrait vous renseigner chez les Castellain, alors, dit l'employé, logique. Il paraît que le propriétaire est là, en ce moment. Il vous dira, lui.

Raoul remercia. Il ne se voyait pas toquant à l'huis d'Honoré Castellain pour lui demander des nouvelles de la gouvernante de sa sœur. Pour se faire repérer du négociant, il n'y avait pas mieux.

Ce contretemps laissait du temps libre aux deux époux qui en profitèrent pour faire une promenade à la découverte de la ville. Le soleil, déjà haut en cette fin de matinée, tapait comme un sourd. Cécile et Raoul en apprécièrent d'autant plus la double allée de platanes, fierté de la ville, qui avaient déjà leurs jeunes feuilles. Ils firent halte au café maure pour siroter le traditionnel thé à la menthe et Cécile acheta pour sa fille une petite paire de babouches blanches. Si bien qu'il était près de midi quand ils retournèrent déjeuner à l'*Hôtel des Colonies.*

Sebastian Munoz les accueillit en claironnant pardessus le brouhaha des consommateurs agglutinés auprès du comptoir à l'heure sacro-sainte de l'apéro de midi. Comme en métropole, l'absinthe coulait reine.

— Il fallait me le dire, que vous cherchiez la gouvernante de Mlle Marthe ! Je vous aurais évité du dérangement. Je la connaissais bien.

Raoul stupéfait, se dit que « le téléphone arabe » était une belle invention. Il fut moins surpris quand il aperçut à quelques mètres de lui l'employé de l'état civil qui dosait son apéritif avec des gestes d'officiant. Il avait fait son rapport au patron.

Munoz se pencha sur Raoul :

— Ne la cherchez pas ici, elle n'y est plus.

— Elle est partie ?

— Plutôt, elle n'est pas revenue.

— Il y a longtemps ?

— Une bonne dizaine d'années. Il paraît que vous êtes un parent…

— Éloigné, très éloigné. J'ai demandé de ses nouvelles parce que je venais dans le coin, mais je ne la cherchais pas spécialement.

Un bref coup d'œil du journaliste à son vis-à-vis l'assura que l'autre gobait l'explication :

— …alors, vous devez savoir qu'elle avait accompagné sa patronne à Marseille pour l'héritage quand la mère de Marthe et Honoré Castellain a été déclarée incapable majeure ?

— Je suis vaguement au courant, oui.

— Eh bien, depuis ce temps, on l'a plus revue à Boufarik.

— Elle n'a pas donné de ses nouvelles ?

— Si, une fois elle nous a écrit. Pour nous dire qu'elle comptait partir s'installer en Angleterre comme gouvernante. À moins que ce soit en Irlande, je ne sais plus. Depuis, plus rien. C'est la vie, que voulez-vous. On pouvait pas lui demander de nous tenir au courant.

Une idée saugrenue germa dans la tête du journaliste :

— Sa lettre, vous ne l'auriez pas conservée, par hasard ?

— Pour quoi faire ?

— Elle donnait peut-être une adresse ?

Munoz se gratta la tête.

— Je n'en ai pas souvenir. Mais il est possible que ma femme l'ait conservée. Elle jette rien. Bertoune !

Berthe Munoz vint rejoindre son époux.

— Tu te souviens de Mlle Gottvallès ?

— Bien sûr !

— Elle nous avait écrit, une fois. Tu aurais pas gardé la lettre, par hasard ? Ce monsieur est son petit-cousin de Marseille.

Va pour le « petit-cousin ».

Mme Munoz n'hésita pas :

— Si je l'ai, elle est dans le tiroir où je mets toutes les cartes des clients.

Elle partit dans l'arrière-salle.

Moins de dix minutes plus tard elle faisait une entrée triomphale dans le bar, une lettre en main qu'elle agitait joyeusement !

— Je l'ai retrouvée !

Puis à l'attention de son mari :

— Hein ? si j'étais aussi soigneuse que toi !.. Qu'est-ce que tu veux en faire ?

— C'est pour M. Signoret. Pour voir s'il n'y aurait pas une adresse.

Il sortit la lettre de son enveloppe et fit une moue :

— M'a pas l'air d'y en avoir. Regardez-vous même. Ah ! C'est en Espagne qu'elle dit vouloir partir. J'aurais dû me le rappeler. Pourquoi je suis allé chercher l'Angleterre, moi ?

C'était une écriture de femme, à n'en pas douter qui avait tracé ces quelques lignes banales. On y précisait qu'après le décès brutal de Marthe Castellain l'idée de revoir ce pays où on avait passé tant d'années auprès d'elle ne disait plus rien et que « pour tourner la page » on se préparait à l'exil, afin de faire son deuil.

La « lettre d'adieux » de France Gottvallès ne comportait aucune adresse. Le reporter regarda le tampon de la Poste : il indiquait que la lettre avait été postée depuis Marseillan (Hérault).

Ce nom fit sursauter le reporter. Marseillan était aussi une ville où *Castellain et Cie* avait des entrepôts. Si France Gottvallès était la morte de Saint-Julien, quelqu'un aurait-il expédié cette lettre pour laisser croire qu'elle était encore en vie à cette époque ?

Raoul replia le feuillet et le tendit au patron de l'hôtel en espérant de toutes ses forces que ce qui se produisit alors arriverait. S'il n'avait pas été aussi rationaliste, le journaliste aurait cru à son pouvoir de suggestion. Car Sebastian Munoz dit à cet instant les mots que le journaliste attendait :

— Si ça peut vous faire plaisir, monsieur Signoret, vous pouvez la garder, cette lettre. Après tout, vous êtes parents… Nous, on est rien.

Raoul se retint de manifester sa satisfaction de manière trop visible. Il se contenta de dire à mi-voix :

— C'est très délicat de votre part.

Et il mit la lettre dans sa poche.

— Vous auriez intérêt à aller au domaine des Castellain, suggéra Munoz. On m'a dit qu'Honoré était là en ce moment. Il aura peut-être des nouvelles, lui.

— Bonne idée, répondit Raoul. Nous irons faire un tour par là demain. Croyez-vous que je puisse louer une voiture ?

— Le charron de la rue de France a un *boghe*[1] qu'il loue.

C'est ainsi qu'un matin de mai on vit dans la verte plaine de la Mitidja un jeune couple – lui coiffé d'un panama, elle sous une ombrelle ajourée de dentelle – sillonner routes et chemins, tiré par une bête flegmatique qui savait que le soleil tape fort en ces lieux et qu'il convient de ménager sa monture. Cela tombait bien, les visiteurs avaient tout leur temps. Car il ne faisait pas de doute que Raoul et Cécile entreprenaient ce périple « pour la galerie » et pour suivre les conseils du patron de l'*Hôtel des Colonies* auquel ses « espions » ne manqueraient pas de faire un compte rendu exhaustif de leurs déplacements. Ils avaient tout leur temps d'admirer le paysage, car il n'était pas question dans l'esprit du journaliste de rendre visite à Honoré Castellain. Sous quel prétexte d'ailleurs ?

Il leur fut pourtant fourni par ce que d'aucuns nomment la Providence, d'autres le hasard ou la chance. Au détour d'un chemin de terre qui longeait les vignes dans les environs de Sidi Moussa, une fois l'oued El Harrach franchi par un petit pont de bois, apparut la silhouette blanche et voilée d'une fatma qui faisait de grands gestes. Bien que son visage fût masqué on devinait dans l'allure générale de la femme arabe, dans le désordre de ses vêtements, une grande panique. Elle ne parlait pas français, mais entre deux cris et deux exclamations, elle fit comprendre à Cécile et Raoul

1. Petit cabriolet découvert tiré par un cheval.

que quelque chose de grave venait de se produire. Elle montrait un groupe de trois ouvriers agricoles dont les bustes dépassaient des rangées de vignes. Ils semblaient penchés sur quelque chose. Ou quelqu'un. La fatma repartit en courant dans la rangée d'où elle avait surgi, suivie de Cécile et Raoul qui se tordaient les pieds avec leurs escarpins « civilisés » dans les sillons fraîchement désherbés.

En arrivant près du groupe, ils découvrirent un corps à terre. C'était un ouvrier dont la djellaba était ensanglantée au niveau des cuisses. Un autre expliqua tant bien que mal à Raoul qu'en coupant à la faucille des vrilles de vignes, afin de dégager les jeunes grappes et leur procurer le maximum d'ensoleillement, l'homme, d'un geste maladroit, son outil ayant ripé sur un cep, s'était profondément entaillé la cuisse. Cécile, retrouvant ses réflexes professionnels, s'agenouilla auprès du corps en criant « moi, infirmière ! infirmière ! » et malgré le réflexe de défiance du blessé voyant cette *roumia* retroussant d'autorité son vêtement, elle entreprit de dévoiler la blessure. Le sang jaillissait par saccades. L'artère fémorale était atteinte. Il n'y avait pas une seconde à perdre.

— Je vais faire une compression, dit-elle à Raoul. Prépare un garrot ! Aussitôt Cécile appuya de tout son poids ses deux poings fermés sur la plaie. Quant au garrot, Raoul jugea qu'il n'y avait pas d'autre solution que de sacrifier sa belle cravate bleue assortie à ses yeux. Un cadeau de sa femme, qui ne put qu'acquiescer au sacrifice.

Une chaîne humaine composée de trois maillons de chaque côté – la fatma incluse – saisit le corps du blessé de façon à le transporter le plus horizontalement possible jusqu'au *boghet*. L'homme avait perdu beaucoup de sang et se trouvait dans une demi-inconscience. Il fut installé tant bien que mal sur le siège arrière du cabriolet – sur lequel Cécile, maintenant sa compression, s'était installée – soutenu par deux ouvriers à genoux entre les sièges. Raoul prit la direction de la ferme en conduisant l'attelage de façon à ménager le blessé tout en perdant le moins de temps possible.

A peine arrivé dans la cour, l'équipage fut pris en main par le personnel de la ferme attiré par les cris des ouvriers. Un contremaître européen apparut qui dirigea la manœuvre pour installer le blessé sur un bat-flanc sous un appentis, tandis qu'un jeune Arabe partait à toutes pédales sur un antique vélo vers Sidi Moussa avec la consigne de ne pas revenir sans être accompagné du docteur Roy.

Le praticien – un grand gaillard aux cheveux de neige et au visage anguleux – arriva dix minutes après à bord de sa voiture à cheval, et – non sans avoir félicité Cécile de l'efficacité de sa compression – il entreprit de recoudre, sans trop se soucier des gémissements du blessé, les lèvres de la plaie ouverte après avoir suturé l'artère.

— C'est une race résistante. Il s'en tirera, dit le médecin, confiant. Il vous le doit, en tout cas. C'est pas ces trois emplâtres qui l'auraient sauvé tout seuls.

Les trois ouvriers avaient retrouvé un peu de leur sérénité et ils souriaient à Cécile en signe de reconnaissance sans oser lui adresser la parole. L'un d'eux avait baisé les mains de la jeune femme en prononçant des paroles de bénédiction.

— Dès qu'Azzedine sera tiré d'affaire, nous pourrons partager avec vous le couscous que sa fatma ne va pas manquer de confectionner pour fêter ça, dit une voix bien timbrée qui fit se retourner tout le groupe.

Averti par son personnel, un homme de haute taille,

au visage allongé encadré de favoris, au regard noir sous d'épais sourcils, coiffé d'un large chapeau de paille et botté de cuir fauve, cigare en bouche, s'avançait.

Le maître d'*El Harrach*, Honoré Castellain, arrivait tout sourires pour féliciter les héros du jour.

11.

Où, dans la joute qui l'oppose à Honoré Castellain, Raoul Signoret perd un point. Raison de plus pour vouloir gagner la partie...

— Ainsi, vous seriez parent avec France Gottvallès ?

Honoré Castellain avait posé la question à brûle-pourpoint. Raoul Signoret ne s'y attendait pas. Ce petit mensonge devenait encombrant. Tout se savait à la vitesse de la lumière dans ce sacré pays. Pire que dans un village provençal.

L'air étonné du journaliste n'échappa pas au maître d'*El Harrach*. Il s'en amusa :

— Je n'ai rien d'un extralucide, monsieur Signoret. Un de mes contremaîtres est le beau-frère de Munoz.

Décidément, l'office de renseignement de l'*Hôtel des Colonies* était d'une efficacité redoutable.

Pour se donner contenance, le journaliste prit une gorgée d'un jus d'orange frais pressé extrait des fruits du domaine que le propriétaire d'*El Harrach* venait de faire servir à ses hôtes dans un salon du rez-de-chaussée maintenu à une température convenable grâce à ses persiennes croisées et aux fenêtres grandes ouvertes procurant un courant d'air bienfaisant.

— On a exagéré, monsieur Castellain. Je suis vaguement, très vaguement, allié à Mlle Gottvallès par une de mes grand-mères dont elle était, je crois, la petite-cousine. C'est ma venue à Boufarik qui m'a fait me souvenir de son existence. Je me suis enquis d'elle et aussitôt les braves gens de la ville ont amplifié la nouvelle. Mais à dire vrai, je ne la connais pas. Peut-être est-elle venue une fois voir ma grand-mère à Marseille, qui m'en aura parlé, mais ça ne va pas plus loin. Je ne sais même pas à quoi elle ressemble.

Au terme de cette justification embarrassée Raoul eut une suée que l'on pouvait attribuer au brutal changement de climat sur son organisme. Il faisait dix bons degrés de plus qu'à Marseille. Le propriétaire d'*El Harrach* sembla se satisfaire de l'explication et proposa aimablement :

— Moi, je peux vous montrer à quoi France ressemblait, si ça vous intéresse. Je dois bien avoir quelque part un cliché où elle figure aux côtés de ma sœur Marthe.

Raoul se garda de montrer trop d'enthousiasme :

— Par curiosité, volontiers.

Honoré Castellain se dirigea vers un secrétaire garni de tiroirs largement dimensionnés et s'en retourna tenant en main un album relié de cuir sombre où l'on pouvait lire en lettres de couleur : *El Harrach – été 1892*.

Il feuilleta quelques pages et tomba en arrêt :

— Ah, voilà ! La photo est prise là-devant, dans la cour de la ferme, au moment du repas qui marque la fin des vendanges où tout le monde, patrons, contremaîtres et ouvriers, participe au banquet. Là, cette dame qui se retourne vers le photographe, c'est ma mère. Ma sœur est de face, la cinquième à droite, à côté de mon père qui lève un verre de vin. France Gottvallès est debout, à gauche de Marthe.

Raoul se saisit de l'album ouvert et fit le point sur

les visages. À l'endroit indiqué, il distingua deux femmes qu'on aurait pu prendre pour la mère et la fille, tant elles se ressemblaient : même visage osseux, fortement architecturé, même regard noir, farouche, même mâchoire chevaline, avec denture assortie, jusqu'à leurs chemisiers et leurs chapeaux blancs, tout concourait à accentuer leur similitude. Seule la différence d'âge constituait un repère. Raoul Signoret, s'il fut frappé par le mimétisme physique et vestimentaire des deux femmes, n'en fut pas autrement surpris. Il avait déjà observé ce phénomène chez des gens vivant en osmose complète – et on lui avait dit que France Gottvallès était d'un dévouement sans faille auprès de Marthe Castellain. Ces couples maître-serviteur finissent par adopter les mêmes goûts, les mêmes allures, les mêmes façons de parler. Le domestique éprouve ainsi le sentiment de changer de catégorie sociale en se haussant au niveau de celui ou celle qui l'emploie. Marthe Castellain devait être une maîtresse femme, en dépit de sa maladie. À la mort de son père, elle était devenue la véritable patronne du domaine, auprès de sa mère, seule héritière, mais incapable de diriger le nombreux personnel, essentiellement masculin. Marthe s'était imposée en patronne absolue. Honoré était alors, en quelque sorte, le « correspondant » métropolitain des vins d'*El Harrach*. À ses côtés, à ses ordres et désirs, France Gottvallès, qui l'admirait jusqu'à l'adulation, avait fini – consciemment ou non – par imiter le comportement de Marthe Castellain, jusqu'à lui ressembler si étonnamment.

Raoul fit passer l'album à Cécile après en avoir demandé l'autorisation à Castellain.

— Je ne pense pas l'avoir jamais vue, dit le journaliste. Ou je ne m'en souviens pas.

— Ce n'était pas ce qu'on appelle un prix de

beauté, hein ? remarqua cruellement le maître d'*El Harrach*. Comble de disgrâce, elle clochait.

Devant ce mot inusité, Raoul Signoret eut un sursaut remarqué par Castellain :

— Elle boitait, si vous préférez. Elle était *goï*[1] comme on dit chez nous. Séquelle d'une fracture mal soignée.

Il poussa la muflerie jusqu'à ajouter :

— Remarquez, ma sœur non plus, n'était pas une pouliche de concours ! Pas étonnant qu'elles soient restées vieilles filles, toutes les deux. Pourtant, les partis n'ont pas manqué à Marthe, en dépit de son allure de jument. Pour certains, les hectares de vignes auraient fait oublier le sac d'os ! Il en est même un qui a pensé un moment réaliser l'affaire de sa vie…

M. Honoré Castellain, malgré – ou à cause de ? – ses millions était un mufle majeur. Qu'il se permette ces réflexions devant des étrangers dénotait un manque d'éducation flagrant. Cela choqua fort Cécile et Raoul.

Celui-ci se leva, imité par son épouse et dit, le plus froidement possible :

— Nous allons vous demander la permission de nous retirer.

— Pas avant que vous me promettiez de venir déjeuner demain.

— Nous craindrions de vous déranger, vous devez avoir à faire avec la responsabilité de ce domaine…

— Pensez-vous ! J'ai le personnel pour ça. À ce propos, en sauvant Azzedine, vous me permettez de faire des projets d'avenir pour *El Harrach*. Ce garçon est remarquable. Il finira probablement dans la peau

1. Rien à voir avec le terme dont les Juifs se servent pour désigner les non-Juifs.

d'un contremaître. Pour un Arabe, il est intelligent, dévoué, fidèle et il oublie d'être feignant. C'est si rare, dans ce pays peuplé de bons à rien et de fatigués de naissance. On ne trouve pas d'ouvriers capables de s'occuper d'une vigne sans la bousiller. Il faut les former et veiller à ce qu'ils ne saccagent rien. Ils sont bornés. C'est la race qui veut ça. Et le soleil d'Afrique. J'avais tout intérêt à ce qu'Azzedine reste en vie. Je suis donc votre débiteur.

Honoré Castellain se tourna vers Cécile et, s'inclinant pour lui baiser la main, il garda plus longtemps qu'il ne convient les doigts de la jeune femme prisonniers des siens :

— Chère et jolie madame, soyez mon ambassadrice auprès de votre époux et persuadez-le d'accepter mon invitation. Je suis votre obligé.

Ces manières, singées sur celles de la bonne société, alternant avec la grossièreté des propos précédents prouvaient une chose : le maître d'*El Harrach* était un être brutal et dénué d'éducation. C'est sans scrupule apparent qu'il débinait sa sœur. Son attitude en famille, après ce que son fils Edouard avait raconté à Raoul, le confirmait, si besoin était. Cela suffisait-il à faire d'Honoré Castellain un assassin ? Il était un peu tôt pour s'en faire une idée précise. Sans doute aurait-on besoin pour cela de le connaître mieux, de le fréquenter plus longtemps. Cette constatation poussa Raoul, que Cécile, embarrassée, consultait du regard, à répondre :

— Ma femme et moi sommes ravis et honorés de cette invitation.

Le maître d'*El Harrach* raccompagna ses hôtes jusqu'à leur *boghet* garé à l'ombre d'un bigaradier qui embaumait. Cécile ne put s'empêcher de humer longuement le parfum entêtant d'une fleur épanouie.

— Bachir ! cria Castellain.

Un jeune Arabe, pieds nus, accourut.

— Va chercher un bidon de *néroli*[1] pour la dame, va !

Le jeune garçon revint, toujours courant, porteur d'un petit bidon de fer semblable aux estagnons d'huile, en miniature.

— N'en mettez pas trop, conseilla Castellain en remettant le bidon à Cécile. C'est très concentré. Mais si vous voulez parfumer une pièce ou remplacer une mauvaise odeur par une bonne, c'est idéal.

Il se tourna vers Raoul qui s'apprêtait à monter dans la voiture.

— Alors comme ça, vous êtes journaliste à Marseille ?... Au *Petit Provençal*. Le journal qui n'aime pas les capitalistes.

— Vous êtes bien renseigné.

— Pas difficile. On vient m'apporter l'information sans que je me dérange. Boufarik est un trou de province. Dès que des têtes nouvelles se pointent dans le paysage, tout se sait. J'ai des contremaîtres européens qui manqueraient plus facilement la messe que l'heure de l'apéro chez Munoz. Dès qu'ils ont su, ils sont venus me dire : y a un journaliste marseillais et sa poule – pardon, chère madame ! ce sont des êtres frustes – qui sont descendus aux *Colonies*. Le monde est petit, vous ne croyez pas ?

— Plus que ça, répliqua Raoul. Je suis un ami de collège d'Edouard.

— Non ? ! Encore mieux ! J'espère que vous étiez meilleur élève que lui. Vous me direz : ce n'était pas difficile…

---

1. Huile essentielle extraite de la fleur du bigaradier utilisée en parfumerie.

Ça continuait. Raoul prit la défense de son ami :

— Je crois surtout qu'il souffrait de son état.

— Allons, allons ce n'est pas une excuse ! dit Castellain en élevant la voix. Quand on a un handicap, justement, c'est le moment de montrer – pardon une nouvelle fois, chère madame – qu'on en a. On fait de sa faiblesse une force. On fait voir aux autres qu'on est capable de faire mieux qu'eux. Je ne dis pas aussi bien : mieux. En réalité, mon fils est un paresseux et un raté. Il l'a toujours été. Aujourd'hui comme hier, il préfère se laisser porter, se faire plaindre, que se conduire en homme. Ici, il aurait sa place s'il était un peu courageux et capable. La première place. Mais c'est plus facile de se laisser entretenir par papa et dorloter par maman. À son âge ! À son âge, moi, j'étais sans cesse par monts et par vaux pour vendre le vin d'*El Harrach* aux négociants de métropole qui manquaient de degrés pour leurs piquettes. Et croyez-moi, il y avait de la concurrence. Il fallait se lever de bonne heure, pour enlever les contrats. Mon père ne m'aurait pas entretenu à ne rien faire, je vous l'assure. Edouard passe son temps chez les filles, à faire la fête, à boire des coups et à jouer gros avec les voyous qui le plument comme un pigeon. Sa main n'explique pas tout. Je suis trop faible avec lui.

Trop faible… Ce sont les derniers mots que Raoul Signoret aurait choisis pour qualifier Honoré Castellain.

Non sans avoir de nouveau baisé la main de Cécile, en la retenant plus qu'il est convenable, le maître d'*El Harrach* regarda ses hôtes s'éloigner en les saluant longuement d'un grand geste du bras.

— À demain. Je vous attends vers 11 heures...

*
* *

Avant de passer à table, Honoré Castellain proposa à ses hôtes une visite du domaine, à bord d'un coupé à deux chevaux qu'il guidait lui-même avec un savoir-faire certain. Pendant ce temps, un somptueux méchoui achevait de tourner sur sa broche, cuit selon la tradition. Les serviteurs avaient, depuis bien avant l'aube, entretenu un feu d'enfer de ceps et de sarments, afin d'obtenir un lit de braises incandescentes de près d'un demi-mètre d'épaisseur contenu dans une fosse creusée dans la terre, parallèlement à la broche posée sur deux trépieds à près d'un mètre du sol. En quelque cinq heures, l'haleine brûlante du brasier avait rôti un mouton entier bourré d'épices, transpercé de part en part sur son pal géant, dont la chair dorée à point se détacherait tout à l'heure sans difficulté.

Comme un maquignon flatte une jument de concours, Honoré Castellain, qui avait conduit son attelage sur une éminence, n'en finissait pas de vanter les beautés d'*El Harrach*. De là-haut, on embrassait le domaine d'un seul coup d'œil. Le propriétaire chantait les mérites de sa « tribu » (le mot était intentionnel) dont le courage et le savoir-faire avaient fait d'une plaine paludéenne cette riche et opulente oasis « française ».

— Les Romains, eux, avaient compris le parti qu'ils pouvaient en tirer. C'était leur grenier, ici. Des textes anciens insistent sur la qualité des grains et révèlent une polyculture florissante. Devenus les maîtres du pays, les Arabes n'ont jamais su quoi en faire. Ça ne semble pas croyable, hein ? Ils n'ont jamais été foutus de lui faire produire autre chose que des moustiques, des maladies et des friches stériles.

Les oliviers et les orangers poussaient tout seuls, autour des métairies et des gourbis et ils se contentaient d'envoyer paître leurs quatre chèvres dans des herbages naturels. La terre, monsieur Signoret, c'est l'homme qui la fertilise avec sa sueur et sa fatigue. Avec son esprit aussi. Les Arabes en sont incapables. La preuve : en mille ans, pas un n'a eu l'idée d'assainir et d'irriguer ce sol d'une fertilité admirable qui ne demandait pas mieux que de rendre au centuple. Tout ce que vous voyez là, ce sont les colons qui l'ont créé.

— Aux dépens des légitimes propriétaires, tout de même, ne put s'empêcher de remarquer Raoul.

Le visage de Castellain se durcit :

— Que voulez-vous dire ?

— Ce pays n'était pas un désert, avant que vous y arriviez ?

— Ah, nous y voilà ! ricana le maître d'*El Harrach*. Le discours habituel des socialistes. Les vilains colons qui ont dépouillé les gentils Arabes ! Soyons sérieux, monsieur Signoret ! Il n'y avait rien ici, mis à part quelques *haouchs*[1] appartenant à des caïds qui exploitaient leur main-d'œuvre à des conditions proches de l'esclavage, sans rechercher une mise en valeur de leurs biens.

Raoul ne put se retenir :

— Mais enfin il y a eu une guerre, il me semble ! Elle aura duré dix-sept ans ! À son terme, il ne subsistait plus rien des collectivités arabes traditionnelles, dispersées, privées de sol.

Castellain regardait Raoul, l'air mauvais :

— Vous récitez un catéchisme que je reconnais bien. Il est écrit par ceux qui ne pardonnent pas la

1. Domaines agricoles.

réussite. Vos Arabes, sans nous, qu'est-ce qu'ils feraient ?

— Sûrement ! Ils n'avaient plus d'autre ressource que de venir vous vendre leur force de travail. Comment votre père a-t-il acquis ses terres, monsieur Castellain ?

— Les capitaux ont été prêtés par la Banque d'Algérie, mais mon père par son travail a remboursé jusqu'au dernier centime. Il n'est pas immoral qu'il en ait ensuite recueilli les bénéfices. Il ne l'a volé à personne, ce domaine. Il lui a été concédé par l'État.

Raoul joua les naïfs :

— L'État algérien ?

Castellain éclata d'un rire vulgaire face à tant de sottise.

— Vous êtes impayable, monsieur Signoret ! L'État français, naturell…

Devant la tête du journaliste qui se payait ouvertement la sienne, le maître d'*El Harrach* s'interrompit brusquement…

— Il n'y a pas moyen de discuter sérieusement, grogna-t-il. Vous êtes tous les mêmes, les *francaouis*[1]. Je leur donne à manger, moi, à vos amis arabes. Sans moi, ils crèveraient de faim. Et vous, Signoret, vous enfourchez les idées fumeuses de la clique à Jaurès qui fait de nous des affameurs. Je vous conseille de réviser votre histoire de France, avant de soupçonner les gens d'exploiter la misère du monde. Enfin, vous êtes mes hôtes, on ne va pas se disputer…

Raoul ne se tint pas pour battu. Il dit calmement :

— Monsieur Castellain, l'histoire récente de la France, je crois la connaître moins mal que vous ne

1. Français de métropole.

le supposez. Évidemment, ce n'est pas l'histoire officielle dont la République nous bourre le crâne et dont on nous propose l'image idyllique en ce moment, à l'Exposition coloniale de Marseille. C'est à l'histoire des hommes, celle de leurs malheurs et de leurs souffrances que je m'attache. Je ne nie pas le courage et l'esprit d'entreprise de votre père, j'admire l'œuvre accomplie dont vous êtes le flambeau transmis par ses mains. Il n'était pas – et vous non plus sans doute – un de ces colons *en gants jaunes* qui se sont contentés de gérer leurs biens de haut et de loin, laissant les autres se tuer au travail. Tout cela ne s'est pas fait tout seul, je m'en doute. Cette mise en valeur est à vous, je le reconnais. Cependant, je ne peux oublier que ce pays, avant de renaître, a d'abord été dépeuplé par les ravages d'une guerre impitoyable. Je n'oublie pas non plus que vous vous êtes installés ici, vous et vos semblables, parce qu'on vous a concédé des parcelles d'un pays qu'on avait pris de force à ceux qui y vivaient. Vous l'avez eu à un prix d'ami. Que vous ayez su le mettre en valeur n'est pas niable. Mais croyez-vous que votre père – qui fut, si je suis bien renseigné, d'abord un soldat avant d'être un laboureur – aurait pu devenir le propriétaire d'un domaine de trois cents hectares s'il était resté en métropole ? Croyez-vous que vous-même eussiez pu faire fructifier votre bien en doublant cette surface et même en la triplant à un moment ? La colonisation a donc été pain bénit. Nulle part ailleurs votre famille n'aurait pu trouver de telles conditions pour faire fructifier son patrimoine. Une petite question, si je ne suis pas indiscret : combien donnez-vous par jour à vos vendangeurs algériens ?

Castellain lâcha comme à regret :

— Un franc vingt-cinq.

— Je me suis laissé dire que vos vendangeurs européens touchent trois francs vingt-cinq.

— Oui, mais…

— Chez nous en Provence, on leur donne cinq francs. Plus trois litres de vin.

Acculé, Castellain se ridiculisa en confiant :

— Chez moi, ils construisent leurs gourbis sur ma propriété, ils cultivent leurs légumes et mangent tout le raisin qu'ils veulent.

Raoul Signoret ne put retenir un éclat de rire. Cécile pressait son bras pour l'amener à plus de diplomatie.

Le maître d'*El Harrach*, vexé, marmonna :

— Vous ne pouvez pas comprendre. Inutile de discuter.

Sans rien ajouter, il reprit le chemin de la ferme les dents serrées.

En dépit de l'excellence de la chère, l'ambiance, au début du déjeuner, prit du temps à retrouver un peu de chaleur humaine. Par bonheur, l'arrivée d'Azzedine, l'ouvrier blessé, vint fort à propos apporter la détente. Le jeune homme appuyé sur des béquilles semblait encore un peu affaibli par l'hémorragie subie, son teint était grisâtre, mais un pâle sourire éclairait son visage. Il se dirigea en boitant vers Cécile et Raoul et les remercia longuement en un sabir où les mots de reconnaissance n'avaient pas besoin de traduction. Castellain réclama un fauteuil en osier et demanda aux convives – les contremaîtres du domaine et leurs familles – de faire place à l'arrivant :

— Assieds-toi en face de moi, Azzedine. Et fais-toi servir un gros morceau, tu as besoin de te refaire le sang.

Le jeune ouvrier ne se fit pas prier et avec trois des doigts de sa main droite – le pouce, l'index et le majeur, suivant la tradition – il attaqua la peau dorée et juteuse du mouton, avec un entrain qui remit la tablée de bonne humeur.

Castellain poussa sa pique.

— Tu es malheureux, ici, Azzedine ?

Le jeune homme tourna vers son maître un regard étonné et vida sa bouche :

— Non, monsieur Castellain, pourquoi ?

— Pour rien. M. Signoret croyait que je ne te donnais pas de quoi manger.

Les cadres de l'exploitation eurent des rires de courtisans.

— Tu es content de travailler pour moi, Azzedine ?

L'incompréhension se lisait sur le visage émacié du jeune Arabe.

— Bien sûr, m'sieur Castellain.

Le propriétaire fixa Raoul qui lui faisait face :

— Je fais vivre vingt-trois domestiques plus quarante métayers et vendangeurs indigènes. Sans parler de l'encadrement européen. Le père d'Azzedine travaillait déjà pour mon père.

Tout en parlant, Castellain posait fréquemment sa main sur l'avant-bras nu de Cécile, comme s'il la prenait pour complice. Jusqu'à ce que la jeune femme, agacée, lui fasse comprendre par un geste vif que ces façons de toucheur de bœufs l'exaspéraient.

Raoul – qui suivait le manège – se retint de faire remarquer que ni Azzedine ni son père n'avaient d'autre choix que de travailler pour les autres, à leur tarif, puisqu'ils n'avaient plus ni terre, ni droit à eux. Inutile de rallumer le débat.

Les pâtisseries orientales qui accompagnèrent le thé à la menthe permirent d'achever le déjeuner dans une sorte de paix armée où chacun resta sur ses positions.

Honoré Castellain n'avait pourtant pas digéré son ressentiment envers le journaliste. Mais il surprit encore Raoul en l'attaquant sous un angle inattendu au moment de la séparation.

— Dites-moi, monsieur Signoret, je suis étonné que vous n'ayez pas abordé un certain sujet avec moi.

Une petite lumière rouge s'alluma dans la tête du journaliste : attention danger !

— Je ne vois pas…

— Non ? C'est pourtant bien vous qui avez suivi pour votre journal certaine affaire concernant ma propriété de Saint-Julien, où on a fait une étrange découverte… Il me semble même avoir parcouru un article de vous sur la question.

— C'est bien moi, oui, mais…

— Vous n'allez pas me faire croire que votre présence ici n'est pas peu ou prou liée à cette affaire ?

Raoul se sentit rougir. Il fut impuissant à masquer sa réaction. L'autre jubila.

— Je suis en vacances et je fais du tourisme. Qu'allez-vous chercher là…

— Je ne vais pas chercher midi à quatorze heures, monsieur Signoret. Certes, la Mitidja est belle, mais il y a bien d'autres sites dans notre Algérie, plus intéressants sur le plan touristique pour un jeune couple en vacances, que les vignobles de Sidi Moussa : les ruines romaines de Tipaza, les gorges du Rummel à Constantine, Alger, même, voire un bout de désert, on a le choix. Alors ?

— Alors, rien.

— Comme vous voudrez.

Il prit un temps, puis ajouta en appuyant sur les mots :

— Une petite information qui vous sera utile, avant de nous quitter, monsieur Signoret. France Gottvallès n'a jamais été la petite-cousine de qui que ce soit. Pas plus de votre grand-mère que du pape. France Gottvallès était une enfant trouvée. C'est ma sœur qui l'a recueillie à l'orphelinat. Elle n'a jamais eu de famille.

Il ajouta avec toute l'ironie dont il était capable :

— Un conseil. Ne cherchez plus, vous perdez votre temps.

Raoul piqua un fard. Décidément, Castellain était un coriace. Et rancunier avec ça… Histoire de ne pas rester coi, le journaliste releva, avec un coup d'œil appuyé :

— Vous avez bien dit « France Gottvallès *était* une enfant trouvée » ? Pourquoi cet imparfait ? Elle ne le serait donc plus ?

Castellain se contenta de répliquer :

— Ne cherchez pas, je vous dis. Vous n'êtes pas de taille.

Raoul Signoret fit claquer les rênes de cuir sur le dos de la jument ce qui donna le signal du départ.

Sur la route de Boufarik, il remâchait sa déconvenue et sa colère, assortie d'une décision irrévocable qui montait en lui. Il lança à haute voix en regardant Cécile qui ne disait mot :

— Malgré vos conseils d'ami, cher monsieur Castellain, je vais continuer à chercher. Et je trouverai l'identité des restes humains qui reposaient depuis dix ans dans la terre de votre propriété de Saint-Julien !

12.

Où, au cours d'une séance de tables tournantes, Raoul Signoret entre en contact avec « l'esprit » de son père défunt

L'hôtel particulier des Castellain se nichait dans la partie basse de la rue Saint-Jacques, non loin de la rue de Rome. C'était un quartier très bourgeois. Il s'était développé tout au long du XIXe siècle, derrière le palais de la Préfecture, aussitôt les remparts qui cernaient la *rive neuve* du port abattus. Le cours Pierre-Puget en suivait le tracé. La ville, jusqu'alors blottie autour du Lacydon, qui était depuis sa fondation sa matrice, s'était considérablement étendue vers le sud. Les bourgeois conquérants, bien-pensants et vaniteux, s'en étaient emparés, autour des boulevards « hors les murs » tracés sous le Consulat et l'Empire. Ici, ils étaient chez eux, entre eux, loin de la tourbe scélérate qui s'entassait autour des quais, mais suffisamment à proximité pour garder un œil sur leurs affaires. Ils avaient fait apposer leur marque sur le quartier neuf : des maisons cossues ou des hôtels particuliers, aux façades de pierres blondes, ouvragées sans ostentation, dont le rythme serein était souligné par un réseau de balcons en dentelles de fonte noire ouvragée de belle facture. Une porte d'entrée cochère, souvent flanquée d'atlantes ou de cariatides, dimensionnée pour le passage aisé d'un fiacre, s'ouvrait sur un passage qui traversait de part en part l'immeuble, pour conduire à une cour où se trouvaient les écuries. Souvent un puits trônait au centre de cette cour. Il servait à abreuver les chevaux et à arroser les fleurs des rocailles.

Dans le passage cavalier, une statue de bronze brandissait généralement un flambeau couronné d'un globe destiné à recevoir un bec de gaz, afin d'éclairer l'entrée proprement dite de l'hôtel, conduisant aux deux étages sous combles par un escalier à la rampe de pierre, orné de balustres ventrus.

L'hôtel de la famille Castellain – bâti sur ce plan classique – était l'un des rares à bénéficier en outre d'un étroit jardin planté de pittosporums, situé en avant de la bâtisse et l'isolant – au moins visuellement – de la rue.

Il était 8 heures du soir. La nuit était tombée. Cécile et Raoul avaient fait arrêter le fiacre, qui les avait cueillis sur le quai du Port, à l'angle de la rue de Rome et ils remontaient à pied la rue Saint-Jacques en se donnant le bras. Ils s'apprêtaient à honorer l'invitation lancée par Edouard Castellain à participer à une séance de *tables parlantes* dont ils étaient les hôtes d'honneur.

C'était un plaisir pour l'œil d'admirer ce couple élégant – lui en redingote sombre, elle en longue robe claire à la taille haute, soulignant sa ligne naturellement gracieuse, portée sous une courte veste-boléro aux épaules bouffantes, tandis qu'un chapeau de forme capeline orné d'un petit bouquet de roses pâles surmontait la masse sombre de ses cheveux ramenés en chignon. Une longue cape bleu nuit allongeait encore sa svelte silhouette. Elle lui donnait une allure tout à fait adéquate à l'activité à laquelle elle allait se livrer dans quelques instants en compagnie de son époux sur l'insistance d'Edouard Castellain : on aurait dit une apparition.

Complices, les époux riaient à l'avance comme des collégiens en goguette qui préparent une farce, à l'idée d'aller faire tourner les tables, cette distraction à la mode qui faisait fureur chez les bourgeois. Pour donner du sérieux à ce qui n'était qu'un divertissement mondain, les adeptes s'abritaient sous la caution scientifique de grands noms passionnés par les phénomènes paranormaux : notamment l'astronome Camille Flammarion dont l'étude intitulée *Les Forces naturelles inconnues* figurait dans toutes les bonnes bibliothèques, et le polytechnicien Albert de Rochas qui avait conduit de troublantes expériences avec le concours d'Eusepia Palladino, célèbre médium italien. Mais celui auquel ils se référaient le plus volontiers était Allan Kardec, de son vrai nom Léon Rivail, introducteur et propagateur du spiritisme en France. Les plus acharnés avaient fait leur bible de ses deux ouvrages de vulgarisation : *Le Livre des Esprits* et *Le Livre des Médiums,* auxquels ils se référaient pour organiser des réunions spirites au cours desquelles, dans une obscurité quasi totale, des messieurs graves et des dames émoustillées, posant leurs mains sur le bord d'un guéridon tripode, mettaient leurs auriculaires en contact avec ceux du voisin ou de la voisine, pour former une chaîne humaine captant les « fluides » de chacun. Après avoir posé la rituelle question : « Esprit, es-tu là ? » les participants attendaient en silence – nez en l'air et regards anxieux – que la table « parlât », sous la forme de coups frappés dont le nombre correspondait à la position d'une lettre dans l'alphabet, ou bien, l'index posé sur son pied, qu'un verre retourné se dirigeât « de lui-même » vers lesdites lettres pour former les mots de la réponse attendue. Cette méthode empirique permettait – assurait-on – d'entrer en communication avec les morts et de recomposer leur message venu de l'Au-delà. C'est du moins ce qu'affirmaient les spirites. Mais le contact tardait souvent à venir. Il y fallait une patience d'ange. Imaginez le temps nécessaire à *l'esprit* de Ramsès II pour écrire *zythum*, le nom de sa bière préférée : il devait égrener cent treize coups ! Pour gagner du temps, on avait donc souvent recours à un « spécialiste » – un médium – jouant le rôle de directeur de séance afin d'accélérer la rédaction de la dépêche venue de l'outre-tombe. Car il y avait des méthodes pour conduire l'interrogatoire, des façons de poser les questions pour obtenir une réponse claire qui ne nécessitât pas d'interprétation ou de contestation possible.

Après avoir traversé le minuscule jardin, Cécile et Raoul s'engagèrent dans le passage conduisant à la porte d'entrée de l'hôtel particulier et, dès qu'ils eurent décliné leurs identités, le majordome, qui venait de répondre à leur coup de sonnette, s'effaça et leur dit sur le ton avec lequel on présente ses condoléances, en joignant la geste à la parole :

— M. Edouard vous attend dans le salon du premier étage.

Il précéda les arrivants, se dirigeant vers la cage d'escalier décorée à mi-hauteur de boiseries sombres surmontées d'une tapisserie à ramages compliqués. Elle avait un air funèbre, accentué par le chiche éclairage d'un lustre à becs de gaz large comme une roue de charrette dont la moitié seulement étaient allumés.

— C'est sans doute pour nous mettre dans l'ambiance, pouffa Cécile à l'oreille de son mari.

Le majordome, dont l'oreille traînait, jeta à la jeune

femme un regard offusqué, ce qui eut pour effet de déclencher son fou rire. Si bien que Cécile entra dans le salon les yeux brillants en se mordant les joues.

Il faut dire que le spectacle qui s'offrait à ses yeux prolongeait l'impression sépulcrale produite par la cage d'escalier. Le salon était plongé dans une semi-obscurité et les personnes présentes, tournées vers les arrivants, se tenaient debout dans un silence de catacombe. Le couple marqua un temps d'arrêt afin d'habituer ses yeux à la pénombre. Une silhouette d'homme se détacha du groupe, dans laquelle Raoul Signoret reconnut son ami Edouard Castellain.

— Vous êtes à l'heure, c'est parfait, dit celui-ci en se penchant pour baiser le bout des doigts gantés de Cécile qu'il venait de saisir de sa main valide. Nous n'attendions plus que vous pour commencer. Tout le monde est là.

Le journaliste ne put s'empêcher de manifester sa surprise. Il s'attendait à une nombreuse assistance et il ne compta – outre Edouard – que quatre participants, en excluant un domestique qui s'occupait à remplir des verres d'orangeade alignés sur un plateau.

— Nous ne serons pas plus nombreux ?

— Avec vous deux, nous serons six.

Edouard baissa la voix et, se penchant vers Raoul, lui confia très discrètement :

— En fait vous serez cinq. Je reste en spectateur. Il faut former une chaîne avec les mains et je ne peux décemment imposer à quiconque…

Il n'acheva pas mais montra son moignon toujours dissimulé sous sa moufle de velours noir.

Puis Edouard Castellain reprit sa voix normale et entraîna Cécile et Raoul vers le petit groupe immobile près de la table du buffet en précisant :

— Toujours moins de dix ! Si l'on veut que la

communication s'établisse, il faut être un très petit nombre. Les esprits sont craintifs. Ils ont horreur de la foule. J'ai préféré que nous soyons entre nous.

Sur ces propos surprenants, le fils de la maison fit les présentations :

— Maman, permettez-moi de vous présenter mon ami, le journaliste Raoul Signoret, et son épouse, Cécile.

Le reporter nota qu'Edouard Castellain avait omis de préciser à une lectrice du *Petit Marseillais* dans quel journal Raoul exerçait son métier.

Cécile se contenta d'une brève révérence.

Raoul, en s'inclinant, se pencha pour un baisemain sur des doigts grassouillets que lui tendait mollement une femme à l'air triste, sans âge et sans grâce, aussi large que haute, fagotée dans une robe de soie puce qui boudinait des chairs rebondies et lui présenta ses hommages.

— Très heureuse de vous accueillir, lâcha sans conviction la maîtresse de maison. Mon fils m'a beaucoup parlé de vous.

Un domestique débarrassa les arrivants de leurs manteaux.

Edouard poursuivit :

— Ma sœur, Agathe.

Répondait à ce prénom une asperge blême, à l'air traqué, vêtue d'une robe à carreaux qu'on aurait plutôt vue sur une adolescente à peine pubère. Pour ne pas ajouter à la confusion de la malheureuse, Raoul lui tendit brièvement la main, tandis qu'elle esquissait une sorte de courbette maladroite devant Cécile.

— Et enfin notre maître de cérémonie, si je puis dire, voici Stanislas de Jodko, grand médium devant l'Éternel, spécialiste de la communication avec les esprits, qui va nous mettre en contact direct avec l'Au-delà.

Raoul Signoret se tourna vers un grand échalas osseux en habit de soirée qui portait une moustache de phoque. Elle avait ceci en particulier de laisser glabre la lèvre supérieure et de ne prendre son double essor qu'aux commissures, pour s'étaler sur les joues en deux touffes de poils raides et noirs, épais et pourtant clairsemés. Ce qui lui donnait une physionomie singulière. La mâchoire était chevaline, les yeux enfoncés dans les orbites sous un arc de sourcils ferrugineux, le regard noir était glaçant, le front haut et dégagé précédait une crinière rase poivre et sel, taillée court et le timbre de voix était celui de la basse profonde. Sous son habit noir il portait une chemise à jabot dont les poignets garnis de fanfreluches dépassaient des manches de son frac et recouvraient le dessus de la main, ne laissant dépasser que ses longs doigts noueux. L'homme salua d'un simple signe de tête avec une grimace qui tenait lieu de sourire. Il reprit aussitôt l'air sévère qui lui semblait habituel.

— Ne perdons pas de temps, dit Edouard Castellain, les esprits ont horreur d'attendre.

Il entraîna les participants vers le fond du salon où Raoul découvrit un rideau noir fait de satin, s'ouvrant par le milieu, qui masquait un angle de la pièce. On l'avait accroché à une tringle de cuivre suspendue par des cordons à deux becs de gaz éteints placés en appliques sur les murs. Était ménagée de la sorte une espèce de coulisse triangulaire.

Devant le rideau noir – et se détachant sur lui – se trouvait une table qui, contrairement à l'attente de Raoul, n'était pas ronde mais carrée, d'environ un mètre de côté. Elle était faite de simple bois peint en blanc, et ressemblait à une table de jardin. On pouvait voir, recouvrant une grande partie de son plateau, un carré de carton rigide couleur paille portant les lettres noires d'un alphabet en majuscules, disposées en demi-cercle, ainsi qu'en dessous, une suite de dix chiffres alignés en allant de 0 à 9. Sur les côtés droite et gauche du carton on déchiffrait les deux mots OUI et NON. Au centre, trônait une planchette de bois verni, vaguement piriforme, montée sur trois minuscules roulettes lui permettant de se déplacer en tous sens et percée en son extrémité la plus étroite d'un trou pouvant recevoir un crayon. Le médium expliqua qu'on s'en servait dans les expériences d'écriture automatique sous la dictée des esprits désireux de faire passer leur message par écrit, mais qu'on n'en aurait pas l'usage ce soir. Il présenta l'ensemble sous le nom étrange de OUI-JA.

— C'est la première fois que vous participez à une séance de spiritisme ? demanda Edouard Castellain en s'adressant particulièrement à Cécile.

Sur une réponse affirmative de la jeune femme, il joua les maîtres de cérémonie :

— Notre ami Stanislas de Jodko ne pratique pas les tables tournantes, il préfère les tables *parlantes.* Cet alphabet et le OUI-JA permettent aux esprits de nous communiquer leurs messages. C'est beaucoup plus rapide qu'avec la méthode des coups frappés qui est source d'erreurs nombreuses. Vous allez voir, c'est étonnant.

Cela était dit comme une chose acquise d'avance.

Les esprits n'allaient pas manquer de répondre à la convocation du thaumaturge. C'était une affaire entendue. Cette prétention fit sourire Raoul Signoret.

— Tu as l'air bien sûr de toi, et s'ils sont aux abonnés absents ? Que fait-on ?

— Ça ne rate jamais, assura le fils Castellain.

Aucun esprit ne saurait résister à l'appel de Stanislas. Ses pouvoirs sont exceptionnels. Vous allez vous en rendre compte. Mais approchez-vous, je vous en prie.

Le médium, qui n'avait encore pas prononcé un mot, rejoignit le journaliste et le fixa de son regard sombre. Il présentait la particularité de ne presque pas ciller. Cette fixité – sans doute le fruit d'un entraînement – ajoutait à l'emprise que Stanislas de Jodko entendait exercer sur ses... Comment dire ? Patients ? Clients ? Dupes ? Raoul Signoret cherchait le mot le plus apte à définir ce qu'il ressentait face à cet homme qui testait la capacité de résistance du journaliste en tentant d'imposer sa domination dès ce premier et bref échange de regards. Le reporter soutint l'affrontement et ne baissa pas les yeux.

La voix noire de Stanislas de Jodko gronda doucement. Elle semblait émaner de toute sa maigre poitrine.

— Vous êtes sceptique ? Je vous sens hostile.

— C'est peu de le dire, répliqua le journaliste avec franchise. Mais je ne vous empêche pas de me convaincre.

Le médium crispa la mâchoire, ce qui fit jouer les muscles de sa face osseuse.

— Comptez sur moi, bien que la présence d'une pensée hostile puisse compromettre l'établissement d'un contact confiant avec les esprits qui voudront bien se manifester ce soir.

— Les esprits ? Vous comptez en solliciter plus d'un ?

— Ce sont eux qui décident, répondit froidement le médium.

Il entreprit de placer les participants autour de la table.

— En principe, nous devrions alterner un homme, une femme. Du fait de la non-participation de M. Castellain, les femmes sont en surnombre et devant les réticences que je sens chez M. Signoret, il importe que je sois en contact direct avec lui. Par conséquent, mesdames, placez-vous à votre convenance. La seule chose que je vous demande, c'est de me laisser seul sur un côté, et à Mme Signoret de ne pas vous asseoir à côté de votre époux, afin que nos fluides soient mieux répartis.

Ainsi, Marie-Louise Castellain s'installa-t-elle seule sur le côté de la table à la droite du médium, Raoul sur le côté gauche, tandis que Cécile et Agathe Castellain s'asseyaient côte à côte face à Jodko.

Le journaliste, qui attendait debout que ces dames aient pris place, ne put s'empêcher, avant de s'asseoir, de tendre la main vers le rideau noir à l'endroit où ses deux pans se croisaient et de les écarter. Par l'entrebâillement, il eut tout juste le temps d'apercevoir ce qu'il prit pour une sorte de coffre ainsi qu'un trépied supportant un appareil photographique dont le gros œil semblait le regarder. La voix sévère du médium l'arrêta :

— Monsieur Signoret, je vous en prie…

Raoul s'immobilisa comme un gamin pris en faute :

— Pardonnez-moi, je me demandais pourquoi il fallait opérer devant un rideau de scène, comme dans un music-hall.

Le mot fit tiquer Jodko.

— Il n'y a là aucune mise en scène, ni supercherie. Derrière ce rideau se trouvent des accessoires dont nous pourrions avoir besoin, mais dont la vue prématurée pourrait troubler votre concentration. Il est capital que rien ne vienne distraire votre attention. Elle doit se fixer sur la table parlante.

— Des accessoires ? s'étonna Raoul, je pensais que la force de votre esprit suffisait.

— Elle suffit, je vais vous le prouver. Mais j'ai recours à des accessoires lorsque je veux convaincre des esprits forts tels que le vôtre de la réalité de ce qu'ils ont vu ou perçu. Leur usage vous sera révélé en temps utile. Un peu de patience.

Pendant cet échange, Edouard Castellain était allé clore toutes les issues, tirer les doubles rideaux devant les croisées. Il s'installa sur une chaise, un peu à l'écart, un carnet et un crayon en main. On aurait dit un arbitre de *lawn* tennis.

Le médium renversa la tête et ferma les yeux. De sa sombre voix, il ordonna :

— Maintenant, vous allez faire le vide dans votre esprit. Fermez les yeux. Ne pensez à rien. Ne résistez pas. Il est essentiel de vous détendre. Je vous conseille de commencer à fixer votre pensée sur une couleur apaisante : le bleu ou le vert, par exemple. Petit à petit le vide se fera et vous serez ouverts, réceptifs. Nous allons former la chaîne. Chacun de vous va poser calmement ses mains sur la table en écartant le plus possible les doigts. Vous ne devrez à aucun moment parler, même pour poser une question. Je les poserai en votre nom. Si un esprit se manifeste, laissez-moi seul établir le contact, la moindre maladresse de votre part pourrait compromettre l'expérience. Surtout, restez immobiles quoi que vous perceviez. Vos pouces doivent se toucher et les auriculaires doivent être en contact avec ceux de vos voisins de gauche et de droite. Je vais demander à M. Castellain de bien vouloir baisser la flamme du gaz, jusqu'à l'obscurité complète.

Ce qui fut fait.

— À présent, reprit Jodko, dont la voix montant

dans l'obscurité était encore plus impressionnante, nous allons demeurer silencieux et ouvrir nos esprits à l'accueil de ceux qui désireraient entrer en contact avec nous depuis l'Au-delà.

Cela dura dix bonnes minutes, durant lesquelles on n'entendit rien d'autre que de petits craquements provenant des chaises paillées sur lesquelles étaient assis les participants.

Enfreignant la consigne du médium, Raoul, loin de faire le vide en lui, était tous sens en éveil. Il lui sembla percevoir un frôlement à sa droite, mais il n'était sûr de rien.

L'attente fut brisée quand s'éleva la question rituelle par la voix de bronze de Stanislas de Jodko :

— Esprit, es-tu là ? Si tu es là, manifeste-toi de la façon qui te conviendra.

Le silence se fit à nouveau, puis on entendit venant de la gauche tinter trois fois un gong placé sur une desserte, qui servait à appeler les domestiques pour servir à table.

Précédant chaque tintement, Raoul avait cru entendre, tout proche, comme un léger sifflement très bref.

Mais son attention fut détournée par un autre bruit provenant de la droite. Comme si quelqu'un avait heurté l'un des globes des becs de gaz avec un objet dur. Enfin, on entendit une sorte de gémissement très doux et prolongé qui tenait de la mélopée, semblant venir de l'angle de la pièce masqué par le rideau noir.

Le frôlement perçu un instant avant par Raoul Signoret se fit à nouveau entendre tout près de lui. Le journaliste, pratiquant assidu de la boxe française, étendit brusquement sa jambe droite tout en gardant le buste parfaitement immobile. Son pied heurta quelque chose de mou qui était en mouvement. Il perçut comme un cri étouffé, puis plus rien. Raoul replia sa jambe.

Le silence se prolongeait, la voix de Stanislas de Jodko se fit entendre :

— Esprit, si tu es parmi nous n'aie aucune crainte. Nous t'accueillons en ami. Es-tu prêt à répondre à mes questions ? Si tu es prêt, manifeste-toi en frappant un coup dans la table où nos mains forment une chaîne fraternelle.

Malgré lui, Raoul Signoret, tout en ayant conscience de participer à une mascarade, se concentra sur ses doigts écartés. Ils commençaient à s'ankyloser. Le reporter se rendit compte de son état à la raideur de sa nuque douloureuse. Il entendait le souffle précipité de la grosse Marie-Louise Castellain venant de la droite, dont l'auriculaire était parcouru de petites secousses nerveuses. La tension montait. Le journaliste sursauta lorsqu'un coup aussi bref que violent claqua, venant du plateau de la table. Il sentit sous ses paumes l'onde de choc se répandre dans le bois. Raoul nota qu'à aucun moment l'auriculaire du médium n'avait cessé d'être en contact avec le sien.

Insensiblement, le reporter sentit la table se soulever du côté de Jodko. Comme si elle voulait s'incliner vers Cécile et Agathe Castellain. Puis, elle retomba brusquement en faisant un bruit de tambour sur le parquet du salon.

On entendit le timbre ténébreux du médium dire sans élever la voix :

— Le contact est établi. La table a lévité. L'esprit est parmi nous. Surtout ne dites rien, ne bougez sous aucun prétexte. Monsieur Castellain, pouvez-vous nous donner un peu de lumière ? Très peu. Juste ce qu'il faut pour que nous puissions suivre les mouvements éventuels du OUI-JA.

Edouard Castellain, promu au rang d'assistant, craqua une allumette avec laquelle il fit jaillir la lueur bleue de l'un des becs de gaz, qu'il abaissa à la limite de l'extinction. Les yeux des participants, habitués à l'obscurité, n'eurent aucune peine à s'adapter à la pénombre. Les lettres de l'alphabet – noires sur fond clair – se détachèrent les premières de la nuit, puis apparurent les chiffres et la planchette dont le vernis captait un peu de la lueur ténue émise par le gaz qu'on entendait siffler faiblement dans son globe.

La voix du médium brisa le silence :

— A présent, M. Signoret et moi-même allons poser nos auriculaires – lui le gauche, moi le droit – toujours en contact, sur la partie la plus large du OUIJA. Mesdames, ne bougez surtout pas vos mains. La chaîne ne sera rompue qu'en apparence, puisque nos fluides continueront à circuler à travers nos corps d'une main à l'autre pour se mêler aux vôtres.

Jodko tourna la tête vers Raoul :

— Êtes-vous prêt ? Attention ! Surtout gardons la jonction de nos doigts jusqu'à ce qu'ils soient posés sur le bord de la planchette. N'appuyons pas trop sur elle. Le contact doit être le plus léger possible. Il faut lui permettre de se mouvoir librement au gré des fluides qui vont la traverser et qui nous guideront vers les réponses espérées.

Le médium commença à soulever lentement sa main, imité par le reporter docile à la manœuvre, bien qu'il n'en pensât pas moins. Ils atteignirent leur but ensemble sans avoir brisé la chaîne humaine, ce qui valut à Raoul un satisfecit du médium.

— Parfait.

Jodko renversa à nouveau la tête et refermant les yeux s'adressa à l'entité dont il venait de solliciter la présence :

— Esprit, dis-nous : viens-tu d'un passé lointain ?

Après quelques secondes, Raoul sentit la planchette bouger imperceptiblement sous son doigt. Presque par réflexe, il tenta d'en freiner le déplacement, mais une force supérieure à la sienne semblait éloigner le OUI-JA vers le mot NON situé à droite, en dessous de l'éventail de l'alphabet. Il était plus facile à la « force inconnue » de pousser la planchette qu'à Raoul de la retenir avec son seul auriculaire. Aussi n'insista-t-il pas.

— NON..., répondit nettement l'esprit en se positionnant sur le mot.

— D'un passé récent ?

L'entité ne répondit pas aussi nettement qu'à la première question.

La planchette se dirigea successivement vers les lettres formant le mot :

— P...R...O...C...H...E...

Jodko enchaîna :

— Parle, dis-nous ton nom ?

Raoul suivit des yeux le OUI-JA se diriger vers la lettre P sans opposer la moindre résistance. Il se prêtait au jeu.

Suivirent trois autres lettres :

— A... U... L...

Paul.

— Qui es-tu ? interrogea le médium.

La planchette arrêta sa pointe sur le S.

Le cœur de Raoul Signoret se mit à battre plus fort. Il s'attendait à ce que vienne le tour du I, puis du G, du nom Signoret mais il fut un instant décontenancé quand sortit le A.

Le A de savon.

— S...A...V...O...N...

Le père de Raoul, Paul Signoret, ouvrier dans une

fabrique de savon de Marseille dans le quartier du Rouet, était mort d'une maladie pulmonaire contractée à force de se pencher sur la *cuite*, ce mélange de soude, d'huile de palme et de sel qui mijotait des jours entiers dans un énorme chaudron que l'ouvrier devait longuement touiller à l'aide d'une grande perche pour homogénéiser la pâte[1].

Raoul avait huit ans à la disparition de Paul Signoret. À l'âge d'homme, il se sentait toujours orphelin, malgré l'amour d'Adrienne Signoret, de Thérèse et Eugène Baruteau.

À cet instant, le journaliste eut l'envie brutale de mettre fin à cette farce macabre. Il éprouvait l'impression d'un blasphème envers la mémoire paternelle. Il allait se lever, envoyer balader le OUI-JA et son alphabet trompeur, puis fracasser la table de bois. Peut-être en la cognant sur la tête du médium pour lui apprendre le respect des morts. Enfin, claquer la porte des Castellain qui se commettaient avec cet escroc. Déjà, tous muscles tendus, Raoul s'apprêtait à bondir. Tant pis pour le scandale.

Pourtant, la raison eut le dernier mot. La raison et la curiosité professionnelle aussi, qui lui dictèrent de ne pas abandonner la place sur une réaction irréfléchie sans savoir à quoi rimait cette scène ridicule. Pourquoi – puisqu'on le prenait pour plus bête qu'il n'était – ne pas laisser croire pour l'instant au médium qu'il le tenait sous son emprise et ainsi endormir sa méfiance ? Jodko avait tout l'air d'un imposteur. Était-il de mèche avec Edouard Castellain ou agissait-il pour son compte ? Cette réflexion méritait réponse et calma l'accès de fureur du reporter.

---

1. Voir *Le Secret du docteur Danglars* (tome 3 des *Nouveaux Mystères de Marseille*), Le Livre de Poche nº 35028.

On allait bien voir…

— Tu fabriquais du savon ? demanda le médium à l'esprit.

— OUI…, précisa l'entité.

Raoul se mordit la lèvre pour ne pas crier. On se fichait de lui.

— Où ça ?

Le OUI-JA sortit les lettres formant le mot : T…E…M…P…I…E…R

Jodko interrogea la tablée :

— Ce mot évoque-t-il quelque chose pour l'un ou l'une d'entre vous ?

Pour impressionner le journaliste, l'escroc ne reculait devant rien.

— Moi, répondit Raoul en serrant les dents pour mieux se contrôler. C'est le nom de la savonnerie où travaillait mon père, Paul Signoret.

Jodko ne dit rien mais sur son visage anguleux se lisait sa satisfaction. À cet instant, Raoul se jura que ça lui prendrait le temps qu'il faudrait mais que cette crapule lui paierait ça.

— Esprit, reprit le médium, es-tu Paul Signoret ?

Le OUI-JA prit la direction attendue par Raoul.

Des exclamations étouffées soulignèrent l'admiration des femmes Castellain, mère et fille, devant le prodige. Edouard ne disait rien, il prenait des notes.

— Surprenant, dit Raoul à mi-voix pour masquer sa colère et sa gêne.

Jodko se rengorgea. Sans doute encouragé par ce qu'il croyait être un premier point marqué, il perdit sa mesure. S'affaissant dans une attitude d'abandon mélodramatique, laissant échapper de ses lèvres sèches une sorte de monodie sinueuse, il déclara en écarquillant les yeux :

— Je le vois ! Il m'apparaît ! Son *périsprit*[1] se matérialise ! Il flotte dans l'éther au-dessus de vous, Raoul Signoret.

Jodko était bien le seul – et pour cause – à prétendre voir quelque chose dans cette pénombre. Les autres, tournés vers Raoul, – avaient levé la tête et scrutaient l'obscurité avec application. Le journaliste, resté obstinément la tête penchée sur ses mains, refusait de se prêter à la mascarade.

— Il porte une moustache noire, continuait Jodko. Il a trente ans environ. Ses cheveux sont partagés en deux masses égales par une raie. Ses yeux sont noirs. Il parle… Je n'entends pas ses paroles, mais je vois ses lèvres bouger. Il tend vers nous une main fraternelle…

S'ensuivit, par l'entremise du OUI-JA, une longue série de questions-réponses du médium à l'esprit prétendant s'appeler Paul Signoret dont Raoul retrouva plus tard le compte rendu écrit qu'en avait laissé Edouard Castellain. Le reporter brûlait de participer directement au pseudo-dialogue, mais il avait conscience que l'interdiction prononcée par Jodko en début de séance était destinée à l'en empêcher et, d'autre part, il ne désirait pas pour l'instant entrer dans le jeu, se contentant d'observer.

Des réponses fournies par l'intermédiaire du OUI-JA, il n'émergea que des idées générales ou des bana-

1. Selon la terminologie spirite, établie par Allan Kardec, l'homme résulte de l'union du corps, de l'âme et du *périsprit*. La mort n'étant que la destruction de l'enveloppe matérielle du corps, l'âme abandonne cette enveloppe, mais elle conserve son corps fluidique ou *périsprit* qui lui permet de parcourir l'espace et de franchir des distances avec la rapidité de la pensée. C'est lui qui peut se matérialiser à l'appel du médium.

lités passe-partout, desquelles il apparut que Paul Signoret vivait présentement « dans l'infini, qui est le vide plein », qu'il était à la fois « tout et partout », qu'il n'y avait plus pour lui « ni présent ni passé » qu'on pouvait « espérer une vie meilleure dans l'autre monde » à condition de « se conduire bien dans celui-ci », qu'il existait « d'autres mondes habités que la terre » qu'il fallait « user son corps à chercher son âme » et enfin qu'il connaissait désormais et pour l'éternité « le bonheur qui lui avait été refusé sur terre ». Il attendait avec sagesse « le jour où tous ceux qu'il aimait seraient réunis à lui ».

Toutes phrases, on le reconnaîtra, qui auraient pu concerner n'importe quel être humain passé, présent ou à venir.

Le médium sembla bientôt émerger de sa pseudo-transe et tourna son regard vers Edouard Castellain toujours assis sur sa chaise à quelques mètres de là. Jodko baissa la tête à deux reprises, comme pour un signal convenu. Le fils Castellain passa par l'ouverture du rideau et disparut quelques instants. On entendit remuer des objets et Edouard réapparut, maintenant les deux pans du rideau ouvert. Il livra passage à un petit homme aux cheveux « à l'artiste » – c'est-à-dire longs et négligés – encombré du gros appareil photographique sur son trépied.

Raoul faillit poser une question mais se retint *in extremis*. Autant laisser la scène aller à son dénouement.

Le petit homme engagea sa tête et ses épaules sous le drap noir qui recouvrait le boîtier de l'appareil. On l'entendit placer une plaque photographique dans le châssis. Il tenait dans une main une rampe remplie de poudre de magnésium fixée à un manche permettant de la brandir, reliée par un câble au déclencheur de l'appareil.

De plus en plus intrigué, Raoul suivait des yeux l'étrange scène. Allait-on faire une photo-souvenir de la séance ?

À peine s'était-il posé la question qu'un éclair éclata, trouant la pénombre.

Ce fut comme un signal.

Le médium sur le ton d'un huissier de préfecture déclara :

— La séance est levée.

Jodko détacha sa main de la planchette, tandis qu'Edouard Castellain ouvrait le débit du bec de gaz et rendait un peu de lumière au salon. Surgi de l'ombre, le majordome compléta l'illumination en éclairant un à un les globes. Les participants se levèrent quittèrent la table en clignant des yeux comme des oiseaux de nuit éblouis. Seul Stanislas de Jodko demeura assis, les mains appuyées sur le rebord de la table, dans l'attitude de celui qui récupère ses forces après un douloureux effort.

— Mes amis, dit Edouard Castellain, approchez-vous du buffet, un petit rafraîchissement nous aidera à nous remettre de nos émotions.

Mme Castellain s'appuya au bras de sa fille et invita Cécile à les suivre.

Les deux femmes avançaient en se parlant à l'oreille.

Edouard alla au-devant de Raoul.

— Alors, qu'en dis-tu ? Impressionnant, non ?

Raoul fut sobre :

— Ça !...

— Qui aurait dit que ce soir tu retrouverais ton père ?...

Le médium intervint :

— Cela n'a rien d'étonnant. Consciemment ou non, expliqua-t-il à Raoul, quand on évoque les esprits défunts, c'est d'abord à nos êtres chers que nous pensons. Le spiritisme est une science consolatrice. C'est la science de l'espérance. Il est normal que vous, monsieur Signoret, participant pour la première fois à une expérience spirite, ayez évoqué prioritairement l'ombre de votre père. Il ne pouvait se dérober à cet appel qui doit être en vous depuis votre enfance.

— Je n'étais pas seul autour de cette table, objecta le journaliste. D'autres aussi devaient penser à des êtres chers disparus. Pourquoi l'ombre de mon père aurait-elle répondu la première ?

Jodko prit le bras du reporter.

— Parce que votre appel était le plus intense, le plus sincère. J'ai bien senti quelle force avait le fluide émanant de vous. N'oubliez pas : nos doigts étaient au contact. Je suis réceptif au moindre changement d'intensité. Savez-vous, monsieur Signoret, que nous sommes tous plus ou moins médiums, capables de capter les forces inconnues qui nous entourent ? Mais c'est comme pour tout : certains sont plus doués que d'autres. Vous, vous êtes un médium-né.

La manœuvre se poursuivait à présent avec un chapitre nouveau intitulé : *flatterie*. On avait d'abord joué sur le clavier *émotion*, on en était maintenant à la case *persuasion*. Il fallait compléter l'envoûtement afin que la proie adhère sans réticence au processus de conquête et, de sceptique passe au rang des adeptes. Décidément, Jodko était un professionnel.

— Mais dites-moi, ce photographe…

Le médium, se retournant vers le rideau noir, appela :

— Giraudi ! venez par là.

Le petit homme aux cheveux « à l'artiste » émergea

du rideau noir. Il venait de replier son matériel et s'approchait avec un sourire sur sa face ronde.

— M. Giraudi est photographe-spirite.

— Vous voulez dire que…

— Non seulement il photographie les séances, mais il est lui-même spirite.

— Dans quel but prend-il ces photographies ?

Jodko sourit, l'air satisfait :

— Parce qu'il advient, dans certaines circonstances, que sur le cliché se matérialise l'ombre de l'esprit qui s'est manifesté. Et l'objectif, qui lui ne peut pas être taxé de parti pris ou suspecté de se laisser impressionner, parvient parfois à la capter. C'est rare, mais ça arrive et c'est d'autant plus précieux. L'image d'un homme m'est apparue ce soir et que vous n'avez sans doute pas vue…

— En effet.

— La description que j'en ai faite vous a-t-elle semblé proche du souvenir que vous conserviez de votre père ?

— Il y a de ça, en effet, dut convenir Raoul. Bien que le signalement d'une moustache brune sur le visage d'un homme de trente ans, de nos jours, ne constitue pas un signe distinctif. La mode veut que quatre-vingt-quinze pour cent de nos contemporains en soient pourvus.

Jodko s'offusqua :

— Tout de même ! Je n'ai pas évoqué un garçon blond aux yeux clairs.

Raoul joua le rôle de l'esprit fort ébranlé dans ses convictions :

— Vous avez raison, monsieur de Jodko.

Le reporter secoua la tête, comme attristé :

— Tout de même, j'aurais aimé pouvoir poser des questions plus précises, plus intimes, si je puis dire.

Jodko redressa le buste de l'air du *magister* qui sermonne un cancre.

— Monsieur Signoret… Croyez-vous que les esprits traversent les espaces infinis pour s'entretenir avec nous de choses triviales, de préoccupations matérielles ? Il faut élever nos esprits vers eux, que diable ! Ils vivent dans la transcendance, seules les grandes questions – la vie, la mort, l'éternité – les occupent. N'attendons pas d'eux qu'ils nous fournissent de plates recettes de vie.

Raoul le regarda en évitant de mettre trop d'ironie dans sa réponse lorsqu'il répliqua :

— Je crois que j'ai encore des progrès à faire.

— Certainement, dit le médium, rassuré. Mais vous serez toujours le bienvenu à nos séances, si M. Castellain est d'accord.

Edouard dit avec conviction :

— Naturellement. Je compte sur toi, Raoul. La prochaine aura lieu mardi en huit, seras-tu des nôtres ?

Le journaliste s'entendit répondre :

— Avec joie.

— Allons nous désaltérer, proposa le fils Castellain, ravi.

L'orangeade étant destinée aux dames, Raoul hérita d'un verre de mousseux tiède – on avait reculé devant le prix prohibitif du champagne – qui était le plus beau pissat d'âne jamais mis en bouteille.

Raoul y trempa les lèvres et n'y revint pas, enviant Cécile qui avait l'air de trouver au jus d'orange un goût répondant à son appellation.

Tout en souriant à sa femme, le reporter était en train de se demander si Stanislas de Jodko oserait aller jusqu'au bout de son histoire de photographie-spirite. Que pourrait-il lui présenter ? Une photo de Paul Signoret ? Impossible. La seule connue trônait depuis sa disparition sur le buffet de la salle à manger de sa mère. Un portrait « officiel » tiré à partir d'un agrandissement d'une photo d'identité où Paul Signoret figurait en habits du dimanche avec cet air emprunté des gens de peu qui ne savent pas quelle attitude prendre en attendant que « le petit oiseau » veuille bien s'envoler ! Il eût fallu se le procurer et pour cela le voler à Adrienne Signoret. Alors quoi ? Un vague fantôme drapé dans un suaire qu'on lui placerait comme étant le *périsprit* paternel capté par la plaque sensible ? Le « corps fluidique » d'un prétendu défunt assez flou pour être celui de n'importe qui ?

Comme s'il devinait les pensées du reporter Stanislas de Jodko dit à cet instant :

— Si quelque chose de cette séance se retrouvait sur la plaque impressionnée ce soir par M. Giraudi, je ne manquerais pas de vous le faire savoir dès que le développement sera fait. Où peut-on vous joindre ?

— Au siège du *Petit Provençal*, ce sera le plus pratique.

En remontant la rue de Rome vers Castellane à la recherche d'un fiacre, Raoul et Cécile échangeaient leurs impressions sur cette étrange cérémonie. Ils étaient bien d'accord. Elle avait été organisée dans le but de « mettre en condition » l'esprit du journaliste. Dans quelle perspective ? Il était trop tôt pour le dire. Mais il ne faisait pas de doute qu'il y aurait une suite. Que la prochaine séance apporterait de nouvelles « preuves » que l'on tenterait de faire avaler au reporter. Sur quoi, sur qui, porteraient-elles ? Seraient-elles ou non liées à l'affaire de *La Mitidja* ? En tout cas, dans l'esprit de Raoul, il ne faisait pas de doute qu'Edouard Castellain et Stanislas de Jodko étaient complices de la mise en scène organisée ce soir à son intention. Le tort du médium, voulant trop bien faire – et surtout trop vite – avait été de toucher à la mémoire de Paul Signoret. Un acte sacrilège que le reporter était décidé à lui faire payer, quoiqu'il advienne désormais.

La fraîcheur de cette soirée d'avril apaisa l'esprit surchauffé du journaliste. Il goûta ce trop rare moment d'intimité partagé avec Cécile. Le gros œil lumineux de la pendule publique de la place Castellane, à proximité de la station des fiacres, indiquait 21 h 30. Ils avaient tout le temps, Adèle dormant chez sa grand-mère. La nuit commençait à peine.

— Que dirais-tu d'un panaché de coquillages chez Brégaillon, proposa-t-il à Cécile.

— Ça nous rajeunirait, dit Cécile avec un sourire ravi. En me ramenant au temps où entre deux *vertes de claire* tu subornais l'imprudente Cécile Jacquemet, jeune fille de bonne famille qui n'a jamais su résister à deux yeux bleus et une paire de moustaches blondes.

— Ensuite, proposa Raoul, pour me changer de tous ces corps fluidiques, j'irais volontiers vérifier si le tien n'a rien perdu de ses matérialités.

— Hmmmm ! dit Cécile, je sens que je vais aimer le spiritisme. Surtout la deuxième partie de la séance.

13.

Où notre héros assiste à une scène bien étrange dans le salon de « La Mitidja » avant d'affronter en combat singulier un redoutable gardien

— Signoret ? C'est Banégas. Je crois avoir du nouveau pour vous.

Au bout du fil, la voix ensoleillée du correspondant du *Petit Provençal* pour Saint-Julien « et les environs » vibrait d'émotion.

Raoul Signoret sentit au creux de ses reins un frisson signalant chez lui un regain d'intérêt :

— Mon bon Alphonse ! Je vous écoute. Avez-vous découvert l'identité de notre sac d'ossements ?

Le gros homme souffla.

— De ce côté-là, je crains de vous décevoir. Mais j'ai une nouvelle qui peut vous intéresser, c'est pourquoi j'ai cru bon de vous téléph…

— Ne me faites pas languir.

— Eh bien, voilà. Tout Saint-Julien bruit de ragots distillés en priorité par les calotins. Il semblerait que Marinette Botazzi appartienne à la catégorie des veuves dites « joyeuses ». Elle se serait déjà consolée de la perte cruelle du père de ses enfants entre les bras velus de Leonardo Danbrone, ci-devant contremaître de feu son époux.

— Diable ! Elle ne perd pas de temps, celle-là !

À la lumière de cette révélation, je conclus que les amants maudits se sont débarrassés du mari gêneur de manière expéditive. Eh bien, bravo pour ses talents de comédienne ! Le jour de la mort de Botazzi j'ai pourtant cru à son désespoir.

— Moi aussi.

— Remarquez, mon cher Alphonse, que cela – pour être déplorable – n'a rien d'inédit. C'est même un classique de l'adultère. Certes, d'autres choisissent des procédés moins spectaculaires que l'expédition *ad patres* à la nitroglycérine et préfèrent la discrétion du poison, mais le résultat est le même. Je résume : le rugueux Leonardo, qui louche en divergeant à la fois sur la femme et sur l'entreprise, arrive à ses fins et fait sauter le mari pour mieux sauter la femme, si j'ose ce déplorable jeu de mots.

Le reporter entendit rire son confrère :

— Vous avez tout compris.

— Et du côté de *La Mitidja*, *quid novi* ?

— Chou blanc.

— Consolons-nous avec un suspect de première grandeur dans l'attentat de Fondacle. Cela peut être intéressant, tout autant que les deux affaires puissent être liées. Mais le seront-elles un jour ?

— Je n'en sais pas plus que vous, répliqua Banégas, mais j'ai cependant une minuscule information qui peut-être… Je ne sais pas si elle vaut le coup…

— Dites toujours.

— Voilà : de temps à autre, le fils Castellain *monte* de Marseille et passe la soirée à *La Mitidja*. Je le sais, car je l'ai *espinché*[1] à plusieurs reprises.

1. Guetté à la dérobée.

Raoul soupira.

— Moui… Qu'un propriétaire vienne de temps à autre dans la propriété familiale ne me paraît pas de nature à déclencher une information judiciaire.

— Sauf qu'il y vient à la nuit tombée.

— Peut-être y convie-t-il une personne du sexe pour des occupations qui ne concernent que lui. Cela relève de sa vie privée, pas de la justice, mon bon *Sherlockomme.*

Banégas n'en démordait pas.

— Sauf que sa petite amie porte des *brailles*[1] et une casquette d'ouvrier. Quand le fils Castellain est là, on voit arriver à la nuit tombée un type qui vient le rejoindre, on dirait.

— Ah, voilà autre chose. Si notre ami Edouard n'appartient pas à la Confrérie des Chevaliers de la Prostate, il faudrait savoir pourquoi il reçoit nuitamment à *La Mitidja* un ouvrier en casquette, vous avez raison. Vous me donnez une furieuse envie de traîner mes guêtres du côté de Saint-Julien. Pouvez-vous me prévenir d'une future venue de l'héritier Castellain sur vos riants coteaux ?

— Pas compliqué, répliqua Banégas. Il monte toujours dans un fiacre de remise à deux chevaux et il est obligé de passer devant le *Bar du Château.* J'ai qu'à me tenir à *l'agachon*[2].

Raoul Signoret songea que la consommation d'absinthe à Saint-Julien allait connaître un bond en avant. Le correspondant local adresserait-il une note de frais au rédacteur en chef du *Petit Provençal* dont l'absence d'humour était proverbiale ?

---

1. Pantalons largement dimensionnés.
2. Faire le guet en se tenant dissimulé (terme de chasse).

— Dites, Signoret, comment vous prévenir si le fils Castellain arrive, puisque vous…

— Puisque je suis privé de journal ? Je n'ai pas encore le téléphone chez moi. Passez donc un coup de fil au *Bar de la Place*, 2, place de Lenche. Il est en bas de mon immeuble. Le patron, François, est un ami. Il me préviendra. Si je suis absent, mon épouse saura où je suis.

*
* *

Le signal vint au début de la semaine suivante. Banégas, qui attendait fébrilement au bout du cornet acoustique son confrère qu'on était allé prévenir, comme s'il craignait d'être espionné, lâcha à voix chuchotée : « *Il* vient de passer devant le bar », avant de raccrocher précipitamment.

Raoul Signoret revêtit sa tenue de cycliste, un costume de tweed anglais beige offert par Cécile avec casquette assortie. Il enfourcha sa fidèle *Gladiator* extraite de sa cave et – en dépit d'un mistral enragé qui le frappait de face – fonça à toutes pédales vers Saint-Julien qu'il atteignit à 7 heures du soir.

Banégas venait d'entrer dans la salle du *Bar du Château* après être allé faire un tour du côté de *La Mitidja* au prétexte de promener son chien, un bâtard croisé griffon / basset artésien au poil ferrugineux et hirsute, qui répondait au nom de *Ratapoil*. Habitué à vadrouiller librement dans les collines entourant le village, l'animal marquait sa réprobation d'être en laisse et se laissait traîner de tout son poids, ses quatre pattes noueuses plantées dans la terre, comme le soc d'une charrue tirée par un percheron.

Sans reprendre haleine, Raoul, les joues rougies par les rafales du vent maître, interrogea en s'asseyant à la table de son confrère :

— Vous n'avez vu personne entrer à *La Mitidja* après le fils Castellain ?

— Personne. Mais c'était encore un peu tôt. Les jours allongent. Il fait nuit à présent. Si le type est venu, il doit y être.

Le reporter se dressa.

— J'y vais. Ne m'attendez pas.

— Avec ce vent de folie ?

— Avec ce vent. Je vous appelle si j'ai quelque chose. Me diriez-vous où je peux trouver un vieux sac de jute ?

— Un sac de jute ? Pour quoi faire ?

— Pour ne pas me piquer les fesses. Je n'ai pas l'intention de sonner à la grille.

Saisissant l'allusion, Banégas répondit :

— Ponton, l'épicier, doit en avoir à revendre. Je vous accompagne.

Les deux hommes trouvèrent leur bonheur dans la remise où le serviable Ponton serrait ses pommes de terre.

Son sac de jute roulé sous l'aisselle, Raoul Signoret arriva à la nuit noire dans la traverse Pinatel qui longeait sur l'arrière la propriété des Castellain. Il repéra le toit pointu de la remise auprès de laquelle le squelette avait été exhumé et, malgré l'obscurité, retrouva à tâtons le « marchepied » entre deux pierres du mur qui lui avait permis de se hisser jusqu'au faîte lors de la première visite diurne en compagnie de Banégas et du président du Cercle. Le reporter remit ses gants de cycliste, déplia le sac et, le lançant avec habilité, il le plaça à cheval sur l'arête truffée de morceaux de verre acérés auxquels, malgré le vent, il resta accroché. Ainsi il pouvait franchir l'enceinte sans risquer de mettre ses vêtements en lambeaux et ses mains en sang. Un simple rétablissement à l'aide de ses bras le hissa à mi-corps sur le mur et d'un bond souple et silencieux, il se retrouva à l'intérieur du parc, à l'abri des frondaisons et des buissons. Le mistral ébouriffait la chevelure des pins en sifflant de rage. À l'instinct, le reporter, assurant sa casquette sur son crâne, s'avança vers la bastide dont la façade claire se détachait sur les troncs sombres des arbres qui la prenaient dans leur maillage.

D'une des fenêtres du rez-de-chaussée suintait une faible lueur.

Edouard Castellain se tenait dans le salon où les deux amis avaient bu l'armagnac qui remplaçait avantageusement le chauffage défaillant lors de la visite de Raoul en ces lieux.

Le journaliste s'approcha de la fenêtre aux volets croisés à l'espagnolette mais non complètement clos. Ce qui lui permit d'apercevoir une scène qui le retint souffle suspendu. Dans la pénombre de la grande pièce, seulement éclairée par des becs de gaz, se tenaient deux hommes assis qui semblaient discuter avec âpreté. Celui qui faisait face était Edouard Castellain qui, dans le feu de la discussion, exhibait son moignon toujours enveloppé dans sa poupée de velours sombre. L'autre tournait le dos à l'observateur. Il aurait été impossible de l'identifier, d'autant plus qu'il se détachait en ombre chinoise sur la lueur d'un bec de gaz placé sur le mur face à lui, si un détail de sa physionomie n'avait frappé quiconque l'aurait déjà croisé, ne serait-ce qu'une fois. Les extrémités d'une formidable paire de moustaches dépassaient de chaque côté de la mâchoire de l'homme, chipant à la lumière émise par le gaz un peu de sa lueur.

En se déchirant aux aiguilles des pins le vent émettait un chuintement continu qui vrillait les tympans et rendait vain l'espoir d'entendre quoi que ce soit du dialogue des deux hommes. Le fils Castellain était en grande discussion avec le carrier Leonardo Danbrone et leurs attitudes respectives révélaient un affrontement verbal d'une rare intensité.

Edouard s'était dressé et, penché sur Danbrone resté assis, le menaçait du geste avec sur le visage un rictus de colère qui le déformait.

Le reporter était si captivé par la vision de cette scène étrange qu'il n'avait pas pris garde à un grondement sourd et continu, provenant de sa droite depuis un instant. Il s'était ajouté à la stridulation du mistral.

Quand il se retourna, le cœur du reporter rata une marche. Il le sentit battre contre son col de celluloïd et une suée lui vint au front. À moins de deux mètres de lui, un dogue de belle taille se tenait droit sur ses pattes musculeuses et le fixait de ses yeux luisants, les poils de son échine hérissés, ses oreilles pointues dressées vers l'intrus. De sa gueule baveuse sortait ce grondement permanent annonçant une attaque, car ces chiens n'aboient guère.

Raoul Signoret réalisa un peu tard que ce patrouilleur impitoyable, qu'il n'avait pas entendu approcher, devait être lâché chaque soir dans le parc de *La Mitidja* afin d'assurer la sécurité de ses hôtes et décourager les façons de ceux qui avaient pris l'habitude d'y entrer comme chez eux, du temps où le mur écroulé l'autorisait.

Avec un minimum de gestes pouvant être interprétés par l'animal comme une agression, le journaliste se redressa et fit face, tout en évitant de croiser le regard de la brute. Il commença à lui parler à mi-voix, en tentant de mettre dans ses intonations le plus de modulations apaisantes. Mais comment savoir quels mots apaisent un monstre au front buté dont l'unique mission est de mettre l'intrus en pièces ?

Le grondement s'amplifia encore. Le chien haletait. Ses flancs ressemblaient à un soufflet de forge.

Raoul Signoret comprit que la bête ne lâcherait pas sa proie. Il se prépara à l'assaut.

Il vint sous la forme d'un bond prodigieux que le dogue accomplit en silence, ce qui le rendit encore plus impressionnant.

Le reporter, rompu aux charges brutales par une pratique intensive de la boxe française, ne se laissa pas surprendre. Son souci était d'éviter les mâchoires redoutables. D'une magistrale *savate,* sa bottine cueillit la bête au museau, un des rares points sensibles de cette masse de muscles faite pour tuer, mais le grand chien, emporté par l'élan donné par ses jarrets à ses quarante-cinq kilos, le percuta, déséquilibrant le journaliste qui chut douloureusement sur le dos. Au passage, par réflexe, la bête avait refermé sa gueule sur la bottine – par bonheur solide – qui avait stoppé son élan. Si bien qu'au lieu de prendre sa proie à la gorge, il s'acharnait sur la chaussure montante saisie par le travers dans sa gueule, en poussant des grognements de rage, secouant en tous sens le pied du reporter, comme s'il voulait lui faire payer l'offense faite. Le spectacle était effrayant, car à la bave se mêlait le sang qui coulait de la truffe noire du fauve, éclatée par le coup de pied ajusté qui l'avait percuté en plein élan.

Apparemment, le bruit sourd de la lutte n'était pas perçu par les occupants du salon du rez-de-chaussée, puisque personne n'était sorti de la bastide. Le souffle de la tempête de vent couvrait tous les autres bruits provenant de l'extérieur. Raoul Signoret remerciait cependant la chance qu'il avait de se trouver face à un adversaire silencieux qui m'ameuterait personne par ses aboiements.

Les crocs commençaient à trouer le cuir et attaquer la chair. La situation ne pouvait s'éterniser. La bête butée allait se rendre compte du leurre et reprendre bientôt son assaut sous un autre angle. Raoul savait ne disposer que de quelques secondes pour réagir avant que le chien d'attaque ne le prenne à la gorge. Il s'était remis sur son séant et, le pied droit toujours secoué avec rage par le molosse, cherchait par quel moyen le dégoûter du combat. Aucun objet, branche ou pierre ne se trouvait à proximité.

C'est alors qu'il entendit dans la poche gauche de son veston un tintement métallique qui lui rappela la présence de son trousseau de clefs. Pour la première fois il se félicita de la taille de la serrure de la porte d'entrée de son immeuble, qui l'obligeait à transporter trois cents grammes de ferraille, à qui il reprochait de déformer les poches de ses costumes et d'en trouer les doublures. C'était une clef ancienne, fabriquée au temps où les serruriers ne plaignaient pas le fer forgé et ne craignaient pas la confection de panetons aux bouterolles compliquées, pleins d'angles et d'arêtes vives, garantie de difficultés à les reproduire pour les voleurs. Le canon de l'instrument mesurait quinze bons centimètres de beau métal, plus dur que la caboche obtuse d'un dogue. Bien maniée, la clef pouvait devenir une arme de dissuasion. Raoul se saisit du trousseau et, l'empoignant par les autres clefs, plus petites, il se servit de la grosse comme d'un fléau miniature. À coups précis et violents il attaqua les yeux de la bête sous tous les angles. La douleur fit bientôt se desserrer l'étau des crocs et la brute, à demi aveuglée, se recula, toujours bavant et saignant, la mâchoire inférieure pendante, comme un boxeur au bord du K.O. Raoul devina que ce n'était qu'un court répit avant l'assaut final. Alors, n'ayant pas le choix, il fut pris d'une inspiration subite. Tentant le tout pour le tout, il empoigna la plus grosse des clefs par le milieu et, la tenant droite, il enfonça d'un geste audacieux le trousseau dans la gueule ouverte. Le canon se comporta comme un étai que l'on place pour éviter à une voûte de s'effondrer. L'anneau se logea à l'arrière des incisives du bas tandis que le panneton aux angles aigus se plantait dans la chair du palais, empêchant le monstre de refermer ses terribles mâchoires. L'effet fut immédiat. Le dogue, surpris, comme en proie à une attaque nerveuse, tout en cherchant à se débarrasser par des torsions forcenées de cet « ennemi » qu'il ne pouvait identifier, partit à grands bonds en grondant et se perdit dans les fourrés.

— Pardon, mon vieux, murmura le reporter en se relevant et en remettant un semblant d'ordre à ses vêtements déchirés, mais c'était toi ou moi.

Il ramassa sa casquette et prit la direction de la remise, espérant ne pas retrouver l'animal devenu fou furieux.

Son pied droit le faisait souffrir et c'est en boitillant qu'il se dirigea vers le mur d'enceinte du parc, franchi sans difficulté.

Le journaliste s'accorda cependant un moment de récupération dans un champ tout proche, au cours duquel il examina son pied douloureux. Les crocs avaient percé le cuir en plusieurs endroits et atteint la chair. Sa chaussette avait bu le sang qui suintait des plaies. Une piqûre antirabique s'imposait dans les meilleurs délais. Cécile devait avoir ça dans sa trousse d'infirmière. Les morsures de chiens errant à travers la ville étaient chose fréquente à Marseille.

Après avoir retrouvé ses esprits et s'être remis de ses émotions, Raoul Signoret quitta la traverse Pinatel et prit en boitillant le chemin du village où il savait retrouver sa chère bicyclette.

En débouchant dans le boulevard de la Comtesse, où le mistral semblait le guetter pour reprendre de plus belle sa danse, le reporter faillit se heurter à un homme qui marchait d'un pas lourd dans la semi-obscurité, arc-bouté contre les rafales. Instinctivement, Raoul recula dans l'ombre d'un cèdre et à la clarté de la lune montante reconnut aisément la silhouette caractéristique du carrier moustachu qui venait de quitter *La Mitidja*. Lui aussi se dirigeait vers Saint-Julien. Sans doute y habitait-il. Raoul le suivit à distance.

Leonardo Danbrone poussa la porte vitrée du *Bar du Château*. Il n'y avait pas de raison pour que le reporter n'y entre pas à son tour. C'était un lieu public, après tout. Sinon que son accoutrement le priva de la discrétion espérée. Toute la salle examina l'arrivant de pied en cap. En premier lieu le brave Banégas qui roulait des yeux comme les soucoupes des verres vides de son apéritif préféré placées devant lui. Le correspondant du *Petit Provençal* n'avait pu se résoudre à rentrer à la maison avant d'avoir revu son confrère et il avait tué le temps en tutoyant plus que de raison *la fée verte*[1].

C'est donc la bouche embarrassée qu'il tenta de poser la question attendue :

— Qu'… qu'est-ce que v… ?

1. Surnom de l'absinthe.

— J'ai été attaqué par un chien errant, dit Raoul en s'asseyant sous les regards intrigués des derniers soiffards, Danbrone compris.

Ce dernier ne semblait pas avoir reconnu le reporter qu'il n'avait vu brièvement qu'une seule fois vêtu d'un costume chic et qui, avec sa casquette terreuse, sa veste déchirée dans le dos, ses bottines maculées, ne ressemblait guère à la gravure de mode venue l'interroger l'autre jour.

Le brave Banégas, plein de sollicitude, contemplait son confrère d'un air navré. Il le bombardait de questions sur l'incident du chien et Raoul avait toutes les peines du monde à lui faire baisser le ton et changer de sujet.

— Et du côté de *La Mitidja* ?

— Je ne me suis pas dérangé pour rien. Comment vous dire ? Figurez-vous que…

C'est alors qu'une diversion aussi brutale qu'inattendue épargna au reporter de détailler sa mésaventure.

La porte vitrée du bar s'ouvrit à la volée comme sous la poussée du vent qui s'engouffra par l'ouverture et deux hommes coiffés de feutres rabattus sur le front firent irruption. Le brouhaha des conversations cessa net. À la vêture caractéristique des arrivants, mélange de prétention à l'élégance et de vulgarité, l'œil exercé du reporter reconnut des « messieurs » appartenant au Milieu marseillais. Impression confirmée par les deux brownings que brandissaient les arrivants.

Sans un mot, les deux hommes s'avancèrent vers la table où Leonardo Danbrone, figé comme le reste de l'assistance, était assis devant un verre de vin rouge à peine entamé. Le carrier n'eut pas loisir de le vider. Quatre balles tirées à bout portant – dont l'une vint le frapper au front – le foudroyèrent. Danbrone s'écroula comme une masse sur le guéridon de marbre que le poids de son corps entraîna dans sa chute sur le plancher de bois. Celui-ci les reçut avec un bruit de grosse caisse.

Tout cela avait duré une poignée de secondes.

Les deux tueurs avaient déjà quitté la salle en courant. Le premier à émerger de la sidération générale fut Raoul Signoret. Il se rua sans plus réfléchir à la poursuite des assassins, mais son pied blessé le handicapait et il dut vite renoncer. Les deux hommes s'éloignaient à toutes jambes et Raoul les vit atteindre un fiacre noir stationné au bout de la Grand'Rue en direction de Marseille. Le cocher fit claquer son fouet. L'équipage démarra en trombe dans le grondement de ses roues ferrées sur les pavés qui se mêlait à la voix du mistral.

En claudiquant, le reporter se lança dans une course inutile, rageant de voir lui échapper des voyous à qui il aurait volontiers posé quelques questions. Les eût-il rejoints, qu'aurait-il pu faire contre deux hommes armés ? Le reporter ne se fit guère d'illusions sur les possibilités d'identification de ces assassins sans visage, pas plus que de celles de leur commanditaire. Peut-être un homme savait-il exactement de quoi il retournait. Mais il était encore un peu tôt pour l'interroger.

Tête basse, souffle court, Raoul retourna dans la salle du *Bar du Château* au décor bouleversé. Sur le plancher Leonardo Danbrone achevait de se vider de son sang. Banégas, dégrisé par l'émotion, changé en statue de sel, n'avait pas quitté sa table. Seul son menton tremblotant sous sa face de lune figée attestait qu'il avait encore sa conscience.

Le journaliste se laissa choir sur sa chaise, non sans

avoir suggéré au patron d'appeler la police. Il se contenta de lâcher une évidence en contemplant le corps allongé à ses pieds :

— L'étalon de Carrare n'aura pas longtemps profité des charmes de la belle Marinette…

14.

Où un rendez-vous au café d'Athènes avec le chef de la police permet à notre héros d'en apprendre plus sur le passé de la famille Castellain en Algérie

— Mon petit Raoul, à mon humble avis, nous voilà de nouveau embarqués dans une belle galère comme nous les aimons, toi et moi. Nous allons être secoués, mais je ne déteste pas.

— Moi itou, mon oncle, renchérit le reporter du *Petit Provençal*.

Le policier énuméra :

— Un macchabée pas très frais et deux refroidis de fraîche date en à peine trois mois, ça fait beaucoup pour un village paisible et discret comme Saint-Julien. Nous serions à proximité du quartier Saint-Jean ou de l'Opéra, je ne dirais rien, mais là !..

Eugène Baruteau, patron de la Sûreté marseillaise, reposa le bock vide de sa bière préférée – une *Velten*, fabriquée à quelques centaines de mètres de l'endroit où il avait rejoint son neveu Raoul Signoret – et d'un geste familier il tamponna avec un grand mouchoir tiré de sa poche la moustache de Père Noël que la couronne de mousse lui avait laissée en alluvion. L'air réjoui du policier, malgré ses paroles graves, disait mieux que les mots son plaisir de retrouver de vieilles habitudes en partageant avec son cher neveu cette complicité affectueuse dans l'action qui faisait pour lui tout le sel de sa vie.

Les deux hommes s'étaient donné rendez-vous au *Café d'Athènes*, dans cette courte rue Suffren[1] reliant la place de la Bourse au quai de la Fraternité[2], qui encadrait à cet instant du jour un somptueux coucher de soleil. L'astre semblait avoir choisi de s'abîmer pile entre les pierres roses des forts Saint-Jean et Saint-Nicolas, en sentinelles sur la passe du Vieux-Port, comme pour faire de son départ provisoire une apothéose chromatique. Sa lumière blonde ravivait la teinte des boiseries cirées du *Café d'Athènes.* Cet établissement discret – qui convenait au caractère privé de la rencontre du policier et du journaliste – devait son nom à sa clientèle. Il était depuis longtemps le centre de ralliement des capitaines grecs en escale à Marseille, repérables aux pipes de jasmin ou de cerisier qu'ils mordillaient tout en jouant avec passion au piquet russe ou au *scampio,* leur jeu de cartes favori et en vidant des verres de café, de thé ou de limonade. Le 22 mars de chaque année, notamment, le nom du café aux murs sobrement décorés de gravures représentant l'Acropole ou les sites de Delphes et d'Olympie, prenait tout son sens quand tout ce que le port de Marseille comptait de marins hellènes venait y célébrer l'anniversaire de l'indépendance et boire à la mémoire de Botzaris, héros de l'insurrection.

Répliquant à la réflexion de son oncle et la prolongeant, Raoul Signoret reprit tout haut une idée qui le tarabustait depuis des semaines :

---

1. Aujourd'hui rue Bailli-de-Suffren pour éviter la confusion avec la rue Saint-Suffren.

2. Aujourd'hui quai des Belges.

— Je donnerais cher pour établir une corrélation entre les… appelons ça « les attentats » dont les deux carriers ont été victimes et la découverte du squelette de *La Mitidja*. J'ai beau me creuser la cervelle, je n'y parviens pas. À votre idée, mon oncle ?

Baruteau prit une large inspiration :

— À moi aussi, ça ne déplairait pas. Ne serait-ce que pour pouvoir river son clou à Honoré Castellain. Je n'ai guère apprécié la morgue qu'il a manifestée quand nous sommes allés le cueillir à sa descente du *Ville-d'Alger*. Pas plus que les explications fournies avec le ton du maître de maison qui s'adresse à ses larbins. Il semblait trop sûr de ses relations, de ses appuis. Tu sais qu'il n'y a rien de tel pour transformer un flic en chien enragé…

Le policier fit une pause.

— Tiens, à propos de chien, comment va ton pied ?

Raoul Signoret sourit.

— Je n'ai pas encore mordu ma femme. C'est bon signe : le *casbor* n'avait pas la rage.

Le journaliste rougit imperceptiblement. Le rapprochement fait par son oncle entre l'incident avec le dogue des Castellain et les morts violentes de Botazzi et de Danbrone signifiait-il que le policier établissait un rapport entre ces événements en apparence sans lien ? Baruteau ne connaissait en principe que la version « officielle » de la blessure de son neveu : l'attaque par un chien errant dans une rue de Saint-Julien. Il ne savait rien de la séance d'espionnage à *La Mitidja*. Donc, il n'aurait pas dû faire allusion à la blessure de Raoul au moment où il évoquait l'attitude du négociant. Ou alors, c'est qu'il opérait une association entre les deux. Avait-il appris quelque chose que le journaliste ignorait encore ? Le jeu du chat et de la souris auquel oncle et neveu s'étaient souvent livrés recommençait-il[1] ? Le reporter fut sur le point de raconter ce qu'il avait vu dans le salon de la bastide. Qu'est-ce qui le retint à cet instant ? Un ensemble de réflexions disparates qui, rassemblées, le firent remettre à plus tard ses confidences. Dire que l'exécution de Leonardo Danbrone avait eu lieu quelques minutes seulement après son rendez-vous discret avec Edouard Castellain, c'était sans conteste désigner sans preuves son ami d'enfance comme le commanditaire du meurtre.

L'oncle Eugène était peut-être autant que Raoul dans le flou et ne lançait-il des tentacules dans le noir, qu'au hasard, en comptant sur la chance pour ramener une proie solide.

Le reporter préféra différer la nouvelle. Il serait bien temps de la dire, selon la tournure de l'enquête. Elle conforterait alors ce qui n'était pour l'instant que des soupçons sans réel fondement. Il revit le visage suppliant d'Edouard Castellain, sa souffrance, réclamant son aide. Il devait l'aider à faire la lumière sur le mystère du squelette de *La Mitidja*. Non l'enfoncer d'emblée en prenant ses désirs pour la réalité et faire de lui un coupable avant d'avoir des arguments solides.

Eugène Baruteau, respectant la réflexion de son neveu, l'observait en silence, scrutant le moindre signe sur son visage. Raoul détourna malgré lui son regard.

Le policier le délivra de son mutisme :

— À quoi penses-tu, beau masque ?

Raoul Signoret répondit par une échappatoire :

— Je me demandais si vous aviez les renseignements que je vous avais demandés.

— Sur Marthe Castellain ? Eh, *fadoli*[2], pourquoi

1. Voir les volumes précédents.
2. Variante pour fada.

crois-tu que je sois venu te retrouver ici au lieu de cavaler browning en main à la poursuite du Crime ?

L'atmosphère se détendit. L'oncle Eugène avait le sourire.

— J'ai du neuf, en effet.

Baruteau se pencha sous la table et hissa sa serviette de cuir sur ses genoux. Il en tira un dossier maintenu clos par une courroie de toile. Il la déboucla et posa devant lui un paquet de feuillets.

— Mon collègue Massimelli, commissaire central d'Alger, m'a fait parvenir quelques informations, concernant la tribu Castellain, qui devraient t'intéresser. Elles se rapportent à un « incident », – encore un ! – qui remonte à décembre 1881. Il a eu pour cadre le domaine *d'El Harrach*, créé par Joseph Castellain, le père d'Honoré.

— Son fils m'a parlé de lui, quand je l'ai rencontré à Sidi Moussa, dit Raoul. Un coriace, paraît-il.

— Figure-toi que le bonhomme a proprement abattu un type qui tournait autour de sa fille, Marthe.

Raoul s'étonna :

— Marthe ? Il paraît que c'était un remède à l'amour…

Baruteau ricana :

— La perspective d'accaparer une pincée de millions, quitte à s'encombrer d'un épouvantail à moineaux, vaut tous les sacrifices. Toujours est-il qu'un certain Manuel Mallol-Soler, journalier chez les Castellain, entreprit de séduire la fille de la maison. Il était jeune, il était beau, il avait pour Marthe-la-disgraciée la tête d'un prince charmant agricole. Non seulement elle ne le repoussa pas, mais elle lui donna suffisamment d'espérances d'arriver à ses fins, pour l'inciter à la rejoindre aussi nuitamment que discrètement dans sa chambre du premier étage. Celle-ci donnait sur les arrières de la ferme, du côté du jardin potager. Planqué entre les rangées de tomates et de haricots grimpants, Mallol-Soler attendait la nuit faite, empoignait une échelle, la dressait contre le mur et s'appliquait à faire monter au ciel une Marthe qui lui promettait la moitié des picaillons du père Castellain.

— À mon avis, commenta Raoul, cruel, elle ne devait pas laisser sa lampe allumée.

— Que tu es chameau ! dit Baruteau en ricanant. Mais quelle perspective pour un valet de ferme, dis donc ! Elle fit tant rêver le pauvre Manuel qu'il se vanta de sa bonne fortune. Des jaloux – ou des concurrents – se dépêchèrent d'informer le père. Celui-ci, qui flaira d'emblée l'écornifleur, entra dans une colère bleue, fit passer la malheureuse Marthe au tribunal familial dont il était le seul juge et il décida de la faire changer de chambre illico, tandis qu'il mettait séance tenante et sans motif avoué le jeune Espagnol à la porte.

— Fin de l'acte Un, dit Raoul. Je comprends seulement aujourd'hui le sens des paroles d'Honoré Castellain me disant lors de ma visite à *El Harrach* : *« Il en est même un qui a pensé un moment réaliser l'affaire de sa vie... »*

Le policier poursuivit :

— Ce qui ne dissuada pas notre Almaviva rustique de renouveler le soir même son escalade nocturne. Au moment où il se hissait au niveau du rebord de la fenêtre, c'est l'œil noir et patibulaire d'un fusil de chasse qui l'accueillit.

— Je parie qu'à l'autre bout, il y avait le père Castellain, le doigt crispé sur la queue de détente, dit Raoul.

— Tout juste, Auguste ! Un Castellain fort de son double droit de propriété, sur sa fille et sur ses biens, qui, sans sommation, ouvrit le feu à bout portant dans la poitrine du Roméo de la Mitidja. L'amoureux foudroyé tomba à la renverse, mort sur le coup. Que croyez-vous qu'il arrivât ?

— Je parierais, dit le reporter, que l'affaire fut classée sans suite.

Baruteau regarda son neveu avec un air admiratif :

— Presque. Bravo, Madame Irma, voyante extralucide ! On voit que tu fréquentes les milieux spirites. Qu'est-ce qui t'a mis sur la voie ?

— Votre question d'abord, mon oncle. Pour que vous m'ayez incité à deviner la suite, c'est qu'elle ne devait pas être celle à laquelle s'attendre. Alors, je vais vous dire ce que je crois qu'il est advenu. Le père Castellain aura fait témoigner des gens de son personnel pour affirmer que depuis des mois des maraudeurs pillaient la propriété en y entrant nuitamment. Que des récoltes, des outils agricoles, des bêtes y étaient régulièrement volés.

— Bon début, dit le policier.

— Ensuite, il aura dit à ses juges qu'il ne savait pas que l'intrus était ce soir-là Mallol-Soler. Il ne pouvait l'avoir reconnu, dans l'obscurité. Il avait donc tiré sur un trimardeur, quoi. Peut-être même un trimardeur arabe, condition aggravante.

— Tu es proche de la vérité.

— Enfin, il aura argué croire qu'on en voulait à sa fille. Il avait pris peur pour elle et, pour la défendre, il avait tiré sur l'homme qui voulait la déshonorer.

— Formidable ! s'écria Baruteau. Tu devrais faire de la chronique judiciaire, toi, tu es doué !

— Mon patron ne veut pas ! répliqua Raoul en riant.

— Je lis en effet, reprit le policier, qu'à la question posée par le président de la cour d'assises d'Alger, sur le droit de tuer quiconque s'introduit chez vous par effraction, le père Castellain avait répondu : « J'ai agi dans le transport de la colère, exaspéré par l'offense et le tort qu'on nous faisait. Si ça recommençait, je le ferais encore. »

— Ça valait acquittement, dit Raoul Signoret.

— Il l'obtint, répliqua Baruteau. Il défendait légitimement ses biens, jugea la cour après avoir fait les gros yeux pour la forme. Et sur les 15 000 francs réclamés par la partie civile, pour la sœur de Mallol-Soler, Joseph Castellain obtint même un rabais de 7000 francs.

— Bah ! commenta le reporter ironique, la victime n'était qu'un travailleur immigré, après tout. Qu'est-ce que ça pèse face à un homme qui possède 600 hectares de vignes ?

Le journaliste fit renouveler les consommations et en attendant leur arrivée regarda son oncle dans les yeux :

— Je me demande pourquoi vous m'avez raconté cette… péripétie. Vous y voyez quelque chose qui ait rapport avec ce qui nous préoccupe ? Nous voilà loin, dans le temps et dans l'espace, de Saint-Julien et de ses cadavres plus ou moins frais.

Dans l'œil du policier brilla une lueur taquine :

— Mon petit Raoul tu me déçois. Tu es bon pour deviner ce qui se passe dans la caboche des gens chargés de rendre la justice, mais là, tu manques de perspicacité. Nous sommes d'accord : sur le plan judiciaire, l'affaire est classée. Mais sur le plan humain ?

— Que voulez-vous dire ?

— Que se passe-t-il quand un homme et une femme jouent trop souvent à la bête à deux dos ? Tu dois le savoir, ça. Tu es grand, maintenant.

Raoul fit semblant de chercher.

— Il arrive que l'un des deux – généralement la femme – attrape le gros ventre.

— Làààààà ! Tu vois que tu es moins bête que tu ne le parais !

— Ne me dites pas que Mar…

— Je te dis une évidence : s'il n'y avait que les prix de beauté pour mettre des enfants au monde, la terre serait depuis belle lurette dépeuplée.

— Donc Marthe Castellain s'est retrouvée enceinte des œuvres de son hidalgo du vignoble.

— Exact.

— Et alors ?

— Alors, ce que je vais te dire est pour ton information exclusive. Je te rappelle que l'affaire Mallol-Soler est définitivement réglée. On ne doit même plus en parler. Il n'empêche que mes collègues de la Sûreté d'Alger ont gardé un œil sur les protagonistes, comme on dit. Dans cette société coloniale, on vit entre soi, tout se sait. La grossesse de Marthe a eu beau se dérouler dans la discrétion, on n'a pas pu empêcher les langues de tricoter parmi les domestiques. Malgré son caractère pétardier, le père Castellain n'a pas pu convaincre sa fille de se débarrasser de « l'enfant du péché » comme il est écrit dans les romans édifiants. Marthe a évoqué le caractère sacré de la vie et, bâtard ou pas, affirmé sa volonté de mener sa grossesse à son terme. Elle a été donc priée de faire ça le plus loin possible d'*El Harrach*, le temps nécessaire. Elle s'est retirée dans un couvent des sœurs Missionnaires d'Afrique, ordre fondé par le cardinal Lavigerie. C'est sans doute là qu'elle a mis son enfant au monde.

— Garçon ou fille ?

— Tu m'en demandes trop. Le dossier de la Sûreté d'Alger ne va pas jusque-là. Je te rappelle qu'il n'y a pas eu d'enquête officielle à ce sujet. C'est du domaine de la vie privée. Garçon ou fille, il semblerait que Marthe Castellain ait pris la décision d'abandonner le bébé ou de le confier, on ne sait pas. En tout cas, c'est sans lui qu'elle est revenue à *El Harrach* l'année suivante, après que le père Castellain repentant, quêtant son pardon, lui eut demandé de reprendre sa place au domaine, Honoré, le fils, refusant de quitter Marseille pour Sidi Moussa.

— Et la mère Castellain ? La femme de Joseph ? On n'en parle jamais.

— Elle n'a jamais eu droit au chapitre. Le *pater familias* la tenait en laisse. Il semble bien que, très tôt, elle ait manifesté une sorte de gâtisme précoce qui l'éloignait de toute décision familiale. Elle est d'ailleurs morte dans un état de sénilité avancée, quoique âgée de cinquante-trois ans seulement.

— Bien, dit Raoul pensif. C'est intéressant, mais je ne vois pas trop ce que je pourrais faire de tout ça. Rien ne s'emboîte dans cette affaire.

Baruteau réagit :

— Mon petit neveu, il serait temps de te secouer. Si j'étais toi, je me dirais que loin de constituer un épisode connexe – tu vois que je sais choisir les mots moi aussi – cette histoire est peut-être – je dis bien peut-être – au centre de notre affaire. Voici vingt ans et quelque, est venu au monde un bébé Castellain – qui ne s'appelle peut-être pas Castellain, selon qu'il a été reconnu ou pas – dont personne ne parle, mais qui pourtant, s'il était encore de ce monde, pourrait avoir des droits sur une part de l'héritage légué par Joseph Castellain à ses enfants, dont aujourd'hui Honoré Castellain est l'unique bénéficiaire.

Eugène Baruteau recula le buste vers le dossier de

moleskine et guetta sur le visage de Raoul une réaction à ses propos :

— Voilà la terre où j'irais creuser, si j'étais un reporter jeune et dégourdi et non un vieux flic emphysémateux.

On aurait dit à cet instant qu'on venait de piquer Raoul Signoret dans un endroit charnu de son individu.

— Que ne le disiez-vous avant, mon oncle !

— C'est pourtant ce que je me décarcasse à te dire depuis un bon moment ! ironisa le policier. Alors voilà ce que je te propose : on partage moitié-moitié. Puisqu'il n'y a pas d'information ouverte après l'exhumation des ossements, tu t'occupes de cette partie. Tu es plus libre que moi pour le faire. Moi, je prends en charge le côté mort subite de nos deux carriers. On verra bien si un jour on peut se rejoindre ou non au milieu de la passerelle. *Que me ne diès*[1] ?

Pour toute réponse le reporter se dressa tel un diable à ressort, et embrassa son oncle comme du bon pain.

1. Qu'en dis-tu ?

15.

Où notre héros voyage jusqu'au cœur de l'Aveyron pour vérifier la pertinence de certaines de ses hypothèses...

Parti de Béziers trois heures plus tôt, le tortillard n'en finissait pas de se tortiller sur la voie tourmentée qui conduisait notre héros vers Aguessac (Aveyron) terminus de son périple. Ce petit bourg au nord de Millau abritait la retraite méritée d'Adrien Mazel, qui avait servi trente années durant chez les Castellain. Il n'avait pas été facile de dénicher l'adresse du vieux serviteur, mais la chance – cette composante indispensable du métier de journaliste – avait souri à Raoul Signoret. Une femme de chambre, Léonie Bathiat, longtemps au service de Mme Castellain, s'était retirée – retraite prise – près de chez sa fille, qui habitait Beaumont, au hameau des Bressans, tout proche de Saint-Julien. Elle avait gardé l'adresse de son vieux complice. Alphonse Banégas, le correspondant local du *Petit Provençal* s'était fait un plaisir de la communiquer à son confrère.

Voilà pourquoi Raoul Signoret roulait à l'allure tranquille du petit train vers le village d'Adrien Mazel avec en tête l'idée de lui poser quelques questions qui le tarabustaient depuis une certaine conversation avec son ami d'enfance Edouard Castellain.

En attendant, le reporter, profitant de la lenteur du convoi, admirait la pureté des paysages aveyronnais couronnés de verdure, balafrés de gorges profondes séparant les étendues infinies des causses propices à l'élevage du mouton. Il avait donné au département un titre de gloire nationale. Grâce au lait de ses brebis se fabriquait ici un fromage unique qu'avec l'aide de la nature – l'humidité idéale et la ventilation requise – l'homme affinait dans des caves naturelles ménagées des falaises de Roquefort-sur-Soulzon. La seule évocation de cette tomme blanche persillée de bleu faisait venir l'eau à la bouche de notre héros.

La dernière montée vers Aguessac, au long de la Lumensonnesque, affluent du Tarn, indiquait la proche fin du voyage. Le reporter ne pouvait qu'admirer l'audace des ingénieurs qui, au prix d'un chantier pharaonique truffé de ponts et de tunnels, multipliant les ouvrages d'art, avaient coûte que coûte « fait passer le train », Saint-Étienne-Béziers. La voie surmontait les obstacles, s'insinuait dans les passages les plus étroits, gravissait les pentes et franchissait les cours d'eau, pour relier cette France archaïque à la modernité. Le choc des civilisations n'était pas toujours apaisé chez les anciens. Il arrivait encore à de vieilles paysannes rouergates, en bonnet de dentelle et longue robe noire, surprises dans leurs champs par l'arrivée – au débouché d'une courbe – de la locomotive environnée de fumées et crachant des flammes, de se signer au passage du convoi, comme si elles venaient d'apercevoir la gueule noire de *Guffet,* l'adjoint local de Lucifer.

Pourvu que le train y passe et s'y arrête, dans un village il y a toujours un *Café de la Gare.* Il sert aussi d'office de renseignement. Celui d'Aguessac ne fit pas exception. Raoul Signoret y apprit qu'Adrien

Mazel était gardien du château de Cabrières appartenant à la cantatrice Emma Calvé. Celle-ci, qui avait triomphé avec *Carmen* dans le monde entier, n'avait pas oublié ses origines rouergates et avait englouti dans la construction d'un château d'opéra, sorte de Neueschwanstein[1] miniature, une bonne partie de sa fortune qu'on disait considérable. La diva y recevait durant l'été les personnalités du monde de la musique et des beaux-arts lors de fêtes dispendieuses. Elles faisaient tordre le nez chez les paysans d'alentour, épuisés à faire rendre gorge à une terre ingrate qui ne pouvait pas nourrir tous ses enfants.

Chez un loueur, Raoul Signoret trouva une charrette sans confort mais solide et, quand il indiqua le but de sa promenade, le commerçant précisa :

— Alors, je vais vous atteler *Boulou*. Parce qu'il en faut du jarret pour grimper là-haut. Cabrières ça veut dire « endroit avec des chèvres ». C'est vous dire que ça monte raide !

Boulou était un robuste gaillard noir de robe, au poitrail musculeux, dont les sabots étaient larges comme des écuelles à soupe. Habitué à tirer des charges lourdes, les soixante-quinze kilos d'un journaliste de la ville n'étaient pas pour lui faire peur. Il fallait seulement prendre patience, parce que *Boulou* n'était pas pressé et n'entendait pas changer ses habitudes.

Il hissa sans effort apparent le journaliste marseillais sur le sentier de chèvres annoncé et s'arrêta de lui-même devant la grille du château. Ce qui permit à Raoul de contempler éberlué ce castel sorti d'un décor de théâtre avec ses tours rondes, ses toits pointus couverts d'ardoise, ses mâchicoulis hors de saison.

1. Un des châteaux de Louis II de Bavière.

Dès qu'il eut agité la cloche suspendue sur son axe, Raoul vit arriver, trottinant sur ses courtes jambes, un petit bonhomme chauve, au visage imberbe et rondouillard, aux yeux doux sous d'épais sourcils blancs. Il achevait d'enfiler une veste sombre assortie à son pantalon.

Aussitôt qu'il aperçut le visiteur Adrien Mazel s'écria :

— Je suis désolé, Monsieur, Madame est absente. Elle est actuellement en tournée du côté de San Francisco. Elle ne sera de retour à Cabrières qu'au début juillet. Si vous voulez bien me laisser votre carte, je lui ferai part de votre visi…

Dans la voix d'Adrien Mazel roulaient tous les cailloux du Tarn et du Lot réunis. Trente années à Marseille n'avaient pas gommé l'accent rouergat du vieux serviteur. Raoul l'interrompit :

— Ce n'est pas Mme Calvé que je viens voir, mais vous.

La stupéfaction se peignit sur la bouille ronde :

— Moi ?

C'était bien la première fois qu'on sonnait à la grille pour affirmer qu'on ne désirait pas voir la cantatrice ! Certains auraient été prêts à toutes les bassesses pour obtenir quelques minutes d'entretien avec une diva que l'Amérique s'arrachait à coups de contrats fabuleux. Que dire l'Amérique ? Le monde entier, puisqu'elle était célèbre de Windsor – où Victoria, puis son fils Edouard VII l'avaient invitée chaque année – jusqu'au Japon !

— On se connaît ? hasarda l'ex-domestique.

— Non, monsieur Mazel, mais j'ai entendu parler de vous par mon ami Edouard Castellain.

À ce nom, le visage du gardien de Cabrières se rasséréna.

— M. Edouard va bien ?

— Très bien.

— M. Castellain aussi ?

— Autant que possible. Il est actuellement sur son domaine de Sidi Moussa.

— Je m'en doute. Mais entrez donc. Vous m'excuserez de ne vous recevoir qu'à l'office, mais en l'absence de Madame, vous comprenez...

— Tout à fait. Je ne me formaliserai pas, soyez sans crainte.

L'ex-domestique introduisit le journaliste au sous-sol, dans une cuisine de belle taille où, devant une vaste cheminée qui exhalait son haleine refroidie, trônait une table monumentale en chêne massif flanquée de deux bancs assortis où l'on pouvait tenir à vingt convives. Les deux hommes s'assirent sur l'un d'eux.

Surprenant le regard du visiteur, Adrien Mazel expliqua :

— À la morte-saison, je vis tout seul, ici. Mais l'été, quand Madame reçoit, nous comptons une douzaine de domestiques. C'est qu'il y en a du service à assurer ! Et du beau linge à nourrir. Pensez que le sous-secrétaire aux Beaux-Arts, M. Dujardin-Baumetz, est un familier de Cabrières et que nous y avons reçu Jules Massenet en personne, accompagné de son épouse. L'illustre musicien a composé tout exprès pour Mademoiselle Calvé son opéra *Sapho* qu'elle a créé à l'Opéra Comique en 97. Les premières répétitions ont eu lieu ici, à Cabrières. Avec Maître Massenet au piano. Ah, ça a chanté, cet été-là, au château, je vous prie de le croire ! Et j'ai eu le privilège de découvrir l'œuvre avant les abonnés des l'Opéra-Comique !

Raoul, souriant, écoutait en silence les confidences du vieux serviteur, aussi fier que sa patronne de ses relations, trop heureux de l'occasion de rompre sa solitude. Le journaliste se disait qu'il le mettait ainsi en confiance… pour après.

Mazel s'interrompit :

— Mais je bavarde, je bavarde, excusez un vieux *répépieur*[1] qui n'a que peu l'occasion de voir du monde. Avec ça, je ne vous ai pas demandé la raison de votre visite et surtout pourquoi c'est moi en particulier que vous vouliez voir.

Le moment délicat était venu. Raoul Signoret se décida pour frapper un coup d'entrée :

— C'est pour vous parler d'une affaire, une affaire grave…

Le visage rond d'Adrien Mazel s'allongea :

— Grave ?

— Pas pour vous, rassurez-vous, mais pour vos anciens maîtres.

Mazel posa sa main sur l'avant-bras de son visiteur.

— Ils ont eu un malheur ?

— Pour ainsi dire. Dans le parc de leur propriété de Saint-Julien que vous devez connaître (Mazel battit des cils en signe d'assentiment) on a retrouvé des ossements humains qui…

L'ex-domestique poussa un cri :

— Mon Dieu ! Que me dites-vous là ?

Raoul imperturbable poursuivit :

— … appartenaient à une jeune femme, enterrée là depuis une dizaine d'années.

— Pas possible !…

— Comme je vous le dis. Vous imaginez dans quel état est la famille Castellain.

— Pauvre Monsieur ! Et pauvre M. Edouard ! Je comprends maintenant pourquoi vous êtes venu. Vous êtes un policier ?

1. Radoteur.

— Journaliste. Edouard m'a demandé d'enquêter pour les aider, lui et son père, car vous pensez s'ils sont embêtés par cette affaire !

Mazel se tordit les mains :

— Mais en quoi pourrais-je vous être utile ? J'ai quitté les Castellain depuis deux ans et je ne vois pas…

— C'est à cause d'une lettre…

Le gardien de Cabrières écarquilla les yeux.

— Une lettre ?

— La lettre anonyme que vous aviez trouvée sur le bureau de M. Castellain père.

Les yeux du vieil homme s'exorbitèrent :

— Moi ? J'aurais trouvé une lettre sur le bureau de Monsieur ? Quelle lettre ?

— Une lettre que vous auriez lue avant de la montrer à M. Edouard.

Le journaliste sortit de la poche de son veston une copie de la lettre anonyme confiée par le fils Castellain. Mazel la prit d'une main tremblante et chaussant un pince-nez lut avec difficulté :

« Dix… ans… déjà…
Comme cela… passe… vite, dix ans
Il ne lui reste… que la…p… peau.. sur… »

Il posa le papier sur la table d'une main tremblant d'émotion et regarda Raoul bien en face.

— Qu'est-ce que ça veut dire ?

— Vous ne vous rappelez pas ?

— Me rappeler quoi ?

— Ce texte. Vous n'aviez jamais vu cette lettre ?

— Jamais, monsieur, je le jure.

— En êtes-vous sûr ?

Des larmes montèrent aux paupières du vieux serviteur. Il se dressa et étendit la main avant de prononcer d'une voix que l'émotion brisait :

— Monsieur, en trente années où je suis resté au service de la famille Castellain personne n'a jamais pu se vanter de m'avoir pris en flagrant délit d'indélicatesse. Je ne suis peut-être qu'un domestique, mais j'ai ma fierté et mon honneur. Un serviteur digne de la confiance de ses maîtres ne lit pas leur courrier, ne fouille pas dans leurs affaires, leurs poches ou leurs tiroirs. C'est une question d'éducation et de principes. Je suis d'une génération à qui l'on a enseigné l'honnêteté et le respect d'autrui. Je vous jure sur la mémoire de ma fille unique, Frédérique, morte à l'âge de quinze ans emportée par la diphtérie, que je n'ai jamais vu cette lettre avant ce jour. À plus forte raison que je ne l'ai pas trouvée sur le bureau de M. Castellain, pas plus que je n'en ai parlé avec M. Edouard.

Cet homme respirait la sincérité. Il était impossible qu'il mente à cette heure. Son serment spontané, la solennité avec laquelle il l'avait formulé, valaient toutes les preuves. Raoul remit la lettre dans sa poche.

— Je vous crois, monsieur Mazel, et veuillez me pardonner de vous avoir importuné. Monsieur Edouard se sera trompé, sans doute.

— Mais c'est lui que vous a dit ça de moi ?

— Ne vous inquiétez pas, il a dû confondre avec un autre domestique. Vous savez, il a passé – comme toute la famille – de très mauvais moments avec ce squelette surgi de la terre de *La Mitidja*. Il est assez perturbé.

— Sans doute, mais, tout de même, m'accuser d'avoir lu du courrier…

— Allez ! Monsieur Mazel, ne vous tracassez plus. Je vais vous laisser en m'excusant d'être venu vous troubler avec cette histoire. Vous transmettrez mes hommages admiratifs à Mademoiselle.

Cette façon de reculer pour mieux sauter valut à Raoul Signoret la récompense qu'il en espérait. C'est le vieux serviteur qui revint à la charge.

— Mais dites-moi, cette histoire de squelette…

Raoul se rassit. Il raconta dans tous les détails l'exhumation des ossements et les confia à Mazel qui ponctuait le récit du journaliste de « Mon Dieu ! » et de « C'est pas croyable ! ». L'ex-domestique était à la fois effaré et curieux d'en savoir le plus possible. Raoul conduisit ses confidences avec habileté, pour que le vieux serviteur se trouve en quelque sorte concerné par le mystère et fier d'en partager des révélations qu'il supposait inédites. Cette preuve de confiance l'amenait petit à petit à participer à l'information du journaliste et il ne craignait plus de dire ce qu'il savait.

Ainsi, dans un deuxième temps Raoul Signoret put-il poser des questions auxquelles Mazel aurait auparavant opposé son devoir de réserve envers ses anciens maîtres.

— Étiez-vous là quand Marthe Castellain est décédée ?

— Bien sûr ! Vous savez qu'elle était venue à Marseille chez son frère pour liquider les questions d'héritage après la mort de Mme Castellain mère, devenue seule propriétaire du domaine d'*El Harrach* après le décès de son mari, mais malheureusement placée sous tutelle, à cause de...

— Je savais tout ça, dit Raoul Signoret.

— C'est durant ce séjour que Mlle Marthe est morte brutalement. Je n'ai pas participé à la toilette mortuaire, car c'était une dame et un domestique homme ne pouvait pas, n'est-ce pas… mais ma collègue, Léonie, la femme de chambre de Mme Castellain, y était.

— Vous souvenez-vous comment est morte Mlle Marthe ?

— Parfaitement. Vous savez qu'elle avait une maladie bizarre…

— Elle soufrait de léthargie soporeuse, je sais.

— J'ignorais le nom, mais j'ai assisté à ce malaise dont elle ne s'est pas remise. J'étais aux premières loges, si je puis dire. Je servais à table, ce soir-là. Il y avait de la daurade au riz, je me souviens. Je passais le plat, et quand je me suis incliné vers Mlle Marthe, elle s'est tournée vers moi, a saisi la fourchette de service, et tout d'un coup, elle a fermé les yeux, et elle a piqué du nez dans le plat. Mme Castellain qui lui faisait face a poussé un cri de frayeur. J'ai tout lâché de surprise et la malheureuse s'est effondrée du buste sur la table où son front a cogné. C'était pitoyable. Elle avait la figure pleine de sauce, les convives criaient, d'autres se levaient, moi, j'étais déjà à quatre pattes sur le tapis pour ramasser les morceaux de daurade, bref, c'était une pagaille pas possible. J'ai entendu Monsieur dire : « Voilà que ça la reprend ! »

Raoul intervint :

— Ce n'était donc pas la première fois que…

— Oh, non ! Elle avait déjà eu de ces crises. En Algérie, j'ai été un moment au service du père de M. Honoré avant que celui-ci me ramène à Marseille. M. Joseph, le père, donc, m'avait dit que sa fille souffrait de ce mal bizarre qu'il attribuait à son état nerveux et à la chaleur.

— Par conséquent, personne ce soir-là ne s'est outre mesure étonné de ce malaise ?

— À part l'émotion causée par sa brutalité, non,

sauf que celui-là, il a été particulièrement grave et surtout très long, puisque…

Mazel n'alla pas plus loin et reprit :

— Nous avons monté Mlle Marthe dans sa chambre, au second, qui était voisine de celle de M. Edouard, nous l'avons couchée et M. Honoré a fait appeler le docteur Latour, le médecin de famille. Ce dernier lui a fait une piqûre, pour soutenir le cœur, il me semble. Et il a expliqué qu'il n'y avait pas grand-chose à faire, qu'à attendre qu'elle revienne à elle. C'était d'ailleurs ce qui se produisait ordinairement. Mlle Marthe demeurait comme évanouie. Elle semblait à peine respirer, on aurait pu la croire morte, et puis, après un temps plus ou moins long, elle se réveillait, avec, disait-elle « la sensation d'avoir la tête un peu légère » et elle reprenait ses activités normales. Jusqu'à la prochaine fois.

— Y avait-il des signes annonciateurs de la crise ?

— Elle avait très mal à la tête, je crois bien.

— Et après, des séquelles ?

— Pas que je sache. On ne voyait rien de particulier, en tout cas.

— Bon. L'idée ne vous est jamais venue que Mlle Marthe ait pu être empoisonnée ?

— Pensez-vous ! Le docteur Latour, qui est un ami de la famille, n'aurait pas donné le permis d'inhumer ! Et puis qui vouliez-vous qui l'ait empoisonnée ?

Le journaliste s'abstint de répondre à une question qui n'en était pas une.

— Cher monsieur Mazel, vous souviendriez-vous par hasard du jour de la semaine où s'est produit ce malaise ?

Le vieux serviteur avait bonne mémoire. Il hésita pour la forme.

— Ce devait être un vendredi, il y avait eu du

poisson au menu midi et soir. Le mercredi est mon jour de repos, le jeudi c'était le pot-au-feu traditionnel et le vendredi on ne mange pas de viande chez les Castellain. Madame était très à cheval là-dessus. S'il y avait de la daurade, ça devait être un vendredi, parce que le samedi, c'était le jour de la pintade.

Ce calendrier gustatif constituait un bon repère.

— Et pour les funérailles, quel jour ?

Le vieil Adrien se gratta la tête et fit semblant de chercher.

— Le mardi, je pense.

En vérité, il en était sûr.

— Donc, le corps de Marthe Castellain est resté dans l'hôtel particulier de la rue Saint-Jacques durant quatre jours.

Mazel avait le souci du détail :

— Quatre jours, exact. Car le docteur Latour l'a déclarée décédée le vendredi soir.

— Vous étiez présent ?

— Non, c'est Madame qui nous l'a dit elle-même. « Latour lui a pris le pouls et il n'a plus rien capté. » Monsieur nous l'avait dit quelques heures avant : « Je crois bien que ma sœur va passer ! »

— Était-ce dans les habitudes d'Honoré Castellain de confier ses états d'âme à ses domestiques ?

— Non, mais Monsieur avait l'air très inquiet. Dans ces cas-là on se tourne vers les gens en qui on a confiance. Léonie et moi-même étions des anciens. Il nous voyait tous les jours depuis tant d'années !

— Que s'est-il passé entre le vendredi et le mardi. Des visites ? Des parents ?

— Pas beaucoup, en dehors des gens des pompes funèbres et des croque-morts qui sont venus prendre les mesures du corps.

En faisant en sorte que la question ne paraisse pas plus déplacées que les autres, Raoul Signoret demanda comme incidemment :

— Avez-vous vu Mlle Marthe sur son lit de mort ?

— Oui.

L'attention du journaliste se tendit.

— Quand ?

— Le dimanche matin. Pas exactement sur son lit, mais dans son cercueil.

— Ah. M. Castellain vous a donc permis de faire une dernière visite à sa sœur ?

— Il nous y a même conviés. Il nous a demandé de venir dans la chambre mortuaire pour prier avec lui-même et Madame.

Raoul tiqua *in petto*. Quelle délicatesse envers le petit personnel !

— Qui y avait-il avec vous ?

— Léonie, la femme de chambre de Madame, je vous l'ai dit, Rose, la cuisinière, Paul le jardinier à tout faire.

— L'homme de peine, quoi.

— Si on veut. Et puis moi.

Jusqu'à l'homme de peine qu'on était allé chercher. Pourquoi Honoré Castellain tenait-il à ce que tant de monde contemple sa sœur morte ?

— Vous ne me parlez pas de la dame de compagnie, Mlle France Gottvallès. Vous la connaissiez ?

— Depuis l'Algérie, oui.

— Elle n'était pas là ?

Mazel parut embarrassé.

— Si. N… non. Je crois que Monsieur s'était fâché après elle et qu'il l'avait éloignée. J'ignore pourquoi. Il a dit « celle-là, c'est une impertinente, je l'ai remise à sa place ». C'est Léonie qui l'avait entendu.

— Mlle Gottvallès n'a donc pas revu sa patronne ?

— Elle l'a vue quand elle était en léthargie, encore vivante. Je crois même qu'elle était présente quand le docteur a déclaré que Mlle Marthe était passée. Mais elle ne l'a plus revue quand elle a été décédée, j'en suis certain. La chambre mortuaire a été fermée et plus personne n'y est entré jusqu'aux obsèques. Monsieur avait dit entre-temps à Mlle Gottvallès de prendre la porte. Enfin, c'est ce qu'on nous a dit.

— Quand vous avez été appelés à prier auprès du corps, avez-vous vu le visage de Mlle Marthe ? Comment était-il ? Cyanosé, pâle ?

— A vrai dire, nous ne l'avons pas vu, car il était *enseveli*[1]. Le cercueil était posé près du lit, sur des tréteaux, un cierge brûlait à sa tête, elle avait la robe parme que Léonie lui avait passée et une bague à l'annulaire gauche. Ses mains étaient jointes sur la poitrine et serraient un chapelet qui appartenait à Madame.

Jusqu'ici, tout à ses réponses, Adrien Mazel ne semblait pas s'être demandé la raison de toutes ces questions. En quoi pouvaient-elles « aider » les Castellain et en particulier Edouard ? Quel rapport avec les restes de femme déterrés dans le parc de *La Mitidja* ? En faisant brusquement le lien entre les deux, le vieux domestique se rendit compte un peu tard que ce jeune homme sympathique l'avait fait parler plus que de raison. Il s'affola :

— Je me demande pourquoi je vous raconte ça ! J'ai l'impression que vous cherchez à me faire dire… Je crois que je n'aurais pas dû… Est-ce que vous pensez que ça va aider M. Edouard ?

1. Adrien Mazel emploie ce participe passé dans son sens ancien : « recouvert d'un linceul ».

Raoul voulut le rassurer, mais le bonhomme à présent se tordait les mains.

— Vous croyez qu'ils sont… coupables ?

— Coupables de quoi, monsieur Mazel ?

— Eh bien, de la mort de…

Sans crier gare, il lâcha la question qui venait de le foudroyer :

— Vous croyez que c'est Mlle Marthe qui…

Le journaliste, attentif à lire sur le visage du vieil homme le reflet de son émotion, le laissait venir :

– … C'est elle qui aurait été enterrée à *La Mitidja* ?

Raoul joua l'étonné :

— Qu'est-ce qui pourrait vous faire penser ça, monsieur Mazel ?

— Eh bien… Vous me demandez si j'ai vu le visage de Mlle Marthe dans son cercueil. Ça ne m'avait jamais frappé, mais en vous le disant, j'ai réalisé : non, je ne l'ai pas vu.

— Et alors ?

— Alors, ça veut dire que peut-être…

Il se reprit :

— Ah, non ! j'ai assez raconté de bêtises. Vous me faites dire des choses !

Raoul joua l'innocent :

— Moi ? Vous ne m'avez dit que ce que vous avez voulu. Que vouliez-vous dire, en disant « ça veut dire que peut-être… » Achevez, s'il vous plaît.

Mazel se leva, agité. Il secoua la tête comme pour chasser un mauvais rêve.

— Allez, allez, je vous vois venir avec vos questions ! Vous m'avez fait parler et puis maintenant, je ne sais plus où j'en suis.

Raoul le prit par le bras pour le faire rasseoir.

— Je vais vous le dire, moi, où vous en êtes. Vous vous demandez à présent si le corps allongé dans le cercueil était bien celui de Mlle Marthe. Et si les os exhumés de *La Mitidja* ne pourraient pas être les siens.

Le vieux serviteur rougit comme un gosse pris en faute.

— Mais non, mais non ! Je n'ai jamais dit ça !

— Bien sûr monsieur Mazel, vous ne l'avez jamais dit. Mais rassurez-vous : la morte de *La Mitidja* n'avait pas plus de vingt-cinq ans. Ça ne peut donc pas être la sœur de M. Castellain.

— Qui voulez-vous que ce soit alors ?

Il cria soudain :

— Sa gouvernante ? Mlle Gottvallès ? Ah, qu'est-ce que vous me faites dire, vous ? Tenez, allez partez ! Fichez le camp. Je ne veux plus vous parler !

Raoul se leva à son tour. Il sourit au vieux serviteur comme pour calmer ses affres.

— Rien ne nous permet d'affirmer qu'il s'agit de Mlle Gottvallès. Je note simplement que l'idée vous a effleuré que ça pouvait être elle.

Adrien Mazel hurla :

— Effleuré, rien du tout ! Partez, partez ! Ah, qu'est-ce que j'ai fait, moi ?

En prenant place dans le wagon du tortillard qui le ramenait vers Marseille, *via* Béziers, Raoul Signoret se disait qu'il n'avait pas fait cet interminable voyage pour rien. Non pas tant parce que Adrien Mazel partageait quelques-unes de ses hypothèses, mais parce qu'il était certain à présent que la lettre anonyme retrouvée dans le secrétaire fermé à clef d'Honoré Castellain faisant allusion à cette morte qui n'avait « plus que la peau sur les os » dont lui avait parlé Edouard, n'avait jamais existé.

Restait à établir pourquoi Edouard Castellain en avait non seulement fait état, mais l'avait montrée à son ami.

En serait-il l'auteur, par hasard ? Ou l'avait-il « dictée » à quelqu'un ?

16.

Où, grâce au chef de la Sûreté, Raoul Signoret fait la connaissance de l'une des plus belles fripouilles de Marseille, où l'on n'a que l'embarras du choix

— Raoul, ça te dirait de rencontrer la plus belle crapule de Marseille, où pourtant la concurrence est féroce ?

Le ton d'Eugène Baruteau était moins celui d'une invitation que d'un désir de donner à son neveu l'occasion d'une étude anthropologique parmi les tribus du *Mitan* marseillais.

— Si c'est pour mon instruction, mon oncle, j'en serais ravi.

— Alors, rendez-vous demain matin à 9 heures au bar de l'hôtel *Bellevue*, sur le quai du Port.

— Vous y serez ?

— En personne ! Et seul. C'est une rencontre au sommet.

— Quel sera notre sujet d'étude ?

— Un monsieur qui a de la surface, à tous les sens du terme. Une trentaine de filles travaillent exclusivement à lui ôter l'angoisse des fins de mois difficiles. Il fait dans l'import-export de viande sur pied en assurant la *remonte*[1] vers l'Amérique du Sud *via* Barcelone, où il a des intérêts dans maintes maisons accueillantes aux cœurs solitaires. À Marseille, il est unanimement considéré par ceux qui admirent l'ascension fulgurante d'un berger corse illettré – il l'est resté – régnant sans partage sur tout ce qui relève de près ou de loin de la truanderie locale. Pas un trafic, pas un vol d'importance, à main armée ou non, pas un *cassement*[2], un règlement de comptes entre bandes rivales qui ne reçoive d'abord son *imprimatur*. C'est un vrai juge de paix, cet homme.

— Vous ne voulez pas dire qu'il s'agit de…

— Tu as deviné, lui-même en personne, en chair et en os (surtout en chair) : Nonce Rocchesani, alias *U Panciutu*[3].

— Pas possible ! Et il se déplace pour vous rencontrer ? Quel événement ! Je croyais qu'il ne franchissait jamais les frontières des Vieux-Quartiers. Les rues de Marseille sont si peu sûres ! On dit qu'il redoute les mauvaises rencontres.

— Je ne lui ai pas donné le choix : il vient de lui-même ou je vais le chercher.

— Aurait-il commis quelque espièglerie pour laquelle vous lui feriez les gros yeux ?

— Il sait sans doute qui a plombé le carrier de Saint-Julien. S'il ne le sait pas encore, il a les moyens de le savoir et tout intérêt à me communiquer l'information.

— Son intérêt ? Il va passer pour un mouchard.

On entendit le divisionnaire pouffer au bout du fil.

1. Renouvellement du personnel d'une maison de tolérance par le recrutement forcé de jeunes prostituées.
2. En argot moderne le mot a laissé la place à *casse*.
3. *Gros Ventre*. Prononcez « *Ou Pantchioutou* ».

— Mon cher neveu, tes connaissances dans la psychologie scélérate comportent encore bien des lacunes. Dis-toi que ces gens-là ont une mentalité et des mœurs de cloportes. Ils n'ont qu'un désir : vivre cachés, ne pas se faire remarquer et mener leurs petites affaires tranquilles, à l'abri de la lumière. Que l'acte irréfléchi de quelques têtes brûlées me donne l'occasion de flanquer un coup de pied dans leur nid discret, c'est ce qui peut leur arriver de pire. Finie la quiétude. Ils sont prêts à tout pour la retrouver. Y compris à balancer les noms de ceux qui ont troublé leur digestion.

Raoul compléta :

— Donc, c'est du donnant-donnant : je ferme les yeux sur certaines affaires, en échange tu me fournis les noms que je recherche et m'évites une longue enquête ?

— Tu as tout compris, une fois de plus, mon cher Raoul. Pour cette raison, je suis certain que demain matin, avec la ponctualité du chef de gare suisse, notre ami Nonce encadrera sa replète silhouette dans le tambour d'entrée de l'hôtel *Bellevue* et m'apportera le renseignement demandé.

*
* *

La prédiction du chef de la Sûreté marseillaise se réalisa à la minute et au geste près.

Neuf heures sonnaient au clocher voisin des Accoules quand la porte vitrée de l'hôtel *Bellevue* se trouva occultée par la masse considérable d'un individu aussi court de pattes que de souffle qui se déplaçait en se dandinant à la manière d'un culbuto. Il avait le teint vultueux, un cou de bovidé, des mains aux doigts courts et boudinés et sa bouche aurifiée, ajoutée aux chevalières qui ornaient ses annulaires et aux boutons de ses manchettes enjolivés de diamants, devaient le charger d'autant de carats que la vitrine d'un joaillier. Il était habillé d'un costume bleu nuit taillé à ses mesures peu courantes dans un lainage de première qualité, mais la difformité corporelle d'*U Panciutu* était telle qu'il paraissait en permanence froissé, négligé, « sucé par les veaux » comme disait Thérèse Baruteau, la femme du chef de la Sûreté marseillaise. Pourtant, la chemise de soie de Nonce Rocchesani était impeccable de blancheur et ses ongles manucurés dénotaient une prétention ostentatoire à l'élégance. Seul accessoire déplacé, son feutre – un *borsalino* –, couronnant son énorme tête, ne parvenait pas à la couvrir, et, relevé en arrière, ressemblait à un chapeau de clown.

L'arrivant marqua un temps d'arrêt inquiet en se rendant compte que le policier n'était pas seul.

Baruteau le rassura de loin :

— C'est mon neveu, le journaliste Signoret. Approche. Tu ne risques rien.

Raoul remarqua un petit cireur de chaussures porteur d'une lourde caisse en bois qui l'obligeait à marcher penché sur sa droite. L'enfant s'était faufilé derrière l'imposante silhouette. Le reporter pensa que les garçons de l'hôtel allaient le chasser, mais il n'en fut rien. Le gosse en culottes courtes, aux mains et aux joues sales, coiffé d'un béret délavé enfoncé jusqu'aux sourcils, avançait au rythme lent de Rocchesani et le suivait comme son ombre.

La salutation fut obséquieuse, accompagnée d'un sourire doré :

— Ravi de vous revoir, monsieur le Divisionnaire.

L'accent corse était à débiter à la hache.

Baruteau se limita à un bref hochement de tête.

— J'en suis persuadé. Assieds-toi, Nonce. Tu as ce que je t'ai demandé ?

Le gros homme s'affala sur une chaise, car sa corpulence lui interdisait les fauteuils à accoudoirs, après voir posé son *borsalino* sur un guéridon. L'air sifflait en passant dans les bronches du malfrat encalminées par l'abus du tabac.

Le petit cireur de chaussures s'était accroupi à côté de la chaise et avait tiré de sa caisse une brosse sèche avec laquelle il s'employait à faire reluire les chaussures vernies d'*U Panciutu* qui n'en avaient nul besoin.

Le commissaire attaqua sans retard :

— Alors, ils sont chez qui ?

Avant de répondre, *U Panciutu* fit signe au garçon.

— Que buvons-nous, monsieur le Divisionnaire ? Un peu de champagne ?

— À 9 heures du matin ? Tu commences tôt, toi. Non, quelque chose de saison. Tiens, un chocolat au lait, il y a des lustres que je n'en ai pas pris.

Rocchesani prit un air navré et lâcha à regret :

— Alors, moi aussi… Et votre neveu ?

— Un café.

Le voyou regarda le policier et répondit alors à la question posée.

— Ils sont chez personne. C'est sans doute des jeunes qui venaient d'arriver.

— Tu voudrais me faire croire à MOI, que des voyous peuvent s'installer dans les Vieux-Quartiers sans ta permission ?

— Monsieur le Divisionnaire, je vous jure sur la tête de ma mère…

Baruteau explosa :

— Laisse cette pauvre femme tranquille ! Tu lui en as fait assez voir.

Le policier resta silencieux un instant pour se calmer.

— Tu les connais ?

Rocchesani tordit la bouche :

— J'ai pas eu le temps de savoir leurs noms. Ils ont travaillé pour leur propre compte, sans rien dire à *dégun*.

— Il s'agissait d'un contrat ?

— Probablement.

— Avec qui ?

— Je sais pas, on les a plus revus dans le coin.

Baruteau bondit sur son fauteuil.

— Tu les aurais laissés filer ? Je n'en crois pas un mot.

Le barbeau se fit humble :

— Monsieur le Divisionnaire, je vous donne ma parole d'honneur...

Le policier ricana méchamment :

— L'honneur ? ! Comment saurais-tu ce que c'est, crapulasse ? Je pourrais fouiller longtemps tes poches, je ne risque pas de l'y trouver, ton honneur. Tu veux m'empêcher de remonter jusqu'au commanditaire, c'est ça, hein ? Ah, *Panciutu*, j'ai bien envie de me fâcher !

Nonce Rocchesani fit un signe d'apaisement de la main.

— Ne criez pas, commissaire. On l'a pas fait exprès. Quand on a voulu les interroger pour vous, ils ont compris que ça sentait le roussi.

Baruteau se tourna vers Raoul.

— Tu vas voir, tout à l'heure ça va être ma faute.

U Panciutu se justifia à sa façon :

— Tout ce qu'on a appris, c'est qu'on leur avait

remis 3 000 francs pour liquider le carrier. Mais ils disaient qu'ils ne savaient pas qui.

Batureau éructa :

— Vous êtes de beaux salauds, va !

— Vous vouliez les noms, commissaire, je les ai pas. Je peux rien faire de plus.

— Tu parles !

Nonce Rocchesani s'accrochait à son raisonnement :

— Vous n'auriez pas fait mieux que nous, à la police. Quand ils n'appartiennent pas à une bande...

— Comment tu le sais, puisque tu n'as pas eu le temps de les coincer ?

Le barbeau éluda :

— C'est ce qu'on disait…

Raoul suivait en silence ce dialogue étonnant entre le chef de la police et l'un des bandits les plus redoutés de Marseille. Ils parlaient boutique. Chacun avait ses arguments. Chacun des deux – même le policier, ce qui était un comble – semblait considérer l'affaire comme classée. Un incident de parcours, fâcheux, certes, mais accidentel, en quelque sorte. Baruteau ne semblait pas pressé d'avoir le fin mot. On enquêterait pour la forme. Dans le cas présent, il y avait bien entrave à la recherche de la vérité, puisqu'on privait la police de l'interrogatoire des tueurs qui aurait pu remonter jusqu'au commanditaire. Mais, sans doute, celui-ci avait aussi des relations dans le Mitan marseillais. Il avait fait en sorte que ceux qui auraient pu dire à la police les raisons pour lesquelles Leonardo Danbrone avait été truffé de balles dans un bar paisible de Saint-Julien soient dans l'impossibilité de le faire.

Le policier et le malfrat étant à court de conversation, la réunion au sommet s'acheva prématurément.

Histoire d'avoir le dernier mot, Baruteau proféra

de vagues menaces qui ne visaient personne en particulier :

— Tâchez de ne pas renouveler ce genre de connerie ou vous entendrez parler de moi. Vous avez intérêt à vous tenir tranquilles durant quelque temps, sinon, je me souviendrai de la cavale de deux types recherchés et je l'ajouterai à l'addition.

U Panciutu, qui s'était levé à grand-peine de sa chaise, faisait signe au barman de mettre la note sur son compte. De son pas de pachyderme, il s'éloignait déjà en cahotant, toujours suivi par le petit cireur de chaussures qui rappelait le poisson-pilote attaché à son requin.

Raoul ne put s'empêcher de demander à son oncle :

— Ce gosse est avec lui ?

Baruteau sourit.

— Tu n'es pas au courant ? Pour un joueur de golf on dirait « c'est son caddie ». Pour un malfrat c'est son râtelier d'armes ambulant. Rocchesani sort toujours couvert. Il ne quitte pas les limites du Panier sans son artillerie à portée de main, au cas où... Mais comme le vieux singe ne veut pas tomber sous le coup du port d'arme prohibée, c'est le cireur qui la transporte.

— Tous les vices..., dit Raoul. Qu'allez-vous faire si vous n'avez pas l'identité du commanditaire ?

— Attendre, comme d'habitude. Le métier de policier demande une longue patience, mon neveu. Attendre qu'*U Panciutu* fasse une bêtise. Alors, en échange de ma mansuétude, je suis sûr que la mémoire lui reviendra.

— Parce que vous êtes persuadé qu'il sait qui est derrière ?

Baruteau ricana :

— Parbleu qu'il le sait ! Tout se sait dans le petit

monde de la crapulerie. Le Panier est un village. Les nouvelles y vont vite. Il sait qui a fait assassiner le carrier et il connaît les tueurs.

— Pourquoi vous fait-il des cachotteries ?

— Parce que, *bédigas*[1], il y a gros à parier que l'homme qui a commandité les tueurs a donné ce qu'il fallait pour que Messieurs les Hommes perdent momentanément la mémoire. Mais je saurai la leur faire retrouver.

Le garçon posa sur la table basse un plateau avec deux chocolats mousseux et odorants qui firent saliver le neveu. Il délaissa son café.

— Apportez-nous aussi un panier de croissants, dit Baruteau. Vous mettrez le tout sur le compte de M. Rocchesani.

Il ajouta à l'intention de son neveu :

— Les déceptions, moi, ça me creuse.

*

* *

Le siège du *Petit Provençal* était à un jet de pierre. La mise à pied de Raoul Signoret touchait à sa fin. Il décida d'y passer pour relever un éventuel courrier.

Auguste Escarguel était toujours aussi affolé. L'Exposition coloniale et les responsabilités qu'elle lui conférait le mettaient chaque jour aux cent coups.

— Alors, mon cher Gu, quelles nouvelles sur la mission civilisatrice de notre grand pays envers les populations arriérées ?

— Ah, Raoul, quelle splendeur ! Vous ne pouvez pas savoir. Nous avons accueilli M. Georges Leygues le 15 mai.

1. Benêt, innocent. Le bédigas est un jeune mouton.

— Eh bien, dites-moi, il était temps ! Un mois et demi après l'inauguration… Il est pourtant ministre des Colonies, si je ne m'abuse ?

— Oui, mais vous savez, il y a eu les élections législatives, le 6 mai.

— Je sais et les petits fromages afférents à conserver, plus importants qu'une exposition internationale.

— On attend M. le Président de la République pour septembre.

Raoul ricana :

— Il ne se presse pas le petit père Fallières. Encore un peu et on l'invitait pour la clôture.

Escarguel ne perdait rien de son enthousiasme. Il se livrait à un compte rendu exhaustif de ses admirations avec une touchante application :

— *Nous* avons reçu Mme Hanako, du théâtre impérial de Tokyo et son mari, M. Koïzumi.

— Voilà qui est intéressant.

— Malheureusement je n'ai pas que de bonnes nouvelles à vous donner. *Nous* avons perdu M. Cao-Van-Te, un bonze cochinchinois, mort brutalement d'une congestion cérébrale durant sa visite.

— Diable !

— Le malheureux n'avait que vingt-huit ans.

— C'est bien regrettable. Il aurait pu faire encore de l'usage. Quoi d'autre ?

Escarguel dit avec un grand élan d'enthousiasme :

— On s'instruit à chaque pas, à l'exposition. Tenez, vous allez voir.

Il se leva de son bureau et modula d'une voix haut perchée :

La illah Illallah !
Mohamed resoul Allah !

Des bureaux voisins parvinrent des coups frappés et des roulements de pieds firent trembler le parquet de la rédaction, couvrant le muezzin de la rue de la Darse.

— La ferme, le Mahométan !

Sans se troubler, Escarguel expliquait à Raoul :

— Ce qui signifie : *« Il n'y a qu'un seul Dieu et Mahomet est son prophète. »*

— Passionnant. Et à part ça ?

— Une épidémie décime les platanes de la plaine Saint-Michel. On cherche le responsable du côté des tuyaux du gaz.

Raoul Signoret feignit l'enthousiasme :

— Enfin ! Voilà une nouvelle d'importance ! Et vous ne me la dites que maintenant ?

— C'est-à-dire, que… je croyais que l'exposition colo…

— Comment ? Des platanes marseillais sont à l'agonie et vous me parlez de Mme *Késako*.

— Hanako.

— C'est pareil.

— Mais Raoul, ils avaient plus de soixante ans, ces platanes ! On les avait plantés en 48.

— Et alors, Gu ? Vous avez plus de soixante ans. Et vous êtes toujours vert, vous !

Escarguel en eut le sifflet coupé.

— C'est vrai, ça, je n'y avais pas pensé. J'ai le même âge que les platanes de la pl…

Cette constatation rendit le vieux rédacteur tout chose.

Raoul Signoret en profita pour poser la question pour laquelle il s'était dérangé.

— Y a-t-il eu du courrier durant mon absence ?

Escarguel ouvrit son tiroir.

— Des bricoles, des invitations, surtout. Mais hier, on est venu porter ce pli pour vous.

Il tendit à Raoul une grande enveloppe commerciale sur laquelle le reporter put lire :

Ernest Giraudi
Photographe spirite
27, rue Fontaine-Rouvière – Marseille

Une brusque suée perla sur le front du reporter. Ses doigts qui tenaient l'enveloppe furent saisis d'un tremblement incoercible. Si on lui expédiait ce courrier – aisément identifiable – c'est parce qu'il contenait un document lui apportant LA preuve propre à dissiper ses doutes. Que cette « preuve » soit une escroquerie destinée à l'ébranler dans ses convictions, Raoul n'en doutait pas. Mais ce qui causait son émotion, c'est l'idée de devoir forcément trouver là-dedans *quelque chose* qui impliquerait la mémoire de son père. S'il en était autrement, l'envoi de cette lettre n'aurait pas eu de sens. Raoul allait être confronté à une douleur intime. Idée insupportable d'une sorte de profanation concernant ce qu'il avait de plus cher. Voilà pourquoi lui qui n'avait pas peur de grand-chose tremblait de tout son être.

Le reporter demeura un moment en état de sidération. Le rectangle de papier jaunâtre dansait sous ses yeux. Il ne se décidait pas à ouvrir l'enveloppe maudite. Sa pâleur attira l'attention du brave Escarguel, toujours prêt à manifester sa compassion à l'humanité souffrante.

— Ça va pas, Signoret ?

— Si, pourquoi ?

— Vous êtes devenu tout blanc.

— Un restant de grippe, j'ai eu une forte fièvre et la tête me tourne encore un peu.

Cette réponse, destinée à éloigner la sollicitude escarguelienne, ne fit que la renforcer. Une détresse à prendre en charge. Quelle aubaine pour le vieux rédacteur ! Il fourragea dans un de ses tiroirs encombrés. Il en exhuma un petit flacon et un domino de sucre usagé sur lequel il souffla avec application « pour en chasser les microbes ». Après quoi, il dit avec la mine gourmande :

— J'ai là de l'alcool de menthe Boyer, s'il n'est pas trop éventé, ça vous réveille un mort.

Malgré ses protestations Raoul dut avaler sur un sucre douteux – heureusement désinfecté par l'alcool de menthe – quelques gouttes du roboratif élixir.

— Vous devriez rentrer chez vous et vous mettre au lit, Signoret. Vous n'êtes pas bien. Mais passez d'abord rue Méolan, chez le *Père Blaise*. Il a une tisane fébrifuge souveraine contre ce type de malaise.

Cette ordonnance en bonne et due forme donna prétexte au reporter de quitter la rédaction et son encombrant confrère sans avoir à ouvrir devant témoin l'enveloppe qui lui brûlait les doigts.

Raoul Signoret gagna la *Brasserie du Soleil*, toute proche, sur le quai de La Fraternité, en passant devant la terrasse du célèbre *Basso,* qui vantait par voie de pancartes accrochées à sa devanture les soupes de poisson, bouillabaisses, bourrides, *aïgo-saou*[1] et aïolis qui avaient fait sa réputation avec cette précision qui souleva le cœur barbouillé du reporter : *servis à partir de 9 heures du matin*[2] ! Ceci pour se soumettre aux horaires des paquebots desservant le bout du monde.

---

1. Soupe stomachique à base d'ail.
2. Authentique.

Il était 10 h 30. Après avoir commandé un *Kina Jouvent* en arrivant à hauteur du comptoir de la brasserie, le reporter se jeta sur une banquette de moleskine au fond de la salle. Il ferma les yeux et prit sa tête dans ses mains en attendant que le garçon apporte sa commande.

Le choc du pied du verre sur le marbre de la table tira le journaliste de sa rêverie morbide. L'heure de regarder les choses en face était venue. Il ne servait à rien de retarder l'échéance. Ses doigts fébriles déchirèrent le papier épais.

L'enveloppe contenait une lettre cachetée et un dossier cartonné. Il abritait comme attendu un tirage grand format. Les yeux effarés du reporter en examinèrent les détails. On y voyait très nettement la table peinte en blanc qui avait servi à la séance de spiritisme chez les Castellain, et les participants avec des têtes d'oiseaux de nuit éblouis par l'éclat du magnésium. Avec leurs mains posées sur le pourtour de la table, on aurait dit des pianistes en train de répéter. Stanislas de Jodko tournait le dos à l'objectif et se découpait en silhouette. Son ombre se projetait sur Cécile et Marie-Laure Castellain et les masquait en partie. Mme Castellain, de profil, tassée sur sa graisse, avait l'air d'un éléphant de mer femelle échoué sur une plage. Mais ce cliché, d'une qualité médiocre et d'une composition négligée, n'avait pas été réalisé dans un but artistique. Son intérêt se situait ailleurs. Sur la partie droite, on voyait légèrement surexposé Raoul Signoret, les yeux écarquillés de stupéfaction au moment où l'éclair éblouissant l'avait surpris. Il fixait l'objectif. Au-dessus de lui, dans une sorte de halo nébuleux apparaissait la silhouette fantomatique – semblant flotter dans l'air – d'un homme jeune, à la moustache noire et aux cheveux gominés séparés par une raie centrale. On ne voyait à peu près clairement que ses traits et le haut de son buste, le reste de l'apparition se noyant dans une sorte de brume. Pas de doute, il ressemblait fortement à Paul Signoret dont le portrait crêpé de deuil trônait toujours sur le buffet de la mère de Raoul. Mais ce n'était pas la même pose. Le reporter avait toujours cru qu'il n'existait qu'un seul cliché de son père. Adrienne Signoret ne lui avait jamais signalé l'existence d'une autre photographie. Mais alors, comment l'escroc qui voulait lui faire prendre des vessies pour des lanternes s'était-il procuré celle-ci ? À cet instant, Raoul se sentit comme violé dans son intimité la plus chère. Comment un ou des étrangers avaient-ils osé monter cette farce sinistre ? Dans quel but ? Pour quelle raison ? De quel droit, surtout !

Le reporter écarta l'idée de s'informer auprès de sa mère. Infliger cette vision à une femme qui n'avait jamais fait son deuil de la disparition prématurée de l'homme de sa vie serait ouvrir inutilement une plaie encore vive en dépit des années.

Une nouvelle nausée de dégoût le prit, que Raoul tenta de juguler avec une gorgée de kina. L'indignation l'étouffait. Son front à nouveau se couvrit de sueur. Il sentait monter en lui une colère formidable. À cet instant, si le médium ou même Edouard Castellain étaient passés à sa portée, Dieu sait ce qu'il aurait été capable de commettre.

Il ouvrit la lettre cachetée accompagnant le tirage. C'était un mot de Stanislas de Jodko, écrit d'une plume tarabiscotée. Le charlatan y disait simplement la « chance » insigne qu'avait le journaliste d'avoir su – grâce à ses dons naturels de médium – réaliser cette « sorte de miracle » rarissime qui consiste à « voir se matérialiser un *périsprit* ».

Raoul fut incapable d'aller plus loin. Pris d'une rage subite, il déchira la lettre qu'il mit dans sa poche, se promettant de la jeter dans la première bouche d'égout rencontrée.

Il se dressa brusquement, jeta sur la table un peu plus que le prix du kina et sortit.

Il savait où il allait de ce pas décidé qui lui faisait arpenter les pavés du quai du Port.

Au bout de son périple, il y aurait l'homme qui avait été la consolation de sa vie, le recours infaillible contre ses chagrins d'enfant. Celui grâce à qui il n'avait pas été tout à fait un orphelin.

Eugène Baruteau, chef de la Sûreté marseillaise.

Ce n'est pas au grand flic qu'il allait confier sa détresse d'homme blessé et partager avec lui toutes les informations glanées depuis des semaines. C'est à son oncle. Celui qu'il considérait toujours comme son deuxième père.

17.

Où notre héros apprend d'un magicien en retraite comment faire tourner les tables, évoquer les esprits et apparaître les revenants en plein jour

En ce début d'après-midi ensoleillé, sous les frondaisons naissantes des platanes marseillais annonciateurs du printemps, Raoul Signoret remontait le boulevard Longchamp en direction du palais-château d'eau perché sur sa colline artificielle. Dans un décor de pierre et d'eaux jaillissantes, il barrait l'horizon de son dôme et de sa colonnade en berceau embrassant les cascades qui célébraient l'arrivée des eaux de la Durance. Depuis trois quarts de siècle elles épargnaient à Marseille de mourir de soif chaque été.

Le reporter, nez en l'air, passant en revue les belles façades des immeubles en pierre de taille pestait contre l'étroitesse de vue des bourgeois spéculateurs qui avaient créé le quartier. Ils avaient eu la prétention de tracer ici « les Champs-Élysées marseillais » donnant même à la nouvelle artère un nom « parisien ». Mais leur voie triomphale ne mesurait que vingt mètres de large, faute d'ambition. Le Marseillais, volontiers bravache en paroles, devient frileux dès qu'il s'agit de voir grand.

Sur l'arcade d'une porte d'entrée en fer forgé aux vitres martelées Raoul Signoret lut le nombre 75 et sut qu'il était arrivé à l'adresse fournie par son oncle. Pour plus de sûreté, il déchiffra sur la plaque de cuivre impeccablement astiquée le nom de l'homme avec qui il avait rendez-vous : Victor Savournin. Sous cette identité de quidam se cachait un ancien artiste de music-hall qui avait connu une gloire internationale sous un nom ronflant : *Le Grand Satanas, Prince de l'illusion.* Affligé d'une méchante maladie de cœur, l'artiste avait mis un terme prématuré à sa carrière et s'était retiré dans sa ville natale. Il vivait à présent une existence paisible de retraité. Lui qui avait parcouru l'Europe et ébloui les publics les plus blasés par ses dons d'illusionniste réduisait à présent ses déplacements à une hygiénique promenade biquotidienne dans les jardins du Palais Longchamp, en compagnie de son épouse et ex-partenaire. Mais il entretenait ses dons par la pratique assidue de son art. Ce qui lui valait une célébrité unanime auprès des enfants fréquentant le parc public et le jardin zoologique attenant, qu'il régalait de ses tours de magie. Il obtenait plus de succès que *Poupoule,* elle-même, l'éléphante-vedette du zoo.

C'est Eugène Baruteau qui avait conseillé à son neveu une visite à l'ancien illusionniste.

— Nous étions ensemble à l'école primaire de la rue Coppello. Tout petit il était déjà fou de magie et d'illusion. Il rendait le maître chèvre, en faisant disparaître la craie et le chiffon du tableau, ou la bouteille d'encre qu'on retrouvait ensuite dans les endroits les plus saugrenus. Notre malheureux instituteur était toujours en train de se demander où il avait pu mettre le compas ou le double décalitre, les cartes de géographie changeaient de place comme par enchantement, le cahier d'appel n'était jamais là où on le cherchait, bref, si ce malheureux n'est pas devenu fou, c'est qu'il avait la tête solide. Qu'est-ce qu'on a fait comme pots de rires avec ce Savournin ! Il a fini par être dénoncé par un fayot et il a payé pour toutes ses farces. La porte. Mais la classe unanime est tombée sur le dos du dénonciateur. Ce lèche-bottes nous privait de toutes les raisons de partir en courant, le matin, vers l'école, en sachant que nous allions vivre des heures enchantées, grâce à ce phénomène.

En évoquant ces farces de potache, Baruteau riait encore, cinquante ans après.

— Plus tard, quand j'ai vu que *Le Grand Satanas* c'était mon Savournin, je n'en ai pas été plus que ça étonné. Il était doué. Tu es un peu jeune pour l'avoir connu en pleine gloire, mais il a été célèbre. Je me souviens : il avait donné une représentation au casino de Baden-Baden en présence du Grand-Duc de Bade et il avait réussi à lui piquer ses médailles ! Il les avait rapportées comme un trophée pris aux Boches ! L'autre l'avait mal pris et on avait frisé l'incident diplomatique.

— Vous l'avez revu, mon oncle ?

— Savournin ? Avec mon foutu métier, je n'ai guère le temps. Mais il est venu souvent prêter son concours aux spectacles de bienfaisance en faveur du Fonds de Soutien aux familles de policiers décédés en service. Va le voir de ma part. Je l'ai appelé, il est ravi de te recevoir. Tu ne le regretteras pas. Il pourra sans doute te donner des explications sur la façon dont l'autre charlatan essaie de t'embobiner. Et – qui sait ? – peut-être te donnera-t-il des idées pour le coincer.

Au coup de sonnette, la porte s'ouvrit sur un grand sexagénaire aux yeux noirs rieurs dans un visage allongé. Sa physionomie était avenante, sa voix grave.

Il avait gardé une tignasse abondante et frisée et le geste sûr. Le magicien en retraite accueillit le journaliste avec chaleur :

— Alors, c'est vous le célèbre Raoul Signoret ! Vous pouvez dire que votre oncle est fier de vous ! Eugène ne tarit pas d'éloges sur vos talents.

— Ni sur les vôtres, monsieur Savournin, répliqua Raoul qui pénétrait dans le hall d'entrée de l'appartement du rez-de-chaussée, à l'invitation du maître des lieux. Il m'a rappelé vos exploits à la communale de la rue Coppello.

À ce nom, l'artiste s'esclaffa.

— Pauvre M. Madon ! Je lui en ai fait voir… Eugène vous a raconté le coup du squelette ?

— Non.

Le magicien expliqua la façon dont il avait truqué – grâce à un réseau de ficelles quasi invisibles qu'il manœuvrait depuis son banc – le squelette suspendu à une potence qui servait à l'instituteur à énumérer les différents os du corps humain. Un mouvement discret de la jambe de l'apprenti magicien lui permettait de faire danser la carcasse osseuse dans le dos du maître chaque fois que celui-ci se tournait vers la classe. Effet garanti !

Les yeux du journaliste se portèrent sur une grande affiche encadrée, aux couleurs éclatantes, qui ornait le mur face à la porte d'entrée. On voyait sur un fond noir, se détacher un personnage ressemblant au *Méphisto* du *Faust* de Gounod : habit rouge à pourpoint, et justaucorps « néo-médiéval », une plume au côté d'un chapeau emprunté à Robin des Bois, une courte barbe noire « diabolique », le tout dans un tourbillon de fumées d'où surgissait – semblant voler dans les airs – une silhouette de femme les cheveux dénoués, le visage extatique, drapée de blanc. Au-dessus de sa poitrine subtilement découverte, on pouvait lire en lettres de fantaisie, se mêlant aux volutes : *Le Grand Satanas, Prince de l'illusion.*

Savournin avait suivi le regard de Raoul :

— C'est Cappiello[1] qui me l'a faite. J'en suis très fier.

— Il y a de quoi, dit le journaliste.

Les yeux du magicien se voilèrent de mélancolie.

— C'était la grande époque… Mais que voulez-vous, comme disait ma pauvre mère : « On ne peut pas être et avoir été. » Mon vieux cœur ne supporte plus la fatigue des tournées.

— Mon oncle m'a dit pourtant que vous n'avez rien perdu de vos dons.

— C'est vrai, je continue à m'entraîner tous les jours, car la magie, c'est comme le sport. Il faut se maintenir en forme, si on ne veut pas se rouiller. Mais je ne peux plus faire les grands numéros d'illusion de naguère. Ma spécialité, c'était la lévitation. J'ai réalisé la plus haute du monde. Personne n'a fait mieux depuis. Tenez, regardez.

Suivant le geste de Victor Savournin, Raoul se retourna et contempla sur le mur une grande photographie où l'on voyait le magicien passant un cerceau autour du corps d'une femme en catalepsie, qui devait « flotter » au bas mot à deux mètres cinquante. du plancher de la scène, puisque *Satanas* était debout à son aplomb, le bras levé tenant le cerceau, et que près de quatre-vingts centimètres séparaient encore le corps en suspension de la plume du chapeau du magicien.

— La photo n'est pas truquée, précisa Savournin.

1. Avec Toulouse-Lautrec et Mucha, l'un des grands affichistes de la Belle Époque.

Le tour oui, mais la photo non. Trois ans de travail pour mettre ce numéro au point.

— Je n'avais encore jamais vu, ça, avoua Raoul.

— Ce qui me manque le plus, voyez-vous, c'est le public. Les cris d'admiration des spectateurs devant un tour réussi.

L'ex-magicien ajouta avec une lueur de fierté dans le regard :

— J'ai rempli des théâtres de deux mille places, moi.

À cet instant une tête de femme souriante apparut au coin du rideau attaché par une embrasse, qui séparait le hall d'entrée du salon. Savournin la présenta :

— Voilà Simone, la femme que j'ai découpée, fait disparaître, voler dans les airs, brûlée vive, enchaînée, noyée avec obstination chaque soir pendant trente ans. Je l'ai transformée en fantôme, en vol de colombes, en sirène, en horrible sorcière et même en panthère noire ! Vous voyez qu'elle ne se porte pas trop mal en dépit des misères que je lui ai faites.

Mme Savournin, pimpante sexagénaire, avait une enviable fraîcheur de teint et la mince silhouette de la jeune partenaire de son illustre mari. Elle s'approcha de lui. Tous deux se donnèrent la main dans un geste gracieux mille fois répété et, en riant à l'avance, le couple s'inclina devant le journaliste amusé comme au moment du salut final.

— Entrez donc par là, monsieur Signoret, dit Simone Savournin, si vous écoutez mon mari, il va vous tenir debout pendant des heures, sans avoir l'idée de vous offrir le dossier d'un fauteuil.

Elle précéda les deux hommes dans un étonnant salon situé à droite de l'entrée, prolongé par une véranda donnant dans un de ces jardins cachés qui font les petits bonheurs marseillais. On ne les soupçonne guère depuis la rue, mais huit mois par an ils prolongent l'appartement du rez-de-chaussée d'une pièce supplémentaire, offrant un havre de paix et de beauté à ses heureux possesseurs. Ils y passent leurs mois d'été et par les nuits de canicule y dorment dans des hamacs. La véranda des Savournin avait la particularité d'être construite autour du tronc d'un imposant marronnier qui passait à travers le vitrage et dont le feuillage s'épanouissait au-dessus en forme de parasol naturel. Il baignait la pièce d'une lumière d'aquarium d'un surprenant effet. À se demander si ce n'était pas là un tour supplémentaire du magicien pour étonner le visiteur.

Raoul en était ébloui.

— Si je m'attendais…

Dans le regard de Savournin se lisait une sorte de fierté.

Les deux hommes s'assirent dans des fauteuils de cuir qui se faisaient face. Les murs du salon étaient décorés de nombreuses affiches et programmes. Ils proposaient faire à celui qui les contemplait le tour des théâtres et music-halls d'Europe.

Simone Savournin s'était éclipsée et on entendait venant de l'autre partie du salon – celle qui donnait sur le boulevard – remuer de la vaisselle.

— Alors…, attaqua le magicien, mon ami Eugène m'a dit que vous avez rencontré un spirite qui voulait vous faire prendre le *Messie* pour une lanterne ?

Dans ses yeux brilla une petite lueur. Savournin n'était pas mécontent de son astuce.

— Disons qu'il tente de me faire prendre pour argent comptant des trucs qui sentent l'entourloupette à plein nez.

— Vous ne croyez pas si bien dire, s'esclaffa

Savournin. Jodko n'est pas plus spirite que vous et moi.

— Vous le connaissez donc ?

— Comme le fond de ma malle truquée ! D'abord, il ne s'appelle pas Stanislas de Jodko, mais Ferdinand Pélabon, comme tout le monde. Nous avons débuté à la même époque. C'était un bon professionnel, mais il a trouvé plus juteux de jouer sur les cordes « communication avec les esprits », « dialogue avec les morts » qui amusent tant ceux qui n'ont rien d'autre à faire dans la vie. C'est moins fatigant que de se produire chaque soir dans une ville différente avec des tonnes de matériel à transporter, à installer. Il suffit, dans son cas, de préparer quelques tours à la portée d'un débutant pour éblouir les gogos prêts à gober n'importe quoi. Il vous a fait le OUI-JA, je suppose ?

— Précisément.

— Et il est entré en communication avec un défunt de votre famille, je parierais ?

— Exact. Avec mon père, paraît-il.

— C'est classique. Vous pensez bien que tout cela est une mise en condition du client. Quand on vous fait croire qu'on vient d'entrer en communication spirite avec un de vos proches décédé, même quand on est un esprit fort comme je suppose que vous l'êtes, on est forcément déstabilisé. Regardez notre grand Victor Hugo. Il s'est mis à faire tourner les tables après la mort de sa fille Léopoldine. L'émotion, le chagrin, l'espoir de retrouver un être cher vous font oublier votre sens critique.

Raoul intervint :

— Je vous rassure : pas au point de me faire perdre la boule. J'ai vu tout de suite que Jodko trichait. Il manœuvrait la planchette à sa guise.

— Tricher, il n'a fait que ça toute sa vie...

Voyez-vous, moi aussi, j'ai triché toute ma vie, mais j'ai triché honnêtement, si je puis dire. Il y avait un contrat tacite entre mon public et moi. Les gens savaient parfaitement qu'il n'y avait rien de vrai dans ce que je leur montrais. Ce qu'ils admiraient c'est la façon dont je m'y prenais pour les tromper. C'est ça le principe de l'illusion. On trompe les gens, soit grâce à la vitesse d'exécution, soit en détournant leur attention et *ils sont d'accord*. On arrive, on dit « je vais couper cette femme en deux devant vous, ou je vais faire disparaître cet éléphant », personne n'y croit, mais chacun joue le jeu. Quand le magicien réalise ce qu'il vient d'annoncer, le plaisir du spectateur c'est de se demander : « Comment s'y prend-il pour me faire croire que cette femme vole ou qu'il avait cet éléphant dans sa manche droite ? » Tandis qu'avec des gens comme Jodko, les dés sont pipés dès le départ. Il leur dit : « Ce que vous allez voir est vrai. C'est *vraiment* le fantôme de Napoléon ou de Cléopâtre qui vient d'apparaître à vos yeux et vous parle. » C'est de l'escroquerie, donc la négation de notre métier.

Victor Savournin se leva et demanda :

— Il a fait léviter la table, bien sûr ?

— Sur deux pieds, seulement.

— Et il vous a dit que l'esprit venait de s'y installer ?

— À peu près.

— Je vous demande une poignée de secondes et vous allez voir : je vais soulever une table dans les airs sans la toucher, par la seule force de mon fluide. Et je n'ai pas besoin de faire l'obscurité. Je fais ça en plein soleil, moi, à 3 heures de l'après-midi.

Le magicien s'absenta quelques instants et revint avec un guéridon circulaire qu'il posa devant Raoul. Il plaça ses deux mains aux doigts écartés en bordure, en les maintenant à cinq bons centimètres au-dessus du plateau circulaire.

— Vous pouvez vérifier, mes doigts ne touchent pas la table. Tenez, prenez ce coupe-papier, là, sur le bureau et passez-le entre mes mains et le bois du plateau.

Raoul s'exécuta.

— Vous êtes bien d'accord, il n'y a rien entre mes mains et le bois ?

Le reporter opina.

— Maintenant, regardez bien.

Le magicien souleva lentement ses deux mains et le guéridon, comme attiré, s'éleva sous ses paumes, suivant ses gestes, toujours à une distance de cinq centimètres environ, comme s'il était relié par une force invisible aux doigts du manipulateur. Après quelques « passes » qui firent évoluer le guéridon au gré des mouvements de l'artiste, celui-ci fit reposer la tablette ronde sur le tapis d'où il était parti.

— Et voilà ! À présent, je vais demander à l'esprit de manifester sa présence.

Il ferma les yeux, renversa la tête, feignit de se concentrer et dit :

— Esprit, es-tu là ? Si tu es là, manifeste-toi en frappant trois coups dans mon guéridon baladeur.

Savournin laissa passer quelques secondes et il replaça ses mains au-dessus du plateau du guéridon, toujours sans y toucher. On entendit alors trois coups secs claquer dans le bois, semblables à ceux qu'avait réclamés Jodko l'autre soir.

Le magicien sourit au journaliste.

— Vous voilà convaincu ?

— Tout à fait, répondit Raoul, en riant à son tour.

— Vous êtes prêt à témoigner que ma table vole

dans les airs et qu'un esprit frappeur a fait son nid au cœur du bois.

— J'irais jusqu'au martyre pour proclamer ma foi.

— Alors, mon cher disciple, pour parfaire votre initiation, je vais vous montrer comment on fabrique une table parlante ou tournante ou gambadante, comme vous voudrez.

Le magicien détacha ses boutons de poignets et releva ses manches de veste jusqu'au coude. Ses avant-bras apparurent, équipés de deux courroies de cuir qui maintenaient sous le radius une tige de fer. Elle allait du coude à la face inférieure du poignet. Là, elle formait un crochet parallèle à la paume de la main. Il permettait de prendre le rebord de la table en tenaille, par-dessous. Tandis que le poignet faisait office de branche supérieure de la pince, en se plaçant sur le bord visible de la table. La paume et les doigts demeuraient libres de leurs mouvements.

— Si vous voulez essayer, dit Savournin, je vous transforme en spirite en moins de deux minutes. Quant à l'esprit frappeur, le voilà.

Le magicien écarta un pan de sa veste et apparut, fixé à la ceinture de son pantalon, un petit maillet de bois monté sur une articulation à ressort qui le maintenait plaqué contre son abdomen. Un fil de la couleur de son pantalon, attaché au manche minuscule du marteau, courait jusqu'à sa chaussure et il lui suffisait de bouger le pied à la manière d'un batteur d'orchestre pour que l'extrémité du maillet frappe la tranche du guéridon.

— Cette technique, je l'employais déjà à la communale pour faire danser le squelette dans le dos de M. Madon ! Vous n'y avez vu que du feu, et pourtant nous sommes en pleine lumière. Alors, vous pensez, Jodko, dans la pénombre !

Le magicien demanda alors à Raoul de lui raconter la séance de *tables parlantes* chez les Castellain, de notifier ce qui l'avait frappé ou intrigué, afin – comme il le promit – « d'éclaircir les prétendus mystères ».

Savournin écouta attentivement le récit du journaliste, prit même quelques notes, et quand il fut achevé, il se contenta de dire avec un sourire entendu :

— Rien que de très classique. Rien que je ne puisse vous expliquer séance tenante. Il me déçoit, Jodko. Il donne dans la facilité.

Il reprit point par point :

— Le gong qui a tinté alors que personne ne se trouvait à proximité, comme les coups secs frappés dans les globes des becs de gaz, c'est un complice qui s'en charge.

— Mais, objecta Raoul, je n'ai vu personne d'autre que le photographe.

— Attendez, attendez, dit le magicien avec un geste apaisant. Vous m'avez bien dit avoir aperçu une sorte de malle derrière le rideau ?

— Exact.

— Pourquoi y aurait-il un rideau si on n'avait rien à cacher ?

— C'est ce que je me suis demandé.

— *Bimbo* se tenait caché dans la malle.

Devant l'air surpris du reporter, Savournin expliqua :

— *Bimbo* est un nain, partenaire de Jodko depuis des années. Il l'utilisait déjà quand il travaillait encore dans les music-halls. Il est vêtu d'une combinaison noire qui le recouvre de pied en cap et chaussé de caoutchouc. Dans l'obscurité, il est totalement invisible et se déplace sans aucun bruit. Ce qui lui permet d'intervenir à la place de son patron ou sur une injonction faite à partir d'un code mis au point à l'avance. C'est *Bimbo* qui a fait sonner le gong et tinter les globes du gaz.

Le magicien poursuivit son interrogatoire :

— Vous m'avez bien dit avoir perçu une sorte de frôlement à proximité ?

— Je l'ai dit.

Savournin s'esclaffa :

— C'est à *Bimbo* que vous avez donné, dans le noir, le coup de pied lancé un peu au hasard ! Parfois, quand les faux médiums veulent corser l'affaire, ils demandent à un comparse caché derrière le rideau, de tirer des plombs de chasse dans les vitres ou les portes à l'aide d'une sarbacane. Ainsi, chacun est persuadé que les esprits frappent avant d'entrer.

À cet instant Mme Savournin revint dans la pièce avec un grand plateau portant une cafetière, des tasses et des sablés *maison*. Elle fit le service tandis que son époux continuait :

— Quant au OUI-JA, je n'ai pas besoin de vous convaincre que « le-verre-qui-se-dirige-tout-seul » est manipulé par le médium. Quand il n'y a pas de meneur de jeu, de braves gens, persuadés qu'ils agissent honnêtement, influencent sans le vouloir le parcours de la planchette ou du verre en fonction de la réponse qu'ils attendent. De grands savants comme Faraday ou Chevreul, qui ne croyaient pas à ces balivernes, appellent ça les mouvements idéomoteurs. Ils ne sont pas conscients. Autrement dit, ce sont des mouvements musculaires non volontaires, résultats de la pensée. Ce sont eux qui font osciller le pendule ou bouger la tablette du OUI-JA. Et dès que la vue s'en mêle, le phénomène ne fait que s'amplifier. L'être humain a une tendance naturelle à l'imitation. La suggestion, les paroles, les gestes plus ou moins bien intentionnés du médium font le reste.

— Pourtant, intervint Raoul, des gens aussi remarquables que Camille Flammarion se disent impressionnés par ce qu'ils ont observé. C'est pour eux inexplicable.

Savournin secoua la tête.

— Je suis d'accord : c'est parfois inexplicable. Mais ça ne veut pas dire que ça le restera. Il faudrait que messieurs les savants fassent preuve d'un peu plus d'humilité. Qu'ils reconnaissent leur ignorance provisoire. On peut d'ailleurs être un grand savant et un grand naïf. Savez-vous que Chasles, le grand mathématicien, collectionneur de lettres autographes, s'est fait refiler par un escroc des lettres signées Jeanne d'Arc ou Cléopâtre et n'y a vu que du bleu ? Il ne s'étonnait même pas que la reine d'Égypte écrivît en français[1] !

Le magicien se leva à nouveau et prit dans sa bibliothèque un fort volume relié :

— Quant à Flammarion, il a rapporté honnêtement ce qu'il a observé. Sans jamais prétendre que c'étaient les esprits des morts qui communiquaient avec les vivants. Il parle de *forces naturelles inconnues*. C'est le titre de son livre et c'est plus honnête. En outre, il consacre plus de cinquante pages à ce qu'il nomme – je vous lis ce qui est écrit – « les *fraudes, tricheries, supercheries, fourberies, jongleries et mystifications des médiums* » dont il détaille les trucs et les astuces. Et, dans son récit des séances avec la fameuse Eusapia Paladino[2], il ne manque pas de rapporter

1. Authentique.

2. Eusapia Paladino (1854-1918) le plus célèbre médium de la Belle Époque. Quasi illettrée, ses dons furent étudiés par les

qu'il l'a surprise maintes fois à tricher. Il écrit noir sur blanc : *« Il est regrettable que l'on ne puisse pas se fier à la loyauté des médiums. Ils trichent presque tous. »* Peut-être savez-vous que le spiritisme est né vers 1848 aux États-Unis avec les sœurs Fox qui pendant un demi-siècle ont fait croire qu'il y avait des esprits frappeurs dans leur maison de Knoxville. Elles ont connu un succès incroyable. Jusqu'au jour où la survivante a reconnu qu'elles avaient monté le coup depuis le début. Et depuis, John King, les frères Davenport, Henry Slade ou Talazac, pour citer ceux qui me viennent en mémoire, se sont fait pincer en flagrant délit de tricherie et ont été condamnés.

Savournin prit une gorgée de café et passa l'assiette de sablés conjugaux à Raoul.

Son épouse intervint :

— Tu te souviens de Pécoud ?

— Ah, oui ! Je n'y pensais plus : Anatole Pécoud dit *Albéric de Noizel*. Moi qui vous parle, je l'ai démasqué en public, chez des particuliers. C'était un prétendu médium doublé d'un contorsionniste. Il parvenait, tandis qu'on lui tenait les mains dans l'obscurité pour s'assurer qu'il ne les déplaçait pas, à dégager un pied de sa chaussure. Un pied ganté d'une sorte de moufle, si je puis dire, qui laissait les orteils libres de leurs mouvements et qu'il promenait sur le bras des participants assis à ses côtés comme si c'était la main d'un fantôme qui les touchait[1]. C'était chez des gens équipés d'un éclairage électrique. Simone, avec qui je m'étais mis d'accord, sur un signe de ma part s'est

---

plus grands savants de son temps. Elle avoua tardivement que, lorsque les « phénomènes » tardaient à se produire, il lui arrivait de les « aider ».

1. Authentique.

levée sans bruit et a tout allumé. Tout le monde a vu notre zigoto avec son pied baladeur sur la table. Ça s'est terminé en fou rire collectif. Le maître de maison, humilié, fou de rage, l'a jeté dehors séance tenante et a déposé plainte !

Savournin donna ensuite au journaliste une leçon particulière sur toutes les façons d'abuser les sens du spectateur. Il fit d'abord un étonnant numéro de transformisme, changeant en un clin d'œil son aspect, son allure et jusqu'à sa taille ! Il lui montra comment – par d'habiles substitutions de doigts – on croit tenir deux mains alors qu'il n'y en a qu'une, l'autre pouvant agir sur tout ce qui se trouve à sa portée. Il expliqua aussi comment on fabrique une apparition ou un fantôme, comment un petit coffre en bois devient insoulevable[1], après quoi, avec la complicité de son épouse, il se livra à un numéro de transmission de pensée étonnant et enfin, sous les yeux ébahis de Raoul, il fit se déplacer à distance plusieurs objets présents dans la pièce.

— Comment faites-vous ça ?

Savournin, toujours souriant, secoua la tête.

— Là, je ne peux rien vous dire, cher monsieur Signoret. Vous ne savez peut-être pas que, lorsqu'un magicien met fin à sa carrière publique, il vend ses tours à de plus jeunes confrères. Mais avec, il vend le secret. C'est la moindre des honnêtetés.

— Je n'insiste donc pas.

— Vous m'avez parlé d'une photo, aussi.

— Je l'ai apportée. La voici.

Un sourire amusé aux lèvres, Savournin examina longuement le cliché :

1. Grâce à un électro-aimant.

— Vous n'avez pas eu besoin de moi pour remarquer que la photo de « l'esprit » de votre père n'a pas le même grain que le reste, pris à la lumière du magnésium. C'est même assez grossier. Nous sommes donc devant une plaque pré-impressionnée et légèrement sous-exposée pour donner au fantôme son aspect spectral. Comme le prétendu photographe spirite – qui a préparé la plaque – sait où se trouve le fantôme, il n'a plus qu'à placer son appareil de façon qu'il apparaisse auprès du sujet concerné.

D'un tiroir, Savournin sortit un cliché de lui-même l'air horrifié, saisi par un squelette grimaçant portant faux et suaire.

— Voilà le résultat. Je l'ai fait avant lui. La plupart des photographes-spirites se sont fait pincer la main dans le révélateur. De l'Anglais Crookes au Français Buguet, en passant par l'Américain Mumler, tous ont fini en prison à force de se moquer du monde avec leurs photos truquées.

— Bien, dit Raoul, tout ça est probant, je m'en doutais, mais c'est mieux d'avoir eu l'avis d'un spécialiste. Mais dites-moi, monsieur Savournin, si un jour prochain j'avais besoin de vos conseils, de votre aide, voire de votre complicité, pourrais-je…

Le magicien ne le laissa pas achever.

— Pour coincer Jodko ? Je suis votre homme, quand et où vous voudrez ! Voyez-vous, tout le monde a le droit de vivre, et s'il est des gens assez stupides ou naïfs pour avaler toutes les sornettes que leur sert cet escroc, après tout, ça ne me gêne guère. Mais ce que je ne lui pardonne pas, c'est de jouer sur le chagrin et le deuil et en profiter pour gruger les gens. Car il se fait payer très cher. C'est vous qui aviez fait appel à lui ?

— Pas du tout. J'étais invité par un ami. Mais j'ai vite compris que c'était moi qu'on visait. Pourquoi ? Je n'en sais rien encore. Pas plus que je ne sais où il s'est procuré la photographie de mon père, si c'est lui sur le cliché. Peut-être allez-vous m'aider ?

— Si je peux, volontiers. Voilà plus de trente ans que je lui fais la guerre, j'aimerais bien amener un jour Jodko à signer la capitulation. Vous comptez le revoir ?

— Une séance est prévue pour la semaine prochaine.

— Surtout ne la manquez pas ! Il se pourrait qu'il poursuive sa mise en condition et que l'on commence à comprendre où il veut en venir avec vous.

Raoul se leva et, à l'adresse de Simone Savournin, dit en s'inclinant :

— Chère madame, avec votre permission, je vais me retirer. Je vous ai assez fait perdre de temps.

Le couple, synchrone, se récria :

— Pas du tout, c'était un plaisir ! Et ça nous remet dans le bain.

Raoul leur serra la main avec effusion.

— Merci de votre accueil. Je ne manquerai pas de faire appel…

Savournin saisit le bras du reporter et, en riant à l'avance, lui dit :

— Ne partez pas sans ça.

Dans la main tendue de Raoul il posa le portefeuille du journaliste, sa montre-gousset et son épingle de cravate.

Le reporter était certain qu'à aucun moment ce diable d'homme ne s'était approché de lui.

— Depuis l'incident avec le Grand-duc de Bade, je vois que vous n'avez pas perdu la main !

Le magicien leva un index et dit, faussement doctoral :

— N'oubliez pas : vitesse d'exécution et détournement d'attention !

La porte palière se referma sur un triple éclat de rire.

18.

Où Eugène Baruteau révèle à son neveu comment on a fabriqué la fausse photographie spirite pour faire apparaître le fantôme de son père...

Attablés à l'heure du vermouth dans la salle mauresque du *Café de France*, fleuron limonadier de la rue Cannebière, Eugène Baruteau et son neveu Raoul Signoret participaient à ce qu'ils nommaient leur « conseil des ministres restreint ». Il se réduisait à un tête-à-tête discret au cours duquel le policier et le journaliste faisaient régulièrement le point de leurs respectives investigations. Dans un décor de colonnettes, de fenêtres à trèfles, d'arabesques dorées et de dalles de marbre, ils échangeaient à voix feutrée leurs dernières informations :

— Mon petit Raoul, j'ai l'honneur et l'avantage de t'annoncer que du côté de Saint-Julien, nous avançons. Certes, au rythme d'une tortue rhumatisante, mais nous avançons.

— Ne me dites pas, mon oncle, que vous avez mis un nom sur chacun des os du quidam retrouvé dans le parc de *La Mitidja* !

— Si tel était le cas, je t'aurais apporté aussi le numéro d'écrou de celui ou celle qui l'a réduit à cet état succinct. Non, soyons plus modeste. Notre ami

Rochesani, alias *U Panciutu*, a soudainement retrouvé la mémoire.

— Pas possible. Il a sucé des allumettes[1] ?

— Non, il est devenu raisonnable.

— À quel sujet ?

— Au sujet d'une demoiselle mineure. Bien qu'elle fût très en avance sur son âge à tous les sens du terme, il l'employait dans une des maisons sur lesquelles il a la haute main, en tant que femme de chambre.

Sur le ton de la confidence, Baruteau glissa :

— Il ne donne pas à ces mots et fonction le sens que nous leur donnons habituellement.

— Je vois. Sans doute officiait-elle en tenue de soubrette ?

— C'est possible. Il y a de vieux habitués que ça émoustille. Le tablier blanc, le sarrau d'infirmière et la cornette des sœurs de Saint-Vincent-de-Paul sont paraît-il plus prisés chez les amateurs que le déshabillé ou la guêpière.

— Mais quel rapport entre cette pauvre fille et l'affaire de Saint-Julien ?

— Eh bien, quand j'ai fait comprendre à Rocchesani à quelle somme d'ennuis il s'exposait pour avoir mis à l'étalage une pouliche qui ne faisait pas le poids, il s'est spontanément souvenu du nom des deux types qui ont tué Danbrone.

— Comme c'est étrange ! Alors ?

— Francis Hernandez et Edmond Boscato, dit *Momon des Accates*. Ils sont introuvables.

— Connais pas.

— C'étaient de petits calibres. Mais ils maniaient volontiers le pinceau à colle en période électorale en

1. Rappelons qu'à l'époque elles étaient au phosphore.

faveur de candidats peu regardants sur la moralité de leurs collaborateurs, ainsi que le browning dans les meetings agités. À l'occasion, ils allaient volontiers casser du *Babi*. Ils travaillaient à façon sur simple appel des patrons désirant briser une grève.

— C'est un artisanat répandu à Marseille. Je ne vois toujours pas le rapport avec notre affaire.

— Et si je te dis que la maison *Castellain et Cie* a plusieurs fois fait appel à leurs talents lors des mouvements sociaux qui ont affecté ses entrepôts de pinardier de La Joliette, tu le vois, le rapport ?

— Aaaah ! Là, je le vois mieux.

— Pour l'instant, bien sûr, c'est insuffisant pour que nous traversions la Méditerranée afin de passer les poucettes à Honoré en l'accusant d'avoir commandité un assassinat, mais fourrons ça dans notre poche et mettons notre mouchoir par-dessus, pour le ressortir à l'occasion.

— Mais comment donc ! Après vous, monsieur le Divisionnaire !

— Si nous résumons, les deux tueurs du carrier de Saint-Julien étaient connus de Castellain. S'il leur a demandé le service de le débarrasser de Danbrone, cela pourrait signifier que le carrier représentait un danger pour lui ou ses affaires. Lequel ? Nous n'en savons rien. Mais n'oublions pas non plus que Castellain a souvent fait appel à Botazzi, l'ex-patron de Danbrone, pour des travaux à *La Mitidja*.

Raoul intervint :

— En particulier la réfection du fameux mur écroulé qui ouvrait le parc à tous les vents. Tout cela a-t-il un rapport avec notre squelette ? La question vaut d'être posée.

À cet instant le reporter fut tenté à nouveau de se confier à son oncle au sujet de la dispute violente qu'il avait surprise entre le fils Castellain et Danbrone, tandis qu'il les épiait depuis le parc de *La Mitidja,* quelques instants avant que le carrier fût abattu par les tueurs lancés à ses trousses. Mais c'était désigner prématurément Edouard comme le commanditaire. Or, s'il voulait avoir le fin mot à propos des étranges séances de spiritisme auxquelles son ami d'enfance le conviait, le reporter avait besoin qu'Edouard Castellain restât en liberté encore quelque temps. Voilà pourquoi, malgré ses remords de conscience, Raoul différa l'information. Si Edouard était coupable, l'oncle Eugène était assez finaud pour le découvrir tout seul. Au besoin, il l'y aiderait.

Pour ne pas demeurer trop longtemps pensif et muet le journaliste enchaîna :

— Vous pensez que Botazzi aurait pu être mêlé à l'ensevelissement de la morte dans le parc de *La Mitidja* ?

Baruteau eut une moue dubitative :

— Tout est possible. Selon la formule consacrée : « la police n'exclut aucune piste ». Imagine qu'il ait été le complice de Castellain père et qu'il ait ensuite exercé un chantage sur le négociant ?

— Qu'est-ce qui vous fait penser à ça ?

— Le rapprochement entre deux événements en apparence non liés : l'enterrement de la morte dans le parc de la propriété et le rachat par Botazzi de la fabrique de chaux, en sus de ses activités de carrier. Ça se produit pratiquement au même moment. Nous sommes allés fouiner de ce côté-là et l'avons établi, grâce aux actes notariés. Cette fabrique, le carrier en a payé une partie presque comptant. Comme s'il avait eu une grosse rentrée d'argent à ce moment-là. Qui sait s'il ne l'a pas reçu, cet argent, des mains d'Honoré Castellain pour « service rendu » ? On peut imaginer ensuite que, devenu gourmand, le carrier monnayait son silence et que Castellain ait pu en avoir soupé au point de le faire zigouiller. Je me fais peut-être des idées, mais c'est une chose à ne pas négliger.

Raoul en convint, tout en pensant que l'hypothèse pouvait aussi s'appliquer à Edouard Castellain dans ses relations avec Danbrone, mis au courant grâce à sa position privilégiée avec la veuve Botazzi. Cela non plus n'était pas à négliger. Mais puisque l'oncle Eugène conseillait lui-même d'attendre et de ne sortir l'hypothèse qu'au moment opportun, cela lui ôta ses scrupules.

Eugène Baruteau lampa une ultime gorgée de *Kina Lillet* et passa au paragraphe suivant de l'ordre du jour.

— Je t'ai rapporté la photographie que tu m'avais confiée l'autre jour. Celle que t'a donnée le zigoto, là, comment l'appelles-tu ?

— Stanislas de Jodko.

— Ouais, c'est ça : Stanislas de *Jeudcon*.

Baruteau pouffa, content de son jeu de mots :

— Il va pas aller loin celui-là, si je m'occupe de lui.

Le policier sortit de sa serviette de cuir fatigué un dossier maintenu fermé par une courroie de coton tressé dont il entreprit de desserrer la boucle métallique de ses gros doigt balourds. À l'intérieur se trouvait la photographie prise pendant la séance de spiritisme que Raoul avait confiée à son oncle à l'insu d'Adrienne Signoret, sa mère, dans le souci de ne pas raviver sa peine.

— Je t'avoue que ça m'a fait un coup quand j'ai revu Paul, tel que je l'ai connu dans notre commune jeunesse, déguisé en fantôme. Car j'ai bien examiné le cliché à la loupe, pas de doute, c'est lui. Or, ce n'est pas la photo que ta mère conserve sur le buffet. Ça m'a tracassé, je te jure. C'est de ta tante Thérèse que la lumière m'est venue. Elle est finaude, ma *Thérésou*. Elle a surtout plus de mémoire que son couillon de mari, tout chef de la police qu'il est.

Raoul sentit son cœur battre plus vite.

— Vous voulez dire qu'elle sait d'où vient le cliché de mon père ?

— Non seulement elle le sait, mais nous l'avions à la maison, cette photo !

— Pas possible. Racontez, mon oncle !

— Tu la connais, ta tante : sa maison est en ordre parfait. Elle peut mourir demain, rien ne traîne et le Bon Dieu des ménagères d'élite l'enverra tout droit au paradis. Elle s'est souvenue que nous avions, dans un album rangé sur une étagère de la penderie de notre chambre, des photos de toi quand tu étais petit. Elle a retrouvé l'album et, parmi les photos, il y en avait une où figure ton père. Elles sont tellement rares, les photos de Paul, que je ne m'en souvenais plus. D'autant moins qu'il n'est pas seul sur ce cliché.

Raoul bouillait intérieurement. Il savait son oncle enclin à « faire durer », quand il avait une révélation importante à faire, mais là, il eût aimé le voir accoucher plus vite.

— Pas seul ? Ne me faites pas languir, je vous en prie.

— Tu as raison, mon Raoul. J'en viens au fait. C'est une photo prise au Grand Lycée, un jour de distribution des prix. On te voit au premier rang, attendant ton tour, et, derrière, un peu en retrait des élèves méritants, il y a les parents. On distingue nettement Paul, lui aussi au premier rang des parents, au côté de ta mère. Et je peux te dire, sans risque de me tromper, que le cliché du fantôme a été fabriqué à partir de cette photo, que voici !

Il la sortit du dossier.

Baruteau tendit à son neveu la photographie de la distribution des prix et désigna du doigt la place de Paul Signoret. Tandis que Raoul parcourait les rangées de têtes, le policier saisit un agrandissement circonscrit à la rangée où figurait le père du journaliste.

— Pas de doute, c'est la même.

La tête lui tournait.

— Mais comment est-elle venue entre les mains du spirite ?

L'émotion brouillait les pensées du reporter d'habitude plus prompt à établir les rapports entre les choses et les gens.

— Ben couillon ! dit Baruteau, réfléchis. Si nous l'avons, cette photo, les Castellain pouvaient l'avoir aussi. D'ailleurs, ta mère doit en posséder un tirage, mais nous ne pouvions pas le lui demander.

C'était la première fois que Raoul retrouvait ses parents ensemble. Il fut ému par l'allure juvénile que la mort et le deuil devaient bientôt effacer chez Adrienne Signoret.

Le policier sortit comme un dernier atout un autre agrandissement d'une partie de la foule des parents.

— Voilà une preuve.

Il désigna de l'index un homme que Raoul reconnut sans difficulté : c'était Honoré Castellain avec vingt-huit ans de moins au côté de son épouse avec vingt-huit kilos de moins.

— Peut être y reconnaîtras-tu le fils Castellain ?

Raoul secoua la tête .

— J'en serais étonné. Le pauvre garçon était parmi les cancres du dernier rang. Mais ce que je ne saisis pas, c'est la présence du père.

— Je crois avoir la réponse dit Baruteau : Castellain était au bureau de l'amicale des anciens élèves. Il devait être obligé d'assister à la remise des prix de fin d'année malgré l'absence de son rejeton.

— C'est plus que probable.

Le policier précisa :

— C'est même certain, nous avons vérifié. En tout cas, ton ami Edouard s'est souvenu de la photo, lui. Et il l'a repassée au soi-disant médium.

Raoul secoua la tête.

— Pourquoi a-t-il fait ça ?

Baruteau fit une moue exprimant son ignorance :

— Ça !.. Je ne comprends pas plus que toi. M'est avis qu'il faudra le lui demander un de ces jours. Mais si tu veux bien, pas tout de suite. Laissons-le s'enferrer. Après tout, il ne fait rien de criminel. Pour l'instant. Cette mascarade à laquelle il te convie est seulement désagréable pour toi et manque de délicatesse envers ton chagrin d'orphelin. Donc « avançons lentement, nous rencontrerons plus de monde » comme on disait jadis à Marseille. Tu vas à la prochaine séance de tables tournantes ?

— Bien sûr !

— Surtout ne la manque pas, je suis certain qu'elle nous mettra sur une piste plus solide.

Raoul sourit :

— C'est exactement ce que m'a suggéré votre ami Savournin, l'illusionniste. Vous vous êtes donné le mot ?

— Non, question de bon sens. « Il y a un truc », comme on dit. Il faut être sûr de soi avant de démasquer l'aigrefin, sinon, on risque le ridicule d'être doublement berné.

— C'est la sagesse même, mon oncle. Je saurai prendre le temps qu'il faut. Mais croyez-moi, j'irai jusqu'au bout, car je me sens sali, violé dans ce que j'ai de plus sacré : ma famille.

Raoul s'interrompit un très bref instant et ajouta d'une voix plus sombre :

— Et ils me le paieront.

Baruteau posa sa grosse patte sur l'avant-bras de son neveu et le regarda d'un air attendri.

— Je t'y aiderai, mon petit.

Puis le policier céda la place à l'oncle :

— Que tout cela ne nous coupe pas l'appétit. L'aïoli de *Thérésou* vous attend dimanche, toi, ta Cécile et *la Poupette*. Et tu sais que c'est *quèque* chose, comme on dit chez nous.

— Oui, répliqua Raoul pensif. Par bonheur, je n'ai pas de reportage prévu. Je pense toujours à l'épreuve qu'on inflige à son interlocuteur quand on a mangé l'aïoli de ma tante.

Baruteau fut secoué de rire :

— Oui, mais on pourra reprendre notre concours à qui abat le plus de mouches en plein vol, en soufflant dessus. Quel était le score la dernière fois ?

L'ordre du jour étant épuisé, les deux hommes s'apprêtèrent à regagner leurs bureaux respectifs. Raoul Signoret redevint sérieux :

— Dites-moi, mon oncle, la petite prostituée mineure, qu'est-elle devenue ?

— Elle est enfermée au pavillon Sainte-Madeleine à l'hôpital de la Conception[1], pour savoir si elle n'est pas vérolée, en plus.

— Et après ?

---

1. Service hospitalier où la police des mœurs plaçait en quarantaine les prostituées vénériennes. Voir *L'Énigme de La Blancarde*.

— *Le Refuge*[1], probablement.

— Et *U Panciutu* ?

Baruteau baissa le nez.

— Il est dehors, si c'est ça que tu veux savoir.

— C'est ça, oui. Cette pourriture a échangé sa liberté contre celle de cette gosse. Et vous avez accepté.

Baruteau avait hélé un fiacre.

— Que veux-tu, je ne suis pas un jeune chien fou idéaliste comme toi. Un vieux flic de mon espèce n'a plus d'illusions. Quand je ne parviens pas à faire respecter la loi, j'impose au moins des limites supportables à l'illégalité.

Le pied posé sur le marchepied, le policier se retourna vers son neveu.

— Je sais que tu as raison, mon beau chevalier. Mais que veux-tu, c'est la vie…

Raoul embrassa son oncle en achevant sa phrase :

— Et elle n'est pas juste votre vie, monsieur le Divisionnaire…

— Certes. Mais rassure-toi, je n'en ai pas fini avec l'ami Rocchesani. J'attends la faute qu'il ne manquera pas de commettre.

---

1. Couvent-prison où étaient placées les jeunes prostituées « en voie de redressement moral » *(sic)*.

19.

Où l'on apprend, grâce aux confidences d'une ancienne domestique, que chez les Castellain il peut y avoir deux cercueils pour un seul enterrement

— Signoret ? C'est Banégas. Je peux vous parler ?

Au téléphone, la voix d'habitude ensoleillée du correspondant du *Petit Provençal* pour Saint-Julien *« et les alentours »* avait des tonalités de conspirateur. Il y avait sûrement du nouveau.

Raoul s'en persuada dès les premiers mots :

— La police est venue interroger les ouvriers de Botazzi et sa veuve. Ils sont tous convoqués à *l'Évêché*[1] pour après-demain. D'après les informations que j'ai pu recueillir sur place, il paraîtrait que depuis quelque temps ça chauffait entre Botazzi et Danbrone, à cause de Marinette. Ils se sont même battus devant témoins. Un corbeau avait expédié des lettres anonymes au carrier et tout Saint-Julien savait que sa femme le faisait cocu. Sauf moi, ce qui est un comble !

Raoul étouffa un fou rire et remarqua :

— Cette révélation ne m'explique pas pourquoi on

1. Le commissariat central installé dans l'ancien palais épiscopal.

a aussi convoqué les ouvriers. Ils ne sont tout de même pas tous passés sur la femme de leur patron ?

— Je ne pense pas, quoique je ne sois plus sûr de rien, répondit Banégas, devenu prudent en matière de certitudes conjugales. Vous l'avez vue, Marinette ? Elle a tout de l'épouse soumise. C'est un modèle de discrétion. Ça ne l'a pas empêchée de planter les cornes sur le front de son *pôvre* mari. Quant aux ouvriers, c'est sans doute au sujet de l'explosion qui a tué Botazzi que la police veut les entendre. Peut-être savent-ils ou ont-ils vu quelque chose ?

— Vous avez raison, mon cher Banégas. Je reconnais là votre légendaire esprit de déduction. Je vais aux renseignements du côté de mon oncle. Merci mille fois. Je vous souhaite une bonne journée et…

— Attendez ! Attendez, cria le correspondant qui avait retrouvé son timbre habituel. J'ai encore quelque chose à vous dire.

— Dites…

— Vous savez, l'ancienne femme de chambre qui m'avait donné l'adresse d'Adrien Mazel, l'ex-valet de chambre de Castellain ?

— Eh bien ?

— Je suis allé la trouver et j'ai parlé longuement avec elle. Au début, elle ne voulait rien savoir. Mais quarante ans de journalisme m'ont appris la manière de tirer les vers du nez des gens sans qu'ils s'en rendent compte. Elle résistait tant qu'elle pouvait, mais à force de la confesser, je lui ai fait avouer que cette histoire de squelette, ça l'avait tout *estransinée*[1] et remis en tête des choses bizarres observées lors du

1. Remuée profondément.

décès de Marthe Castellain, la sœur aînée, durant son séjour marseillais.

— Des choses bizarres ?

— Bizarres. Vous devriez venir la voir. Je lui ai demandé si elle acceptait de vous les raconter et j'ai fini par la convaincre. Elle est d'accord.

Raoul Signoret éprouva ce fourmillement dans l'échine qui lui était habituel quand il flairait l'information importante.

— Cher et indispensable Banégas, considérez que je suis déjà dans vos murs. J'enfourche mon coursier de fer. J'arrive !

*

* *

Léonie Bathiat était une petite vieille proprette, au visage rond, à la voix douce, avec des lunettes en demi-lune sur le bout de son nez. Sa condition de domestique l'avait façonnée à la discrétion et à la modestie. On aurait dit une grand-mère de conte de fées. Placée à l'âge de quatorze ans, en cinquante ans de métier au service des autres elle n'avait connu que trois patronnes. Mme Castellain était la dernière, chez qui Léonie avait servi durant vingt-deux ans.

Vêtue du costume traditionnel marseillais – jupe longue de boutis parsemé de fleurs, fichu de laine sur un corsage blanc et bonnet de dentelle aux rubans flottants, elle reçut Raoul Signoret et Alphonse Banégas dans sa petite maison des Bressans, « faubourg » de Saint-Julien. C'était une bâtisse miniature à un étage, entourée d'un jardin de curé, achetée avec les économies de toute une vie. Originaire du village, Léonie Bathiat avait retrouvé ses racines et y passait une retraite paisible et solitaire, régulièrement visitée par sa fille, Angèle.

Elle fit entrer les deux journalistes dans sa salle à manger au rez-de-chaussée, d'une méticuleuse propreté. Ça sentait bon la cire qui faisait briller les meubles provençaux et le battement régulier du balancier de cuivre de l'horloge grande comme un sarcophage ajoutait encore à la quiétude des lieux. Aux murs, des chromos et des tapisseries au point de croix « faites maison » représentant des sous-bois peuplés de biches aux abois couleur diarrhée de nourrisson ou des étangs bleuâtres survolés par des canards sur fond de ciel jaune, attestaient de l'habileté manuelle de l'ancienne domestique, sinon de son discernement en matière d'art…

Banégas, privilège territorial, se chargea des présentations :

— Léonie, voici mon jeune confrère Raoul Signoret. Un garçon loyal qui ne vous fera pas dire ce que vous n'aurez pas dit. J'en réponds. Vous pouvez lui faire confiance. C'est comme si vous vous adressiez à moi.

Les yeux lavande de la vieille dame brillèrent d'une flamme soudaine et avec un sourire de triomphe, elle s'écria :

— Oh, mais je le connais ! De plume et de nom, car je suis une fidèle du *Petit Provençal,* vous le savez bien, Alphonse. Je suis si contente de le voir pour de bon, aujourd'hui ! Je sais que M. Signoret est un as. Je n'ai manqué aucune de ses enquêtes, à La Blancarde, à Mazargues, au Rouet et même à la Belle de Mai[1]. Les crimes, qu'est-ce que vous voulez, c'est plus fort que moi, c'est ma passion !

1. Voir les 4 tomes précédents des *Nouveaux Mystères de Marseille.*

La douce et discrète Léonie Bathiat avait donc une double personnalité. Elle cachait une perversion redoutable de son esprit sous un air avenant et une amabilité de tous les instants. Mais quand la bête assoiffée de sang et de violence s'éveillait en elle, sans qu'elle pût l'enchaîner, alors, pas un fait divers – si possible sanglant – qui échappât à sa vigilance. Elle se délectait des assassinats, des tueries, des homicides, des attentats, des égorgements, des liquidations brutales. Dans ce domaine, la récente actualité de Saint-Julien l'avait gâtée. Trois morts violentes en quelques semaines, pratiquement sous ses fenêtres, c'était du jamais vu ! Une aubaine. Si bien que devant les deux journalistes, lourde de secrets non-dits, l'ex-femme de chambre passa aux aveux avant même qu'on ne la sollicite. S'adressant plus particulièrement à Raoul, elle expliqua :

— Quand j'ai appris au village que vous enquêtiez sur l'affaire du squelette de *La Mitidja*, j'ai tout de suite dit à Alphonse : « Il faut me le faire rencontrer, cet homme. Chez les Castellain, j'ai eu vu des choses *que* certainement elles vont l'intéresser ! »

Banégas, gêné, regardait ailleurs. Ainsi, l'information était-elle venue à lui sans qu'il bouge de son guéridon préféré au *Bar du Château*. L'enquête n'avait pas dû l'épuiser, ni les « aveux » de Léonie lui coûter cher en matière grise.

Raoul observa son confrère avec un sourire en coin. Celui-ci évitait de croiser son regard et feignait la contemplation d'une tapisserie représentant un chevalier en armure qu'on eût dit passée au *Zébracier*[1],

1. Une peinture pour tuyaux qui imitait le métal.

éveillant une Belle au Bois dormant chlorotique sur un fond de ciel violet et orange.

— Ne restez pas dans l'entrée, dit Léonie. Venez vous asseoir.

Au centre de la pièce trônait une grande table de style provençal Louis XV, entourée de six chaises paillées. Les deux hommes s'assirent côte à côte, l'ex-domestique en face d'eux. Elle tremblait d'excitation. Appuyée des deux mains sur le tapis de table, elle demanda d'entrée :

— Qu'est-ce que vous voulez que je vous raconte ?

Elle avait la mine d'une grand-mère qui s'apprête à dire une histoire à ses petits-enfants. Raoul fut pris au dépourvu :

— Ben, je ne sais pas, moi... Que pouvez-vous nous dire sur les circonstances de la mort de Marthe Castellain. Vous y étiez ?

Les yeux de Léonie Bathiat s'écarquillèrent :

— Si j'y étais ? Je comprends que j'y étais !

La bouche ouverte, elle prit une ample respiration comme si elle allait entamer une allocution :

— Je ne sais pas si vous le savez mais cette pauvre femme souffrait d'une maladie *que* j'ai jamais compris son nom…

Raoul la coupa aussitôt, de crainte du cours qui s'annonçait sur la maladie léthargique et soporeuse à l'usage des domestiques.

— Ne vous mettez pas en peine. Nous savons tout cela.

Banégas jeta un regard surpris à son jeune confrère. Il ignorait être si bien informé…

Raoul prit la direction de l'interrogatoire :

— Racontez-nous seulement ce qui s'est passé chez les Castellain lorsque Marthe est morte.

— Eh bien… quand elle a eu son gros malaise

qu'elle devait pas en revenir, la *pôvre*, on l'a montée en la portant dans sa chambre, Monsieur, Madame, Adrien Mazel et moi. On l'a couchée, en pensant que ça serait comme les autres fois. Il n'y avait qu'à attendre et elle se réveillerait le lendemain avec la tête un peu légère pendant quelques jours.

Léonie Bathiat regarda tour à tour ses vis-à-vis comme pour vérifier l'effet de ses paroles. Les voyant attentifs, elle poursuivit :

— Monsieur était resté seul avec moi pour la veiller. Elle était calme, on aurait dit qu'elle dormait. Au bout d'une heure à peu près, il s'est penché sur elle et il m'a dit : « Léonie, je crois que ma sœur est en train de passer. » Il m'a demandé de quitter la chambre où il est resté seul. Un peu plus tard, il est descendu dans la salle à manger où le reste de la famille, Mme Castellain, son fils Edouard et Mlle Agathe étaient restés buvant des tisanes et Monsieur nous a dit : « Je vais appeler le docteur, elle est morte. »

— Honoré Castellain vous parut-il affecté par le décès ? risqua Raoul.

— Affecté ?

— Peiné, chagriné.

— Pas plus que ça. Vous savez, je crois que le frère et la sœur étaient comme chien et chat. Monsieur aurait voulu être le seul patron à *El Harrach*. Et c'était elle qui menait le domaine. Son père avait beau être mort, elle n'avait pas l'air décidée à lâcher le morceau.

Banégas intervint :

— Elle était bien obligée de le partager avec lui, pourtant.

Léonie ne se laissa pas démonter :

— À mon avis, c'est bien pour ça qu'ils s'accrochaient tout le temps.

Raoul ne voulant pas laisser les explications se

perdre dans des détails dont il n'avait que faire revint au sujet principal : l'attitude d'Honoré Castellain et les circonstances de la mort de Marthe.

— Étiez-vous là quand le docteur est venu faire les constatations ?

— Pardi ! Je suis remontée à la chambre en même temps que lui. On avait tiré un rideau devant le lit, si bien qu'en entrant, on ne la voyait plus. Mais je me suis faufilée, personne a fait attention à moi.

— Alors ?

— Elle était blanche comme une morte. Le docteur Isnard a dit à Monsieur : « Les yeux sont vitrés, la figure vergetée, le pouls misérable, voilà une femme qui s'en va. » Il a agité l'oreiller sur lequel sa tête reposait, mais ça l'a pas fait revenir. Il lui a donné un vésicatoire et a essayé de lui faire boire du lok[1], mais rien n'y faisait. Il l'a déclarée sans ressources.

— Vous souvenez-vous de la date du décès ?

— La date, non. Mais je sais que c'était un vendredi, il y avait du poisson au dîner.

Ce détail recoupait la déclaration d'Adrien Mazel.

— À votre avis, l'enterrement a eu lieu combien de jours après le constat du décès ?

— Pas avant le mardi suivant. Mme Castellain se plaignait en disant : « Demain, c'est déjà samedi, on ne va pas avoir le temps de faire teindre les vêtements en noir. Il faudra se débrouiller avec ce qu'on a. » Et le lundi, elle m'a envoyée chez sa modiste pour lui prendre un chapeau avec un voile. « N'importe quel modèle, je ne le mettrai qu'une fois. » L'enterrement a eu lieu le lendemain, donc le mardi.

Raoul Signoret reprit la parole :

---

1. Sirop épais.

— Madame Bathiat, je vous demande de bien réfléchir à vos réponses. Essayez de vous rappeler seulement les faits : avez-vous revu Marthe Castellain sur son lit de mort entre le moment de son décès et le départ du cortège pour le cimetière Saint-Pierre ?

— Oui.

— Quand ?

— Le dimanche.

— Vous êtes formelle ?

— J'en suis sûre, puisque je revenais de la messe et c'est monsieur qui nous a demandé de monter voir Mlle Marthe « une dernière fois ». On l'avait déjà mise dans sa boîte.

— Attendez : vous avez dit « nous ». On « nous » a demandé. Vous n'étiez donc pas la seule à être conviée à cette ultime visite ?

— Oh, que non ! En dehors d'Adrien et moi, on a fait venir la cuisinière, le cocher, le jardinier et même le tailleur de Monsieur qui l'habillait depuis toujours et qui l'a vue à l'occasion de sa venue pour l'essayage d'un costume noir qu'il n'avait pas mis depuis longtemps. Il fallait le retoucher avant les obsèques.

— Et ça ne vous a pas étonnée que les Castellain aient convié leurs domestiques à cette visite ?

— Pas sur le moment, mais après en réfléchissant…

— Et qu'avez-vous « réfléchi » ?

Léonie eut un bref instant de silence et fronça les sourcils comme si elle puisait au tréfonds de sa mémoire. Elle remonta ses lunettes sur son nez d'un geste machinal :

— Ça va vous paraître idiot, ce que je vais dire, mais je me suis pensé : « Qui sait s'il a tant insisté pour nous la montrer, si c'est pas pour qu'il y ait plusieurs témoins qui l'ont vue morte et que personne ne puisse en douter. » Voilà ce que je *me* suis pensé.

Raoul Signoret fut d'autant plus satisfait de cette réponse qu'il s'était fait exactement le même raisonnement. Honoré Castellain s'était comporté comme s'il avait tenu à faire accréditer le bruit de la mort de sa sœur. L'excès de précaution indiquait l'intention de fraude.

— Ce que vous dites, chère madame Bathiat, me paraît d'autant moins idiot que je suis tout à fait de votre avis.

L'ex-femme de chambre rosit de fierté. Avoir fait les mêmes déductions qu'un as de l'investigation journalistique, ça n'était pas rien. Du coup, désinhibée, elle fit d'autres réflexions sans se soucier de leur pertinence.

— Quelque chose me revient, que m'avait dit Monsieur. Quand je suis montée voir Mlle Marthe, la première fois, il m'a dit : « Je viens de lui fermer les yeux. » On a besoin de fermer les yeux à quelqu'un qui est en… comment on dit ? Légétar… légearti ?

— Léthargie.

— C'est ça ! Léthargie « très profonde » avait dit le docteur Isnard.

— Non, en effet, renchérit Raoul. Ses yeux étaient déjà fermés. C'est d'autant moins compréhensible qu'Honoré Castellain devait avoir l'habitude des crises de sommeil profond de sa sœur.

Décidément, une vocation spontanée d'enquêtrice se révélait chez l'ancienne domestique.

Elle poursuivit :

— Quelques jours après l'enterrement, des insinuations, des suppositions ont occupé les bavardages des domestiques. « Qui sait si c'est pas lui qui l'a tuée, pour avoir tout l'héritage ? » disait Mazel. Les autres lui ont demandé : « Vous savez quelque chose ? » On n'a rien pu savoir, mais c'est vrai qu'on n'a pas pu s'empêcher d'y penser.

— On vous comprend, dit Raoul. C'est donc le dimanche que le corps de Marthe Castellain a été vu dans son cercueil par des personnes n'appartenant pas à la famille, nous sommes d'accord ?

Léonie Bathiat secoua la tête et précisa comme une chose sans importance :

— Non, moi je l'ai vu une dernière fois le lundi soir *dans son nouveau cercueil* quand je suis montée pour m'assurer que tout était en ordre. Mais j'ai pas vu sa figure.

Raoul ouvrit des yeux étonnés. Une petite lampe rouge s'était allumée dans l'intérieur de sa tête comme chaque fois qu'il captait une information de première importance.

— Dans son nouveau cercueil, dites-vous ? Pourquoi un nouveau cercueil ? Le premier n'était pas à ses mesures ?

Léonie ne put s'empêcher de sourire.

— Monsieur n'en voulait plus.

— Et pourquoi donc ?

— Il a dit comme ça qu'il n'était pas digne de sa sœur. Qu'il en voulait un plus beau, plus cher. Il a fait reprendre le premier et on en a apporté un autre. C'est vrai que celui-là, il était magnifique. Tout en ébène avec des poignées d'argent…

Léonie Bathiat s'interrompit un bref instant, parut plongée dans ses souvenirs et lâcha tout à coup :

— Ah, les riches ! Même devant la mort, il faut qu'ils s'en *croyent*. Pourtant, on y va tous dans le trou, qu'on ait des millions ou qu'on *soye* domestique toute sa vie, comme moi. Et le Bon Dieu, là-haut, il fait pas de différence.

Tout en feignant de prendre part aux considérations philosophiques de l'ex-femme de chambre, Raoul Signoret ne lâchait pas le bout de sa réflexion. On avait changé le cercueil de Marthe Castellain entre le dimanche et le lundi… Qu'avait-on fait du corps ? Était-il resté dans la chambre, à attendre l'arrivée de la nouvelle bière, ou bien…

— Madame Bathiat, vous dites « le lundi soir, je n'ai pas vu la figure de mademoiselle Marthe ». Pourquoi donc ?

— Parce qu'elle était entièrement enveloppée dans son linceul.

— Vous êtes sûre qu'elle était toujours là ?

Léonie rit franchement :

— Et où vouliez vous qu'elle soit ? Elle était pas partie toute seule, quand même !

Raoul ne répondit pas et se contenta de penser : « Toute seule, sûrement pas. Mais quelqu'un aurait pu l'aider. »

— Tout ça est très intéressant, madame Bathiat. Permettez-moi de vous féliciter pour votre esprit d'observation et pour votre mémoire.

La vieille dame était radieuse. Ces compliments venant d'un professionnel l'adoubaient dans la phalange des investigateurs d'élite.

— Vous croyez que ça va faire avancer l'enquête ?

— J'en suis certain, assura Raoul Signoret.

Banégas se contenta d'opiner du bonnet.

— C'est si vrai, poursuivit le reporter, qu'il faudra songer, un de ces prochains jours, à rapporter tout ça à la police. Mais, s'il vous plaît, pas avant que je vous le dise. Je vous l'assure : votre témoignage peut être capital pour la résolution de l'énigme.

L'ex-femme de chambre s'exclama, ravie :

— *Boudiou*[1] *!* Vous croyez pas, ce qui m'arrive ? Si on m'avait dit qu'un jour j'aiderais la police à éclaircir un mystère… On croit toujours que ça n'arrive qu'aux autres, ces choses, là, et puis, avec un peu de patience…

— C'est vrai, opina Banégas. C'est comme au casino : à force de jouer, on finit par gagner.

Raoul se leva, imité par son confrère.

— Attendez, dit Léonie, on va trinquer, tout de même ?

— À vos succès ? plaisanta le reporter.

— À NOS succès ! renchérit l'ex-femme de chambre.

Elle exhuma d'un gros bahut arlésien une bouteille de muscat de Frontignan qui avait dû connaître Adolphe Thiers, ainsi que trois verres à porto et quelques biscuits secs contemporains de Léon Gambetta. Le muscat était complètement éventé et rappelait à Raoul le goût du sirop pour la toux que Cécile donnait à leur fille Adèle, mais cela n'empêcha pas Léonie Bathiat de manifester un enthousiasme qui – muscat aidant – lui mit le feu aux joues. Elle salua longuement les deux journalistes, leur colla deux baisers de nourrice, les accompagna jusqu'à la rue et agita la main jusqu'à leur disparition au tournant du chemin.

— Qu'en pensez-vous ? questionna Banégas quand ils furent sur la route de Saint-Julien.

— Je n'ai rien exagéré, répondit Raoul. Ce qu'elle vient de me dire me conforte dans l'idée que la mort de Marthe Castellain n'a rien de naturel, pas plus que l'attitude de son frère durant les trois jours qui ont précédé les obsèques.

1. Déformation contractée du provençal *« Boun Dièu »* – prononcez diéou – Bon Dieu !

— Vous pensez qu'il l'aurait tuée pour empocher l'héritage ?

— C'est possible.

— Et que la morte de *La Mitidja* ça pourrait être elle ?

Raoul hésita un bref instant, puis lâcha un autre « C'est possible », qui n'engageait à rien, tout en pensant autrement. La morte de *La Mitidja ne pouvait pas être Marthe Castellain.* L'âge supposé des ossements ne correspondait pas. Banégas ne le savait pas, les résultats de l'autopsie n'ayant pas été livrés au public par l'intermédiaire des journaux marseillais.

— Je récupère ma bécane et je fonce voir mon oncle au sujet des ouvriers de Botazzi et de sa veuve. On se tient au courant ?

— Naturellement !

En enfourchant son vélo Raoul Signoret dit avec le plus grand sérieux à son confrère :

— Encore une fois bravo pour la manière dont vous avez accouché la brave Léonie. Ça n'a pas dû être facile. Mais on sentait que vous l'aviez bien préparée à l'aveu. Je n'ai plus eu qu'à prendre la suite.

Banégas qui ne distinguait pas le lard du cochon dans cette réflexion se contenta d'un prudent :

— C'est la moindre des choses, entre confrères…

*

* *

Le *Café de la Rotonde*, dans la partie centrale de la rue Cannebière, n'avait pour Eugène Baruteau que des avantages : il était sur le chemin de son domicile quand il quittait le commissariat central après une journée bien remplie et on y était assuré d'une certaine discrétion, l'établissement n'étant fréquenté que par des commerçants, des médecins, des officiers de marine, des employés et des clercs de notaire. En outre, il pouvait être aisément atteint par Raoul Signoret rentrant en droite ligne de Saint-Julien après « l'interrogatoire spontané » – si l'on peut dire ainsi – de Léonie Bathiat. Voilà pourquoi, lors du coup de fil du journaliste au policier, l'oncle et le neveu étaient convenus de se retrouver sans délai dans ce nid de buveurs de bière, de lecteurs de papiers publics et de tripoteurs de dominos, élégant et confortable, au décor pompéien dû au peintre génois Quinzio, devant un bock à la mousse serrée telle qu'ils l'aimaient. À cela s'ajoutaient – comme un atout supplémentaire – la grâce mutine et le rire argentin de la belle propriétaire, Mme Perrin, qui savait – tout en les tenant à distance – fidéliser un grand nombre de phalènes attirées auprès de son comptoir par son sourire lumineux.

Penché vers Raoul pour ne pas avoir à élever la voix, Eugène Baruteau lui confiait l'air satisfait :

— Voilà au moins une chose réglée dans ce foutoir. Nous savons qui a tué Botazzi et pourquoi il est mort. Sa femme a fini par craquer : c'est Danbrone – et Danbrone seul – qui a piégé le rocher en remplaçant la mélinite par de la nitroglycérine. Dès que l'autre a commencé à touiller dans la cavité creusée le matin avec sa barre à mine tout lui a pété à la figure. On s'en doutait depuis le début, mais ça va mieux en l'entendant confirmer par l'intéressée.

— Oui, mais, mon oncle, Danbrone est mort, depuis. Il est facile de lui faire porter le chapeau, c'est pas lui qui dira le contraire.

— D'accord, Monsieur-à-moi-on-me-la-fait-pas, mais cela a été confirmé par deux des ouvriers qui ont vu la manœuvre tandis qu'ils cassaient la croûte durant la pause de midi. Ils ont aperçu Danbrone sortant des feuillées installées non loin du front de taille de la carrière, se diriger vers la maison, comme s'il allait voir son patron qui déjeunait, puis, l'air de rien, bifurquer vers le rocher préparé par le carrier et son aide. C'est par la suite qu'ils ont compris ce qui s'était passé. Quand il a cru ne pas être repéré, hop ! Danbrone a versé l'explosif liquide en prenant soin de le faire couler sur le bord du trou, afin qu'il n'y ait pas choc. Ni vu ni connu, je t'embrouille... L'autre n'avait plus qu'à se faire sauter tout seul.

— Pourquoi n'ont-ils rien dit avant ?

— C'est ce que mes hommes leur ont fait remarquer en leur faisant les gros yeux. Leur attitude leur vaudra quelques ennuis du côté de la non-dénonciation de crime, mais leurs explications tiennent la route. Danbrone était *ipso facto* devenu leur patron à cause de ses talents d'étalon, et ce sont tous des *immigranti* qui ont besoin de leur boulot pour acheter la *pasta* qui nourrira *i bambini.*

— *Numerosi*[1], *i bambini,* je suppose, dit Raoul.

— Bien sûr ! Alors, moins on en dit, mieux on se porte. Du moins le croyaient-ils. Jusqu'à ce que la veuve à la cuisse légère lâche enfin le morceau.

— Qu'allez-vous en faire de celle-là ?

— Elle encourt les mêmes peines que ses ouvriers. Non-dénonciation de crime, aggravé chez elle de complicité, car enfin, c'est pour ses belles fesses que l'étalon de Carrare comme tu dis, a éparpillé son patron et associé.

— Vous l'avez coffrée ?

— Je lui ai donné un petit sursis pour lui laisser le temps de régler le sort de ses trois minots. Je crois

1. Nombreux.

que sa mère arrive d'Italie pour s'en occuper. Mais d'ici quelques jours, il va bien falloir qu'elle rejoigne la cellule qui l'attend à Saint-Pierre.

— C'est donc une banale affaire d'adultère, constata Raoul. Moi qui espérais un lien avec le squelette de *La Mitidja*.

Baruteau hennit :

— Écoute, mon Raoul, la vie est bien assez compliquée comme ça. Je ne suis pas là pour emmêler les affaires, mais pour les démêler.

Devant l'air sceptique de son neveu le policier demanda :

— Je ne t'ai pas convaincu ?

— Si, mais…

— Mais quoi ? Tu sais, les amants qui se débarrassent du mari encombrant, il y en a jusqu'au plafond dans les sommiers des tribunaux et de la police. Je concède que certains s'y prennent de façon plus discrète et à la nitroglycérine préfèrent la pudicité de l'arsenic, mais c'est le cas de figure le plus courant. D'autant mieux qu'ici, comme souvent, il y a une question d'intérêt. En faisant de Marinette Botazzi une veuve prématurée, Leonardo Danbrone empoche l'entreprise en prime.

— Il a peut-être mis sa maîtresse devant le fait accompli ?

— Penses-tu que dans ce cas elle aurait continué à coucher avec l'assassin de son mari ?

Raoul objecta :

— Ça s'est déjà vu.

— Où ça ?

Le journaliste, pas mécontent de sa trouvaille, lâcha :

— Chez le vieux Corneille. Dans *Le Cid*. Chimène ne repousse pas très longtemps l'idée de faire la bête à deux dos avec celui qui a occis son père : *« Va, je ne te hais point »*, lui dit-elle. Ce que ce farceur de Georges Fourest[1] traduit par son fameux : *« Qu'il est joli garçon l'assassin de papa ! »*

Baruteau souffla par les narines en fermant les yeux, ce qui dénonçait chez lui une brusque montée d'adrénaline.

— Qu'est-ce que j'ai fait au Bon Dieu pour avoir un *testard* de neveu pareil !

L'oncle céda la place au policier :

— Quoi qu'il en soit et quoi que tu en penses, Marinette Botazzi, par son silence, est complice de son amant. Des juges diront son degré de culpabilité. Moi, mon boulot est fini.

Raoul, dans un mélange de curiosité et de malice, ajouta afin de ne pas se tenir pour battu :

— Et le règlement de comptes dans le *Bar du Château* où Danbrone est mort sous mes yeux ? Vous ne nous l'avez pas expliqué, mon oncle.

— Tiens, à propos, tu m'y fais penser. On a retrouvé les corps de deux types, jeunes, truffés de plomb sur la route du col Saint-Ange, entre le Logis-Neuf et Mimet, dans un endroit désert. Si ce ne sont pas les types qui ont descendu l'étalon transalpin, je rase ma moustache.

Raoul rigola :

— Bonne idée. Je serais ravi de faire votre connaissance. Vous pensez donc que Danbrone, en dehors de ses talents d'artificier, avait d'autres activités inavouables ?

Baruteau repartit au quart de tour :

— Dis-toi bien que, si un type comme Danbrone

1. *Carnaval de chefs-d'œuvre* in *La Négresse blonde.*

a été capable de sang-froid de zigouiller un ami de jeunesse qui, en outre, lui avait procuré du boulot en France, il a pu tremper dans d'autres magouilles où l'absence de scrupules est le moteur principal. Il n'a pas dû être régulier en affaires et ce coup-ci on le lui a fait payer.

Raoul eut un sourire satisfait et agita le chiffon rouge sous la moustache de son oncle :

— Et vous dites que votre boulot est fini ? Vous allez voir que vous allez y venir, à mon idée. Danbrone n'est pas étranger à l'affaire de *La Mitidja*. C'est pour ça qu'il est mort.

Baruteau balança la tête de droite à gauche, prenant l'air d'un qui s'apitoie sur l'état mental de son interlocuteur :

— Tu t'appuies sur quoi pour avancer ça ?

— Mon intuition.

Le policier ricana :

— Voilà autre chose. *Môssieu* a des intuitions. Comme les femmes.

— Parfaitement.

— Eh bien, dis-lui de ma part, à ton intuition, que si elle établit la participation de Danbrone à l'affaire du squelette, je lui offre une rente à vie de cinquante-deux bouteilles de gigondas par an – une par dimanche. En attendant, paye-nous une nouvelle tournée, tu m'as desséché avec tes raisonnements à la gomme.

Raoul regarda son oncle avec affection.

— D'abord votre moustache, ensuite une rente en côtes-du-rhône : c'est la soirée de tous les défis, dites-moi.

— Je ne risque pas grand-chose, répliqua Baruteau. Je sais que j'ai raison.

— Bien, dit Raoul. J'ai confiance : pour votre pari, je ne vous demande pas d'engagement écrit. Mais en attendant, je vais faire équiper ma cave pour recevoir mes futures bouteilles.

— Prétentieux ! Ne vends pas la peau de l'ours…

— Et vous, mettez plutôt de l'argent de côté pour m'offrir bientôt mon vin préféré.

Tous deux éclatèrent de rire en même temps.

Les bocks couronnés de mousse arrivèrent à l'instant. Baruteau y blanchit sans tarder sa grosse moustache.

— Ta tante Thérèse fait une daube gardianne dimanche midi. Ça vous dit ?

— Avec du vrai taureau de Camargue ?

— Parbleu ! Tu connais *Thérésou* : rien que de l'authentique. Elle ne baptiserait pas *à la gardianne* un plat fait avec du bœuf.

Le visage de Raoul s'éclaira d'un franc sourire :

— Je comprends que ça nous dit ! Dommage que je n'aie pas encore mon gigondas. J'en aurais bien apporté une bouteille. Ça doit bien aller avec la daube gardianne, non ?

20.

Où au cours d'une nouvelle séance spirite apparaît le « fantôme » d'une femme qui se désigne comme la morte de La Mitidja, assassinée par son frère...

Quand Raoul et Cécile Signoret pénétrèrent dans le salon de réception des Castellain, ni le décor ni l'ambiance n'avaient été modifiés depuis la première séance de *tables parlantes*. Les participants étaient les mêmes, l'éclairage toujours aussi chiche et le jus d'orange tiédissait déjà dans les verres alignés sur la desserte devant un majordome lymphatique.

Stanislas de Jodko, vêtu d'un habit noir qui lui donnait l'allure d'un traître de mélodrame pérorait, l'air important, devant Marie-Louise Castellain, la mère, et ses deux enfants, Edouard et Agathe. Le rideau noir était tendu dans un angle de la pièce et la table de bois peint en blanc disposée devant, à deux mètres de distance. Raoul y jeta un œil et nota que l'alphabet avait disparu. La planchette du OUI-JA était au centre d'une grande feuille de papier blanc qui recouvrait toute la surface de la table.

Edouard Castellain s'empressa vers les arrivants, accola son ami et baisa dévotement la main de Cécile.

— Heureux de vous revoir. Je craignais que…

— Que quoi ? le coupa Raoul.

— Que vous n'ayez été… je ne sais pas, moi… affectés, troublés, par ces phénomènes que nous ne contrôlons pas et qui dépassent la raison.

Le reporter s'était préparé à jouer le rôle de l'adepte conquis. Il se fit courtisan pour mieux endormir les méfiances :

— Je te rassure : nous avons été très favorablement impressionnés, moi en particulier. Je suis si heureux d'avoir été remis, grâce à toi, en contact avec un père parti trop tôt, qui me manque toujours. Retrouver son image aura été pour moi d'un grand réconfort.

Ce fut dit sur un tel ton de sincérité que personne n'eût pu penser à cet instant que dans la semi-obscurité Raoul Signoret serrait les poings à s'en faire mal pour ne pas risquer de les écraser sur le visage de son ex-ami et de son charlatan de complice. Cécile, qui lui donnait le bras, percevait un tremblement parcourant tout le corps de son mari et par de discrètes pressions cherchait à le calmer.

Flatté par ces propos qui encensaient son ego, Jodko s'était rapproché bras ouverts. De sa voix de caverne il s'exclama :

— Monsieur Signoret ! Vous allez voir : je vais vous surprendre encore. Je vous sens bien mieux réceptif que la semaine dernière. Nous allons vivre de grandes choses, ce soir, je le sens.

— Je n'en doute pas, monsieur de Jodko, répondit Raoul en fixant intensément le médium.

Face à tant d'énergie, celui-ci rompit l'affrontement muet et baissa le premier les yeux. Il se reprit en conviant les assistants à le rejoindre.

— Mes amis, prenez place, nous allons commencer sans tarder.

Tous reprirent spontanément la disposition de la séance précédente. C'est-à-dire Jodko seul sur un côté, face au rideau, Raoul seul sur le côté droit, Marie-Louise Castellain et Agathe côte à côte, face au médium, enfin Cécile Signoret sur le côté gauche de la table.

— Comme vous pouvez le constater, commença Jodko, à l'intention de Cécile et Raoul, nous n'utiliserons ce soir ni chiffres, ni alphabet. Nous allons tenter une expérience d'écriture automatique. Certains esprits préfèrent transmettre leur message aux vivants non pas à l'aide de coups frappés ou par des déplacements du verre renversé, mais par l'intermédiaire du corps et de la pensée d'un médium plongé dans un sommeil hypnotique. Ils lui dictent alors leur message en agissant sur sa main, qui écrit sous leur dictée sans en avoir conscience. Il suffit donc de munir le médium d'un crayon pour que le message apparaisse aux yeux de tous. C'est pour cette raison que vous apercevez à l'extrémité de la planchette un trou par lequel passera le crayon que voici.

Jodko joignit le geste à la parole en sortant un crayon de sa poche de poitrine qu'il posa sur la table et poursuivit :

— Par ses déplacements, sous l'influence de l'esprit qui se présentera ce soir, s'il le veut bien, la mine du crayon tracera sur la feuille son message que nous déchiffrerons ensemble.

Le directeur de séance leva un index de *magister* et dit d'un air sévère :

— Je vous rappelle que vous ne devez pas poser directement vos questions. Je serai votre truchement.

« Sage précaution », songea Raoul Signoret en jetant un regard venimeux à l'escroc. Celui-ci fixa longuement le journaliste qui, cette fois, dut détourner le regard, sous peine d'éveiller sa suspicion.

Un partout.

Raoul laissa Jodko continuer :

— Pour se livrer à l'écriture automatique, il importe que le médium soit dépourvu de préjugés et présente une âme claire, réceptive, en un mot prête à collaborer sans réticence. Je ne peux pas faire appel à votre collaboration, cher monsieur Signoret, car vous êtes encore un peu… neuf, dans cette pratique. Un homme de cheval dirait que vous avez besoin d'être « débourré ». J'ai donc demandé à Mlle Castellain d'être le médium entre nous-mêmes et l'esprit. Elle a accepté. Je vais l'endormir devant vous par le moyen de l'hypnose.

Jodko déplia sa grande carcasse et se leva. Il fit signe à Edouard Castellain, toujours en retrait, d'abaisser l'intensité du gaz d'éclairage. Raoul nota que l'obscurité n'était pas aussi dense que la fois dernière. Les yeux habitués, on pouvait distinguer les traits des participants.

Le maître de séance se pencha sur la jeune Agathe qui avait les deux mains posées sur la table, son visage au teint chlorotique levé vers lui et l'air extatique.

Jodko saisit le crâne de la jeune femme au niveau des tempes entre ses paumes et posa ses deux pouces sur les globes oculaires. Il exerça une pression légère qu'il augmenta graduellement. En même temps, il lui parlait à voix basse sur un timbre monocorde, près de l'oreille gauche. Les autres participants n'en captaient qu'un vague murmure.

Au bout de quelques instants on vit le corps d'Agathe Castellain se détendre par hypotonie musculaire. Jodko relâcha précautionneusement la tête qui bascula vers l'arrière tandis que la bouche s'ouvrait. Les paupières demeuraient closes. Il se redressa l'air grave.

— Voici Mlle Castellain dans un état léthargique qui n'occulte en rien ses perceptions. Elle peut m'entendre et ses réflexes ostéo-tendineux sont intacts. Je vais vous fournir la preuve :

— Mademoiselle Castellain, m'entendez-vous ?

La réponse vint sous la forme d'un gémissement qu'on pouvait assimiler au mot oui.

— Veuillez poser votre main droite sur la planchette devant vous.

En même temps, Jodko saisissait le crayon posé sur la table et l'enfilait verticalement dans le trou percé à l'extrémité la plus étroite de la planchette piriforme, la mine touchant le papier.

Le silence se fit, que le maître de séance prolongea quelques minutes. Quand il estima tenir l'assistance sous sa coupe, il énonça l'incantation attendue :

— Esprit, es-tu là ? Si tu es là, réponds par oui ou par non.

La tension des participants était palpable. On n'entendait plus que les respirations oppressées. Raoul Signoret observait tour à tour chacun des visages autour de la table. Agathe Castellain, le buste renversé sur le dossier de son siège, était immobile, comme passée dans un monde inaccessible aux autres. Sa mère, Marie-Louise, jetait des coups d'œil inquiets comme si elle attendait quelque chose devant arriver par le rideau noir. Cécile échangeait des regards avec son époux dans lesquels celui-ci pouvait lire une curiosité mêlée d'appréhension. De Jodko, Raoul ne voyait que le profil de trois-quarts dos, car le maître de séance demeurait tourné vers la jeune femme endormie.

Après de nouvelles minutes de silence, sans doute pour mettre les participants en condition, on vit la main droite d'Agathe Castellain se crisper sur la planchette et son bras se tendre. Son index s'appuya sur la base du crayon à l'orée du trou. Montée sur ses trois roulettes, la planchette entraînant le crayon exécuta une série d'arabesques qui aboutirent à la rédaction des trois lettres formant le mot :

Oui.

Jodko releva la tête l'air satisfait et jeta un coup d'œil dominateur à Raoul :

— L'esprit répond.

Il ordonna :

— Puisque tu te trouves parmi nous, esprit, parle, quel est ton nom ?

Après un temps de latence, la main qui tenait la planchette se mut à nouveau. Le crayon traça au terme d'une pavane muette accompagnée du crissement de la mine de plomb sur la feuille blanche le mot :

Marthe.

Tout autre prénom aurait provoqué chez Cécile et Raoul plus de surprise que celui qui venait d'apparaître noir sur blanc sous leurs yeux. À dire vrai, ils s'y attendaient. Pour en avoir longuement débattu ensemble, ils avaient prévu que cette seconde expérience devrait représenter une nouvelle étape logique dans le processus de conditionnement mental imaginé par le maître de séance avec la complicité des membres de la famille Castellain présents dans la pièce. La seule inconnue serait de définir s'il s'agissait d'un complot familial contre Honoré Castellain ou de l'initiative d'un seul de ses membres – Edouard par exemple – cherchant à se venger d'un père castrateur qui avait fait de son héritier mâle un fils à papa coincé entre soumission et haine tribale. Edouard n'avait-il pas confié à Raoul sa certitude dans la culpabilité de son père qu'il avait ouvertement accusé d'être l'assassin de la morte de *La Mitidja* ? Ce faisant, ne cherchait-il pas à abattre la puissance paternelle par un coup d'éclat ?

Dans l'esprit du reporter, après la séquence *émotion* de la semaine précédente, destinée à le mettre en condition, devait logiquement suivre à présent la séquence *conviction* devant le persuader du bien-fondé des accusations portées à demi-mot par la famille contre son prédateur. On venait d'y arriver.

Jodko avait repris son interrogatoire.

— Esprit, es-tu Marthe Castellain revenue parmi le siens dans cette maison où tu connus la fin de ton aventure terrestre ?

Raoul Signoret se retint de siffler la faute et la fin de la partie. Dans son désir d'embarquer au plus vite et aux moindres frais les invités dans sa supercherie, Jodko s'était précipité, sautant plusieurs étapes. Car enfin « Marthe », ne signifiait pas *ipso facto* Marthe Castellain. Le charlatan aurait dû au moins faire semblant de chercher, d'hésiter. Il y avait eu dans l'histoire ancienne et récente suffisamment de Marthe – à commencer par celle de l'Évangile, la sœur de Lazare-le-Ressuscité. N'avait-elle pas débarqué à Marseille, avant de gagner la Camargue ? Elle aurait pu avoir envie de revoir le coin... Feindre de tomber pile sur la bonne Marthe du premier coup était de la part de Jodko une bévue majeure.

Cette réflexion augmenta le ressentiment du reporter à l'encontre de l'imposteur.

La planchette avait repris sa chorégraphie. Elle aboutit au retour des trois lettres d'approbation :

Oui.

« Nous y voilà », songea Raoul Signoret en échangeant un regard avec Cécile. À quoi fallait-il s'attendre à présent ? à une descente du *périsprit* de Marthe Castellain sur la *table parlante* ? À son apparition surnaturelle ? Le photographe-spirite comparse du maître de séance allait-il surgir de derrière le drap noir pour fixer l'ectoplasme invisible au commun sur la plaque sensible, agissant comme un « capteur de fantôme » ?

La cervelle du reporter tournait à plein régime. Il surveillait tout à la fois : l'attitude du médium, les réactions du sujet de l'expérience, la pâle Agathe, qui semblait évanouie, les mimiques de sa mère, l'air toujours en attente de quelque chose qui tardait à se produire.

Le questionnement reprit, exclusivement conduit par Jodko :

— Marthe Castellain, êtes-vous toujours parmi nous ?

Oui.

— Parlez, nous vous écoutons.

Le crayon traça :

Souffrance.

— Vous souffrez ? Qui vous fait souffrir ?

Repos.

— Votre esprit réclame le repos. Qui vous prive de repos ?

Mort.

La mort n'est pas un repos pour vous, avons-nous bien compris le sens ?

Oui.

— Qui vous tourmente ?

Frère.

— Votre frère vous tourmente ?

Oui.

— Comment peut-il vous tourmenter, vous n'appartenez plus à ce monde.

Tombeau.

— Vous cherchez votre tombeau ? Vous ignorez où il se trouve ?

Terre.

— Votre âme erre à la recherche de votre corps ?

Oui.

— Qui vous en a privé ?

Frère.

— Honoré, votre frère ?

Oui.

— Pourquoi ?

Mort, Souffrance.

— Honoré, votre frère vous a fait souffrir ?

Oui.

— Comment ?

Mort.

Jodko, le front plissé, sembla hésiter, puis lâcha à voix mesurée :

— Devons-nous comprendre que c'est lui, Honoré, votre frère, qui vous aurait donné la mort ?

La réponse se fit attendre. Sans doute pour augmenter la tension des participants.

Oui.

— Marthe Castellain n'êtes-vous pas morte de maladie ?

Tuée.

— Par qui ?

Frère.

— Pourquoi ?

Seul.

— Il voulait rester seul ?

Oui.

— Seul pourquoi ?

Seul... Partage.

C'était à la fois tellement infantile dans sa volonté de démonstration et culotté dans la manière de prendre les gens pour des débiles mentaux, qu'une fois de plus Raoul Signoret se retint à quatre pour ne pas faire un esclandre. Mais il en avait désormais tant subi que mieux valait aller jusqu'au bout de la comédie.

Comment Edouard Castellain pouvait-il croire que

le reporter mordrait à un hameçon aussi grossier ? Raoul se promit d'exiger très vite un tête-à-tête explicatif avec son ex-ami d'enfance.

Le maître de séance, imperturbable, poursuivait :

— Honoré votre frère refusait le partage ?

Oui.

— C'est pourquoi il vous a tuée ?

Oui.

Aux yeux de Jodko la démonstration devait être faite et suffisamment convaincante, puisqu'il arrêta bientôt un questionnement qui tournait en rond. Il regarda Agathe toujours inconsciente.

— Mes amis, je crois que Mlle Castellain est épuisée. L'énergie qu'il lui a fallu dépenser pour transcrire le message de l'Au-delà ne saurait être poursuivie trop longtemps sans mettre en jeu sa santé.

Comme si les numéros successifs du programme avaient été mis au point, une sorte de gémissement se fit alors entendre, d'abord imperceptible, puis augmentant d'intensité. Il semblait émaner de la bouche entrouverte de la jeune femme exsangue. Le corps d'Agathe Castellain fut parcouru de soubresauts tandis que ses bras s'agitaient convulsivement. La planchette et son crayon valsèrent, non sans avoir tracé une longue diagonale crissant sur la feuille blanche.

Tous les regards étaient naturellement fixés sur elle. Selon une technique éprouvée chez les illusionnistes, Jodko venait de procéder à un détournement d'attention.

À cet instant, aucun des participants n'avait encore aperçu la pâle silhouette qui venait d'apparaître dans un faible halo au centre du rideau noir. Celui-ci semblait soumis à un souffle qui le poussait vers la table. Tous tournèrent la tête vers lui. Dans ses plis se devinaient les contours d'une forme féminine drapée dans une sorte de suaire clair, suffisamment floue pour obliger le scrutateur à interpréter ce qu'il voyait. Pourtant, le drap laissait le visage apparaître suffisamment pour que l'essentiel de son architecture soit lisible. Le cœur de Raoul Signoret s'emballa, bien qu'il eût dû s'attendre à la vision.

Jodko se retourna et feignit la surprise. Il murmura à voix caverneuse :

— Attention ! Plus un mot, plus un geste. Un *périsprit* se matérialise. Est-ce celui de Marthe Castellain ?

Marie-Louise Castellain et son fils Edouard acquiescèrent d'un signe de tête.

Si Raoul Signoret demeura muet, c'est parce qu'il refusait de participer sciemment à la mascarade. Pourtant, lui aussi reconnaissait dans cette silhouette les traits de cette femme fixés sur une photographie naguère longuement contemplée par lui-même et Cécile : elle leur avait été montrée par Honoré Castellain, lors de leur rencontre en Algérie. Ce que le journaliste avait pris d'abord pour le suaire d'un revenant, c'était la robe blanche que portait Marthe Castellain lors du repas réunissant les maîtres et les vendangeurs du domaine. On n'avait même pas pris la peine de transformer la photo de la sœur aînée en « fantôme » classique, et on s'était contenté de la découper pour l'isoler des autres convives afin de la présenter en « apparition ». En regardant bien, on aurait pu deviner les rangs de perles du collier qu'elle portait ce jour-là. Profitant du détournement d'attention des participants, fixés sur le « fantôme », le journaliste déchira un morceau de la feuille où le médium en transe avait gribouillé les réponses de « l'esprit ». Il portait les mots *souffrance, mort, repos, tombeau.* Il le glissa dans sa poche.

Graduellement, la silhouette diaphane s'estompait

tandis que de la bouche d'Agathe Castellain, transformée en médium, sortait la psalmodie des mots *mort, souffrance,* répétés à plusieurs reprises afin d'achever la séance en impressionnant les âmes supposées sensibles.

Raoul et Cécile, un coup d'œil échangé, encaissèrent encore cette lamentable farce et poussèrent le jeu jusqu'à paraître saisis d'effroi.

Si le reporter ne posa pas de questions sur le « miracle » de cette apparition, c'est parce qu'il avait été suffisamment instruit de la façon dont – à l'aide d'une lanterne et d'une série de miroirs se renvoyant l'image – on la reproduisait et projetait à volonté, grâce à la leçon particulière reçue de Victor Savournin, naguère mieux connu dans les music-halls internationaux sous le nom de scène de *Grand Satanas, Prince de l'Illusion.*

21.

Où après une daube gardianne d'anthologie,
l'oncle et le neveu passent en revue
les divers suspects de la famille.
Le coupable est-il parmi eux ?

De la daube gardianne promise et préparée par tante *Thérésou,* il ne restait que de rares morceaux. Elle les avait prudemment mis de côté à la cuisine pour les soustraire à la voracité de son époux qui traitait son taux de cholestérol par le mépris. Eugène Baruteau, repu, avait repoussé sa chaise et entamait sans tarder sa digestion, l'air béat. Son neveu, Raoul, n'avait laissé sa place à personne, si bien qu'on aurait pu croire que la suite du programme allait déboucher sur une proposition de sieste réparatrice autant que familiale.

Eh bien, non ! Tandis que Cécile surveillait sa fille Adèle achevant le riz accompagnant la viande fondante et que la mère de Raoul, Adrienne Signoret, échangeait une fois de plus avec sa belle-sœur des conseils culinaires qu'elle ne mettrait jamais en pratique, les deux hommes poursuivaient un dialogue entamé avec les hors-d'œuvre (un *salpicon* de thon et d'anchois en barquettes).

— Ton ami Edouard s'y est pris comme un manche, disait le policier – à qui Raoul avait raconté les deux séances de spiritisme – mais il n'y a plus de doute : il a voulu faire de toi un témoin de la réalité des accusations qu'il porte à l'encontre de son père. C'est infantile, c'est idiot, mais dans son esprit, il doit être persuadé de t'avoir convaincu.

— Avouez, mon oncle, que penser à faire témoigner un fantôme, c'est non seulement saugrenu, mais c'est vexant pour moi d'être pris pour un demeuré.

— Penses-tu qu'il puisse lui-même y croire ?

— À cette mascarade ? Dans ce cas, il faudrait qu'il ne soit pas de mèche avec Jodko. Et je ne vois pas bien pour qui Jodko travaillerait. À moins que le prétendu médium n'agisse pour son propre compte et ne berne tout le monde. Mais alors, dans quel but ? N'oublions pas que le fantôme de Marthe Castellain ne réclame rien d'autre que la punition de son frère rendu responsable de sa mort. À la place de qui parle-t-il ? Ou plutôt, qui le fait parler ?

— Examinons-les l'un après l'autre, proposa Baruteau. La mère ? Je ne vois pas les raisons qu'aurait Marie-Louise Castellain à faire condamner son époux. Elle profite de sa fortune. Une fortune qu'il aurait fallu diviser en deux, si Marthe avait vécu. Je dirai même qu'elle a tout intérêt à ce qu'on ne remue pas cette affaire.

Raoul leva la main :

— À moins que…

Le reporter hésita. Son oncle l'exhorta :

— Dis ce que tu penses, sans préjuger de la pertinence de tes idées. C'est souvent en les posant sur la table en vrac qu'on peut les trier et trouver une piste.

— A moins qu'il ne s'agisse de la vengeance d'une femme bafouée. Tout Marseille sait qu'Honoré Castellain la cocufie à couilles rabattues.

Baruteau joua l'offusqué :

— Mon neveu, tu deviens vulgaire. Et devant ta propre fille, en plus !

Adèle, qui n'en perdait pas une miette, les joues empourprées, pouffait au-dessus de son ultime fourchette de riz.

Baruteau reprit :

— Pour l'instant, posons Marie-Louise Castellain sur l'étagère. Nous y reviendrons si nécessaire. Voyons les autres : Agathe.

Raoul eut une moue :

— Je la crois trop fragile. Elle est inexistante. On voit à travers.

Ce fut au tour du policier de tordre le nez ;

— Hmm ! Méfions-nous de l'eau qui dort. J'en ai vu d'autres, des bécasses à qui tu aurais donné le Bon Dieu sans confession. Elles étaient redoutables pour deux.

Raoul n'en démordit pas :

— À mon avis, son rôle – si elle en jouait un – se réduirait à être manipulée. Je ne la vois pas tirer les ficelles.

— Bien. Posons-la à côté de sa mère. Il nous reste ?

— Edouard, lâcha Raoul. Celui-là, nous ne pouvons pas en faire l'économie. Il a toutes les raisons d'en vouloir à son père. Il ne s'en est pas caché devant moi, puisqu'il a réclamé mon aide pour le démasquer, avant de me jouer sa comédie spirite pour me convaincre.

Baruteau objecta :

— À ceci près – si j'en crois ce que tu m'as rapporté – qu'il accuse son père d'avoir tué sa tante et enseveli son cadavre dans le parc de *La Mitidja,* tout en ignorant que ça ne peut pas être elle qui s'y trouvait. Comment expliques-tu qu'un garçon qui aurait découvert les manœuvres de son père ne sache pas que la morte de *La Mitidja* n'est pas celle qu'il croit ?

— Je l'explique par le fait qu'il ne l'aurait appris que tardivement.

— Comment ?

— Par hasard, par une confidence faite par quelqu'un plus au courant que lui, par une dénonciation tardive, je ne sais pas, moi…

— Eh oui ! *tu ne sais pas, toi*… C'est bien là que le bât blesse. Dans la police, on ne peut pas bâtir une conviction sur une simple impression, en disant « je ne sais pas, mais je pense que… », mon Raoul.

— Je l'admets. Quelle est votre conviction, alors ?

— Tu as affaire à un de ces secrets de famille où tous les coups sont permis. Notre rôle est de ne pas nous laisser embobiner. À cet instant, je n'ai pas plus de conviction que toi. Seulement des pistes que je tente de suivre en tâchant de ne pas m'égarer sur des traversiers. Reprenons du début : quelqu'un a enseveli les ossements d'une femme – probablement assassinée – dans le parc de la propriété d'un riche négociant marseillais. Les circonstances, nous les ignorons. Donc, la progression de notre raisonnement doit être logique. Quand s'est produite cette inhumation ? À l'époque où le négociant et sa sœur s'affrontaient à propos de l'héritage de leurs parents. Il est donc normal qu'Edouard Castellain – qui veut faire accuser son père – laisse entendre qu'il s'agit de la dépouille de sa tante, dont il a fait apparaître sous tes yeux le fantôme, lors de la réunion spirite. Or, nous, nous savons – puisque l'âge ne correspond pas – que ce n'est pas elle qu'on a exhumée à la suite de la lettre anonyme révélant la présence d'un macchabée dans le parc de la propriété à Saint-Julien. Le fils Castellain ne le sait pas. C'est pourquoi il essaie de nous faire admettre que les ossements retrouvés pourraient être ceux de sa tante. Tu me suis ?

— Disons que je m'accroche.

— Tiens bon la rampe ! Je n'ai pas fini. Je suis de plus en plus persuadé qu'entre le temps du constat médical du décès de Marthe et son enterrement dans le caveau familial au cimetière Saint-Pierre, un événement a eu lieu *au domicile* des Castellain, que peut-être Honoré est le seul à connaître. Edouard l'ignore.

— Vous voudriez dire une substitution de corps ?

— Pourquoi pas ?

— Comment le prouver ?

— Pour l'établir avec certitude, il nous faudrait une exhumation de la dépouille ensevelie dans le caveau des Castellain, *pour connaître l'état et l'âge de celle qui s'y trouve*. Mais, pour l'obtenir d'un procureur, nous aurions besoin d'un élément nouveau justifiant la réouverture d'une enquête qui, je te le rappelle, a débouché sur un non-lieu. Autrement dit, nous ne sommes pas sortis de l'auberge, mon neveu !

— Je suis décidé à exiger un tête-à-tête avec Edouard, dit Raoul. J'estime avoir suffisamment été pris pour un couillon pour y avoir droit.

Adèle, faussement absorbée à pêcher un ultime grain de riz, échangea avec sa mère un coup d'œil ravi.

— Et là, pas question d'appeler au secours les fantômes de la famille, sinon je me fâche pour de bon, ami d'enfance ou pas.

— Je te comprends, dit Baruteau. Tu me feras un rapport sur votre entrevue.

— Bien sûr ! Et vous mon oncle, où en êtes-vous avec la veuve Botazzi et feu son amant ?

Le policier sourit avec un air satisfait :

— Là, on peut dire que nous touchons au but. Je ne te rappelle pas que c'est « feu son amant », comme tu dis, qui a envoyé *ad patres* son patron et ami, tu sais ça par cœur. En revanche, du côté du règlement de comptes qui a abouti à faire de Marinette une double veuve, nous remontons une piste en tirant la ligne doucement pour qu'elle ne se rompe pas. Ceux qui ont liquidé les tueurs n'ont pas pensé au cocher. Parce qu'ils ont cru que le fiacre qui avait amené les deux voyous à Saint-Julien était une voiture appartenant à une compagnie marseillaise. Or, il ne l'était pas. C'était un fiacre de remise[1]. Mais la nuit, tous les fiacres sont gris. Celui-ci était conduit par un brave garçon qui ignorait le but funeste de sa course. Il a conduit ses passagers sans savoir qui ils étaient, ni ce qu'ils allaient faire à Saint-Julien. Quelqu'un a téléphoné à son patron pour lui demander de préparer une voiture et prendre deux clients à un point de rendez-vous convenu, sur le quai du Port, face à la mairie. Arrivés à Saint-Julien, les deux hommes ont fait manœuvrer le fiacre de façon à le placer en direction de Marseille, pour ficher le camp aussitôt leur coup fait, et suffisamment à distance du *Bar du Château*. Ils ont demandé au cocher de les attendre. Il paraît qu'il faisait un mistral du diable, ce soir-là.

— Je peux en témoigner, dit Raoul. Avec le vent qui soufflait, le cocher ne risquait pas d'entendre les coups de feu tirés dans un local fermé qui se trouvait deux cents mètres derrière lui.

Baruteau précisa :

— Il a simplement trouvé que ses clients semblaient plus pressés de repartir de Saint-Julien que d'y arriver.

1. Contrairement aux fiacres qui fonctionnaient à la course selon un tarif variant selon le trajet et le type de véhicule, comme nos modernes taxis, la voiture de remise était louée à l'heure, à la demi-journée ou à la journée pour un tarif forfaitaire.

Au fur et à mesure du récit, le visage du journaliste reflétait son étonnement :

— Mais comment savez-vous tout cela, mon oncle ?

Baruteau, pas mécontent de son petit effet, joua les prolongations :

— On ne t'a jamais dit que j'avais un petit doigt qui savait tout ce qui se passe à Marseille ?

— Je le savais, mais s'il pouvait aussi me faire des confidences… Ça ne sortirait pas de la famille.

Toujours cabotin, le commissaire feignit de consulter son auriculaire.

— Il est d'accord. Alors, écoute la suite : notre jeune cocher ne se doutait pas de ce qui venait de se passer. C'est seulement les jours suivants, quand il a lu les détails du règlement de comptes, qu'il a réalisé quel rôle il y avait involontairement joué. Il s'est d'abord tu, sans doute par crainte d'être mêlé à une sale affaire, puis ça l'a travaillé et il s'en est ouvert à son patron. Qui, dans un premier temps, lui a demandé de jouer bouche cousue. Lui aussi craignait pour ses affaires. Mais le jeune homme avait une conscience qui, à l'égal de celle de ton ami Hugo, avait un œil empêchant notre cocher de dormir.

— C'est lui qui est venu vous informer ?

— Tout juste, Auguste. Ce fut la partie de l'enquête la plus facile que j'aie jamais vue. Il nous a tout porté à domicile. Nous lui avons promis – et tenu – l'anonymat et nous sommes allés trouver son patron. Là, un de mes hallebardiers y est allé à l'esbroufe. Il a prétendu que quelqu'un avait reconnu un de ses fiacres comme étant celui qui avait transporté les tueurs de Saint-Julien.

— Et alors ?

— Ça ne tenait guère debout, mais le type a été suffisamment ébranlé pour y croire. À partir de là, il a collaboré sans barguigner. Et comme c'est un homme qui tient ses registres et documents comptables en ordre, nous avons rapidement appris d'où était parti le coup de téléphone qui avait commandé le fiacre pour transporter les tueurs.

Baruteau fit une pause, comme s'il réfléchissait à quelque chose qui venait de le frapper. Raoul Signoret était suffisamment édifié sur les façons de son oncle, sur le plaisir qu'il éprouvait à « faire languir » le client, pour savoir à quoi s'en tenir sur ce brusque silence. Le policier attendait que son neveu dessèche sur pieds et le supplie de lui délivrer l'information attendue. Ce jeu du chat et de la souris, tous deux le pratiquaient depuis des années. Cette fois, le journaliste ne se laissa pas piéger. Il lança au hasard :

— Je parierais que le coup de téléphone provenait des établissements *Honoré Castellain et Cie*, négociant en vins, 85, quai de la Joliette Marseille 1er.

Sur le visage du policier se peignit un air mélangé de stupéfaction et de déconvenue. Raoul avait jeté dans la balance dont dépendait le score final de la partie l'opposant à son oncle le premier nom qui lui était venu à l'esprit. Sans trop réfléchir, il s'était persuadé que se tromper n'aurait pas grande importance et que le policier serait trop content de lui faire savoir son erreur. Or, il venait de mettre dans le mille du premier coup ! Baruteau était comme Wotan, face à Siegfried qui vient de lui briser sa lance : offensé et résigné devant tant d'effronterie et d'irrespect.

— Tu étais au courant ?

Raoul ne put s'empêcher de rire, tout en éprouvant de la compassion devant la mine déconfite de son oncle.

— Non, J'ai dit ça au hasard…

Baruteau rendit les armes à sa façon :

— Si je n'étais pas sûr de la moralité de ton épouse, je dirais que tu as une veine de cocu.

La jeune Adèle était au comble du bonheur. Entre son père et *Tonton Euzène*, c'était un vrai feu d'artifice de mots défendus.

— Le hasard fait bien les choses, convint Baruteau.

Le commissaire prit sa femme et sa sœur à témoin :

— Celui-là, depuis qu'il fait tourner les tables, on le tient plus. Voilà qu'il fait dans la voyance extra-lucide, à présent.

Raoul le ramena aux préoccupations présentes.

— Ce serait donc Castellain qui aurait…

Le commissaire leva la main.

— Attends, attends ! Ne saute pas à la conclusion à pieds joints, comme d'habitude. L'appel provenait des établissements Castellain. Je n'ai pas dit que c'était Honoré Castellain qui tenait le cornet. Dans une entreprise, n'importe qui peut se servir d'un téléphone pendu au mur. Dois-je te rappeler qu'en dehors d'Honoré, il y a aussi un certain Edouard Castellain qui travaille dans le pinard familial ?

C'était pertinent. Le flic ne perdait pas ses réflexes et tenait à le démontrer.

— Raison de plus pour que j'aille le cuisiner, celui-là.

Baruteau devint sérieux :

— Attention, mon Raoul. Ne va pas jouer au chien fou et par des questions prématurées nous casser le travail. Nous arrivons dans la phase la plus délicate à mon avis. Il ne faut pas dévoiler précocement nos batteries, afin que la défense ne puisse pas s'organiser, tant que notre offensive n'est pas lancée. Ce n'est que lorsque nous serons sûrs de notre coup que nous ferons donner l'artillerie lourde. Si j'admets te voir jouer ton rôle dans l'attaque, j'entends rester le seul maître du jour et de l'heure de son déclenchement.

Ces propos de stratège reçurent l'assentiment du neveu.

— Comptez sur ma loyauté, mon général ! Dans mon face-à-face prochain avec mon ami Edouard, j'entends n'aborder que le volet spiritisme. Selon nos accords, je vous laisse tout le reste.

Baruteau retrouva son entrain et sa verve.

— Dans ces conditions nous pouvons passer au dessert.

Forçant la voix, pour la rendre terrible, il lança :

— Femmes ! Qu'est- ce que c'est que ces façons : on laisse les hommes mourir de faim à présent ? Ne m'avait-on fait saliver avec la promesse de meringues à la chantilly ? Où sont-elles ? Qu'on les apporte sans délai !

Thérèse Baruteau, à son habitude, prit cette comédie pour argent comptant :

— Eugène ne me dis pas que tu as encore faim après la portion de gardianne que tu as engloutie.

Le commissaire en remit une louche :

— Il n'est pas question de fringale, ma douce. Les meringues à la chantilly ça se mange sans faim et avec un *chicoulon*[1] de muscat de Beaumes de Venise, ça passe tout seul.

Avec un clin d'œil à son neveu, il ajouta à l'intention de *Thérésou* :

— Tiens, pour te prouver ma magnanimité, je te fais grâce du plateau de fromages !

1. Un fond, une gorgée.

22.

Où un tête-à-tête tendu avec Edouard Castellain donne l'occasion à notre héros de faire inviter le chef de la Sûreté à la prochaine soirée spirite

Raoul Signoret traversa à grandes enjambées la place Monthyon. Cet espace devant le palais de justice était transformé en volière par la présence des nourrices venues de tout le quartier « faire prendre l'air » d'une belle journée de printemps aux jeunes enfants des familles bourgeoises. Les rires et les exclamations de ces jeunes femmes fusaient à tout propos, contrastant avec la sévérité de leurs allures, toutes semblables – à mi-chemin entre la tenue d'infirmière et l'habit de religieuse. Les robes blanches à larges cols immaculés tombaient jusqu'aux bottines, les têtes s'ornaient de coiffes blanches bordées de dentelles, les tailles étaient ceintes d'un large tablier blanc. Pas une ne se distinguait de l'uniforme imposé. La douceur du temps les dispensait ce jour-là de la grande cape noire qui, l'hiver, les faisait ressembler à un vol de corneilles craillantes. Toutes avaient, posé sur l'avant-bras droit replié, l'objet de leur dévotion : la progéniture patronale – angelot asexué, tout de blanc vêtu, comme on en voit dans les églises. Elles le portaient en ostension, à la façon de la Bonne Mère son Enfant Jésus, là-haut sur son clocher. Ces robustes filles, la plupart venues de la campagne offrir le lait de leurs mamelles aux petits des riches, en privaient souvent leurs propres enfants, tenus éloignés par un placement et frustrés de l'affection maternelle.

Le journaliste se frayait un passage dans la cohue des mères nourricières qui transformait la place et le cours Pierre-Puget attenant en une basse-cour au plumage lactescent. Le reporter demeurait sourd aux réflexions que lui attiraient – parmi ces jeunes femmes pleines de sève, sûres de l'impunité que confère l'appartenance à un groupe – son allure athlétique, sa moustache de mousquetaire et sa chevelure blonde. Il marchait droit vers le but de son déplacement : l'hôtel particulier de la famille Castellain.

Le reporter descendit la rue Saint-Jacques d'un pas toujours décidé, préparant dans sa tête les arguments qu'il allait développer face à Edouard, son ami d'enfance. Raoul venait de lui demander au téléphone, sur un ton qui ne souffrait pas la dérobade, un rendez-vous sans tarder.

Le fils Castellain devait s'attendre à cette échéance, car il n'en avait pas demandé l'objet.

Il ne devait pas se sentir à son aise, car, lorsque traversant l'étroit jardin devant l'hôtel, Raoul Signoret avait levé machinalement la tête vers les fenêtres du premier étage, il avait croisé le visage inquiet et blafard de son ami d'enfance qui le guettait et avait aussitôt quitté la croisée.

Edouard attendait Raoul sur le palier du premier, celui qui conduit au salon ayant servi de cadre aux séances de « tables parlantes ». Il avait l'air fébrile et le reporter ne parvenait pas à saisir un regard dans les replis de cette face molle. L'infirme tendit sa main valide à l'arrivant et dit en hâte en lui prenant le bras : « Montons au second, j'y ai mon appartement. »

Il précéda son invité et ouvrit la porte de gauche, sur le palier. Il crut bon d'expliquer que l'autre partie de l'étage était réservée « à sa mère et à sa sœur ». Raoul Signoret se demanda où pouvait loger le père, Honoré Castellain… lorsqu'il était là. Dans les combles ?

Edouard fit entrer le reporter dans un salon de dimensions plus modestes que celui qui faisait office de pièce de réception au premier étage, mais où une famille aurait tenu à l'aise. Il donnait d'un côté sur une chambre à coucher dont la porte, laissée ouverte, découvrait un lit à baldaquin en désordre et de l'autre sur un cabinet de toilette équipé d'une baignoire.

Le salon lui-même était encombré de livres posés sur la moindre surface plane. Des bibliothèques aux portes grillagées afin d'en interdire l'entrée aux rongeurs friands de papier montaient jusqu'au plafond sur les quatre cloisons. Dans les espaces qui n'étaient pas occupés par de lourdes tentures on voyait les habituelles croûtes – marines et paysages – présentes chez toutes les bonnes familles de la bourgeoisie marseillaise. Elles achetaient sans discernement tout ce qui pouvait témoigner de leur goût pour les arts, la peinture en particulier, car celle-ci ne demande pas – à l'inverse de la musique – qu'on lui prête la moindre attention.

Comme le journaliste s'avançait vers le canapé qui occupait un espace entre deux fenêtres donnant sur la rue Saint-Jacques, une forme sombre surgit de derrière le dossier. Un grondement rauque se fit entendre et Raoul se trouva face à face avec le dogue qui l'avait attaqué dans le parc de *La Mitidja* !

L'homme et la bête se figèrent en même temps. Le chien se mit en position d'attaque.

— Pas bouger Hagen ! ordonna Edouard Castellain. Il s'avança vers le chien en lui disant : « Raoul est un ami, ne t'inquiète pas. »

Que faisait là le monstre ? La réponse vint toute seule :

— Hagen a été blessé, je l'ai ramené ici pour le faire soigner chez Cabassu. Habituellement, il garde notre propriété de Saint-Julien.

Histoire d'avoir l'air de compatir, Raoul demanda, hypocrite :

— Que lui est-il arrivé ?

— On n'a rien compris. Nous l'avons retrouvé un matin avec un trousseau de clefs fiché en travers de la gueule. Le vétérinaire n'a pas pu expliquer comment c'était arrivé. Il ne semble pas possible qu'il ait tenté d'avaler cette ferraille et d'un autre côté, je ne vois pas un rôdeur assez fou pour lui mettre ça dans la gorge.

En effet…

Tout en fixant le monstre grondant toujours, prêt à toute éventualité, le journaliste lâcha, de façon à avoir l'air de s'intéresser à la question :

— Bizarre…. Pauvre bête !..

— Il aurait pu en crever, ajouta le fils Castellain. L'infection commençait à s'y mettre.

Il prit le fauve par son collier : « Couché, Hagen ! »

À regret, sans cesser d'émettre ce grondement sourd qui avait figé le sang du journaliste le soir de leur rencontre impromptue, le grand chien regagna la vieille couverture qui lui servait de litière – non sans avoir jeté un regard sanglant au reporter – et s'y affala avec un gros soupir.

— Cette mésaventure lui a changé le caractère, dit le fils Castellain. Lui, d'habitude d'humeur égale, est devenu un vieux ronchon.

En parcourant du regard les rayonnages des meubles-blibliothèques le journaliste nota l'incroyable quantité d'ouvrages se rapportant au spiritisme, à la métempsycose, aux esprits, à la communication entre le visible et l'invisible, au dialogue avec les morts, à la chiromancie. Les ouvrages de Camille Flammarion sur ces questions – notamment *Les Forces naturelles inconnues* – figuraient en bonne place dans de très belles éditions, mais ce sont surtout ceux du « père » du spiritisme français, Léon Rivail dit Allan Kardec qui tenaient leur place. Du *Livre des Esprits* aux *Voies du monde invisible* en passant par *Le Livre des Médiums,* Edouard Castellain semblait posséder les œuvres complètes de l'occultiste, parachevées par la collection de *La Revue spirite*, qu'il dirigeait, classée chronologiquement depuis le premier numéro. Elle occupait deux étagères à elle seule. Son fondateur se vantait d'avoir un million d'abonnés.

Chez Edouard Castellain ce n'était plus une passion, cela frisait la monomanie.

Raoul Signoret songea qu'il serait difficile de faire admettre à cette cervelle farcie de doctrine ésotérique qu'il perdait son temps avec ces billevesées.

— Excuse le désordre, dit Edouard, je ne m'attendais pas à une visite de si bonne heure et la femme de chambre n'est pas encore passée.

« De si bonne heure » ? Il était près de onze heures, tout de même…

Cette réflexion motiva la question de Raoul :

— Tu n'es pas de permanence sur votre stand à l'Exposition coloniale, aujourd'hui ?

— J'allais m'y rendre sans enthousiasme quand tu m'as appelé. Mais c'est sans importance. J'ai tout mon temps. Mon père est rentré d'Algérie. Il se fait un plaisir d'aller en personne persuader le chaland que le vin d'*El Harrach* est le meilleur.

— J'aime mieux ça, dit le journaliste, en se laissant tomber sur le cuir d'un fauteuil profond, car j'en ai pour un petit moment, si je n'abuse pas, bien sûr !

Edouard Castellain, qui venait de s'asseoir face au journaliste, se récria :

— Toi, abuser ? Oh, Raoul ! Comment peux-tu penser…

Le reporter le coupa :

— Je vais faire en sorte de ne pas te faire perdre ton temps, mon cher Edouard, en entrant sans tarder dans le vif du sujet. Crois-tu sincèrement et honnêtement à toutes ces histoires de tables tournantes et autre esprits frappeurs, de revenants qui communiqueraient avec les vivants ?

Edouard Castellain bondit comme piqué par un serpent et, pour toute réponse, prit – avec le geste afférent – sa bibliothèque à témoin :

— Mais Raoul, si je n'y croyais pas, crois-tu que j'aurais, depuis des années, lu tous ces ouvrages pour le seul plaisir de faire des tours de passe-passe ? Que fais-tu de gens aussi considérables que Camille Flammarion ou Charles Richet[1] qui consacrent depuis des années leur temps à étudier ces phénomènes inexplicables en l'état de la science, mais dont ils ont constaté la réalité au cours d'expériences conduites avec toute la rigueur scientifique ? Et Hugo ? Que dis-tu du grand Victor Hugo qui n'a pas dédaigné de noter scrupuleu-

---

1. Charles Richet (1850-1935) physiologiste français, découvreur de l'anaphylaxie (allergie) en 1903. Il sera prix Nobel de médecine en 1913. Il tenta de donner un statut scientifique aux phénomènes occultes qu'il désignait sous le nom de métapsychiques.

sement tout ce que les esprits lui disaient dans la salle à manger de Hauteville House, devant des dizaines de témoins dignes de foi ?

Raoul leva la main pour arrêter ce flot de justifications et dit d'un ton calme :

— Edouard… Tout le monde sait que Victor Hugo, tout génie qu'il fût, avait reçu un choc majeur sur la cafetière à la mort tragique de sa fille Léopoldine. C'est à partir de ce chagrin qu'il s'est mis à faire parler les tables, pour tenter de rétablir le contact avec son enfant noyée. Mais as-tu lu les comptes rendus de certaines séances prises en sténographie par son fils aîné, Charles ?

— Bien sûr, je les ai là.

Edouard se dirigea vers une des bibliothèques. Raoul l'arrêta.

— Inutile, je les connais ! T'es-tu rendu compte qu'Hugo ne convoquait jamais le fantôme de son vieux jardinier ou du marchand de vins du coin, mais que ses interlocuteurs se nommaient Jésus-Christ, Dante, Shakespeare, Molière ou Mahomet ? Et que tous s'exprimaient comme Hugo lui-même ? Il en est qui parlaient en alexandrins, c'est tout dire ! Et quand le poète convoquait l'océan et que l'océan lui répondait, n'étions-nous pas là en plein délire ?

Edouard Castellain prit la mine d'un enfant contrarié.

— Je… je n'avais pas remarqué, mais il n'empêche que c'est à partir du jour où le fantôme de Léopoldine lui est apparu que le poète s'est déclaré convaincu de ce qu'il appelle « les mystérieuses rencontres avec l'invraisemblable ».

L'infirme releva la tête.

— Tu vois que, malgré tout, je ne suis pas toujours inculte. Au moins sur ce sujet.

Raoul fixa Edouard et ne put retenir la pique qu'il lança à voix retenue :

— Quelqu'un avait peut-être découpé une photo de la malheureuse dans un album de famille pour la faire « apparaître » aux yeux de ce père inconsolable. On photographiait beaucoup chez les Hugo…

— Me crois-tu malhonnête au point de…

Le reporter mit fin à la tentative de justification.

— *A priori*, je ne crois rien, Edouard. Je constate. Je constate qu'on a essayé par le biais d'une apparition qui me touchait particulièrement à me faire « rencontrer l'invraisemblable », comme tu dis. Il ne s'agit pas de mettre ton honnêteté, ni ta bonne foi, en doute. Je te demande simplement si – au fond de toi – tu es persuadé que l'autre mardi, c'est l'ectoplasme de mon père qui nous est apparu ?

— Mais je…

Raoul haussa la voix :

— Pas de faux-fuyant !

Il poursuivit :

— Tu crois donc aussi que la semaine dernière, ta tante Marthe, décédée depuis dix ans, a écrit le message qu'elle voulait nous délivrer par l'intermédiaire du crayon tenu par ta sœur Agathe ?

Edouard Castellain aurait pu poser chez un sculpteur pour une représentation allégorique de la stupéfaction. Qu'on puisse lui poser pareille question lui paraissait invraisemblable.

— Mais Raoul… Bien sûr, que j'y crois, sinon…

Une brusque montée d'adrénaline fit sortir le journaliste de son habituelle courtoisie.

— Edouard, ne te fous pas de moi, je t'en prie.

— Je te jure sur ce que j'ai de plus cher, que…

— Ne jure pas, Edouard, c'est inutile. Je ne cherche pas à te prouver que tu délires. Je respecte tes croyances, à condition de ne pas avoir à les partager.

Le journaliste posa sur ses genoux un dossier cartonné fermé par une courroie qu'il avait apporté. Il l'ouvrit et y saisit un document qu'il tendit à Edouard : c'était une photographie. L'infirme l'examina et ses yeux s'exorbitèrent.

— Mais c'est une photo de classe !

Raoul rectifia machinalement :

— C'est une remise de prix.

— Au lycée ?

— Naturellement.

— Alors, je n'y étais pas. À la remise des prix, je ne venais jamais, et pour cause !

— Je sais...

Edouard regarda le reporter avec une sorte d'envie :

— Tu y étais, toi, bien sûr. Ah ! Je te vois. Au premier rang... Ces boucles blondes... comme elles me faisaient envie...

Raoul tendit le doigt vers la photographie.

— Il y a sur ce cliché d'autres personnes que tu devrais reconnaître.

Le fils Castellain tenta l'esquive :

— Oh, moi, tu sais, je me suis empressé de les oublier.

— Je ne parle pas des élèves, mais des parents.

À nouveau les yeux de l'infirme se fixèrent sur le cliché.

— Sapristi ! Mon père ! Qu'est-ce qu'il foutait là ?

— Ton père était membre de l'amicale des anciens.

— J'aurais dû y penser. Il ne se serait pas déplacé rien que pour moi. D'ailleurs, je ne lui en fournissais pas le prétexte, je dois le reconnaître.

Raoul s'impatientait :

— Bien. Il y a quelqu'un d'autre présent à cette cérémonie. Tu ne le connais pas, mais il était venu pour moi : c'est mon père.

Le reporter se leva et vint à côté d'Edouard pour regarder la photo avec lui. Il désigna une tête :

— Voilà ! C'est lui. Le quatrième à partir de la gauche. On ne le distingue pas bien, mais moi je l'ai repéré au premier coup d'œil parmi les parents endimanchés. Tiens, je vais te le montrer dans un agrandissement.

Il posa l'index sur le visage de Paul Signoret.

— Tu l'as bien dans l'œil à présent ?

— Oui.

— Alors, regarde.

Raoul tendit le cliché pris par le photographe spirite durant la séance de tables tournantes.

La mâchoire d'Edouard Castellain s'ouvrit de stupéfaction. Raoul regardait l'infirme dans les yeux avec un éclat de colère dans les pupilles.

— Vous vous êtes tous foutus de moi. Ce que je ne vous pardonne pas, c'est de vous être servis de l'homme dont je porte toujours le deuil. S'il te reste un atome d'honnêteté, Edouard, tu vas reconnaître que le fantôme qui est derrière moi sur cette photo a été fabriqué en découpant le visage et le buste de mon père sur cette photographie de remise des prix. Nous avons la même à la maison et elle faisait partie de vos archives familiales. C'est là que tu l'as prise, salaud ! Pour me faire marcher de manière inqualifiable. Je devrais te pulvériser pour cet outrage !

Edouard Castellain s'affola. Il recula le buste comme s'il craignait de prendre un coup et cria d'une voix aiguë :

— Non, noooooon ! Ce n'est pas moi. Je ne savais rien de cette photo, je te le jure !

Hagen sortit de sa litière et bondit vers le journaliste. Edouard Castellain parvint à devancer son attaque en hurlant : « Au pied, Hagen ! Pas bouger !! » Le fauve s'arrêta net. Son maître, qui venait probablement de sauver la vie du journaliste, le reconduisit avec des paroles apaisantes.

— Je ne sais pas ce qui lui prend. Cette blessure lui a changé le caractère…

Pour ne pas avoir l'air de dramatiser, Raoul suggéra :

— Il n'aime peut-être pas les journalistes ?

Mais déjà Edouard Castellain reprenait ses explications fumeuses :

— Je t'assure, Raoul, c'est l'esprit de ton père qui s'est matérialisé sur la plaque sensible. C'est déjà arrivé des centaines de fois. Les participants ne voient rien, mais l'appareil, lui, capte l'ectoplasme. Ne me demande pas comment, je ne suis pas capable de l'expliquer, mais c'est vrai.

Raoul, remis de sa frayeur, ne lâchait rien :

— Et tu n'es pas surpris que le fantôme de mon père soit habillé comme sur la photo prise au lycée ?

L'argument qu'avança l'infirme décontenança le reporter :

— Mais Raoul, sois logique : il est normal qu'il ait pris l'apparence de celui que tu connaissais, sinon comment l'aurais-tu reconnu ?

Edouard était-il incurable de bêtise ou – particulièrement roué – jouait-il à l'illuminé ? Il fallait en avoir le cœur net.

— Et tu vas me faire croire que le message de ta tante Marthe transcrit par ta sœur en transe pour dénoncer ton père, c'est aussi une communication de l'au-delà, après ce que tu m'as dit de ton désir de te venger de lui ?

Rien n'ébranlait le fils Castellain. Il argumenta :

— Mais entre le désir de me venger de toutes les humiliations subies et la matérialisation des esprits, il y a un monde, c'est le cas de le dire. C'est l'autre monde, Raoul. C'est lui qui nous alerte. Ce n'est pas moi qui conduis la séance. Je n'y participe même pas directement. Tu l'as bien vu. Comment pourrais-je influencer ou commander la survenue des phénomènes ?

Le reporter regarda son ex-ami avec pitié :

— Oui, je sais, ce n'est pas toi, c'est Ferdinand Pélabon alias Stanislas de Jodko. Si tu n'es pas le complice de cet escroc, alors tu es sa victime. Dans un cas comme dans l'autre, il faut t'en débarrasser, ou ça ira mal.

— Pour qui ?

— Pour toi.

L'infirme redevint geignard :

— Mais, mais je ne peux pas, Raoul ! Ce n'est pas moi qui ai fait appel à Jodko !

— C'est qui, alors ?

— Ma mère.

L'indignation fit perdre à Raoul Signoret son urbanité naturelle :

— Ta mère ? ! Mais on dit que c'est une vieille bigote le nez toujours fourré dans les soutanes. Elle ne se fait pas gronder par son confesseur à fréquenter les *périsprits* ?

Le visage du fils Castellain révéla le choc que lui avaient occasionné ces paroles. Il répliqua, l'air peiné :

— Ma mère est une femme de bien. Une femme de foi, Raoul. Je ne permettrai pas qu'on se moque d'elle en ma présence.

— Tu as raison, dit le reporter. Je te présente mes excuses, je me suis bêtement énervé. Je voulais dire que je suis étonné qu'une croyante sincère comme l'est ta mère se livre à… – comment, dire ? – cette distraction mondaine et ajoute foi à ces…

Le reporter ne trouvait pas d'autre mot que blessant et laissa sa phrase en suspens.

Edouard Castellain en profita pour reprendre ses justifications :

— Croire en Dieu et à la vie éternelle, Raoul, n'interdit pas que l'on entre en communication avec le monde des esprits. C'est au contraire la preuve concrète qu'il existe un autre monde dont Dieu a prévu l'existence pour que les âmes des défunts y vivent leur éternité. Que les esprits, débarrassés des contingences humaines, se penchent vers nous pour nous aider à surmonter nos peines, à soulager nos souffrances, nous confirme au contraire qu'il existe une vie après la vie.

Edouard Castellain semblait pénétré de ce qu'il énonçait comme s'il se fût agi d'un article du dogme. Son visage mou paraissait comme transfiguré. Il s'exaltait au fur et à mesure qu'il justifiait sa croyance.

— C'est un message de paix, d'espérance, de consolation que les esprits nous adressent, Raoul ! Ils nous disent : ne désespérez pas. Nous aussi, nous avons souffert en ce monde, mais dans l'autre où, nous vous attendons, vous connaîtrez un sort meilleur. Et c'est cette espérance qui fait agir ma mère. Elle aussi croit dans un autre monde où elle sera moins malheureuse que dans celui-ci. La pratique du spiritisme la console de toutes les avanies que lui fait subir mon père.

— Et pour toi, c'est pareil, Edouard ?

L'infirme baissa la tête.

— Oui…

Raoul Signoret était abasourdi. Il s'était attendu à voir fuir devant lui un escroc qui l'avait pris pour un gogo, il trouvait un adepte convaincu, prêchant sans crainte du ridicule ce qu'il pensait être la Bonne Parole. Extirper ces croyances d'une tête aussi perturbée n'allait pas être tâche facile. Inutile pour l'instant de tenter de lui expliquer qu'un esprit qui dénonce votre père comme assassin de votre tante a une bizarre conception de l'idée de paix dans les familles !

Le silence s'était établi entre les deux hommes. Chacun était plongé dans ses pensées. Argumenter semblait devenu inutile à Raoul Signoret. C'est Edouard Castellain qui, sans l'avoir cherché, en reprenant le premier la parole, fournit au journaliste les moyens de se tirer honorablement de ce tête-à-tête qui menaçait de tourner en rond.

— Je suppose, après ce que tu viens de me dire, que plus jamais tu ne viendras participer à une séance chez nous…

C'était plus qu'évident. Raoul allait dire le fond de sa pensée à son ami d'enfance qui semblait y être retombé, quand ce dernier ajouta un détail inattendu. Il bloqua la réponse du journaliste au bord de ses lèvres.

— Dommage, mon père nous a promis d'y être…

Voilà qui changeait tout ! Le maître d'*El Harrach* en personne ne dédaignait donc pas de participer à ce grand jeu de société bourgeois en compagnie d'une dévote confite en dévotions et d'un fils considéré comme un idiot congénital ? L'esprit supérieur, le négociant arrogant, imbu de ses relations, venait donc questionner la momie de Cléopâtre pour savoir si la récolte serait bonne ? Voilà qui était farce ! Mais voilà qui mettait à l'instant dans la cervelle bouillonnante de Raoul Signoret une idée folle. Elle venait de germer à la seule pensée que toute la famille Castellain serait – fait rarissime – réunie autour de la table bavarde.

Du moins les survivants. Mais ne pourrait-on pas – à l'occasion – y convoquer aussi les morts ?

Cette idée encore floue dans sa matérialisation venait de produire dans l'organisme du reporter une brusque montée d'énergie. Elle se traduisit par une excitation propice à échafauder un scénario dont il se voyait volontiers l'auteur.

Surmontant sa répugnance et remettant à plus tard sa décision de rompre ses relations avec son ex-ami d'enfance, Raoul Signoret s'entendit dire, en réponse au questionnement d'Edouard Castellain :

— Par amitié pour toi, je veux bien y participer encore une fois. Je ne veux pas qu'on se quitte fâchés. Mais ça sera la dernière, je te le jure !

Il se dressa brusquement, ce qui eut pour effet de faire sortir la gueule grondante de Hagen de derrière son canapé, tel le concierge qui guette le locataire indélicat.

Edouard Castellain, tout à la joie de la réponse de Raoul, tapa du plat de la main sur le dos du dogue pour lui faire réintégrer sa tanière et criant : « Toi, fous-nous la paix, une bonne fois ! »

Il se retourna et accola le journaliste et le serra avec effusion.

— Tu es gentil, Raoul. Et généreux. Je n'aurais pas voulu non plus que nous nous quittions sur une brouille. Tu verras : je suis sûr que ça sera exceptionnel.

Moi aussi, se dit Raoul. Il ajouta à haute voix :

— Eh bien, à mardi alors. Même heure ?

— Même heure.

— Cécile ne pourra pas se joindre à nous, elle est conviée par ses parents à participer à une soirée de charité. J'ai refusé d'y être.

— C'est la soirée de la *Cuillère de Lait* ? demanda Edouard.

— Je crois bien, oui. Qu'est-ce que c'est ce truc ?

— Une œuvre qui distribue tous les matins du lait aux enfants en bas âge et aux adultes malades pour qui un régime lacté est de rigueur. Ma mère fait partie du Comité des Dames patronnesses qui visitent à domicile[1]. Elle sera aussi présente au gala de mardi.

— Quelle coïncidence ! dit Raoul. Nous ne serons donc que ton père, ta sœur, toi et moi, pour faire tourner les tables ?

— Et Stanislas de Jodko.

— Et Jodko, bien sûr… Mais dis-moi, Edouard, Cécile n'étant pas là, verrais-tu un inconvénient à ce que je vienne accompagné de mon oncle ? Eugène Baruteau ?

— Pas du tout.

— Tu sais qu'il est chef de la Sûreté ? je ne voudrais pas que tu croies…

Edouard Castellain interrompit son ami.

— Pourquoi un flic ne pourrait-il pas participer à une séance de spiritisme ? Il ne serait pas le premier. Nous ne faisons rien de prohibé, ni d'inconvenant, que je sache !

Il ajouta avec un accent de sincérité :

— Et tu sais, je n'ai rien à cacher, moi…

En quittant l'hôtel particulier des Castellain Raoul Signoret reprit toujours à grands pas le chemin du journal. Les nourrices avaient déserté les alentours du

1. Les statuts de l'association précisaient : « Il ne sera pas tenu compte de la religion et de la nationalité. »

palais de justice pour aller donner la tétée de la mi-journée.

Depuis la salle de rédaction, le reporter téléphona à son oncle pour lui faire savoir sa décision de déposer plainte pour escroquerie dès le lendemain à l'encontre de Ferdinand Pélabon, alias Stanislas de Jodko, médium de profession et escroc de vocation, pour avoir utilisé une photographie de son père laissant croire qu'il s'agissait de la matérialisation de son esprit. Il demanda en outre au chef de la Sûreté la faveur de prévoir une convocation de l'escroc pour le mardi suivant.

En suite de quoi, Raoul Signoret remonta la rue Cannebière sur toute sa longueur, et enfila le boulevard Longchamp dont les platanes poussaient leurs feuilles printanières tout de vert tendre revêtues.

Arrivé devant le numéro 75 il tira la poignée de la clochette une fois, ce qui signifiait qu'il se rendait à l'appartement du rez-de-chaussée.

C'est là que résidait Victor Savournin, illusionniste en retraite, plus connu naguère sous le sobriquet du *Grand Satanas*, *prince de l'illusion*, au temps où il enchantait toutes les scènes d'Europe par ses tours de magie.

23.

Où Raoul Signoret découvre une nouvelle lettre anonyme et, en compagnie d'Eugène Baruteau, fixe les modalités du plan « Grand Satanas »...

Dès qu'il vit se découper dans l'entrée de la salle de rédaction la silhouette athlétique de son jeune confrère, le brave Escarguel joua les comités d'accueil :

— Ah, Signoret ! Content de vous revoir !

Raoul prit dans sa main les doigts arthrosiques du vieux rédacteur et les secoua chaleureusement. Une grimace déforma la bonne bouille d'Auguste Escarguel, ci-devant habituel titulaire de la rubrique *Faits et Méfaits*, promu rédacteur provisoire de la chronique *Nos hôtes illustres*, le temps de L'Exposition coloniale.

Ainsi prenait fin la quarantaine imposée par le rédacteur en chef du *Petit Provençal* à son chroniqueur judiciaire et fait-diversier, pour cause d'insolence, de mauvais esprit et d'insubordination.

En ce lundi matin, Raoul Signoret réintégrait ses droits et titres en même temps que son bureau.

— Il n'y a pas un quart d'heure monsieur votre oncle a téléphoné. Rien de grave, inutile de le rappeler. Il a simplement dit : « Le colis sera mis au frais mardi. »

Le visage de Raoul s'éclaira d'un sourire :

— Voilà qui est bien ! Nous aurons les coudées franches.

Escarguel attendait visiblement une explication qui ne venait pas. Devant la mine déconfite de son vieux confrère, le reporter éclata de rire.

— Pardonnez notre usage abusif des messages secrets qui vous mettent en transe[1], mon cher Gu, mais pour l'instant, je ne peux rien vous dire. L'affaire n'est pas encore assez mûre.

Le vieux rédacteur joua le laissé-pour-compte. Il piqua du nez et marmonna :

— Oh, je sais bien. Je ne suis pas un grand reporter, moi. Je n'ai droit qu'aux chiens écrasés. Alors, devant moi, on parle en code, pour que je ne comprenne pas.

Raoul se leva et posa sa main sur l'épaule de son vieil ami :

— Mais, non, Gu, il n'y a pas de grand et de petit journalisme. Il n'est que de bons et de mauvais journalistes. Et vous êtes parmi les premiers. Je vous promets de vous garder la primeur de l'information dès que ce sera possible. Vous saurez qui est ce « colis » que mon oncle met au frais mardi. Et vous le saurez avant tout le monde. Juré !

Escarguel regarda son jeune confrère avec les yeux d'un vieux chien à qui son jeune maître vient de gratter la tête.

Durant ces semaines d'absence le courrier s'était amoncelé, soigneusement conservé et classé par le vieux rédacteur. Le reporter entreprit de le trier sommairement, jetant au panier les enveloppes manifestement obsolètes.

---

1. Voir *Double crime dans la rue Bleue.*

— À part ça, quoi de neuf, Gu ?

— Nous continuons à recevoir du beau monde à l'expo, vous savez, Raoul. Hier encore, le roi de Zanzibar – ne me demandez pas son nom, il est imprononçable – parcourait les allées du parc des expositions.

— Pas possible !

— Comme je vous le dis. Et je ne vous parle pas des ambassadeurs, des artistes, des hommes de lettres – tenez, la semaine passée, vous ne le croiriez pas, M. Maurice Barrès était là comme je vous vois !

— Ça alors ! Vous lui avez dit bonjour ?

— Pensez-vous ! Pour un homme tel que lui, je n'existe pas.

Raoul sourit de la naïveté du bonhomme.

— Vous savez, Gu, comme disait si justement Montaigne, « si haut qu'on soit placé… »

— Eh bien ?

— « … on n'est jamais assis que sur son cul ! »

— Il disait ça, Montaigne ?

— Parfaitement.

— Eh ben, alors…

Escarguel rougit comme une rosière :

— J'aurais pas cru ça de lui.

Raoul poursuivait son tri.

— Ah, j'allais oublier ! s'écria le vieux rédacteur. Vous savez ce qui est arrivé à Grosdidier ?

— Non. En faisant une courbette devant une personnalité de la ville il s'est fracturé le crâne sur le trottoir ?

— Signoret ! Ne plaisantez pas. Il a été écrasé par un fiacre dont le cocher était fin saoul.

Un sourire épanoui ensoleilla le visage du reporter.

— Non ! C'est vrai ? Vous ne dites pas ça pour me faire plaisir ?

— Signoret, je vous en prie ! Il a la colonne vertébrale brisée, on ne sait pas s'il pourra marcher de nouveau.

— Rassurez-moi : le cheval n'a rien, j'espère ?

— Signoret !! Vous êtes insupportable ! Qu'est-ce qui vous prend, à la fin ? Un peu de respect, voyons !

— J'ai du respect seulement pour les gens respectables, mon cher Gu. Quant à la compassion que je devrais éprouver, j'en ferai l'économie, si vous le voulez bien. Grosdidier, qui a demandé ma tête à la direction, ne s'est jamais inquiété de savoir si j'avais de quoi nourrir ma famille. Je ne vois pas pourquoi je ferais du zèle caritatif.

— En attendant, il ne reviendra pas.

— Bonne nouvelle. Qui le remplace ?

— Jean Chiocca.

— Chiocca ? Enfin ! On va pouvoir faire à nouveau du vrai journalisme ! Et non plus du cirage de grolles et des courbettes devant le Veau d'or. Ah !.. Je reviens à temps… Rien ne pouvait me faire plus plaisir pour mon retour au journal. Faites-moi penser de vous offrir un Vichy-menthe pour fêter ça !

Escarguel, choqué, n'ajouta rien et se pencha pour calligraphier une nouvelle dont l'importance capitale n'échapperait à personne : l'Exposition coloniale de Marseille venait d'être honorée la veille par la visite de Muhammad Shah, Imam des Ismaëliens, président de la Ligue des musulmans de l'Inde, que tout le monde attendait enturbanné mais qui arriva habillé en lord anglais, car il avait fait ses études à Oxford.

Raoul poursuivait distraitement le tri de son courrier quand la vue d'une enveloppe le fit sursauter. Une brusque montée d'adrénaline accéléra son rythme cardiaque. Il s'empara du coupe-papier d'Escarguel et décacheta dans la fièvre.

Le tampon de la poste faisait remonter la missive à trois semaines. L'enveloppe contenait une lettre anonyme délivrant en deux lignes manuscrites un message d'avertissement que le reporter n'aurait pas su déchiffrer s'il l'avait parcouru le jour même de l'arrivée du courrier au journal, mais qui à présent, – avec l'expérience vécue – prenait toute sa signification :

Les fantômes ont la mémoire longue
Et ils réclament vengeance...
À bon entendeur...

Mais ce n'était pas cette vague et ridicule menace, digne d'un roman policier à deux sous qui avait fait bondir Raoul Signoret sur sa chaise. Ce qui l'avait sidéré c'est de constater – grâce au morceau de papier qu'il venait d'extraire de son portefeuille – que la même main semblait avoir tracé ce message et transmis l'autre soir celui dicté par « l'esprit » de Marthe Castellain accusant son frère Honoré de l'avoir assassinée ! Autrement dit, la main d'Agathe Castellain. Médium d'occasion ou corbeau de vocation ?

Il ne restait plus qu'à vérifier si l'écriture de la lettre de dénonciation à la police faisant allusion à *« la peau sur les os »* du squelette découvert dans la terre de *La Mitidja* provenait aussi de la même source. Auquel cas on ne serait plus très loin de la scène finale de cette tragi-comédie familiale !

Raoul Signoret se jeta sur le combiné et appela Eugène Baruteau au commissariat central.

— Mon oncle, il faut nous voir sans délai.

— Eh bien ! arrive, qu'est-ce que tu attends ?

— Le temps de faire le trajet à bicyclette, j'irai plus vite qu'en fiacre. Faites sortir du dossier Castellain la lettre de dénonciation. Je vous promets une surprise.

*
* *

Les yeux du chef de la Sûreté marseillaise ne cessaient d'aller d'un document à l'autre. Il avait posé sur son bureau les deux feuillets et le morceau de papier froissé que Raoul, lors de la dernière séance spirite, avait déchiré sur la « table parlante » et emporté. Baruteau avait aussitôt convoqué l'expert en graphologie.

— Qu'en dites-vous, Rambon ?

— Il faudrait affiner, monsieur le Divisionnaire, mais à première vue, il y a des caractères communs à ces trois documents. Voyez, cette façon de former la boucle du o. On dirait qu'il a le nez en l'air : on le retrouve dans les mots *cOmme* et *Os*, de la première lettre anonyme, dans *fantÔme, mémOire* et *lOngue* de la seconde, et dans *mOrt, repOs* et *tOmbeau* du message prétendument dicté par les esprits. Je pourrais établir les mêmes rapprochements avec les boucles très étroites des *f,* dans *Fantôme* et *souFFrance* et des *l* de *ceLa*, *Longue* et *récLame* qui ont un air de famille prononcé, alors qu'ils figurent sur des documents différents et si j'ai bien compris, ont été écrits à des dates différentes. Bien sûr, pour me présenter devant un tribunal, il faudrait…

Baruteau éluda :

— Nous ne sommes pas devant un tribunal, Rambon. Pas encore. Je vous demande seulement l'avis d'un type doté d'un coup d'œil professionnel, habitué à repérer illico ce qui cloche.

Le graphologue se racla la gorge, tira sur son col de celluloïd et finit par dire :

— Il y a quatre-vingt dix-neuf pour cent de chances pour que ce soit de la même main.

Rambon parti, Eugène Baruteau regarda son neveu avec dans l'œil un friselis d'excitation.

— Eh bien mon Raoul, c'est là que les Athéniens s'atteignirent, on dirait. Je crois bien qu'on approche du terme de cette foutue affaire. Cette fois, le père Castellain, malgré toutes ses relations dans le monde du négoce, de la magistrature assise ou debout, en dépit de son amitié personnelle pour Eugène Rostand, le président de la Caisse d'épargne – certes moins célèbre que son fils Edmond, mais qui a le bras plus long à Marseille – il va devoir nous rendre des comptes. Content, pas content, c'est pareil. Je m'en vais sans tarder demander l'ouverture d'une enquête préliminaire à mon procureur préféré.

— Pas avant mardi tout de même ! s'écria Raoul Signoret.

— Pourquoi ?

— Eh ! vous n'allez pas nous priver de la séance de spiritisme, mon oncle ! Pas de blague : Castellain sera là, je vous le rappelle.

— Je n'ai pas oublié, car je veux y être aussi. Ne t'inquiète pas. Le temps que mon procureur se réveille, il sera déjà la semaine prochaine. L'essentiel est que j'aie son aval *avant* la séance, car on ne sait jamais. Ensuite, c'est à moi de voir quand je dévoilerai mes batteries.

Baruteau s'interrompit et observa son neveu plongé dans ses réflexions.

— À quoi tu penses ?

— J'étais en train de me demander si la petite Castellain était un corbeau agissant pour son propre compte, ou si quelqu'un lui dictait ses messages sous hypnose. J'ai vu comment l'autre escroc l'endormait, mais j'ignore si elle feint ou si elle est réellement sans volonté à ce moment-là et sous la coupe de celui qui l'influence.

— M'est avis qu'on le saura bientôt, ça aussi. Mais tu te souviens de ce que je te disais quand tu affirmais qu'elle était insignifiante. « Méfie-toi toujours de l'eau qui dort. »

— En tout cas, ajouta le reporter, il y en a un que je vois de plus en plus mal parti dans ce pastis.

— Ton ami Edouard ? Eh oui… Il va falloir le cuisiner, celui-là aussi, car il ne me paraît pas bien net. Puisqu'il t'a appelé au secours pour ensuite t'attirer dans la comédie spirite, il y a de fortes chances pour qu'il tire aussi les ficelles pour faire chuter son père. Et comme il m'a l'air un peu couillon, il a tout fait pour que les soupçons se portent sur lui…

Baruteau n'acheva pas.

Raoul était bien de son avis.

— Ta plainte contre Jodko est déposée ?

— Depuis ce matin, oui.

— Elle tombe bien, car il y en a une autre. Une femme qui a reconnu sur une photo de « fantôme », la tête d'une secrétaire du photographe-spirite qui lui avait remis le cliché. On va le convoquer, celui-là aussi.

Le policier revint aux problèmes de l'heure :

— Bien. À présent venons-en aux modalités pratiques pour la petite sauterie de mardi soir. Edouard Castellain n'a pas été étonné plus que ça quand tu lui as dit que je remplacerais Cécile ?

— Mon excuse a été gobée sans problème. Puisqu'il s'agit d'une soirée de charité à laquelle Marie-

Louise Castellain participe, ça n'a pas paru extravagant à Edouard que Cécile y accompagne sa mère. Les deux femmes appartiennent à plusieurs organismes caritatifs grâce auxquels les bourgeoises espèrent du ciel le pardon des saloperies commises par leurs maris.

Baruteau ricana :

— Il y a du boulot !

— En inventant ce bobard pour justifier l'absence de Cécile, expliqua le reporter, j'ai eu un coup de chance infernal, puisque la mère Castellain y va aussi ! Comble de veine : au moment où je propose à Edouard de vous amener à la séance de spiritisme pour remplacer ma femme, j'apprends qu'Honoré Castellain y sera. Avouez qu'on ne pouvait pas espérer mieux.

Après un instant de silence, Raoul ajouta avec un regard complice à son oncle :

— De toute façon, *d'une manière ou d'une autre*, Cécile sera à nos côtés.

Le policier acquiesça d'une mouvement de tête.

— Que dit-elle de notre projet et du rôle que nous lui attribuons ?

— Vous la connaissez, mon oncle. C'est une intrépide. Elle est aux anges ! Elle m'a même dit : « Il était temps que j'intervienne. Je me demandais si vous n'alliez pas boucler cette affaire sans moi, ce qui m'aurait profondément vexée, après les services que j'ai rendus dans l'affaire de La Blancarde, à Mazargues, chez le colonel d'Atay, et au Rouet dans le cabinet du docteur Danglars. Et je ne parle pas de La Belle de Mai où j'ai joué l'appât pour les beaux yeux de monsieur[1]. »

Baruteau écoutait Raoul en souriant :

1. Voir les 4 tomes précédents des *Nouveaux Mystères de Marseille*.

— Tu crois qu'elle aura le cran de…

— J'en suis sûr, mon oncle. Elle ne nous pardonnerait pas de démasquer le coupable en la laissant de côté.

— Sacrée Cécile ! Elle est donc d'accord pour tout ?

— Il lui tarde d'y être, voulez-vous dire.

Sur cet échange sibyllin, Eugène Baruteau se leva et dit :

— Bon. Alors, plus rien ne nous empêche de déclencher le plan *Grand Satanas* !

24.

Où l'on entend le fantôme d'une femme accuser son « frère » de l'avoir assassinée tandis que le coupable tente d'échapper au châtiment en se jetant par la fenêtre

La première chose que remarqua Raoul Signoret entrant au côté d'Eugène Baruteau dans le grand salon de l'hôtel particulier des Castellain, fut le petit nombre de présents. Pour une fois la pièce était éclairée. Il y avait là, en tout et pour tout, deux personnes : Edouard Castellain et sa sœur Agathe. Sans compter l'inévitable majordome compassé, serveur de jus d'orange tiède. Apparemment, la puissance invitante n'avait pas jugé utile de compenser l'absence de la mère. Si bien que la fille demeurait la seule représentante du sexe faible à la séance.

À moins – pensa le journaliste – que des entités femelles ne décident de se manifester au cours de la soirée. Cela dépendrait sans doute du savoir-faire et de l'imagination de Stanislas de Jodko…

Le reporter se pencha à l'oreille de son oncle :

— Mince ! Je ne vois pas Honoré Castellain. Pourvu qu'il ne nous fasse pas faux bond !

Déjà Edouard se précipitait à la rencontre des arrivants, plantant là son asperge de petite sœur, toujours aussi plate et blême.

— Quel plaisir de vous accueillir, monsieur le Divisionnaire…

— Pas de ça, dit Baruteau. Je suis là à titre privé.

Une voix sonore venue dans le dos des invités les surprit.

— Votre présence nous honore, monsieur le chef de la Sûreté ! Je salue également le parangon de l'investigation journalistique. Bienvenue chez moi !

Honoré Castellain, tout de superbe, faisait son entrée, sans se soucier de couper la parole et de brûler la politesse à son fils, auquel il ne jeta pas même un regard. Il avait revêtu une tenue de soirée impeccable et, malgré son ressentiment, Raoul dut reconnaître qu'il avait fière allure. Du coup, son fils paraissait encore plus emprunté, plus souffreteux, plus déjeté, auprès de ce père qui l'écrasait de son aisance et de sa tournure. Edouard s'effaça pour laisser à son géniteur le soin d'accueillir les invités.

Le négociant échangea avec le policier des propos de convenance qui sont le fonds des conversations mondaines et servent surtout à ne pas laisser s'installer la gêne du silence, tandis que Raoul, tendu, procédait à une inspection minutieuse des lieux, cherchant à deviner comment s'orienterait la soirée.

Castellain semblait en verve :

— Alors, vous aussi, monsieur le Divisionnaire, comme moi, vous succombez à cette distraction à la mode consistant à demander leur avis aux revenants ? Je n'y crois pas une minute, mais ça m'amuse. Pas vous ?

— Je suis ravi, dit sobrement Baruteau, car c'est la première fois que...

Castellain l'interrompit avec un air complice :

— J'y pense : il y a peut-être là quelque chose à exploiter pour vos interrogatoires futurs ! Pourquoi ne pas réclamer le nom du coupable au fantôme de sa victime ? Voilà qui vous faciliterait le travail et vous épargnerait bien du souci !

Le négociant, très satisfait de son esprit, était le premier à en rire. Il avait pris le policier par le bras et l'entraînait vers les verres d'orangeade. Baruteau, plus *Raminagrobis* que jamais, jouait à la perfection le flic pataud, impressionné par le décorum et la faconde du maître des lieux.

— J'y songerai, monsieur Castellain, j'y songerai. Fameuse idée ! Les fantômes, contrairement aux vivants, n'ont sans doute aucun intérêt personnel à nous mener en bateau. Je me propose d'en faire l'expérience dès que l'occasion me sera offerte...

Honoré Castellain ne pouvait pas deviner le double sens que cachaient ces propos d'obligeance. Sinon, il n'aurait sans doute pas émis le long ricanement dont il accompagna la repartie du policier.

Raoul jubilait intérieurement en admirant le savoir-faire de son oncle. Quoiqu'il fût préoccupé par l'absence du médium. Jodko était-il bien arrivé ? Pourrait-il conduire la séance ? Il était indispensable qu'il soit le maître de jeu, ce soir. Le reporter se dirigea vers Edouard Castellain, mis à l'écart par la seule présence paternelle. Il se tenait comme exilé près de sa sœur, debout devant le rideau de satin noir tendu sur sa tringle de cuivre. La *table parlante* avait été disposée devant. Sur le plateau recouvert d'un tapis vert bouteille, on retrouvait la plaque de bois pyrogravée où étaient inscrites dans un demi-cercle parfait les vingt-six lettres de l'alphabet, les chiffres de 0 à 9 alignés et les deux « réponses » possibles OUI, NON, aux questions du médium maître de séance. Le verre à pied posé à l'envers semblait avoir été pour le moment préféré au OUI-JA baladeur et à son crayon censé transcrire les messages de l'au-delà. Il ne serait donc probablement pas fait appel aux dons de Mlle Castellain.

Raoul s'inquiéta auprès d'Edouard :

— Stanislas de Jodko n'est pas là ?

— Non. Il n'était pas sûr de pouvoir se libérer, répondit le fils Castellain. Il m'a fait prévenir cet après-midi par téléphone. Au besoin on se débrouillera sans lui. Il fera son possible pour nous rejoindre vers 8 heures et demie. Sinon, on commence. En tout état de cause, il a fait livrer voici une heure les accessoires dont il pourrait avoir à se servir ainsi que l'appareil photo, au cas où des entités se matérialiseraient. Tout cela est entreposé là, derrière le rideau.

Le reporter respira plus librement.

Joignant le geste à ces précisions, Edouard venait d'écarter l'un des pans de satin noir et Raoul put voir dans la pénombre la grande malle de la taille d'un sarcophage qu'on avait entreposée, sur laquelle avaient été disposés une sorte de flûte ou de petite clarinette, ainsi qu'un gong de cuivre suspendu à une potence de métal. Les fantômes allaient-ils ce soir donner un concert ?

Raoul se demanda combien de stratagèmes, de pièges, d'artifices, de ruses, destinés à berner les spectateurs pouvait dissimuler ce coffre d'apparence commune, sinon dans ses dimensions.

Le journaliste consulta sa montre : si Jodko tenait parole, il serait là dans vingt minutes. Sinon…

Pour tromper sa nervosité Raoul se retourna vers le salon où Honoré Castellain et son oncle poursuivaient leur palabre ponctuée d'éclats de rires. Baruteau semblait avoir fait la conquête du prétentieux négociant dont il donnait l'impression d'être un ami de longue date et de toute confiance. On parlait vin et le policier était à son affaire. Si bien que la promesse d'une visite au domaine d'*El Harrach* avait déjà été arrachée.

Honoré Castellain « faisait l'article » comme un camelot de rue :

— Pensez-y. Le plaisir sera double : une croisière en Méditerranée et l'agrément d'un périple en Algérie. Vous verrez ce que nous en avons fait, de ce pays de *cabrins*[1]. Je ne parle pas seulement du domaine. Nous avons de quoi vous y traiter comme un pacha, monsieur le Divisionnaire ! Bien entendu, Mme Baruteau sera la bienvenue. À moins que vous ne préfériez une petite escapade en célibataire. Là aussi, nous avons tout ce qu'il faut !

Raoul entendait malgré lui et jetait un regard noir à ce parvenu grossier qui appuyait ses propositions à son oncle de clins d'œil égrillards.

Baruteau jouait admirablement le complice complaisant, désireux de profiter de l'aubaine. Le connaissant, Raoul imaginait quelle somme d'efforts cela représentait pour le policier de se retenir de formuler sa façon de penser à ce mufle persuadé que tout s'achète pourvu qu'on y mette le prix. Le reporter se consola en observant le négociant – à cet instant persuadé d'avoir mis le gros flic pas très futé dans la poche de son habit, alors qu'il se piégeait à sa propre trappe.

La suite du programme allait lui donner amplement raison.

Soudain, une voix au timbre sombre retentit depuis le hall et Stanislas de Jodko fit une entrée remarquée.

---

1. Paresseux, incapables.

Il marchait à grands pas, comme pour compenser son retard. D'un geste dédaigneux, il confia son grand manteau noir et son *huit-reflets*[1] à un domestique qui s'était avancé, et apparut en habit de soirée, avec aux poignets ces dentelles qui dépassaient ses manches de veste et dissimulaient – comme Victor Savournin l'avait expliqué à Raoul – les crochets lui servant à faire léviter la table.

Quelle allure ! se dit le reporter tandis que Jodko avançait vers eux. C'est une tête à jouer les *passe-boules*[2] à la Foire de la Saint-Lazare[3]. Taillée à la serpe, avec ses méplats et ses dépressions, sa chevelure rase et drue, sa mâchoire d'âne, elle eût à coup sûr inspiré le grand Daumier.

Le médium gronda de sa voix de caverne :

— Trop de lumière, trop de lumière ! Malheureux ! Les esprits n'aiment pas ça. Vous voulez donc les chasser ? Vite, baissez-moi ça !

Edouard Castellain, en valet obséquieux, se précipita vers les appliques et manœuvra de sa main valide les molettes contrôlant le débit du gaz. L'obscurité gagna la pièce, si propice aux esprits, mais surtout à ceux qui parlent pour eux…

Jodko, très à l'aise, salua le maître de maison et Eugène Baruteau à qui il dit l'honneur ressenti d'avoir à officier devant un personnage aussi important.

— Je vous sens particulièrement réceptif, monsieur le Divisionnaire.

Baruteau répliqua :

---

1. Chapeau haut de forme.

2. Dans les stands d'adresse, personnage grotesque peint sur du carton ou du bois découpé avec un trou figurant la bouche ouverte par laquelle le joueur devait faire passer des balles ou des boules pour emporter le lot.

3. Chaque année elle se tenait à l'automne sur la plaine Saint-Michel.

— Ne pas être réceptif serait, chez un flic de mon âge, une faute professionnelle, monsieur de Jodko. Je suis toujours réceptif. Et plus on essaie de m'en raconter, plus je le suis.

Honoré Castellain, à tout hasard, ricana en courtisan.

Le médium renchérit :

— Eh bien, nous allons faire en sorte que vous en ayez pour votre argent, monsieur le Divisionnaire.

Il ajouta, au moment où, s'éloignant pour aller saluer Raoul, il se retournait :

— Façon de parler, naturellement !

Stanislas de Jodko semblait avoir troqué l'air sévère peint à demeure sur sa face chevaline et paraissait animé d'une joyeuse excitation. S'il avait été un acteur, on aurait pu dire du médium qu'il cabotinait, ce soir-là. Raoul Signoret se demanda même s'il n'en faisait pas un peu trop...

Jodko cassa sa grande silhouette noire pour baiser la main de la jeune Agathe qu'il appela distraitement Marie-Louise, confondant la mère et la fille, et serra longuement celle qu'Edouard lui tendait comme on demande l'aumône. Le fils Castellain contemplait le médium tel l'adepte d'une secte dévisageant l'initié.

Le maître de séance jugea sans doute avoir tout son monde à sa main, car il ordonna – plus qu'il ne suggéra – que l'on prît place autour de la *table parlante*.

Il désigna à chacun des quatre participants sa chaise, tandis qu'Edouard, assis à l'écart, reprenait son rôle de « secrétaire de séance ».

Contrairement aux soirées précédentes, c'est Honoré Castellain que le médium mit face au rideau noir. Lui-même s'assit sur le côté à la droite du négociant. Raoul Signoret et Eugène Baruteau furent placés côte à côte, face à Castellain. Le reporter étant à gauche, c'est lui qui se trouvait le plus proche d'Agathe Castellain, seule sur son côté, face au médium. Raoul nota avec satisfaction qu'ainsi disposés, son oncle et lui-même avaient vue directe sur Castellain et sa fille, ainsi que sur Jodko lui-même. Aucune de leurs manœuvres ou réactions ne pouvait leur échapper. En revanche – sauf à se retourner, l'oncle et le neveu ne pouvaient pas voir ce qui se passait à partir du rideau noir placé derrière eux. Autrement dit, si un « esprit » se manifestait concrètement en se matérialisant, ils en seraient les derniers informés et devraient ne se fier qu'à ce que les autres participants pourraient voir ou ressentir.

La pièce était plongée à la limite de l'obscurité.

Après avoir appelé l'assistance à un silence total et à faire le vide dans les têtes de façon à se trouver « en état de réceptivité maximum », Stanislas de Jodko fit se former la « chaîne fluidique », dont la jonction de chaque « maillon » – constitué par les deux mains aux doigts écartés posées sur le bord de table avec les pouces joints – se situait au niveau des auriculaires, aux contacts de ceux des voisins immédiats. Raoul sourit intérieurement à la pensée que l'auriculaire de son oncle était directement au contact de celui du médium.

Jodko recommanda à Honoré Castellain de le rejoindre sur le bord du pied du verre renversé, où le négociant et lui-même posèrent leurs index. Un coup d'œil circulaire du maître de séance lui permit de constater que la « chaîne fluidique » était bien constituée et bouclée autour du verre dont les mouvements vers les chiffres et les lettres indiqueraient le sens des messages de l'au-delà qui ne tarderaient pas à apparaître.

Ce qui suivit était devenu familier à Raoul Signoret. Il ne pouvait pas voir la mimique de son oncle, mais sachant à quoi s'en tenir, il devinait que le policier suivait ce cérémonial un rien ridicule avec au coin de la bouche un sourire voltairien.

Après plusieurs minutes d'un silence sépulcral seulement troublé par les craquements du bois des chaises vint la question rituelle que Jodko prononça de sa voix de bronze :

— Esprit, es-tu là ?

Au lieu de la réponse directe attendue sous forme de coup dans la *table parlante*, l'assistance commença à ressentir comme un souffle discret provenant de la direction du rideau. Raoul le sentait passer léger sur sa nuque. Bientôt s'éleva une sorte de mélopée de faible intensité, comme si elle arrivait de très loin. Le journaliste réalisa qu'elle provenait du petit instrument cylindrique brièvement aperçu sur le coffre caché derrière le rideau. Ce n'était pas à proprement parler une mélodie que l'oreille déchiffrait, mais une sorte de monodie lente et lugubre, sur deux notes, qui résonnaient comme une plainte.

La « mise en condition » est particulièrement soignée, nota Raoul Signoret.

Le reporter dont tous les sens étaient aux aguets capta un léger frôlement. Quelqu'un, invisible, se déplaçait près de la table.

Le nain *Bimbo* venait sans doute d'entrer en action.

En effet, on perçut bientôt divers claquements, effets de souffle, tintements de pendules et chocs sur des surfaces vitrées répartis dans tout le salon. Raoul tenta vainement d'apercevoir le lutin farceur qui se chargeait avec tant de conscience du « bruitage ». La combinaison noire dont il était revêtu le rendait invisible.

Dans un murmure à la limite de l'audible, la voix sombre de Stanislas de Jodko indiqua à la tablée :

— Je sens comme une présence autour de nous. Surtout ne bougeons pas. Le moindre geste intempestif, la moindre manifestation inattendue pourraient être interprétés comme une attitude de défiance. Il en faut si peu pour détourner un esprit ! Songez qu'il vit dans un autre monde. Ici, il est en terrain inconnu. C'est à nous de l'accueillir en lui donnant confiance.

La tête du médium se renversa en arrière.

— Esprit ? Qui es-tu ? Viens-tu en ami ? Manifeste-toi de la façon que tu jugeras bonne.

Le silence était palpable.

— Attention, dit Jodko à voix basse. Sans quitter jamais le contact avec la table, allégez le plus possible votre pression sur elle.

Au bout d'une interminable minute, les participants perçurent le déplacement du meuble sous leurs doigts. Autosuggestion ? C'était tellement imperceptible qu'on aurait pu y croire. Bientôt le mouvement fut plus sensible. On entendit les pieds de bois racler le plancher de chêne du salon. Puis, une sorte de mouvement pendulaire s'empara de l'objet inanimé.

Tout à coup, il quitta le sol !

Des quatre pieds, cette fois, et non pas cette simple bascule que Raoul Signoret avait observée lors de la première séance. Comme si on avait posé la table sur un coussin d'air, elle demeura à quelques centimètres du sol, flottant paisiblement. Chacun avait suivi le mouvement, s'efforçant de ne pas l'entraver. Honoré Castellain avait l'air stupéfait, sa fille en extase, Raoul tendu comme un arc. Edouard s'était à demi levé de sa chaise et ne perdait pas une miette de la scène incroyable. Seul Eugène Baruteau conservait une physionomie débonnaire. Il n'avait pas l'air plus étonné que ça !

Stanislas de Jodko parut sortir d'une sorte de transe – en tous cas bien imitée – et intima :

— Esprit, qui que tu sois, manifeste-toi en choisissant celui d'entre nous avec qui tu veux entrer en communication.

La table oscilla encore quelques secondes en l'air et brusquement elle se rua sur Honoré Castellain, le heurtant au niveau du sternum, avec une violence inattendue. Le négociant, surpris par cette attaque imprévue, autant que sidéré par ce qu'il advenait, tenta de se lever de sa chaise en bredouillant :

— Mais qu'est-ce qui…

— Chuuuut, ordonna Jodko qui lui prit le bras pour le faire asseoir.

Il ajouta à mi-voix :

— Vous allez rompre l'enchantement...

Castellain avait sa tête des mauvais jours, celle du patron qui n'entend pas être dominé par un subalterne.

— Mais vous ne croyez tout de même pas que…

— Je vous en prie, dit le médium. Taisez-vous, pour l'amour du ciel ! La chaîne est brisée, il n'est pas sûr que nous puissions aller plus loin.

Le négociant était mauvais joueur. Il fixa le médium d'un air furieux en tentant de nouveau de se mettre debout.

— Ça m'est égal. Si vous tenez à y aller, allez-y sans moi.

Jodko, tout en augmentant sa pression sur le bras du négociant, changea de ton afin de calmer sa colère.

— Monsieur Castellain. Je comprends votre… comment dire ? – émoi. Mais ce début nous promettait une séance exceptionnelle. Ne la gâchez pas, je vous en supplie…

Personne n'y avait porté cas, mais la table était à présent reposée sur ses quatre pieds et ne bougeait plus. Dans son déplacement violent, le verre avait roulé et chu sur le parquet où l'avait rejoint le plateau de bois portant les chiffres et les lettres pyrogravés quand Honoré Castellain avait tenté de se lever. Les participants se regardaient, étonnés, incrédules, ne sachant que penser de ce qu'ils venaient de vivre.

Eugène Baruteau, tournant la tête vers son neveu lui fit un clin d'œil qui fit sourire malgré lui le journaliste.

De mauvais gré, Honoré Castellain s'était rassis, acceptant du bout des lèvres de continuer à participer à ce qu'il avait qualifié entre ses dents de carnaval.

Le calme revint – sinon dans les esprits, au moins dans les corps – et chacun, sur injonction du médium, reprit sa place dans la « chaîne fluidique ».

Pour toute explication, Jodko tenta de justifier l'attitude agressive de « l'entité » :

— Il arrive que les esprits ressentent une sorte d'agression quand nous les convoquons. Il est possible que l'un ou l'une d'entre nous émette des ondes hostiles qui sont captées par eux à notre insu. C'est fréquent, lorsque des participants à une séance comme la nôtre leur refusent toute réalité. C'est un peu comme s'ils voulaient donner une leçon aux incrédules.

À ce compte-là, pensa Raoul, j'aurais dû recevoir la table, le buffet et le lustre en prime sur la tête…

Le médium répandait des paroles apaisantes :

— Laissez-vous aller en confiance. Ne résistez pas. Vous n'êtes pas en danger, je vous l'assure. Et je suis là pour vous protéger, si besoin était.

La séance reprit tant bien que mal. On ramassa le tableau et le verre. Les mains reprirent position, la chaîne fluidique fut rétablie.

— Esprit es-tu toujours avec nous ? demanda la voix sépulcrale de Stanislas de Jodko.

On entendit claquer un coup dans le bois de la table.

— Esprit, quel est ton nom ?

Seul le silence répondit à la demande. Mais bientôt le verre commença à bouger. Très lentement il se dirigea vers la lettre M.

Déjà, Raoul prévoyait la suite : A, puis R et T, H, E.

Le verre lui donna raison.

Marthe.

Voilà que ça recommençait.

Castellain demeurait impassible.

Jodko, qui devait pourtant savoir à quoi s'en tenir, demanda :

— Quelqu'un parmi nous a-t-il connu Marthe ?

La voix du négociant répondit sans émotion apparente :

— Oui, moi. Ma sœur aînée se prénommait Marthe. Elle est morte voici dix ans dans cette maison.

Le médium regarda longuement celui qui venait d'intervenir, puis demanda :

— Esprit, es-tu Marthe Castellain ?

OUI, répondit le verre.

Les respirations étaient suspendues. Les yeux de Baruteau passaient d'un visage à l'autre. Agathe semblait perdue dans un monde inconnu ; Castellain demeurait impénétrable ; le profil penché de Raoul révélait sa tension.

— Marthe, viens-tu en amie ?

Obstinément, le verre se déplaça à neuf reprises pour épeler : V, E, N, G, E, A, N, C, E.

À partir de cet instant, c'est sur le visage d'Honoré Castellain que Raoul Signoret et Eugène Baruteau lurent ce qui se passait dans leur dos. Les yeux du négociant reflétaient tout à la fois l'incrédulité et la frayeur. Il voyait quelque chose qui le remplissait d'épouvante. Le courant d'air soufflant vers la table s'intensifia en même temps que s'élevait une sorte de gémissement étouffé. Une pâle clarté se répandit sur les assistants qui se distinguèrent mieux les uns les autres.

Le verre à pied, qui émettait depuis un instant une faible clarté, fit sursauter l'assistance en se pulvérisant. Une pluie d'éclats se répandit sur le tapis de feutre.

Le négociant et le médium se levèrent de leur siège presque en même temps.

Le journaliste et le policier se retournèrent et ce qu'ils aperçurent à cet instant les fit aussi quitter leur place.

Une forme blanche, drapée dans des voiles, environnée d'une sorte de vapeur rampante venait d'apparaître devant le drap noir sur lequel elle se détachait. Un pan du voile recouvrait sa tête et son front, ne laissant apparaître que la partie inférieure d'un visage blafard à la forte mâchoire. C'était une entité féminine à n'en pas douter.

Plutôt que de se fixer sur l'apparition, Raoul s'attachait à ne rien perdre des réactions du négociant.

Honoré Castellain, sidéré, n'avait pas lâché le dossier de sa chaise et se tenait penché en avant comme s'il avait reçu un coup au creux de l'estomac. Il ne cillait plus, les yeux fixés sur le spectre. On voyait sa bouche s'ouvrir et ses lèvres bouger, mais aucun son n'en sortait. Raoul crut y lire *Mar-the*.

Les assistants étaient figés comme si un sort venait de les changer en statues de sel.

Agathe Castellain n'avait pas bougé et demeurait à sa place, muette, les yeux grands ouverts, la tête tournée vers le « fantôme ».

Imperceptiblement, la forme blanche commença à progresser vers la table. On avait l'impression de la voir glisser sans bruit sur le plancher.

Stanislas de Jodko s'avança vers elle et sa grande ombre cacha un instant l'apparition aux spectateurs toujours figés de surprise.

Le médium ouvrit les bras comme s'il voulait barrer le passage à quelqu'un. On entendit sa voix ordonner :

— Arrière ! N'approche plus ! Retourne dans le royaume des morts !

Son injonction demeurant sans effet, on le vit avancer les mains tendues devant lui comme s'il voulait repousser l'apparition. Au moment où il semblait pouvoir la toucher, une sorte d'arc électrique accompagné par une détonation sèche jaillit du suaire et frappa le médium en pleine poitrine tandis que se répandait une odeur soufrée. Jodko partit en arrière comme sous l'effet d'une force incontrôlable et, avec un cri prolongé accompagnant sa chute, il s'abattit comme un arbre touché par la foudre avec de grands moulinets des bras.

Ce spectacle de grand-guignol fit sortir Agathe Castellain de sa torpeur. Elle sombra dans une crise d'hystérie accompagnée de cris aigus, se mit à courir en tous sens, martelant le plancher de ses talons et prononçant des paroles sans suite.

Personne n'en fit cas, sauf Edouard qui tentait sans succès d'arrêter d'un seul bras la course désordonnée de sa sœur. La jeune fille alla se blottir dans une embrasse encadrant l'une des hautes fenêtres du salon et n'en bougea plus. On entendait ses gémissements convulsifs qui ajoutaient à l'impression produite par cette crise subite.

Pendant ce temps, le spectre pâle avançait toujours lentement vers Honoré Castellain comme frappé d'hébétude. Son bras droit se tendit vers le négociant.

On entendit bientôt monter une voix sifflante qui semblait venir de tous les côtés à la fois :

« Assassin ! Assassin… vengeance ! » disait la bouche d'ombre aux lèvres immobiles.

C'était comme une mélopée lente et lugubre.

Le négociant avait perdu de sa morgue, mais cependant ne voulait pas s'avouer vaincu. Se ressaisissant, il lança à l'ombre blanche :

— Marthe… Que nous chantes-tu là, vieille folle ? Moi, un assassin ? Assassin de qui ? De toi ?

Raoul Signoret n'en revenait pas. Le négociant parlait à un fantôme !

L'émotion fit déraper Castellain :

— Tu sais mieux que personne que tu n'es pas…

Le regard d'Eugène Baruteau posé sur lui arrêta net les mots au bord des lèvres. Le policier s'avança :

— Que doit-elle si bien savoir que ça, votre sœur, monsieur Castellain ?

Le ton sur lequel le négociant répondit au chef de la Sûreté prouva qu'il n'était pas près de se laisser faire.

— Ça vous regarde, vous ?

Baruteau ne se laissa pas impressionner :

— Et pas qu'un peu, monsieur, si vous permettez. Vous allez donc me dire pourquoi vous avez…

Castellain devint menaçant :

— Je n'ai rien à vous dire ! Je suis ici chez moi, vous n'êtes pas en mission et vous n'avez aucun droit de me poser des questions…

La voix de Baruteau, lui coupant la parole, enfla :

— C'est ce que vous croyez, monsieur Castellain ! J'ai tous les droits, grâce à ceci.

Le policier sortit de la poche intérieure de son veston la commission rogatoire délivrée par le juge d'instruction Gatefossé.

Castellain en fureur, hurla :

— Vous allez sortir d'ici immédiatement, ou…

Il se mordit la lèvre.

Baruteau le nargua :

— Ou quoi ? Ou vous appelez la police ? Ne vous donnez pas cette peine elle est devant vous et en bas dans la cour, près du puits. Deux inspecteurs et plusieurs agents sont en faction.

D'un pas nerveux le négociant se dirigea vers un cordon installé près du chambranle d'une porte d'accès au salon et on entendit une clochette tinter au loin. Un domestique apparut. Castellain ordonna :

— Donnez leurs manteaux à ces messieurs.

— Tuuut, tuuut, tuut, modula Baruteau. Un moment. Je crois que vous ne réalisez pas bien la situation. Nous ne partirons pas sans vous. Deux fiacres sont garés dans la rue Saint-Jacques qui n'attendent plus que mon ordre pour prendre le chemin du commissariat central en votre compagnie.

— Je voudrais bien voir ça.

— On s'en occupe, soyez sans crainte.

— De quel droit ?

— Du droit que me donnent ce document et mes fonctions.

Le policier agita la commission rogatoire sous le nez du négociant.

— J'appelle aussitôt mon avocat.

— Ne prenez pas cette peine. Vous appellerez votre avocat quand je vous aurai entendu, pas avant. Pour l'instant, c'est moi le patron.

Aux pieds du policier quelque chose bougea dans l'ombre, au niveau du sol. C'était Stanislas de Jodko. Il semblait s'extraire avec peine de l'état de sidération où l'avait plongé la décharge électrique. Le médium se relevait péniblement sans qu'aucun des autres songe à lui venir en aide.

Personne n'y avait plus prêté cas, mais le fantôme, d'abord immobile et muet près de la table parlante, assistant à l'échange entre les deux hommes comme l'aurait fait un spectateur non concerné, s'était comme dissous.

Raoul Signoret fut tenté d'aller voir derrière le rideau ce qu'il en advenait, mais ce qui se passait devant avait priorité.

Baruteau s'était approché encore du négociant.

— Vous en avez trop dit ou pas assez, monsieur Castellain. Je n'ai pas cessé de vous observer depuis l'apparition du spectre. Vous avez cru à un moment que c'était bien le fantôme de votre sœur qui venait vous demander des comptes. Ne niez pas. Il y a des comportements qui ne trompent pas un vieux briscard dans mon genre.

Castellain protesta :

— Je n'ai rien cru du tout, c'est ridicule ! Vous ne croyez tout de même pas que j'ai marché dans cette pantalonnade, non ?

Baruteau ricana.

— Vous n'y avez pas cru longtemps, j'en conviens. Mais suffisamment tout de même pour que – dans votre trouble – vous laissiez échapper un lapsus : « Tu sais très bien que tu n'es pas »… Vous avez tenté à cet instant de persuader le fantôme qu'il faisait fausse route. C'est idiot, j'en conviens, mais révélateur. « Que tu n'es pas quoi ?… »

Castellain s'était repris :

— Eh bien… « tu n'es pas morte assassinée… » Voilà ce que je voulais dire.

Baruteau secoua la tête :

— Hmm. Bien trouvé. Vous avez des réflexes. Pourtant, je n'y crois guère. Il me suffit de regarder les gens pour savoir s'ils mentent. L'expérience, sans doute. Je ne saurais pas encore vous dire pourquoi, mais ce n'est pas ça que vous avez failli lâcher.

Castellain lança comme un défi :

— Alors c'est quoi, puisque vous avez la science infuse ?

Baruteau éluda :

— Vous finirez bien par me le dire.

— Ça m'étonnerait…

Mine de rien, le policier avait amené le négociant à se justifier en répondant à ses questions. Il ne fallait plus le lâcher.

— Donnez-nous un peu de lumière, ordonna-t-il à la cantonade.

Un domestique et Edouard se chargèrent d'augmenter la flamme des becs de gaz.

Castellain, pensant avoir repris la main, se mit en colère :

— Vous allez me foutre la paix avec ces histoires, vous m'entendez ?

Cette brutalité choqua le policier. Il n'en laissa rien paraître, mais il jura à cet instant de mettre ce butor à genoux.

— Je vous foutrai la paix comme vous dites, quand je serai persuadé que vous n'êtes pour rien dans la mort de votre sœur.

Castellain hurla :

— Mais puisque je vous dis qu'elle est morte de mort naturelle ! Le médecin qui a donné le permis d'inhumer n'a pas hésité un instant. Et j'ai toutes les preuves que ma sœur souffrait depuis longtemps du mal qui l'a emporté.

Avant de continuer, le policier mit en ordre dans

sa tête les paroles qu'il allait prononcer. Il savait que de leur impact dépendraient la suite de l'échange et l'issue de la partie de poker menteur qui s'était engagée. Ou il réussissait à confondre Honoré Castellain, ou ce dernier lui échapperait à jamais avec les conséquences que cela impliquait : dépôt d'une plainte en diffamation, et une autre pour tentative d'escroquerie par le recours à une séance spirite arrangée. On en était à l'instant crucial où le joueur de poker *bluffe* en laissant croire qu'il possède une combinaison imbattable. C'est pourquoi le policier dit à voix lente en détachant les mots :

— Si votre sœur est morte de mort naturelle, à qui appartient donc le squelette retrouvé dans la terre de votre propriété ?

Le cœur du policier s'était mis à battre plus vite.

Pas aussi vite pourtant que celui du négociant.

— Je n'en sais rien. Ça n'a aucun rapport. En tout cas ce n'est pas le sien !

Baruteau sentit une jubilation s'emparer de tout son être. Il en avait des fourmillements dans les extrémités. Castellain venait de s'enferrer tout seul sur la lame qu'il lui tendait.

Pour ne pas précipiter les choses, il dit simplement :

— Qu'est-ce qui vous fait dire ça ? Rien n'empêcherait *a priori* que ce fût le sien.

— Allons donc ! Ça ne peut pas être Marthe, puisque Marthe repose dans notre caveau familial au cimetière Saint-Pierre…

Un coup d'œil ironique du policier lui bloqua de nouveau les mots dans la bouche. Le négociant était trop malin pour ne pas comprendre qu'il avait affaire à plus malin que lui. Le gros chat qu'il ne croyait pas si roué venait de le zébrer de sa griffe redoutable.

Baruteau appuya ses deux grosses mains au bout

de ses bras tendus sur la *table parlante* et regarda le négociant dans les yeux, sans le lâcher une seconde.

— Êtes-vous sûr que votre sœur repose à Saint-Pierre ?

— Quelle question ! Bien sûr, puisque c'est moi qui me suis chargé de ses obsèques.

— Je sais cela. Je sais aussi que Marthe Castellain a été inhumée quatre jours après son décès. On peut en faire des choses pendant quatre jours.

Castellain éclata d'un rire mauvais.

— Vous déraillez, monsieur le Divisionnaire ! Vous allez me dire bientôt que j'ai fait enterrer ma sœur dans le parc de ma propriété ?

— Je n'irai pas jusque-là. Car j'ai encore des vérifications à opérer.

Il fit une pause, puis lâcha sans crier gare :

— Pour l'instant, je n'ai pas vérifié si votre sœur se trouvait bien dans le caveau de famille des Castellain au cimetière Saint-Pierre, allée des Magnolias, carré 28. Mais je compte le faire sans délai. J'ai demandé qu'il soit procédé à une exhumation demain matin. Vous viendrez avec nous. Nous verrons bien si je déraille.

Le négociant avait pâli. Des gouttes de sueur perlaient sur son front dégarni.

— Je saurai vous en empêcher.

Baruteau, balayant l'interruption, poursuivit :

— Ensuite, j'essaierai de comprendre ce qui vous permet d'affirmer que le squelette enfoui dans le parc de votre propriété de Saint-Julien n'est pas celui de votre sœur, puisque que vous ne savez *en principe* pas qui est la morte de *La Mitidja*. À aucun moment, le compte rendu d'autopsie n'a été divulgué. Grâce à vos relations haut placées, vous avez obtenu un non-lieu. On a classé l'affaire avant même de l'avoir examinée.

Or, moi, j'ai besoin de me persuader que vous ne savez vraiment pas à qui appartient ce squelette. Et que vous n'avez pas permis qu'on l'ensevelisse chez vous…

Castellain se défendait bec et ongles :

— Et puis quoi ? Puisqu'on vous a dit sur tous les tons que tout le monde pouvait entrer dans le parc par la brèche du mur écroulé.

— Il y a des moments où j'ai l'oreille dure, monsieur Castellain. En tout cas, nous allons être appelés à nous revoir. Souvent. Car j'ai un furieux besoin d'approfondir cette conversation. Savez-vous que nous avons reçu plusieurs lettres anonymes qui ont de bonnes chances d'avoir été rédigées sous ce toit ? Elles vous accusent d'avoir assassiné votre sœur pour n'avoir pas à partager l'héritage de votre père ! Savez-vous que le dernier message qui y fasse allusion a été écrit ici même ? La semaine dernière ? Sur cette table ? Votre famille elle-même vous dénonce comme un assassin.

— Qu'est-ce que vous racontez ?

Raoul qui ne perdait pas une miette de l'échange tendu entre son oncle et le négociant vit du coin de l'œil quelque chose se déplacer sur sa droite. Sans tourner la tête, il aperçut une silhouette sombre se diriger lentement vers la porte du salon qui donnait sur le hall d'entrée.

— Edouard, reste avec nous ! cria le journaliste.

Toutes les têtes se tournèrent vers Edouard Castellain qui se figea sur place, les yeux fous. Sa figure reflétait une peur panique.

— Inutile d'essayer de nous fausser compagnie, monsieur, dit Baruteau. Les deux inspecteur postés dans la cour vous en dissuaderaient. D'ailleurs, j'ai aussi à vous poser quelques questions.

Alors qu'il semblait s'être résigné à attendre son tour,

on vit Edouard Castellain faire une chose à laquelle personne ne s'attendait. En quelques enjambées rapides, inattendues chez un être habituellement apathique et balourd, on le vit se précipiter vers une des croisées, ouvrir les lourds rideaux qui les aveuglaient, et, manœuvrant la crémone, écarter d'un geste brusque les deux battants de la fenêtre. Il s'apprêtait à enjamber l'appui.

En trois foulées Raoul Signoret était sur lui et l'empoignait à bras-le-corps, tentant de le soulever de terre afin de le priver de point d'ancrage. Mais l'infirme – était-ce la panique ? – se débattait comme un forcené. Le corps à corps était furieux, ponctué des cris d'Edouard Castellain : « Lâche-moi ! Lâche-moi ! »

Sur le plancher ciré les chaussures de cuir du journaliste glissaient, ne lui permettant pas d'exercer toute sa force de traction contre un homme, certes moins fort que lui, mais dont le désarroi décuplait la vigueur. Le pied gauche du journaliste se déroba tandis que le fils Castellain rassemblait ses dernières forces pour se jeter en arrière.

Horrifiés, les spectateurs de l'incroyable scène virent alors les deux corps toujours enlacés basculer en même temps dans le vide !

On entendit jaillir deux cris d'horreur mêlant les voix d'un homme et d'une femme appelant le même prénom aimé qui retentit comme une plainte lugubre :

— RAAAAAAAAOUOUOUOUL ! ! !

Le première de ces voix était celle d'Eugène Baruteau.

La seconde appartenait au « fantôme » dont la silhouette blanche surgie de derrière le rideau se précipitait vers le gouffre sombre de la fenêtre grande ouverte sur la nuit.

25.

Où notre héros, lancé à la poursuite d'un coupable en fuite, choisit la voie des airs en passant encore par la fenêtre

— Il n'a rien, monsieur le Divisionnaire ! Il est vivant ! Ne vous inquiétez pas ! Il est juste un peu abasourdi !

Les mains en porte-voix devant la bouche, l'inspecteur Odilon Pécharmant rassurait son chef dont la grosse bouille ronde et blême venait d'apparaître à la fenêtre du premier étage. Le policier se penchait, cramponné à la rambarde pour scruter la nuit, craignant d'y découvrir l'horreur de deux corps disloqués liés dans la mort.

À côté d'Eugène Baruteau, flageolant sur ses jambes venait d'apparaître le buste blanc du « fantôme » qui se mangeait les poings d'angoisse.

Tous deux poussèrent un soupir de soulagement et tombèrent dans les bras l'un de l'autre en voyant Raoul Signoret se soulever, aidé par deux agents qui l'avaient pris chacun sous une aisselle. Certes, le journaliste était étourdi – on l'eût été à moins – mais il se tenait sur ses deux jambes, même si elles n'avaient pas encore recouvré toute leur vigueur.

Raoul, grimaçant, leva la tête vers le carré de

lumière et lança en direction des deux silhouettes qui s'y encadraient un baiser de la main.

Dans la chute où il venait d'être entraîné, le reporter avait eu une chance inouïe. Amarré au corps du fils Castellain, qui l'avait entraîné dans sa dégringolade, il avait lâché prise, par réflexe, au moment où le corps du malheureux percutait – occiput en premier – le pavé de la cour. Si bien que la carcasse grassouillette d'Edouard avait fait office d'amortisseur. Raoul lui devait la vie, n'ayant à déplorer qu'une grosse frayeur.

— Et l'autre ? s'inquiéta Baruteau.

En guise de réponse, l'inspecteur eut le geste éloquent – pouce vers le bas – de l'*Imperator* quand, dans l'arène, il refusait la vie sauve au gladiateur blessé.

Sous la tête éclatée d'Edouard Castellain, qui avait frappé le pavé avec un bruit sec de calebasse, une tache sombre s'étalait. Il gisait dans une posture démantibulée, une jambe repliée sous lui, les bras en croix. La mort avait été instantanée.

Raoul Signoret contemplait navré la dépouille de son ex-ami d'enfance, sans bien réaliser encore quelle chance il lui devait. Tout s'était passé si vite…

À la fenêtre, le « fantôme » était en proie à une crise nerveuse et pleurait sans retenue, la tête sur la poitrine d'Eugène Baruteau qui soutenait le spectre blême en lui prodiguant des paroles de réconfort.

Le reporter entendit une voix de femme dire :

— Ce garçon me fera mourir avant l'âge, mon oncle !

La fenêtre de droite s'ouvrit à son tour et le buste d'Honoré Castellain s'y profila. En voyant le cadavre de son fils gisant sur le pavé maculé de son sang, le négociant jeta en guise d'épitaphe avant de se retirer :

— Manquait plus que ça…

— Je monte ! cria Raoul qui reprenait ses forces et ses esprits.

L'inspecteur Pécharmant escorta le journaliste par précaution.

Au moment où tous deux pénétraient dans le salon Eugène Baruteau était en cordiale conversation avec Stanislas de Jodko.

En apercevant le journaliste, le fantôme, dont les jambes tremblaient encore d'émotion, entama une course zigzagante vers lui et se jeta dans ses bras. On l'entendit prononcer ces paroles inhabituelles chez un spectre :

— Mon amour ! Tu es là, je ne rêve pas ? C'est bien vrai ? J'ai eu la peur de ma vie...

Raoul serrait Cécile dans ses bras à l'étouffer. Les mots étaient de trop. Ils demeurèrent ainsi enlacés, étrangers au monde et aux autres.

Rassuré sur le sort de son neveu bien-aimé, le policier avait retrouvé sa faconde et complimentait le médium :

— Dis donc, tu y as mis le paquet, toi. J'ai bien failli y croire !

— Il fallait ça, répondait l'autre, qui retirait sa perruque de cheveux ras laissant apparaître l'abondante tignasse blanche de l'illusionniste Victor Savournin.

Il désigna Honoré Castellain assis accablé sur une chaise, qui paraissait sans réactions.

— Monsieur est un dur à cuire. Il fallait le déstabiliser.

Baruteau jubilait :

— Sur le plan du maquillage, ta femme est une artiste. Ils n'y ont vu que du feu. Mais quand l'étincelle a jailli, j'ai bien cru que quelque chose avait foiré.

Savournin joua l'offusqué.

— Foirer, moi ? Félicité par toutes les cours d'Europe pendant quarante ans ? Mesure tes paroles.

L'illusionniste, tout en se démaquillant, contemplait le négociant abattu.

— Toujours le bon vieux principe du détournement d'attention et de la vitesse d'exécution, expliqua-t-il. Il ne fallait pas laisser le monsieur reprendre ses esprits. Si je m'étais contenté de faire apparaître le fantôme sans que rien vienne le distraire, il pouvait avoir le temps de se rendre compte de la supercherie. Mais en me faisant électrocuter sous ses yeux, je provoquais une émotion supplémentaire, propice à la lui faire avaler. La preuve : il s'est mis à engueuler le fantôme comme s'il croyait à sa réalité !

Baruteau ne put s'empêcher de rire de la bonne blague.

À cet instant la tête souriante de Simone Savournin parut par l'entrebâillement du rideau. C'était elle – reprenant avec enthousiasme et savoir-faire le rôle d'assistante de son magicien de mari – qui avait organisé et minuté le « spectacle » offert aux Castellain. Elle aussi qui avait transformé Cécile Signoret en spectre vraisemblable et assuré le bruitage du numéro d'illusion.

Simone Savournin s'avança, tenant la main d'une petite fille sanglée dans un justaucorps noir qui la faisait ressembler à une minuscule souris d'hôtel. Elle avait ôté sa cagoule et arborait un sourire radieux. Pour la première fois de sa jeune vie, elle avait participé à part entière à une enquête à laquelle ses parents étaient mêlés. Adèle Signoret – neuf ans – avait parfaitement tenu son rôle d'acolyte des esprits, chargé de mettre les participants en condition par diverses interventions sonores et acoustiques et recevait les compliments du chef de la Sûreté ! Côté excitation, ça dépassait l'impression produite par le dromadaire à l'Exposition coloniale ! Sauf que là, elle ne pourrait pas en parler à ses camarades de classe. Elle avait juré le secret.

Par bonheur, cachée derrière le rideau noir, elle n'avait rien vu de la chute de son papa dans le vide. Elle se précipita, joyeuse, vers ses parents, toujours enlacés, qui se regardaient comme au premier jour de leur rencontre.

Après cette rafale d'émotions capitales, le soulagement avait fait oublier un instant la gravité de l'heure. On comptait un cadavre de plus dans la famille Castellain. Pour quelle raison majeure Edouard, le fils mal aimé, s'était-il ainsi défenestré ? Quelle culpabilité, quelle faute grave taraudait-elle l'infirme au point qu'il décide brusquement de mettre fin à ses jours de si dramatique façon ? Était-ce la crainte de se voir démasqué comme étant le corbeau qui avait dénoncé son père, ou y avait-il une autre chose encore connue de lui seul ?

Baruteau fut le premier à reprendre pied dans les soucis de l'heure.

Il jeta un coup d'œil dans la cour. Les sergents de ville avaient apporté un brancard sur lequel ils chargeaient le corps disloqué du fils Castellain. Le policier s'approcha du père, toujours prostré. Il paraissait déconnecté de la réalité. Mais il importait à présent de ne pas lui laisser le temps de se ressaisir, d'organiser sa défense. Le moment des explications était venu. Le Divisionnaire posa sa main sur l'épaule du négociant.

— Monsieur Castellain, il faut y aller. Faites-vous apporter quelques affaires indispensables et vous allez nous suivre.

Honoré Castellain releva la tête et regarda Baruteau

comme s'il découvrait à peine sa présence. Avait-il réellement éprouvé un tel choc qu'il ne parvenait pas à se ressaisir, ou feignait-il l'accablement pour éviter les questions gênantes ?

Il quitta sa chaise et dit d'une voix atone, montrant sa tenue de soirée :

— Je vais vous suivre. Permettez-moi seulement de monter me changer. Ma chambre est au-dessus.

Baruteau héla un inspecteur par la fenêtre.

— Un de mes adjoints va vous accompagner.

Un masque de contrariété et de dépit se peignit sur le visage du négociant. Il lança, offusqué :

— Tout de même… Vous n'avez pas confiance ?

— Ma profession me l'interdit par écrit, monsieur Castellain. J'ai assez d'un mort sur les bras pour ce soir.

— Ah ? parce que vous croyez que…

Le négociant éclata d'un rire fou :

— Alors, là, ça m'étonnerait, Baruteau !

Puis, Honoré Castellain se lança dans une violente diatribe contre son fils, qu'il traita de lâche, de minable, de dégonflé. Il se déclara persuadé qu'Edouard avait mis fin à ses jours uniquement pour lui nuire. C'était obscène. Indigne d'un homme. Baruteau ne cachait pas l'air de dégoût avec lequel il suivait l'agressivité verbale de ce père sans entrailles, qui maudissait son fils et lui refusait le pardon à l'heure où l'oubli des rancœurs eût été de mise. Le policier ne put en supporter davantage.

— Ça suffit comme ça, monsieur Castellain. Allez vous préparer et ne nous faites pas attendre ! Pécharmant, accompagnez-le.

L'inspecteur prit Castellain par le bras et tous deux quittèrent le salon, tandis que le couple de magiciens remettait un peu d'ordre dans les meubles bousculés et commençait à ranger les divers accessoires utilisés pour entretenir l'illusion. L'appareil photo, notamment, semblait n'avoir tenu aucun rôle, mais était en vérité une machine truquée. Elle avait servi à produire le souffle pour agiter les rideaux, la fausse fumée enveloppant le spectre et la clarté opaline qui avait tiré de l'obscurité les participants.

L'air soucieux de Baruteau s'effaça lorsque ses yeux tombèrent sur le tableau touchant du trio Signoret qui traversait le salon, Adèle jouant le trait d'union en tenant chacun de ses parents par la main. Mais le policier n'eut guère le temps de s'attendrir. Des bruits de pas précipités, des cris et une porte claquée avec violence lui parvinrent depuis l'escalier conduisant au second étage. Une poignée de secondes plus tard l'inspecteur Pécharmant apparaissait avec l'air d'un grand gosse pris en faute et il expliqua l'air piteux à son chef :

— Je suis désolé, monsieur le Divisionnaire, comme nous arrivions sur le palier, Castellain m'a bousculé d'un coup d'épaule et il s'est enfermé avant que j'aie pu interv…

Le double affût du regard noir de Baruteau le fusilla sur place. On entendit le Divisionnaire gronder, parlant du négociant :

— Celui-là, s'il voulait aggraver son cas, il a réussi !

Dans son trouble, Pécharmant prit ça pour lui, ce qui n'arrangea guère l'état de son ulcère d'estomac :

— Mais monsieur le Divisionnaire, je ne pouvais pas me douter que…

Baruteau hurla :

— Ah, foutez-moi la paix, vous, avec vos jérémiades ! C'est pas de vous que je cause. Votre tour viendra. Pour l'instant, appelez du renfort et allez me déloger cet excité, là-haut, incapable ! Et fissa, avant qu'il se tire une balle dans le citron !

L'inspecteur ne se le fit pas dire deux fois. Il appela à la garde par la fenêtre restée ouverte. On entendit les godillots des sergents de ville marteler les marches de chêne de l'escalier et tous se ruèrent vers le deuxième étage. Baruteau leur emboîta le pas.

Des domestiques, valets et femmes de chambre, attirés par le raffut, venaient d'apparaître et on devinait à leur air intéressé qu'ils n'entendaient pas perdre une miette du spectacle qui s'annonçait. Les moins timorés s'avançaient et commençaient à poser des questions aux Savournin et à Cécile, démaquillée, qui – venant de troquer son suaire pour une tenue de ville – sortait des « coulisses » formées par le rideau noir tendu dans l'angle du salon.

On entendait la voix sonore de Baruteau donner des ordres et exhorter le négociant à venir à résipiscence.

— Ne faites pas l'idiot, Castellain ! Sortez de là et j'en tiendrai compte. Ne m'obligez pas à faire enfoncer la porte.

Aux coups frappés répondait la voix du négociant étouffée par l'épaisseur du bois. Il était impossible de deviner le sens de sa réponse.

Raoul Signoret s'était avancé vers le majordome préposé aux rafraîchissements devenus inutiles. Celui-ci n'avait toujours pas bougé de son poste, et s'était fait oublier pour mieux profiter des moments d'exception dont il venait d'être le spectateur privilégié. Ils allaient lui donner des sujets de conversation pour sa vie entière. Peut-être même pour celle d'après. À condition, bien sûr, d'intégrer de temps en temps son *corps fluidique*.

Dans le tumulte ambiant, personne n'entendit ce que le reporter dit à l'oreille du domestique, mais on les vit faire tous deux des gestes qui montraient le plafond, désignaient l'escalier de service, et l'on vit le journaliste mimer l'attitude d'un homme suspendu par les mains. Les deux hommes quittèrent précipitamment le salon par une entrée de service et gagnèrent la cour.

Pendant ce temps, le dialogue de sourds se poursuivait dans l'escalier. Cécile était venue aux nouvelles.

— Il ne veut rien savoir cette tête de mule. Il beugle que nous ne l'aurons pas vivant si nous ne quittons pas l'hôtel immédiatement. Il prétend être armé. C'est peut-être du bluff, mais sait-on jamais ?

Baruteau, homme de décision, pour une fois paraissait embarrassé.

Ce qu'il advint alors, les assaillants ne purent le suivre qu'à travers la porte par les bruits qui en filtrèrent.

Ils entendirent tout d'abord un grand craquement de bois brisé par un choc violent, accompagné d'une pluie de verre pulvérisé. Puis un coup de feu éclata, suivi par le bruit étouffé d'une lutte farouche. On se battait là, à quelques centimètres derrière la porte, ce qui interdisait à Baruteau de faire détruire la serrure par un coup de revolver à bout portant. Les policiers se replièrent dans l'escalier.

On perçut enfin un coup bref et sec, comme la percussion violente d'un objet dur contre de la chair.

Et puis plus rien.

Le visage du chef de la Sûreté était blanc comme sa chemise quand Cécile lui dit avec la gorge nouée :

— J'ai vu partir Raoul comme un fou vers l'étage, pourvu que…

Baruteau cria à travers la porte.

— Raoul ! Tu es là ? C'est toi qui ?..

Quelques mortelles secondes s'égrenèrent.

Puis on vit le bec de cane s'abaisser et le panneau de la porte tourner sur ses gonds. La tête souriante de Raoul Signoret apparut, au soulagement étonné de son oncle. Le reporter était un peu essoufflé, mais intact. Excepté une petite coupure au-dessus du sourcil droit qui saignotait. Baruteau roulait des yeux ronds.

— D'où tu arrives, toi ? Je te laisse en bas dans le salon et tu sors de la chambre du deuxième ? Tu es passé par la fenêtre ?

— Vous ne croyez pas si bien dire, mon oncle. Demandez à notre ami, là, il n'en est pas encore revenu.

Baruteau se tourna vers Cécile :

— Ce garçon m'étonnera toujours. Au lieu d'entrer et sortir par les portes comme tout le monde, il passe par les fenêtres. À l'aller comme au retour.

Raoul ouvrit la porte en grand et les policiers aperçurent un corps allongé dans la position du crucifié descendu de sa croix. Honoré Castellain ne criait plus, ne menaçait plus, pour une raison majeure : une magistrale savate reçue en pleine face l'avait expédié franco de port dans les alléluias. Un petit browning gisait sur le tapis à proximité de sa main droite.

Les policiers envahirent la pièce.

— C'est sur toi qu'il a tiré ?

— Oui, mais comme vous le constatez, il m'a raté. Il n'a pas eu le temps de m'ajuster.

— Oh, l'enfoiré !

Baruteau n'avait pas pu se retenir. Il se reprit.

— Remarque, puisqu'il t'a manqué, je ne suis pas mécontent qu'il se soit servi de son *rabatin*. Tentative d'homicide, ça va peser dans la balance en notre faveur. Parce que, pour ne rien te cacher, je serrais un peu les fesses après le tour que nous lui avons joué avec le fantôme. Je n'avais que des présomptions et guère de preuves. Avec un bon avocat, il pouvait nous faire des ennuis graves. Maintenant, j'ai du biscuit pour la route. S'il veut faire le mariolle, il trouvera à qui parler.

Le policier se pencha longuement sur le gisant dont la partie droite du visage témoignait de l'efficacité de la boxe française pour le retour au calme des plus excités. Il regarda son neveu avec un mélange de fierté et de tendresse.

— Mais, dis-moi… Comment tu t'es débrouillé ?

Raoul sourit et alla jusqu'à la croisée de la fenêtre pulvérisée.

— Je suis passé par là.

— Oui, je m'en doute. Tu as trouvé une échelle ?

— Non, tel le Père Noël, je suis descendu par la cheminée. Ou presque.

Raoul se saisit d'une corde qui pendait sur le côté gauche de l'encadrement et la hala. On entendit un bruit de cloche fêlée quand le seau métallique qui y était suspendu racla les pierres du mur. Le reporter expliqua :

— J'avais repéré la position de la cheminée du salon, qui jouxte la fenêtre. Je me suis dit que le canon d'évacuation des fumées devait logiquement filer en droite ligne jusqu'au toit. Je pensais m'accrocher à la gouttière et surprendre Castellain à revers. Coup de chance, sa chambre se situe pile au-dessus, car elle bénéficie du même canon de cheminée. S'il s'était réfugié dans une autre pièce, je n'aurais pas pu l'atteindre aussi rapidement. J'ai demandé à un domestique où je pouvais me procurer une corde pour l'attacher sur le toit. Le temps pressait, j'ai pris celle du puits dans la cour, seau compris. C'est quand je me suis trouvé pratiquement à l'aplomb de la fenêtre éclairée que j'ai réalisé le parti que je pouvais tirer de ma corde de puits. Je l'ai laissée descendre à la hauteur de la fenêtre, j'ai attaché l'autre bout à la maçonnerie de la cheminée, je suis descendu à mon tour et j'ai mis un pied dans le seau. Avec ma jambe libre j'ai pris appui sur le mur pour m'écarter le plus loin possible de la façade. Quand le mouvement de pendule m'y a ramené, j'ai mis mes deux pieds dans le seau, j'ai mis mes jambes à l'équerre et j'ai défoncé la fenêtre comme avec un bélier !

Baruteau écoutait ravi, tel le roi Arthur ayant ouï les exploits de Lancelot du Lac.

— Sacré Raoul ! Tu m'enlèves dix ans de vie chaque fois, mais je ne me serai jamais ennuyé avec toi !

Les deux complices se retrouvaient une fois de plus unis et proches de la victoire.

C'est tout juste si le sort d'Honoré Castellain n'était pas passé au second plan.

Le conscience professionnelle du policier reprit bientôt le dessus.

— Embarquons monsieur avant qu'il ne se réveille et ameute les populations.

Le chef de la Sûreté donna ses ordres. Interpellant Pécharmant, qui était dans ses petits souliers, il lui cria :

— Cocher ! Direction la salle des consignés de l'hôpital de La Conception. Nous allons y tenir ce zigoto au frais en attendant de pouvoir l'interroger.

Puis à son neveu :

— À condition que ta savate ne lui ait pas ôté la mémoire.

Puis il ajouta, machiavélique, d'une voix faussement mielleuse à l'attention de l'inspecteur Pécharmant :

— Quant à nous deux, nous aurons un petit tête-à-tête demain matin dans mon bureau.

Un second brancard venait d'être amené sur lequel fut placé le corps inconscient d'Honoré Castellain.

C'est alors, alors seulement, qu'Eugène Baruteau et Raoul Signoret prirent le temps d'examiner les lieux et leur décor. Ils n'en revinrent pas. C'était une sorte de garçonnière pour obsédé sexuel. Aux murs des gravures licencieuses ne laissaient rien ignorer des charmes et de la souplesse dorsale de créatures dévêtues se livrant à d'acrobatiques ébats laissant loin derrière ceux réservés d'ordinaire aux estampes japonaises que les marins « importaient » en masse à Marseille. Des objets de forme phallique, des biscuits et de petits bronzes détaillant les ébats de faunes particulièrement gâtés par la nature avec des nymphes ravies à tous les sens du terme décoraient les dessus de meubles. Des miroirs étaient disposés de façon à se renvoyer les images sous divers angles. Il y en avait jusqu'au plafond au-dessus d'un lit largement dimensionné. On voyait même l'agrandissement d'une plaque photographique comme on pouvait en trouver sur les murs des bordels du quartier réservé – où probablement on les réalisait à l'intention des amateurs – représentant un hercule debout, en tenue d'Adam, qui avait conservé ses supports-chaussettes pour empaler le bas des reins d'une dame callipyge qui avait oublié d'ôter son chapeau à plumes.

— Eh bien dis donc, s'exclama le chef de la Sûreté, monsieur m'avait tout l'air de ne penser qu'à ça. Comment sa sainte femme prenait-elle la chose ?

La réponse lui fut fournie de manière inattendue.

Au moment où, quittant le « nid d'amour » d'Honoré Castellain, ils arrivaient sur le palier, ils se heurtèrent à sa fille Agathe, échevelée, livide, qui leur barrait le passage avec sur le visage un masque de démence. Raoul ignorait jusqu'à la tonalité de sa voix. Elle n'avait pratiquement pas manifesté jusqu'ici la moindre réaction aux événements qu'elle semblait vivre en étrangère, et voilà qu'elle s'exprimait à présent avec une véhémence imprévue. Elle apostropha les deux hommes sidérés d'un timbre rauque :

— Alors ? vous réalisez maintenant qui est Honoré Castellain ? Vous prenez enfin conscience de ce que ce monstre nous impose jusque sous le toit familial ? C'est dans cette bauge de luxe qu'il se vautre en compagnie de créatures qu'il ramène ici, pêchées dans les bouges du port, pour forniquer à quelques mètres à peine de notre mère !! Pauvre maman, si bonne, si généreuse, et risée de tout Marseille.

Plus elle criait, plus elle semblait prendre des forces :

— Edouard a bien fait de le dénoncer. Il ne mérite même pas la lame qui lui tranchera le cou.

Elle cherchait ses mots en même temps que son souffle :

— Ah, que ne l'avez-vous laissé se tirer une balle dans la tête ? J'aurais le plaisir de le savoir en train de griller en enfer à l'heure qu'il est !

L'oncle et le neveu, abasourdis, regardaient la furie sans mot dire.

Une femme de chambre était accourue à la voix de sa maîtresse. La brave domestique tentait de ramener la demoiselle à la raison :

— Mademoiselle, calmez-vous, je vous en supplie. Vous vous faites du mal. Ces messieurs sont là pour s'occuper de monsieur votre père. Il ne vous fera plus souffrir, à présent.

Agathe, cramponnée à la rampe, telle la Pythie délivrant aux mortels les avertissements du dieu, poursuivait ses vociférations, comme perdue dans un monde inaccessible :

— Le soir même de la mort de ma tante Marthe, dont la dépouille reposait dans la pièce à côté, il forniquait avec une de ces filles publiques ramenées des bas-fonds de Marseille, dont il faisait son ordinaire. Plus elles étaient vulgaires et plus il semblait y trouver son content. Ah, Edouard a bien fait de faire ce qu'il a fait ! Pauvre Edouard !… Comme je le plains…

Elle éclata en sanglots convulsifs en s'abandonnant aux bras de sa femme de chambre affolée.

Elle se laissa emmener, non sans avoir jeté comme une menace cette phrase sibylline :

— S'il ne l'avait pas fait, c'est moi qui m'en serais chargée !

Eugène Baruteau, ôtant son chapeau s'épongea le front avec un grand mouchoir blanc. Il échangea avec Raoul un coup d'œil éloquent :

— Putain de famille !…

Redescendant, ils croisèrent Cécile et Adèle qui, n'entendant plus rien, venaient aux nouvelles.

— Peut-on considérer notre petite sauterie comme terminée ? demanda la jeune femme.

— On peut, répondit Baruteau : dans cette maison, il ne semble plus y avoir grand-monde à défenestrer ou à faire enfermer à l'extrémité du boulevard Baille[1]. Je crois qu'on peut y aller.

— Pas trop tôt, dit Cécile en désignant sa fille. J'ai

1. Siège de l'Asile d'aliénés (à l'emplacement de l'actuel C.H.U. La Timone).

là une demoiselle qui se débat avec le marchand de sable depuis un moment. C'est bien beau tout ça, mais demain *nous* avons composition de calcul. Il *nous* faut une tête fraîche.

Elle ajouta en contemplant le champ de bataille :

— Finie la rigolade !

26.

Où Eugène Baruteau suggère à notre héros, grâce à un article de journal, de « pêcher plus au large » en suscitant de nouveaux témoignages

— Mon cher neveu, es-tu bien assis ?

Quand pareille question était posée au téléphone par Eugène Baruteau, Raoul Signoret devait s'attendre à l'arrivée imminente d'une nouvelle stupéfiante.

— Mon cher oncle je suis à mon bureau, j'ai enfilé mes manchettes de lustrine afin de ne pas maculer d'encre ma belle chemise blanche et je rédige à la plume *sergent-major* l'article exclusif consacré à l'affaire du fantôme de la rue Saint-Jacques. Celle qui va faire demain dès l'aube l'effet d'une bombe dans l'opinion marseillaise et renforcer le teint jaunâtre de mes chers confrères et concurrents.

Le policier apprécia :

— Me voilà donc rassuré : tu ne risques donc pas de tomber sur le cul. Mais, par précaution, accroche-toi aux accoudoirs, car le sommet de ton crâne pourrait heurter le plafond de la salle de rédaction quand je t'aurai révélé ce qui m'amène.

— Faut-il aussi que je me sangle sur mon siège ?

Baruteau ricana :

— Je craindrais que sous le coup de l'étonnement tu ne t'étrangles avec la courroie.

Le jeu habituel à l'oncle et au neveu, dans les moments d'excitation où les conduisaient leurs enquêtes, se poursuivit sur le même ton :

— Mon cher oncle, le secret dont je vous sens prêt à vous débarrasser vous brûle les lèvres. Il est bien trop lourd pour vos seules épaules. Je pourrais vous en soulager en le partageant avec vous.

— Un instant, je *me* le garde encore un peu.

— Vous faites, comme on dit chez nous, *« la galline*[1] *»*. Ce qui ne sied guère à la majesté de votre fonction. Auriez-vous décidé d'attendre que je sois desséché sur pied pour passer aux aveux ?

Raoul entendit le rire sonore de Baruteau. Il savait que le chef de la Sûreté marseillaise avait le don de « faire mijoter le client ».

— Bon, répliqua l'oncle, puisque tu insistes, je vais tout te dire. Mais c'est bien pour te faire plaisir, tu ne le mérites pas.

Quelques secondes de silence précédèrent les confidences du policier. Cela afin qu'elles prennent tout leur relief.

— Alors, écoute bien. Nous avons fait procéder hier à l'exhumation du cercueil de feu Marthe Castellain. Devinerais-tu ce que nous avons trouvé à l'intérieur ?

Reprenant le ton qu'il avait lorsque, enfant il jouait avec son oncle « aux portraits », Raoul Signoret s'écria :

— Ne me dites rien : animal ou végétal ?

Baruteau, sibyllin, répondit en riant :

— Ni l'un ni l'autre.

---

1. En provençal, la galline, c'est la poule. Ici, cela équivaut à « faire la coquette ».

— Diable ! Alors, attendez, avec cette famille de fondus tout est possible. Un lot de cinq cents dénoyauteurs à olives ? Des caisses de vin cuit de Palette pour Noël ? Trois services à thé chinois de vingt-quatre pièces ?

— Tu gèles.

— Alors, une *Motosacoche*[1] à monter soi-même ?

— Je n'aurais pas été plus étonné de l'y découvrir que je ne le fus quand mes adjoints me communiquèrent leur rapport. Le voici dans toute sa froideur administrative : cinquante-deux kilos de sable et de graviers en sacs.

— Quoi ! ?

Baruteau continua sur le même ton détaché :

— Soit le poids approximatif d'un corps humain femelle avant décomposition.

Raoul, pince-sans-rire, demanda :

— Les sacs portaient-ils par hasard la raison sociale de l'entreprise Botazzi, carrier à Fondacle ?

— Ça serait trop beau, quoique pas impossible. On va se renseigner. Cela dit, ce nouvel avatar n'est pas fait pour arranger l'état de mes méninges. À la place de Marthe Castellain on a enterré des sacs de sable. Où est-elle passée, celle-là ? Je deviens chèvre avec cette histoire. Entre toi – qui me fais prendre des *estoumagades*[2] chaque fois que tu te mêles d'une enquête – et cette famille de *jobastres* qui me sort des pochettes-surprises chaque fois que je leur pose une question, comment veux-tu que je ne devienne pas *momo*[3] avant l'âge ?

---

1. Nom d'une firme marseillaise qui transformait les bicyclettes en vélomoteurs.

2. Émotion violente qui vous retourne l'estomac.

3. Autre façon marseillaise de dire « gaga ». (Cf. « Artaud-le-Momo ».)

— Demandez donc à notre ami Honoré où il a pu bien mettre le corps de sa grande sœur. Il doit bien avoir une idée sur la question, lui.

Baruteau grogna :

— Pour l'instant, il nous joue le rôle de l'amnésique. Le temps sans doute de préparer son système de défense. C'est tout juste s'il se souvient de son nom. Il se plaint de maux de tête violents depuis qu'un sauvage l'a agressé chez lui, alors qu'il se préparait à aller se coucher, bref, il va nous faire languir.

— Et sainte Marie-Louise de Castellain ?

— La pauvre femme a appris en même temps la mort de son fils et l'embastillage de son mari, ça fait beaucoup pour une seule. On la laisse donc enterrer Edouard. On reviendra après. D'autant plus qu'elle n'a pas l'air de savoir grand-chose de la vraie vie de son mari. À voir le *mourre* de six pans de long[1] qu'elle tirait quand elle est entrée dans son « nid d'amour », on voyait bien que c'était la première fois. Ou alors, c'est une sacrée comédienne.

— Je reprendrai vos propres paroles, mon cher oncle : *« Méfions-nous de l'eau qui dort. »* Et à propos : *quid* de la gente damoiselle qui vouait l'autre soir son géniteur aux flammes éternelles. Vous vous souvenez de *« si Edouard ne l'avait pas fait, c'est moi qui m'en serais chargée ! »*.

— Je n'ai pas oublié, t'inquiète. Nous commençons doucement à cuisiner la poulette. Mais on y va mollo. Le docteur de famille l'a fait placer dans une maison de repos et ordonne que nous ne pointions nos chaussures à clous dans sa chambre qu'à dose homéopathique.

1. Faire la tête. *Le mourre*, c'est le museau en provençal.

Baruteau eut une bouffée de colère :

— Pute borgne ! On ne nous facilite pas la tâche ! En attendant mieux, nous remettons sur la broche la veuve Botazzi. Les sacs de sable ont opéré chez moi le même rapprochement que chez toi : y aurait-il un lien entre la mort du carrier et le squelette de *La Mitidja* ?

Raoul ne laissa pas passer la réflexion du policier et l'asticota :

— Qu'entends-je ? Un rapprochement entre les deux affaires ? Aaaaaahhh ! Je vois poindre sur le ciel pâle une flottille de bouteilles de gigondas à l'épiscopale couleur qui prend en rangs serrés le chemin de ma cave !

Le journaliste entonna l'air de Faust quand Méphisto a fait apparaître Marguerite :

À moi, les plaisirs
Les folles maîtresses,
À moi leurs ivresses,
À moi leurs désirs !

Baruteau, mauvais joueur, ne voulait pas capituler sans combattre :

— Tu chanteras victoire quand tu auras gagné. Il se pourrait que cette histoire nous réserve encore quelques surprises.

Raoul était sans pitié.

— En attendant, pour l'instant, c'est moi qui mène. D'autant plus largement que j'ai appris que les deux voyous retrouvés morts dans la garrigue près de Mimet ne sont pas les tueurs de Danbrone qui, eux, courent toujours. Je vous rappelle que vous y aviez imprudemment engagé l'avenir de votre moustache.

La mauvaise foi de Baruteau apparut dans toute son ampleur :

— Il ne faut pas prendre au pied de la lettre tout ce que je dis pour me rendre intéressant.

Raoul ricana :

— Ouh ! le mauvais joueur ! On se retrouvera. Mais, sérieusement, mon oncle. S'il n'y avait pas de corps dans le cercueil de Marthe Castellain, se pourrait-il que le squelette de Saint-Julien soit le sien ? Les légistes se seraient mis le doigt dans l'œil jusqu'à l'omoplate ?

Le chef de la Sûreté marseillaise souffla pour chasser sa tension :

— On recommence tout, de ce côté-là aussi. On est en train de réexaminer les os un par un. Ça serait la fin des haricots s'ils avaient confondu les restes d'une quinquagénaire avec celui d'une oiselle de vingt printemps, tout de même !

Raoul était sans illusions.

— Moi, vous savez, je vous l'ai dit : depuis que Bertillon a reconnu *mordicus* l'écriture de Dreyfus sur un bordereau écrit par Esterhazy, je me méfie des spécialistes.

— Tout de même, protesta Baruteau, les dents retrouvées – qui étaient en place, je te le rappelle – ne sont pas celles d'une quinquagénaire. Il paraît que c'est un signe imparable.

— Bon, alors, plus de doutes : c'est le squelette de France Gottvallès. Elle a le bon âge.

— Mais, *teste d'api*[1], je te rappelle que France Gottvallès était *goï*[2]. C'est toi qui me l'as dit, le tenant de Castellain lui-même. Les légistes en auraient trouvé

1. Étourdi.
2. Elle boitait.

trace ! Je ne sais pas, moi : un pied mal formé ou les séquelles d'une fracture.

Raoul Signoret baissa les bras.

— J'avoue que j'y perds aussi mon latin. Vous auriez une idée ?

— Pas très claire encore, mais je crois que jusqu'ici nous n'avons pas bien raisonné. Nous avons établi comme postulat de base que Castellain s'était débarrassé de sa sœur d'une manière ou d'une autre à l'occasion de sa venue à Marseille pour l'héritage et puis que, découvrant que celle-ci avait une fille adultérine qui pouvait prétendre à quelque chose, il l'avait fait zigouiller elle aussi. Mais qui nous dit qu'il est coupable ? Rien, ni personne. Ce qui est sûr, maintenant, c'est qu'il a fait enterrer des sacs de sable et de gravier à la place du corps de la défunte. La substitution s'est opérée entre le vendredi, jour du décès officiel et le mardi, jour de l'inhumation. Ce que t'a raconté l'ancienne femme de chambre de Madame…

— Léonie Bathiat.

— … nous le confirme. Elle a vu un cercueil renvoyé, un autre revenant à sa place sous prétexte de non-conformité, c'est donc gros comme une maison que le corps de Marthe est parti dans le premier.

— D'accord, mais alors, où est-il, celui-là ?

— C'est aussi la question que je me pose.

— Moi, c'est plutôt la réponse que j'aimerais entendre.

— Je t'avoue que je ne l'ai pas. Mais si tu me permets de penser tout haut…

— Je vous en prie tout bas.

— Eh bien, voilà : même si ça te paraît être une couillonnade, je te la dis. D'un côté on a un squelette à qui on ne sait pas attribuer une identité, de l'autre une identité à qui on ne sait pas attribuer un squelette puisqu'il n'est pas dans sa boîte. Tu es d'accord ?

— Jusque-là, je suis.

— Comme je n'ai pas de dons pour interroger les esprits, moi, je dois raisonner à ras de terre. Tout ce que je peux dire sans preuve aucune mais sur une espèce d'intuition, c'est :

Premièrement : si nous ne trouvons pas les restes de Marthe Castellain, c'est peut-être parce qu'elle n'est pas morte. Souviens-toi de la réaction du négociant sous le coup de l'émotion, à l'apparition du fantôme : « Tu sais bien que tu n'es pas… » Pas quoi ? Pas morte ?

Deuxièmement : le squelette de *La Mitidja* ne pouvant pas être celui de France Gottvallès, peut-être elle aussi est-elle encore en vie.

Enfin, il n'est pas obligatoire qu'Honoré Castellain soit celui qui a trucidé celle dont nous avons les os.

Tu me diras que je n'en suis pas plus avancé pour autant. Mais au moins, ça va m'obliger à suivre d'autres pistes et à reprendre tout depuis le début.

— Si notre ami Honoré voulait bien passer à table un jour prochain…

— Sûr ! Mais il peut aussi jouer les aphasiques et nous mener en bateau autant qu'il lui plaira. Ta savate a certainement évité un drame ce soir-là, mais elle lui a donné un argument pour ne se rappeler que ce qu'il veut bien. Et avec une bonne complicité médicale, il peut nous faire courir longtemps.

— Vous finirez bien par le faire craquer, teigneux comme je vous sais.

— C'est vite dit. Quant au volet squelette, j'ai bien sûr la piste Botazzi, par veuve interposée. Mais il n'est pas sûr que le carrier ait mis son épouse dans le coup et l'amant de celle-ci n'est plus là pour nous faire des confidences.

— Alors ?…

— Alors, mon Raoul, j'ai besoin de toi et de cette plume que tu manies comme une rapière.

— Elle est à votre service, Monseigneur.

— Alors fais-moi le plus de raffut possible.

— Comptez sur moi.

— Demain, tu sors dans *Le Petit Provençal* toute l'affaire que tu connais aussi bien que moi. Ton nouveau patron est d'accord ?

— Chiocca ? Il m'arracherait les feuillets un à un, s'il le pouvait.

— Alors, vas-y. Et ne ménage personne. Je te couvre, s'il y a du pétard du côté des « amis » haut placés de Castellain. Tu racontes tout, les séances de *tables tournantes* truquées, la tentative de meurtre sur ta personne, le suicide d'Edouard et même les accusations à peine voilées d'Agathe contre son père. Et puis, tu laisses entendre que du côté de la vie privée du négociant, ça n'avait rien à voir avec la comtesse de Ségur. Ça, c'est pour mieux *broumeger*[1]. Finalement, depuis la découverte du squelette, l'opinion publique a été frustrée, mis à part les habitants de Saint-Julien qui connaissent des bribes de l'histoire et inventent ce qu'ils en ignorent. Il faut donc que nous pêchions « plus au large », si je peux dire. Il y a sans doute dans Marseille ou ailleurs des gens dont nous ignorons l'existence qui savent des choses et ne demanderaient pas mieux de nous les confier. Grâce à ton journal, on peut les toucher, vite et en nombre. Car je ne peux

1. Lancer des appâts à la mer pour attirer le poisson.

tout de même pas me trimbaler dans les rues de Marseille avec un tambour et un porte-voix.

Raoul remarqua :

— Ça prendrait du temps, surtout.

Baruteau reprit en bouffonnant le ton emphatique de l'histrion :

— Tu connais désormais ta mission, mon chevalier blanc. Enfourche *Sergent-Major*, ton fidèle destrier pour le bien de la Vérité, l'Honneur et la Réputation de la police marseillaise. Ils sont entre tes mains.

Raoul entra dans le jeu :

— Je saurai m'en montrer digne, ô mon Roi.

— En bas de ton article mets bien notre numéro de téléphone. C'est Gilrof qui est chargé de les réceptionner. Tu le connais, il a participé à l'affaire de la Belle de Mai[1]. N'hésite pas à l'appeler.

Le cornet acoustique à peine raccroché, on n'entendit plus dans la salle de rédaction du *Petit Provençal* que le crissement précipité de l'acier nappé d'encre noire, manié d'une main fiévreuse, tel le glaive dont on dote habituellement l'allégorie de la Justice poursuivant le Crime.

1. Voir *Double crime dans la rue Bleue*.

27.

Où Cécile Signoret apprend par une amie infirmière l'existence d'une femme souffrant d'une affection rare qui lui rappelle quelqu'un…

Cécile Signoret déboula en trombe en fin d'après-midi dans la salle de rédaction du *Petit Provençal.* Elle s'efforçait d'être souriante, afin que Raoul ne s'inquiétât point de la voir franchir sans avoir prévenu l'entrée du sanctuaire journalistique, mais on la voyait en proie à une excitation certaine.

Quand, levant la tête, le reporter aperçut la silhouette bien-aimée, il pâlit, se leva et demanda de loin, anxieux : « La petite ? »

D'un geste apaisant de la main, en avançant vers lui, Cécile le rassura :

— Tout va bien.

— Ouf ! C'est tellement inhabituel de te voir là… *Qué novi* ?

La jeune femme ne put répondre immédiatement à la question, car Auguste Escarguel, s'étant extirpé du bureau où il rédigeait avec pleins et déliés le récit des dernières visites notables à l'Exposition coloniale, vint présenter avec force courbettes ses hommages à Mme Signoret, baisemain assorti. Quand le vieux rédacteur en eut terminé avec son compliment et lâché la main gantée de Cécile, celle-ci put enfin répondre à la question de son mari, mais ce fut par une autre question :

— Te souviens-tu de Mathilde Massot ?

Dans le regard étonné de Raoul Signoret on put lire une brève interrogation sur l'état mental de sa femme.

— Tu fais le concours organisé par *Le Mondain*, journal satirique, théâtral et financier ? C'est la question subsidiaire ? Non, je ne me souviens pas de Mathilde Massot.

— Elle ne s'appelle plus Massot, d'ailleurs, elle a épousé un marchand de grains et issues du nom de Pécoud, dont la boutique est place aux Huiles.

— Pourquoi, alors, me la présentes-tu sous le nom de Massot ?

— Parce que c'est celui sous lequel tu la connus.

— Moi ?

— Toi, Raoul Signoret. Au temps de nos amours débutantes, quand tu venais m'attendre à la sortie des cours de l'École d'infirmières, Mathilde Massot était ma meilleure amie et elle te *badait* avec des yeux de *bogue ravelle*[1]. Elle m'avait même confié que si, par hasard, je me lassais de toi, elle se verrait bien sur la liste d'attente.

La mémoire revint à Raoul.

— Ah, je vois ! La bonne Mathilde Massot. Une belle rousse plantureuse. Une grande fille superbe.

Cécile doucha l'enthousiasme de Raoul :

— Elle était brune, petite et portait lunettes.

— Alors, je dois confondre. Il y en avait tellement qui me couraient après...

— Vantard !

— Peut-être, mais à partir de ce jour, tu n'as plus

1. Poisson de Méditerranée *(Pagellus bogoraveo)* aux grands yeux stupides.

voulu que j'approche Mathilde Massot à moins de cinq cents mètres. Alors dis-moi, ne me fais plus languir, on dirait mon oncle. Mathilde Pécoud née Massot a eu un brusque retour de flamme à mon sujet et demande à m'épouser d'urgence. C'est pour ça que tu es là avec les papiers pour le divorce ?

Cécile ne put retenir son rire.

— Écoute-moi, coq de village. Mathilde est venue à la maison ce matin après ton départ…

— Pour te demander si j'étais libre !

— Arrête, Raoul ! Elle est venue pour me confier quelque chose qui va t'intéresser au plus haut point. C'est pour ça que, si tu m'interromps encore une fois pour dire une bêtise, je me la garde pour moi, la chose. Et qu'il te vienne la gale et les bras courts[1] !

Raoul regarda sa femme avec cet éclat de complicité dans l'œil qui leur était habituel.

— Je t'écoute, ma très belle. Je suis sûr que tu vas une fois de plus nous fournir la clé de l'énigme.

Cécile regarda son mari dans les yeux :

— Peut-être même le trousseau. Car Mathilde est infirmière depuis huit ans à la Maison de santé de Sainte-Marthe, que dirige le docteur Isnard, spécialisé dans les maladies mentales et nerveuses. Elle a lu ton article d'hier matin. Elle a été accrochée.

Raoul faillit lâcher « ça ne m'étonne pas », mais se retint à temps. Cécile se demanda simplement ce qui pouvait faire sourire son mari à cet instant.

— Tu m'écoutes ?

— Je suis tout ouïe.

— Ce qui a particulièrement intéressé Mathilde,

---

1. Façon locale d'envoyer quelqu'un au diable : « Attrape la gale et que tes bras raccourcissent, afin que tu ne puisses pas te gratter. »

c'est ta description de la maladie léthargique et soporeuse dont souffrait Marthe Castellain. À Sainte-Marthe, ils ont une patiente dans ce cas. Elle était déjà hospitalisée quand Mathilde est arrivée. Cette femme se prénomme également Marthe. Marthe Camoins. Mathilde est allée voir son dossier : elle est entrée à la Maison de santé le 4 avril 1896.

À l'énoncé de cette date Raoul sursauta. Il faudrait vérifier, mais il crut se rappeler que les obsèques de Marthe Castellain s'étaient déroulées le 6 avril. Les archives du journal devaient en porter trace.

Cécile poursuivait :

— Ce qui a accroché l'attention de Mathilde c'est que la patiente en question occupe une chambre seule, à l'écart des autres malades. Isnard lui prodigue lui-même des soins. Cette femme ne reçoit jamais de visites. Pourtant, elle n'a rien d'une pauvresse : son linge l'atteste. Ses chemises sont brodées à ses initiales…

« M.C. », songea Raoul.

Cécile poursuivait :

— Il semblerait que quelqu'un pourvoie à son entretien, mais on ne voit jamais personne auprès d'elle. Mathilde a interrogé le docteur Isnard, qui a éludé sa réponse et lui a demandé de s'occuper de ses affaires, prétendant que c'est une parente à lui. Par conséquent, il faut lui maintenir son anonymat, à Mathilde. Sa démarche est purement amicale et elle risquerait gros si on savait qu'elle a mis son nez dans le dossier de cette Marthe Camoins. Qu'en penses-tu ?

La question ramena sur terre Raoul qui déjà échafaudait la façon d'exploiter ces informations.

— J'avertis tout de suite mon oncle. Même si c'est une fausse piste, ça vaut le coup d'y aller voir. Moi, je n'ai aucune accréditation pour le faire. Mais lui peut envoyer un de ses hallebardiers muni d'une commission rogatoire. Mathilde Massot t'a-t-elle parlé de l'état de la malade ? Son âge, d'abord ?

— Soixante environ.

— Ça pourrait correspondre… Elle est lucide ?

— Par moments, assez brefs. Il semblerait que le côté soporeux soit dominant. Ce n'est pas Mathilde qui la soigne. C'est une personne de confiance du médecin-directeur. Toujours la même, paraît-il. Ce matin, Mathilde s'est armée de culot et elle est entrée dans la chambre après la visite. Elle n'avait guère de temps devant elle, alors elle a paré au plus pressé. Elle s'est penché sur la patiente qui somnolait et elle l'a doucement appelée « Madame Castellain ». Pour voir. Il paraît que l'autre a réagi. Elle a écarquillé les yeux et elle a voulu dire quelque chose, mais Mathilde n'a pas compris. Elle n'a pas voulu s'attarder, on la comprend. Je te livre ça comme elle me l'a donné. Mais j'ai pensé que…

Raoul était plongé dans une réflexion qui lui faisait froncer les sourcils.

— Hmm ! Si le médecin était complice, ça serait trop beau. Voilà qui aggraverait le cas de Castellain. Il faudra que je vérifie si le docteur qui dirige cette Maison de santé fait partie des relations du négociant. Peut-être sommes-nous en train de prendre nos désirs pour des réalités, mais ça serait sensationnel si la solution se trouvait tout bêtement là : grâce à un article de journal, le pot aux roses, soigneusement bouclé depuis dix ans, serait enfin ouvert. Il avait bien vu les choses, l'oncle Eugène !

Raoul regarda longuement Cécile, un sourire aux lèvres :

— Je te l'ai déjà dit, mais tu sais que tu es formidable, toi ? Que si je ne t'avais pas, je ne sais pas comment je serais devenu ce journaliste d'élite dont toutes les infirmières tombent amoureuses ? Tiens à propos, il faut que je rencontre Mathilde Pécoud née Massot, au plus vite pour la remercier de son aide. Elle est sensationnelle cette fille-là. Je veux le lui dire en personne.

— Et mon œil ?

— Allez ! Invite-la avec M. Pécoud. Ils apporteront des graines pour le canari d'Adèle.

— Rien du tout ! C'est moi qui l'inviterai, Mathilde. En filles. Chez *Castelmuro.* Il paraît qu'ils ont un *Nègre en chemise*…

Raoul fit la grimace.

— En l'honneur de l'Exposition coloniale, oui, je sais. C'est délicat. Tu devrais avoir honte, esclavagiste ! Que dirais-tu si des Africains mangeaient une pâtisserie baptisée *Femme blanche en jupon* ?

— Je leur demanderais de m'y faire goûter.

L'échange se termina par un double éclat de rire.

— Je téléphone à *Tonton Euzène*, comme disait ta fille quand elle était petite, et on va… Tiens, si on allait prendre un thé en amoureux chez *Castelmuro,* justement ? Il paraît qu'ils ont un *Castellain à la crème soporeuse* du tonnerre de Dieu !

28.

Où l'on apprend une incroyable nouvelle : celle que l'on avait cru réduite à l'état de squelette vient de réapparaître en chair et en os…

— Raoul, viens vite à *l'Evêché.* Cours ! J'ai du biscuit pour aller jusqu'au bout de la route, cette fois !

C'était moins un désir qu'un ordre, mais le reporter du *Petit Provençal* voulut en savoir un peu plus avant de sauter sur sa bicyclette *Gladiator* qui l'attendait dans la remise du journal, place Thiars.

— Vous voulez dire que vous avez le fin mot de l'histoire du côté du carrier Botazzi et du côté Castellain ?

— Pour ainsi dire. Nous sommes en train de réaliser un double accouchement. Il y faut les forceps, pourtant je ne désespère pas d'avoir bouclé l'affaire d'ici ce soir. Mais d'abord, tu ne devineras jamais qui se trouve dans le bureau à côté du mien.

— Attendez : certainement quelqu'un à des années-lumière d'une personne à qui je devrais penser. Notre Saint-Père le pape Pie X ? Mlle Sarah Bernhardt ? Buffalo Bill ? Je préfère d'emblée donner ma langue au chat, car lorsque vous posez ce type de question c'est parce que vous êtes certain que je ne trouverai pas.

Baruteau ricana.

— Je suis bon prince, je t'aide un peu. C'est une femme d'une trentaine d'années, pas très belle, physionomie un peu chevaline. Elle porte un prénom bien de chez nous. Ça te dit quelque chose ?

Raoul Signoret réfléchissait loyalement, mais refusait de s'arrêter à l'idée qui lui était venue. Finalement, n'y tenant plus, il lança au hasard :

— Elle ne claudiquerait pas un peu, par hasard ?

— Tu brûles, on dirait.

Raoul n'en revenait pas.

— Non… Vous voulez dire… France Gottvallès serait chez vous ? Vous l'auriez *péssuguée*[1] ?

— Pas du tout, elle est arrivée toute seule, sur ses deux jambes, bien qu'il y en ait une qui cloche. Elle repartira de même après avoir répondu à nos petites curiosités. Elle en a déjà déballé assez pour donner du souci à son « oncle ».

— Vous voulez dire Castellain ?

— Qui veux-tu que ce soit, *couilletti* ?

— Donc elle sait être la fille de Marthe.

— Elle l'a appris au moment du voyage à Marseille, lors du partage de l'héritage. Enfin, façon de parler. Lors de la captation d'héritage par notre ami Honoré, devrais-je dire. Mais Marthe n'avait jamais jugé utile de régulariser la situation. Sans doute à cause du vieux Castellain qui n'avait pas digéré que la petite France fût la bâtarde d'un journalier espagnol. Tu te rappelles ?

— Oui. Il s'appelait Mallol-Soler, si je me souviens bien. Le vieux Castellain l'avait abattu au fusil de chasse alors que le jeune homme rendait visite

1. Pincée, arrêtée.

nuitamment à Marthe, prétextant qu'il l'avait pris pour un trimardeur.

— Exact, mon neveu. Quelle mémoire ! Ah, c'est beau la jeunesse ! Moi, j'ai le dossier sous les yeux et pas moyen de me mettre un nom dans la tête.

— Il faut manger du poisson mon oncle, c'est bourré de phosphore !

— Bon, au lieu de proférer des couillonnades, si tu venais comme je te le demande ? Nous sommes en train de faire exploser le compteur téléphonique de la Direction des Postes et Télégraphes.

— J'arrive !

*
* *

Avant même de s'asseoir sur cette chaise en bois sans confort sur laquelle tant de fois Raoul Signoret avait pris place pour écouter son oncle lui confier l'avancée d'une affaire en cours ou pour apporter au chef de la Sûreté marseillaise des informations inédites propres à conclure une enquête, la question fusa :

— Mais qu'est-ce qu'elle fait là ? Comment l'avez-vous retrouvée ?

— Nous n'y sommes pour rien, c'est toi qui l'as harponnée avec ton article. Tu vois : j'avais raison de te pousser à mettre le paquet. Une amie de France Gottvallès, qui habite Aix, mais qui l'avait connue à Boufarik dans le temps, a lu *Le Petit Provençal*, a fait le rapprochement et par chance elle avait gardé son adresse. Elle l'a prévenue.

Raoul n'en revenait pas :

— Le patron de l'*Hôtel des Colonies* de Boufarik avait donc raison : elle lui avait envoyé un mot. J'étais persuadé qu'il avait été écrit par son assassin pour brouiller les pistes. Et moi qui la croyais en train de moisir dans la terre de Saint-Julien. Elle était où ?

— En Espagne. Dans un patelin nommé…

Baruteau se pencha sur son dossier :

— LA… L'Ametlla de Mar. Un petit port de pêche pas loin de Tarragone. Elle a épousé un bistrotier et ils tiennent le *Café Xavier*, ouvert depuis deux ans. C'est de là qu'elle nous a téléphoné.

— Qu'est-ce qu'elle vous a dit ? Racontez, mon oncle !

Cette hâte de savoir fit sourire Baruteau.

— Raoul, si tu poses plus de questions que je n'ai de réponses on s'en sortira pas.

— C'est que j'attends depuis des mois !

— Et moi donc ! France Gottvallès a surtout confirmé des choses dont nous nous doutions. En revanche elle croyait sa mère morte.

Raoul bondit sur sa chaise

— J'ai bien entendu ? Marthe est donc vivante ? Cécile avait raison !

Baruteau feignit la gravité :

— Les femmes ont toujours raison. La tienne et la mienne en particulier.

Le policier reprit son ton habituel :

— En tout cas, nous devons une fière chandelle à l'amie de Cécile. Elle a eu du nez, celle-là.

— C'est que je me tue à dire à ma femme : il faut que j'aille la féliciter, cette petite.

Un échange de regards mit les deux hommes en complicité.

— Castellain s'est donc mis à table, mon oncle ?

— Pas lui, car il joue toujours à l'amnésique. Mais le docteur Isnard, qui dirige la Maison de santé mentale de Sainte-Marthe, s'est étalé de tout son long. Il a d'abord prétendu qu'il ignorait que cette patiente fût apparentée avec notre ami Honoré, mais ça n'a pas pu se faire sans sa complicité. Pour la bonne raison que celle qui est entrée sous le nom de Marthe Camoins n'a pas de papiers d'identité. Rien qui puisse permettre de l'identifier sous ce nom. Comment aurait-il admis une patiente sans savoir qui elle était, d'où elle venait, de quoi elle souffrait ? Son dossier était muet là-dessus. C'est grâce à ça que nous l'avons confondu. Ensuite, le personnel a parlé. Car Isnard avait beau faire des cachotteries, tout finit par se savoir dans un tel lieu confiné. L'amie de ta femme devait se douter de quelque chose depuis longtemps. Ton article lui a donné l'occasion de passer à l'action, mais elle savait à peu près à quoi s'en tenir bien avant. Ça ne serait pas la première ou le premier dont on abuse de l'état de faiblesse pour lui faucher l'héritage.

Raoul, ébahi, tentait de remettre ses idées en place.

— Donc, Castellain n'a pas tué sa sœur… Il avait pourtant la tête de l'emploi. Il me déçoit, cet homme…

Baruteau rigola franchement

— Eh, non ! Il n'est pas allé jusque-là. Il n'avait pas les couilles pour le faire. Mais il l'a tuée autrement. En la retranchant du monde. C'est presque pire, à mes yeux. En tout cas, ça explique l'enterrement des sacs de sable, ainsi que le défilé préalable du personnel devant la dépouille mortelle... qui n'était en fait qu'un état léthargique, peut-être un peu – comment dire ? – « aidé ». Le docteur Isnard nous dira peut-être s'il est intervenu ou non. Il fallait qu'on croie Marthe réellement décédée, tu comprends ? Même France Gottvallès y a cru.

— Comment cela s'est-il passé pour elle ?

— Sa mère lui avait révélé sa filiation peu avant le voyage à Marseille. Quand le décès a été établi, officialisé, si l'on peut dire, elle est allée trouver le négociant pour lui réclamer sa part d'héritage, l'autre lui a ri au nez et l'a envoyée se faire *lanlère*. Car elle n'avait ni droit ni titre, n'ayant jamais été reconnue. Castellain l'a même menacée de déposer plainte. Elle est partie à ce moment-là et on n'a plus eu de ses nouvelles, excepté ton hôtelier de Boufarik.

Raoul acquiesça :

— L'ancienne femme de chambre, Léonie Bathiat, avait fait allusion, en effet à ce départ précipité précédé d'une engueulade entre Castellain et France Gottvallès. Mais dites-moi : vous avez annoncé un double accouchement aux forceps. Du nouveau du côté de nos carriers ?

— En effet. La double veuve a fini par s'écrouler sous les assauts de mes inspecteurs. Castellain s'est bien adressé à Botazzi pour les sacs de sable et de gravier qu'il a placés dans le cercueil prétendument destiné à sa sœur. Jusque-là, cet achat n'aurait pas eu de quoi attirer l'attention, si quelques jours plus tard, Edouard Castellain n'était pas venu passer commande d'une importante quantité de chaux. Botazzi a d'abord cru qu'il allait être chargé d'un chantier. Puis, comme il n'a rien vu venir et le fils Castellain embarquer sa marchandise sans évoquer un travail à faire, ça l'a intrigué. Il est vrai que le pauvre Edouard n'était pas particulièrement réputé, à Saint-Julien, pour ses talents de maçon. Le carrier est donc allé y voir de plus près. Tu sais qu'à l'époque on entrait dans le parc de *La Mitidja* comme dans un moulin. Botazzi a surpris Edouard en train de creuser lui-même une fosse, malgré sa main fadade. Ça l'a encore plus intrigué. Alors, il a établi une surveillance. Chaque fois qu'il voyait arriver le fiacre de remise, il se mettait à *l'agachon,* histoire de se tenir au courant. Jusqu'au soir où il a aperçu une silhouette féminine aux côtés d'Edouard.

Il y a peut-être vu l'occasion de se rincer l'œil. Il est resté en planque toute la soirée. C'est quand il a vu Edouard Castellain transporter le corps inanimé de la femme et le placer dans la fosse avant de jeter la chaux dessus, qu'il a compris tenir une affaire dont il pourrait – en manœuvrant bien – tirer un parti juteux.

Raoul s'agitait sur sa chaise en griffonnant ses notes.

— Il a joué au maître chanteur. De l'argent ou je dis tout.

— Parbleu ! Ça a peut-être duré des années, cette histoire.

— C'était devenu une affaire de famille, si j'ai bien suivi.

— Certainement, acquiesça Baruteau. Botazzi, trop content de sa trouvaille, s'était confié à Marinette, sa femme. Elle en est convenue devant nous. Et quand celle-ci a accueilli Danbrone dans sa couche, elle lui a passé le bébé. L'autre a pris le relais.

Tout s'éclairait pour le reporter.

— Ce qui explique l'engueulade que j'ai surprise un soir à *La Mitidja* entre Edouard et Danbrone. C'était probablement une nouvelle tentative d'extorsion de fonds.

Baruteau tiqua :

— Ah ? Tu avais vu le fils Castellain et le moustachu s'empailler ? Tu me l'avais cachée, celle-là… C'est pas beau.

Raoul piqua un fard. Il s'était tu pour ne pas avoir à raconter l'épisode du tête-à-tête avec le dogue et voilà qu'il se prenait les pieds dans le tapis sans qu'on l'y force. Il tenta d'éluder :

— C'était sans importance.

— Crois-tu ! insista le policier, avec l'air de ne pas

s'en laisser conter. Tu oublies qu'on a fait avaler son bulletin de naissance à Danbrone peu après.

Cette évocation permit au reporter d'enchaîner sa question :

— Pensez-vous qu'Edouard soit le commanditaire du meurtre ?

— Lui ou son père. Va savoir ! Ce n'est pas Edouard qui nous le dira. Quant à Honoré, si c'est lui, on peut compter sur son sens moral pour se décharger sur son fils. Il ne peut plus le contredire. En tout cas, c'est à cause de ce chantage que Danbrone a été descendu. Il n'y a plus de doute.

Raoul réfléchit un instant en mordillant son porte-mine, puis, l'air de rien mais d'en penser le double, il remarqua faussement ingénu :

— Dites-moi, mon oncle, je ne voudrais pas avoir l'air d'abuser de la situation, mais il me semble que vous venez de me dire que les deux affaires sont liées. Me trompé-je ? Je crois apercevoir à l'horizon se profiler une escouade de bouteilles de gigondas qui demandent aux passants l'adresse de ma cave.

Baruteau prit son air Raminagrobis des grands jours.

— Celle-là, je l'attendais, beau masque. J'avais assuré mes arrières. Je te devrais comme promis une rente à vie de cinquante-deux bouteilles de gigondas si le squelette de *La Mitidja* était celui de Marthe Castellain ou de France Gottvallès. Or, toi et moi savons à présent qu'il n'en est rien. Donc, les deux affaires ne sont pas liées.

Devant tant de tranquille mauvaise foi, Raoul Signoret bondit :

— Oh, ce culot ! C'est tout de même un Castellain qui a tué et enterré une pauvre femme dans sa propriété avant de la recouvrir de chaux achetée chez

Botazzi, mort depuis dans un attentat. Si vous ne reconnaissez pas un lien…

Pendant que son neveu argumentait Baruteau niait silencieusement d'un mouvement de la tête.

— Non *Môssieu* ! Quand nous pariâmes, nous étions persuadés que l'assassin de la femme enterrée était Honoré Castellain. Et que le carrier Botazzi avait été tué parce qu'il en savait trop, sur ordre du négociant.

Le policier se pencha et dit en détachant les mots :

— Or, Honoré Castellain est peut-être le dernier des saligauds, mais, jusqu'à preuve du contraire, ce n'est pas un assassin. C'est son fils qui a tué, pas lui. Et Botazzi est mort, non pas parce qu'on voulait le faire taire, mais parce que l'amant de sa femme lorgnait son entreprise. Donc, pour moi, il n'y a pas de lien direct.

Raoul Signoret feignit un malaise :

— Au secours, à moi ! À la garde ! Face à tant de perfidie, j'étouffe ! Je me meurs ! Un verre d'eau, par pitié ! Machiavel, Iago, Judas, Tartuffe, Brutus, vous les enterrez tous ! Ah, sort cruel qui me fait connaître le fond boueux d'une âme que je pensais loyale !

Le reporter fit un tel raffut qu'un inspecteur passa un œil inquiet dans la bureau de son chef :

— Des soucis, monsieur le Divisionnaire ?

— Oui, répondit Baruteau qui essuyait les larmes de rire coulant sur ses joues vultueuses. Mon neveu a une crise de paludisme. C'est depuis qu'il est allé à Boufarik.

Et il repartit de plus belle à rire.

Ne sachant quel parti prendre, l'inspecteur demeurait l'air ahuri, la main sur la poignée de la porte.

Pour ajouter à sa confusion, le chef de la Sûreté expliqua, reprenant un sérieux papal :

— Habituellement, on le calme avec une bouteille de gigondas.

Le rire du reporter relaya celui du policier avant que tous deux à l'unisson en mêlent leurs éclats.

L'inspecteur jugea le moment venu de se retirer discrètement.

Débarrassés du serviable subalterne, l'oncle et le neveu se calmèrent, tout en étant repris de temps à autre d'une crise de fou rire à la pensée de ce qui se disait d'eux à ce moment dans les divers bureaux du Commissariat central.

Raoul Signoret cherchait comment reprendre l'avantage. Mauvaise foi ou pas, l'oncle avait marqué un point. C'est alors qu'il repensa à un détail qu'on n'avait pas encore éclairci parmi cette avalanche de révélations :

— Dites-moi, monsieur le Phénix de la Sûreté. Vous faites le faraud, mais si vous pensez que je suis suffisamment ébloui par vos prouesses policières pour oublier que vous ne m'avez pas donné l'identité du sac d'os enterré dans la parc de *La Mitidja*, vous vous fourrez le doigt dans l'œil jusqu'à l'omoplate. C'est bien beau de vous targuer d'avoir bouclé l'affaire – une affaire que je vous ai apportée sur un plateau, entre nous soit dit. Mais on ne sait toujours pas – que dis-je, VOUS ne savez toujours pas qui était cette pauvre fille qu'Edouard Castellain tenta de dissoudre dans de la chaux vive. Vous croyiez que j'allais oublier ?

Baruteau demeura un instant silencieux.

— C'est vrai. Je ne sais pas. C'était devenu presque secondaire…

— Tutt, tutt, tutt, le coupa Raoul. Pas de faux-fuyant. C'est si secondaire que toute l'affaire part de là. Si ce squelette n'avait pas été déterré, nous n'aurions pas mis au jour le tas nauséabond de petits secrets de l'honorable famille Castellain. Je trouve que j'ai bien mérité de savoir qui se cache derrière ce crâne vide et ce rire éternel. Et qui a-t-on voulu confondre, en révélant l'emplacement de sa sépulture. Le père, ou le fils Castellain ?

Le tempérament du grand policier reprit le dessus.

— Eh bien, cherchons tous les deux. Comme d'habitude. Le premier qui trouve prévient l'autre.

29.

Où la confession inattendue d'une femme pieuse permet à notre héros de franchir en vainqueur la ligne d'arrivée : le mystère n'en est plus un pour lui

Renversé sur le dossier de sa chaise, les pieds sur son bureau, au grand dam d'Auguste Escarguel qui déplorait les façons cavalières des jeunes rédacteurs, Raoul Signoret lisait et relisait la lettre que le planton du *Petit Provençal* venait de lui apporter. Il n'en croyait toujours pas ses yeux. Celle-là n'avait rien d'anonyme. Bien au contraire, c'est la signature – aperçue au moment où le reporter extrayait de son enveloppe la feuille pliée en trois – qui avait fait monter sa tension : Marie-Louise Castellain lui écrivait !

Raoul n'en revenait pas. Et le contenu n'était pas fait pour l'apaiser.

Monsieur le journaliste,

Vous connaissez le double malheur qui me frappe pour en avoir été le témoin privilégié. Le chagrin de la perte cruelle de mon fils Edouard, ajoutée au déshonneur qui accable notre famille – jusqu'ici hautement considérée dans Marseille – en raison de la conduite de mon époux, m'a plongée dans le plus profond désarroi. Le secours de la religion me donne les forces nécessaires pour faire face à cette épreuve que Dieu m'envoie pour éprouver ma foi et que je supporte grâce à elle.

Il est cependant des démarches à accomplir qui m'incombent, et qui sont au-dessus de mes capacités. Pour mettre ma conscience en accord avec les principes moraux, il me faudrait apporter un témoignage personnel sur les événements qui ont bouleversé ma vie et celle de mes enfants. Mais je répugne à le faire sur la place publique, face à une opinion qui ne manquera pas de nous accabler d'opprobre, de colporter notre déshonneur, de flétrir un peu plus notre réputation.

Aussi, me tourné-je vers vous, Monsieur, persuadée – pour avoir lu les relations honnêtes que vous avez faites de ces événements dans votre journal – de votre loyauté et de votre impartialité. En outre, la relation personnelle que vous entreteniez avec mon malheureux Edouard, me conforte dans l'idée que ma confiance en vous est bien placée.

C'est la raison pour laquelle, plutôt que d'aller me confier à la police, je préférerais m'entretenir avec vous directement et vous donner des éléments d'appréciation dont vous aurez loisir de faire l'usage qu'il vous conviendra pour le bien de la vérité, et le souci que je vous prête de ne pas salir la mémoire de mon cher enfant, ni la réputation de notre famille déjà suffisamment entachée par les malheurs qui me sont imposés.

En foi de quoi, je me tiens à votre disposition pour vous rencontrer à votre convenance. Je ne vous cache pas que cette démarche me coûte. J'entends conférer à notre éventuelle entrevue le maximum de discrétion. C'est pourquoi, il me semblerait préférable qu'elle ait lieu à mon domicile, au jour et à l'heure que vous voudrez bien me fixer.

Dans cette attente, je vous prie de croire, Monsieur, à l'assurance de ma parfaite considération.

Marie-Louise Castellain, née Teste de Saint-Léger

Dans son désarroi, la pauvre femme se raccrochait à son patronyme de naissance, comme pour compenser ce qu'elle devait à son alliance avec les Castellain : la souffrance et le déshonneur.

Plongé dans les pensées qui l'assaillaient, le reporter demeura insensible aux sirènes du brave Escarguel qui tentait de capter son intérêt en lui décrivant avec des accents lyriques les visites à l'Exposition coloniale de la Loïe Fuller, du roi du Djolof, la grâce des musiciennes de l'orchestre saïgonais toutes vêtues de soie bleue, les raffinements du restaurant cochinchinois, l'arrivée attendue des généraux Lyautey et Gallieni, et la fascination opérée par D'Jelmako[1], *« l'Indien plus vrai que nature »* dans son sensationnel numéro de funambule.

Rien n'y fit.

Après avoir replié la lettre qu'il glissa dans la poche de poitrine de son veston d'alpaga, Raoul Signoret empoigna son téléphone et composa le numéro personnel du négociant.

Marie-Louise Castellain décrocha…

---

1. Le Marseillais Étienne Blanc (1857-1933) célèbre pour l'audace de ses numéros de fildeferiste, connut sous ce pseudonyme signifiant *« Tonnerre qui gronde »* une carrière internationale qui s'acheva à Tarbes par un accident mortel. L'artiste avait soixante-quinze ans…

*
* *

Elle était méconnaissable. Le chagrin avait ravagé les traits naguère replets de son visage. Sa silhouette s'était comme affaissée. Elle était en grand deuil et le tour de ses yeux boursouflés en disait long sur les larmes versées.

Quand le majordome annonça le nom du visiteur, Marie-Louise Castellain se leva et vint au-devant de lui, la tête penchée sur l'épaule et les mains ouvertes dans une attitude d'accablement.

— Merci d'être là, dit-elle dans un souffle. Remettez-vous.

Le reporter s'assit sur une bergère et demeura silencieux, évitant de trop observer la face douloureuse de son interlocutrice.

Elle le regarda sans fixer son regard et baissant la tête dit à mi-voix :

— Pardonnez mon audace…

Raoul eut un geste signifiant sa disponibilité.

— Je vous ai contacté à la demande expresse de mon confesseur.

Dans les yeux du reporter se lisait à livre ouvert sa surprise. Marie-Louise Castellain précisa :

— Je m'exprime mal. En vérité, l'abbé Jean-Baptiste Fouque, de la paroisse Saint-Joseph, à qui j'ai confié mes scrupules de conscience, m'a fortement conseillé de prendre contact avec la police pour lui dire ce que je sais de…

Mme Castellain chercha un instant ses mots, puis lâcha très vite…

— … du drame que vous savez et de ses acteurs.

Mais je n'ai pas pu m'y résoudre. J'ai préféré m'adresser à vous, sachant quels sont vos liens avec le chef de la Sûreté. Vous voudrez bien être mon intercesseur.

Le reporter acquiesça de la tête.

A partir de cet instant, ce fut un long monologue que Raoul Signoret se garda bien d'interrompre... Tout en écoutant cet aveu douloureux, le reporter songeait que les confesseurs pourraient donner des leçons aux policiers, lorsqu'il s'agit de faire avouer un témoin récalcitrant. Ils possèdent sur les auxiliaires de justice un avantage d'une redoutable efficacité. Il leur suffit d'agiter sous les yeux du « pécheur » la perspective d'une vie éternelle vouée à des tourments sans fin pour que les plus coriaces rendent les armes et se mettent à table sans plus barguigner. Quelle trouvaille ! songeait le journaliste. Et quel pouvoir ! Ainsi, auront-ils tenu dans les siècles et les siècles une bonne partie de l'humanité – et jusqu'aux souverains les plus puissants de la terre – au creux de leur main, rien qu'en évoquant la rôtissoire infernale promise à qui ne filerait pas doux.

Une demi-heure suffit à Marie-Louise Castellain pour dissiper toutes les zones d'ombre, pour donner à Raoul Signoret une idée précise sur l'identité de la morte enterrée dans le parc de la propriété de Saint-Julien, pour détailler le rôle joué par Edouard Castellain dans sa disparition et sa « résurrection », pour dire comment le frère avait impliqué sa jeune sœur dans le complot familial. Comment elle-même, loin d'être l'instrument passif de la conspiration, y avait tenu son rôle, choisi ses acteurs et complices, élaboré son scénario, fomenté la révolte de ses enfants contre celui qui les martyrisait.

— Je sais que j'ai manqué de charité, avoua-t-elle encore, mais le Bon Dieu, dans Son infinie bonté, après un inévitable séjour dans Son Purgatoire, saura m'accueillir dans Son Paradis. Il sait quelles ont été mes souffrances.

Qu'objecter à pareille argumentation ? s'interrogea Raoul Signoret…

Il ne trouva pas la réponse.

Marie-Louise Castellain précisa, comme pour justifier sa conduite :

— C'est Edouard qui m'a appris que mon mari avait tué sa sœur et l'avait fait enterrer dans le parc de notre propriété de Saint-Julien. Être le fils d'un assassin, c'est une idée qui l'épouvantait. Il avait besoin de mon soutien. Je ne pouvais pas l'abandonner...

Au fur et à mesure de l'avancée de la confession, les pièces du puzzle prenaient leur place dans la tête du reporter. Ainsi Edouard avait-il réussi à persuader sa mère de la culpabilité de son père… À l'heure où Marie-Louise Castellain recevait Raoul, cette femme croyait encore que c'était sa belle-sœur dont on avait retrouvé les os à *La Mitidja*… Comment lui dire la vérité ? Le journaliste ne se donna pas le droit de le faire. Ce n'était pas son rôle, après tout.

Après avoir quitté la malheureuse sur la promesse d'une loyauté sans faille et l'avoir chaleureusement remerciée de sa confiance, Raoul Signoret quitta l'hôtel particulier de la rue Saint-Jacques avec un double sentiment contradictoire : la compassion pour cette malheureuse femme dont la vie jusqu'alors protégée s'était effondrée sur elle, et la joie d'avoir une fois encore coiffé la police sur le poteau. En retournant vers le siège du *Petit Provençal,* le reporter parlait tout seul avec la tête du *Ravi* de la crèche. Il traversa comme un chien fou la meute des nourrices tout de blanc vêtues agglutinées sous les ombrages du cours Pierre-Puget, à qui leurs ombrelles blanches destinées à protéger les rejetons de la bourgeoisie marseillaise des ardeurs du soleil donnaient l'allure d'une immense volière.

Quelques centaines de mètres avaient suffi à Raoul pour se faire livrer l'information toute chaude ! Il n'avait même pas eu à se baisser. C'est le chef de la Sûreté qui allait en faire une tête !

À peine cette (vilaine) pensée lui avait-elle traversé la tête que Raoul s'immobilisa en plein trottoir de la rue Breteuil.

Non. Décidément, elle n'était pas digne de lui, cette mesquinerie. Il ne pouvait pas faire ce sale coup à l'oncle Eugène. Il savait ce qu'il lui devait. Comme homme et comme policier. Marie-Louise Castellain ne venait-elle pas de lui confier que le chef de la Sûreté en personne s'était déplacé jusqu'au lit de la Maison de Santé du docteur Maritan, spécialisée dans les maladies des femmes, où reposait Agathe Castellain pour conduire son interrogatoire avec toute la délicatesse possible ? Raoul Signoret connaissait trop le savoir-faire d'Eugène Baruteau pour douter un instant que le policier ait su recueillir de la bouche de la jeune fille une confession similaire à celle de sa mère, puisque les deux femmes en avaient vécu ensemble les mêmes dramatiques péripéties.

Par conséquent, plutôt que de se ruer sur le téléphone de la rédaction en claironnant sa victoire à tous les échos, Raoul Signoret décida à cet instant de laisser à son oncle la primeur de la révélation.

C'était la moindre des choses.

Le reporter n'était pas seulement un homme réputé pour son raffinement vestimentaire. Moralement aussi il avait ses élégances.

30.

Où l'on apprend de la bouche du chef de la Sûreté marseillaise le fin mot de l'histoire... avant l'arrivée de la surprise au dessert

Le soleil de ce soir de juin plongeait derrière les îles du Frioul dans une apothéose de lumières. Aucun peintre, fût-il génial, n'aurait osé ces rapprochements agressifs de rouges, de jaunes et d'orangés zébrés de violet par un passage de nuages effilés comme des dagues, sans qu'un critique crie à l'assassinat du bon goût. Et pourtant, ici, tout n'était qu'ordre et beauté. Eugène Baruteau, affalé dans sa chaise longue devant son cabanon comme l'éléphant de mer sur son rocher, contemplait le naufrage de l'astre dans un état de douce béatitude.

C'était un rare instant de grâce où la créature se sent en harmonie avec la création. De la terrasse en ciment ornée de géraniums odoriférants montaient la chaleur accumulée durant la journée et le clapotis régulier des vagues sur lesquelles se balançait *Galinette.* La barquette marseillaise du chef de la Sûreté rythmait la rêverie du policier et il attendait ceux qu'avec sa *Thérésou* il aimait le plus au monde : Cécile et Raoul ses neveu et nièce, Adèle leur fille, accompagnés d'Adrienne Signoret, sa sœur et mère de Raoul. Tous étaient invités « à souper au cabanon » vieille coutume tribale des samedis soirs d'été à laquelle aucun de ses membres n'aurait songé à déroger à moins de raz de marée de magnitude six.

Pendant que *Thérésou* préparait la soupe au pistou en maniant avec énergie dans le mortier de marbre le pilon qui transformerait bientôt les branches de basilic mêlées à l'ail et à l'huile d'olive en une « pommade » odorante qu'elle incorporerait au dernier moment à la soupe servie à peine tiède, le policier songeait au discours d'accueil qu'il réservait à Raoul. La veille, en lançant l'invitation à passer une soirée en famille au cabanon de la Madrague de Montredon, il avait scandé au téléphone, comme un vieil enfant fier de ses exploits : *« J'ai-ga-gné ! j'ai ga-gné ! »* Et il avait raconté comment il avait « accouché » la jeune Agathe, la débarrassant du tas de secrets de famille qui l'empêchaient de s'épanouir.

Ignorant la visite de Raoul à Marie-Louise Castellain, le policier était persuadé d'être arrivé le premier sur la ligne d'arrivée. Il avait donc proposé à son neveu – qui jubilait silencieusement en l'entendant se vanter – de lui expliquer comment on conduit une enquête et comment on s'y prend pour faire passer aux aveux un témoin fragile. Et comme chez Eugène Baruteau le cabotin ne dormait jamais que d'un œil, il s'était fait prier pour confier à un fil téléphonique ces informations inédites qui n'étaient pas encore en possession de la justice. Il en avait déclaré l'embargo jusqu'au samedi soir 20 heures, où elles seraient révélées au reporter impatient devant une soupe au pistou – potage d'été par excellence – sur la terrasse du cabanon familial, face à la Grande Bleue.

C'est pour cette raison qu'au même moment, l'un dans sa chaise longue, l'autre dans le tramway n° 19 en route vers la Madrague, qui chahutait sa tribu dans les courbes de la Pointe-Rouge, l'oncle et le neveu arboraient le même sourire : celui d'un qui prépare une bonne surprise à l'autre.

En apercevant le groupe familial qui descendait vers le cabanon situé en contrebas de la route, Eugène Baruteau s'était extirpé de sa chaise longue et venait au-devant de lui avec un air réjoui. Raoul Signoret, canotier sur la tête, portait un panier d'où dépassaient les cols de deux bouteilles de vin. Le reporter avait déniché chez le caviste de la place de Lenche deux flacons de gigondas, histoire de remettre le pari sur le tapis. Ces dames avaient revêtu une robe claire et légère et Adèle, chapeau de paille sur la tête, en camisole de japonette, courait comme un lapin vers *Tonton Euzène.*

Le policier, tout en embrassant « ses trois femmes » asticota son neveu :

— Alors, monsieur l'enquêteur, on vient à Canossa ! On vient apprendre de la bouche d'un spécialiste tout ce qu'on ignore ? Avoue que sur ce coup-là, tu es battu à plates coutures. J'ai couru plus vite que toi.

L'air de n'en penser pas moins Raoul Signoret fit allégeance :

— Je reconnais ma défaite, mon oncle. Et je compte sur votre magnanimité pour éclairer la lanterne du cancre.

Ne voulant pas être en reste avec cet homme qui lui avait servi de père, le reporter estimait lui devoir cet instant de triomphe teinté de puérilité, au cours duquel devant la famille réunie et attentive, il dévoilerait tous les mystères et distribuerait les rôles aux divers acteurs du drame. Eugène Baruteau adorait ça. Quel acteur il eût fait !

La nuit était tombée et les lumières de la Corniche faisaient une guirlande de Noël avant l'heure, dont la mer, à ses pieds, se plaisait à doubler la féerie.

Comme souvent au bord de l'eau, le soleil couché et la chaleur du jour dissipée l'humidité s'installa et la température chuta rapidement. Sitôt l'apéritif pris, à l'alternative proposée de souper « dedans ou dehors », Raoul et Cécile optèrent sans hésitation pour l'intérieur du cabanon, prétextant la fragilité des bronches d'Adèle.

La famille s'assit autour de la grande table qui occupait une bonne partie de la pièce unique, si on exceptait la soupente où l'on pouvait coucher à deux. La lampe tempête autour de laquelle les phalènes faisaient leur sarabande donnait à la scène une couleur intimiste et chaleureuse.

Le policier se plaça en bout de table afin d'avoir son auditoire au complet sous les yeux et *Thérésou* apporta aussitôt l'énorme soupière embaumant le basilic. Elle contenait le bouillon épais où les haricots blancs et rouges égrenés se mêlaient aux rondelles de pommes de terre, aux écheleurs vert tendre coupés en julienne, et aux gros vermicelles, la tomate donnant sa couleur au mélange, chacun restant libre d'y ajouter le fromage râpé.

Tout en maniant la grande louche avec des gestes d'officiant pour remplir les assiettes que lui tendaient les convives, Eugène Baruteau commença le récit de son Iliade policière.

— Je n'évoquerai que pour mémoire la mort brutale du carrier Botazzi, que nous avions crue un instant liée à l'affaire, mais qui ne l'est que « par personne interposée », si j'ose dire, puisque c'est un attentat perpétré par son rival et subalterne, Leonardo Danbrone, amant de Marinette Botazzi. Une banale affaire d'adultère où on a employé les grands moyens pour se débarrasser d'un mari gênant.

Chacun ayant reçu sa part, Eugène Baruteau plongea sa cuillère dans la soupe, félicita son épouse pour l'équilibre des saveurs et des textures, puis continua :

— Autrement au cœur de notre affaire est l'assassinat de Danbrone, tué par deux voyous stipendiés, sur ordre d'un commanditaire, sous les yeux mêmes de Raoul Signoret, reporter d'élite.

Le policier jeta un coup d'œil ironique à son neveu. Celui-ci en profita pour ramener son oncle aux réalités :

— À propos, vous me devez une paire de moustaches, les deux corps retrouvés en pleine garrigue, près de la route du col Saint-Ange n'étant pas ceux des assassins du carrier.

Le policier prit un air offusqué pour répliquer :

— Toi, tu veux gâcher mon triomphe par de mesquines considérations. Oh, que cela est bas !

— Pardon, pardon, objecta le neveu. Ne venez-vous pas d'appréhender Nonce Rocchesani, alias *U Panciutu* ?

Baruteau parut réticent à lâcher un *oui,* du bout des lèvres.

— Pouvez-vous en expliquer la raison à ces dames ?

— Il a fait exécuter deux jeunes voyous pleins d'avenir.

— Qui étaient ?

— Les membres d'une bande rivale.

— Pour quelle raison ?

Baruteau voyant qu'il ne tromperait pas son neveu lâcha :

— Pour laisser croire qu'ils étaient les assassins du carrier.

— Alors que les véritables tueurs étaient ?

— Des gens de chez lui dont il a facilité la fuite…

Raoul se tourna vers les dames :

— Vous avez bien entendu : les tueurs du carrier ne sont pas les deux hommes dont on a retrouvé les cadavres criblés de balles sur la route entre le Logis-Neuf et Mimet. La moustache de l'oncle Eugène a donc un avenir compromis.

Le journaliste échangea un clin d'œil avec Cécile.

Baruteau, boudeur, se contenta d'affirmer :

— Je ne me laisserai pas déstabiliser.

Il poursuivit, négligeant l'interruption :

— Nous avons pu croire – égarés que nous étions dans les méandres d'une enquête semée de chausse-trapes – que le commanditaire de l'exécution du carrier n'était autre qu'Honoré Castellain en personne, car nous pensions qu'il connaissait l'identité de la morte ensevelie dans le parc de *La Mitidja*, pour avoir été son fossoyeur. Il n'en était rien, nous allons le voir.

Entre deux lampées de soupe au pistou dont quelques gouttelettes jouaient aux stalactites, piégées dans les poils de son ornement pileux, le chef de la Sûreté expliqua :

— Le véritable commanditaire n'était autre que le fils Castellain, Edouard, victime d'un long chantage de la part du carrier Botazzi qui, l'ayant surpris alors qu'il ensevelissait le corps d'une jeune femme dans le parc de la propriété paternelle, exerçait sur lui une intimidation qui durait depuis des années, bientôt relayée par Danbrone, l'amant meurtrier, mis au courant par sa maîtresse Marinette Botazzi. Pour obtenir leur silence, Edouard Castellain avait dû octroyer régulièrement aux deux misérables de l'argent, sous peine de se voir dénoncé. À bout de ressources et de patience, il finit par employer ledit argent à la rémunération de deux voyous chargés de mettre un terme définitif à l'extorsion de fonds en le débarrassant du maître chanteur.

S'adressant plus particulièrement aux dames, Eugène Baruteau ajouta :

— Un jeune journaliste, ici présent, pourrait témoigner de la véracité de mes dires, puisqu'il espionna une empoignade entre le carrier indélicat et sa victime, mais comme il est d'un naturel cachottier, il avait jusqu'à une époque récente caché cette activité coupable à son cher oncle.

Baruteau, mauvais joueur, venait de marquer un point.

Raoul Signoret ne releva pas, mais, l'index et le majeur de la main droite placés en forme de branches de ciseaux sous son nez, il mima l'ablation des poils d'une moustache.

Le policier fut pris d'un fou rire, ce qui ne le dispensa pas de tendre d'un air gourmand son assiette vide vers la soupière et de se resservir copieusement. Il en proposa une à Raoul qui se joignit à lui. Ces dames refusèrent « se réservant pour le dessert ».

— C'est quoi ? C'est quoi ? implora le policier qui n'était pas au courant.

— Des truffes au chocolat, dit Thérèse Baruteau.

Son époux prit un air attendri :

— C'est toi qui les as faites ?

— Qui veux-tu que ce soit ?

— Alors ce seront des merveilles, dit le policier extasié. Pourquoi tu ne me l'as pas dit, ma *Nine*, je me serais préparé à cette bonne nouvelle. Je les adore, tu le sais.

La réplique ne tarda guère :

— C'est parce que je voulais qu'il en reste un peu

pour les autres. Si je t'en avais parlé avant, tu aurais certainement procédé à ce que tu nommes « une vérification de qualité » à ton seul profit.

Elle ajouta à l'intention des autres convives :

— Monsieur se prend pour un inspecteur des fraudes. Il goûte au fur et à mesure. En conséquence, j'ai opté pour une fabrication clandestine à la maison, tenue secrète jusqu'à ce soir. Même le transport n'a pas été repéré !

Tout le monde s'esclaffa. Baruteau le premier. Le calme revenu, il poursuivit le récit de ses révélations qui jusqu'ici n'avaient guère étonné Raoul qui les savait par cœur. Le reporter jouait pourtant à l'auditeur appliqué.

— Voilà donc le volet chantage de l'affaire évacué. Mais…

Ici, le policier suspendit un bref instant sa parole, comme le font les conteurs d'élite, afin de renforcer l'attention de l'auditoire. Puis il reprit :

— Nous voilà donc en présence d'un fils de famille qui se conduit sous l'effet de la crainte comme un voyou en faisant révolveriser son prochain. C'est déjà grave, mais ce n'est pas la seule faute capitale commise par ce garçon très perturbé. Voici dix ans, il avait tué de ses propres mains une jeune femme, l'avait enterrée dans le parc de la propriété familiale et avait tenté maladroitement de faire disparaître ses restes. Ce garçon avait perdu le sens commun pour plusieurs raisons, dont nous retiendrons les deux plus importantes : il était infirme de la main gauche, ce qui lui aura procuré suffisamment de complexes pour qu'il rate sa vie, bien qu'il fût né avec une cuillère d'argent dans la bouche. D'autre part – et en relation avec ce ratage physique et moral – il était devenu le souffre-douleur de son père qui se conduisait envers lui avec une brutalité et un mépris sans nom. Si bien que le malheureux garçon avait trouvé dans l'amour maternel un refuge qui avait développé chez cette nature tourmentée un attachement exclusif et excessif à Marie-Louise Castellain. Pour faire court, Edouard Castellain aura voulu à la fois se venger de son père et venger sa mère. C'était au-dessus de ses capacités. Nous allons le voir.

Un *bada*[1] de soupe ne fut pas jugé de trop avant que le policier ne continue :

— Il faut dire à celles qui ignorent les arcanes relationnels de ce nœud de vipères qu'est la famille Castellain, que le *pater familias*, Honoré, être violent, emporté, volontiers cruel, impitoyable en affaires pas toujours claires, est aussi, pour ne rien arranger un débauché, un viveur. Son inconduite était notoire dans Marseille et ailleurs. Il traitait sa famille comme le reste de ses subalternes. Mal. Le couple n'en était plus un que devant l'état civil et la séparation de corps n'était qu'un secret de Polichinelle. C'eût été tolérable – tant de famille respectables s'en accommodent ! –si le noceur n'avait pas fait des heures supplémentaires au foyer conjugal même.

Thérèse Baruteau et Adrienne Signoret manifestèrent leur réprobation morale par un double *oooooohhh !* outré. Le silence revenu, le policier ajouta :

— Il y a des détails que je ne puis fournir devant de chastes oreilles ici présentes, mais Raoul et moi avons eu confirmation de cette existence dissolue en visitant à l'improviste le repaire du galant négociant, installé sous le toit même de son hôtel particulier, à

1. Supplément.

quelques encablures de la chambre conjugale désertée. Il y ramenait là des filles publiques avec lesquelles il se livrait à ses distractions favorites sans souci des bavardages des domestiques et de la réputation qui était la sienne dans les milieux d'affaires où l'on se connaît pour appartenir à la même classe sociale, se fréquenter régulièrement et souvent partager les mêmes mœurs dissolues.

Eugène Baruteau – conscient d'avoir abordé là un sujet réservé « aux grandes personnes » – jeta un bref coup d'œil à sa petite-nièce. Celle-ci, les yeux dans son assiette vide, était l'image même de l'innocence, incapable d'imaginer ce que pouvait être un débauché. Elle avait l'air absent mais n'en perdait pas une miette, afin d'alimenter dès le lendemain les conversations de cour de récréation. Adèle avait acquis une belle réputation de conteuse hors pair auprès de ses camarades d'école.

Rassuré à bon compte, le policier poursuivit :

— Tout cela avait peu à peu fait naître chez Edouard Castellain un ressentiment envers son père qui se transformera bientôt en haine farouche. S'instituant défenseur de l'honneur maternel, il en vint à échafauder des plans propres à nuire à ce géniteur sans entrailles, d'autant plus qu'il constatait la souffrance muette et digne d'une mère qu'il adorait.

— Ouh, comme il cause bien ! dit Thérèse Baruteau se fichant ouvertement de son époux. Celui-ci – tout à son rôle d'aède – négligea la pique en poursuivant :

— Edouard Castellain cherchait le moyen de la venger de façon mémorable, mais le pauvre garçon manquait d'envergure aussi dans ce domaine-là. Infirme, complexé, sans grands moyens intellectuels, il macérait dans cette ambiance moralement débilitante, quand un événement particulièrement odieux se produisit lors du prétendu décès de sa tante Marthe. Nous savons que celle-ci, victime d'un grave malaise, avait été tenue pour morte par le reste de la famille, après la fausse déclaration d'Honoré Castellain. Nous savons aussi que plusieurs jours s'écoulèrent entre l'annonce du trépas et les funérailles officielles. Cette période – généralement consacrée au recueillement familial – n'interrompit pas les activités extraconjugales du négociant. Au mépris du plus élémentaire savoir-vivre, il ramena au logis une de ces créatures dont il faisait son ordinaire. Il ne s'en cacha même pas. Pour Edouard, ce fut la goutte d'eau tant espérée : celle qui fait déborder le vase. Il passa à l'action.

Un coup d'œil circulaire du policier le rassura : l'assistance était suspendue à ses propos.

— Il se trouve qu'ayant par force et nécessité fréquenté la même maison accueillante de la rue Venture que son père, Edouard connaissait ladite créature. Cela lui donna la mauvaise idée d'aller trouver cette fille et de lui proposer une – comment dire ? – (nouveau coup d'œil à Adèle) comprenez-moi à demi-mot, « soirée » au cours de laquelle, l'ayant amenée à Saint-Julien, il l'estourbit pour de bon.

Nouvelle réaction horrifiée de ces dames.

— Si vous voulez mon avis, dit Baruteau, en tuant cette pauvre fille Edouard Castellain tuait son père par procuration. Elle avait joué son rôle dans le déshonneur familial, mais par son geste, c'est Honoré qu'il visait. Je passe sur les détails, mais Raoul a dû vous dire la suite : l'enterrement à la sauvette dans le parc, auquel assista le carrier Botazzi intrigué par l'attitude du fils Castellain et le chantage dont je viens de vous parler.

Thérésou, qui avait débarrassé la table pendant que

son époux pérorait, revint de la soupente en portant une pyramide de truffes au chocolat qui arrachèrent à son gourmand époux un barrissement d'enthousiasme. Avant même que la coupe qui contenait ces merveilles n'atteigne la table Baruteau en avait happé une au passage.

Un coup d'œil conjugal le figea sur place. D'un air de gamin pris la main dans le pot de confiture, il dit :

— C'est plus fort que moi. Tu sais bien que je les adore.

Thérèse Baruteau ne se laissa pas attendrir.

— Je me demande ce que tu n'adores pas, du moment que ça se mange. Je te jure ! C'est un exemple à donner à la petite !...

Le chef de la Sûreté marseillaise vint au secours de l'oncle Eugène. Il reprit son récit, mettant l'incident entre parenthèses :

— À partir de ce moment, les deux camps s'observent en chiens de faïence, chacun ignorant une chose que l'autre sait. Edouard ignore que sa tante Marthe n'est pas morte, mais soustraite au monde des vivants par son père qui l'a placée sous une fausse identité dans une maison de santé avec la complicité de son directeur. Honoré ignore que les restes de la fille publique gisent dans le parc de sa propriété de Saint-Julien. Quand, sur dénonciation anonyme, on les exhume, il dit donc la vérité en prétendant ne pas savoir de qui et de quoi il s'agit. Pourtant, nous ne le croyons guère à l'époque.

La distribution de truffes commença. Grand seigneur, Baruteau sauta un tour.

— Est-ce cela qui a donné l'idée au malheureux Edouard d'orienter les enquêteurs sur la piste d'un père coupable auquel il ferait endosser son propre forfait ? Lui seul aurait pu nous le dire. Malheureusement, vous savez comment il finit, quand nous jouâmes aux Castellain la comédie du faux fantôme. Voyant son père n'être pas dupe, car il avait des raisons de savoir que le spectre ne pouvait pas être celui de sa sœur, Edouard a dû penser que le lamentable stratagème dans lequel il avait tenté d'entraîner Raoul lors des séances spirites truquées allait se retourner contre lui, attirer les enquêteurs sur ses agissements. Il a préféré se donner la mort. Je persiste à penser qu'outre la panique momentanée, ce malheureux garçon ne tenait pas beaucoup à une vie sans espoir. Il aura saisi là l'occasion d'y mettre fin.

Deux nouvelles tournées de truffes permirent à Baruteau de faire une pause. Le tas diminuait et cette constatation remplissait les yeux du policier de mélancolie. Raoul Signoret en profita pour poser les questions dont il n'avait pas encore les réponses.

— Agathe Castellain vous a-t-elle donné des détails sur le rôle qu'elle a – ou qu'on lui a fait – jouer ?

— C'est elle qui nous a renseignés sur la culpabilité de son frère. Edouard s'était confié à elle un jour de désespoir. Mais la pauvrette n'aura été qu'un instrument dans cette farce sinistre, répondit le policier. *ON* lui a fait écrire les lettres sous hypnose. Peut-être n'en a-t-elle jamais eu conscience.

S'adressant plus particulièrement à sa femme et à sa sœur, le policier expliqua :

— A notre grande surprise nous avons donc appris que la pieuse Marie-Louise Castellain, pour se consoler d'une vie conjugale désastreuse ne se contentait pas des patenôtres et de l'eau bénite. Elle s'était toquée de spiritisme, après avoir rencontré le médium-escroc Ferdinand Pelabon, dit Stanislas de Jodko, lors d'une soirée mondaine chez un négociant associé de son mari. Elle commença à organiser des séances à son propre domicile, auxquelles d'ailleurs, quand il était là, ne dédaignait pas de participer son époux. Le spiritisme n'est-il pas devenu la distraction mondaine favorite de la bourgeoisie ? Questionner les morts devait consoler la pauvre femme de la cruauté des vivants. Et Jodko, qui y trouvait son compte, n'était pas le dernier à l'y encourager, en arrangeant les réponses des esprits en fonction de ce qu'attendaient les participants. Est-ce cette constatation qui aura poussé Edouard à organiser avec la complicité de l'escroc les séances auxquelles Raoul et Cécile furent conviés ? En tout cas, le plan, pour saugrenu qu'il soit, est clair : il devait amener Cécile et Raoul, à croire, grâce à d'opportunes « apparitions », à la culpabilité d'Honoré Castellain dans la mort de sa sœur au moment de l'héritage. Les seules questions auxquelles je ne puis répondre pour l'instant sont celles-ci : Mme Castellain était-elle au courant ? A-t-elle pris une part active aux séances où Agathe, inconsciente, a écrit ses lettres ? Ou bien a-t-elle aussi été dupée par son fils et Jodko ? Je compte faire interroger cette femme quand elle sera remise.

Raoul Signoret, pour avoir reçu la confession de Marie-Louise Castellain, connaissait les réponses. Mais il s'abstint de s'en vanter afin de ne pas casser le beau jouet policier de son oncle. Au contraire, il posa d'autres questions sur le ton d'un qui veut s'instruire.

— Honoré Castellain persiste-t-il à jouer les amnésiques ?

— Hier matin, répondit Baruteau nous l'avons aidé à retrouver une partie de sa tête en organisant un transport de sa malheureuse sœur que nous lui avons mise sous le nez. Ce qui lui a causé un choc salutaire.

Il ne devrait pas tarder à nous faire des aveux complets. Ça va faire cher : séquestration arbitraire, abus de faiblesse, détournement d'héritage, sans parler de sa tentative de meurtre sur le phénix du journalisme marseillais… Il n'est pas sorti de l'auberge.

Raoul insista :

— Un besoin d'explication me turlupine, mon oncle. Comment Edouard, qui a tué une fille de vingt-vingt-cinq ans, a-t-il pu espérer pouvoir se venger de son père en provoquant l'exhumation d'un squelette qu'il savait être celui d'une jeune femme et vouloir le faire passer pour celui de sa tante ?

Baruteau avait l'explication :

— Il ne faut pas perdre de vue que le fils Castellain est persuadé au moment où il décide de refiler le squelette à son père – si je puis dire – que sa tante est morte depuis le partage de l'héritage et que son père est l'assassin. Mais le crime a des chances de rester impuni. Il n'en supporte plus l'idée. Lui, il en a un de cadavre, à portée de pioche. D'où l'idée de provoquer son exhumation par une lettre. Ça fera les pieds à son salaud de père. Mais…

Baruteau se pencha vers son neveu pour mieux assener :

— Mais à ce moment-là Edouard Castellain est persuadé qu'on *ne va sortir de terre que des restes rendus inidentifiables par la chaux vive dans laquelle il les a lui-même noyés.* Il est certain qu'on ne pourra jamais établir s'il s'agit d'une jeunette ou d'une mémé. Fatale erreur ! Qui lui aura coûté cher. S'il avait mis assez d'eau dans sa chaux, nous ne serions pas là ce soir à fêter notre triomphe avec ces succulentes truffes.

La nouvelle tournée n'en laissa que deux, perdues au milieu du grand plat vide, comme deux yeux noirs aguichant le chef de la Sûreté marseillaise. Il n'y en avait plus pour chacun et le policier n'osait pas revendiquer le privilège de les achever. Ah, il faisait peine à voir, le commissaire divisionnaire Baruteau !

Pour apaiser son martyre, le policier s'apprêtait à se lancer dans une péroraison propre à assurer son avantage sur Raoul, quand deux coups violents ébranlèrent la porte du cabanon.

Le silence se fit. Chacun consulta les autres du regard.

— Vous attendiez quelqu'un ? demanda Baruteau à Cécile et Raoul.

— Non, répondirent-ils en chœur.

— Nous non plus.

Le reporter se leva pour aller ouvrir. À peine avait-il entrouvert le battant qu'il poussa un long cri d'horreur, semblable à celui de Leporello croisant l'ombre du Commandeur au dernier acte du *Don Giovanni* de Mozart.

Baruteau, devenu blême, se leva à demi.

Raoul recula, s'écarta et le policier distingua, émergeant de l'ombre de la nuit un squelette grimaçant enveloppé d'un linceul, véritable allégorie de la Mort. Le spectre avançait lentement dans la lumière. Sa mâchoire ricanante claquait d'atroce façon et l'on put voir qu'en lieu et place de la longue faux attendue, cette Mort grimaçante brandissait une grande paire de ciseaux comme en ont les *chiapacans*[1] en Provence. Le revenant en faisait tinter les branches de façon asynchrone avec ses dents.

S'il n'avait pas été saisi par cette apparition d'outre-tombe, Eugène Baruteau eût remarqué que loin d'être

1. Tondeurs de chiens.

saisies d'épouvante et de pousser les cris d'effroi attendus – Adèle en particulier – ces dames paraissaient amusées, voire au bord du fou rire.

Une voix sépulcrale prononça ces terribles paroles :

— L'heure du châtiment a sonné, Eugène Baruteau !

Et la paire de ciseaux fut prise d'une sorte de possession. Elle vint virevolter autour du visage du policier, claquant comme les maxillaires d'un saurien.

La voix sépulcrale cria :

— Ta moustache vit ses derniers instants !

Le chef de la Sûreté marseillaise, retrouvant ses esprits se rassit et lança goguenard à l'apparition :

— Quel couillon, ce Savournin !... Enlève ton masque, *Satanas,* je t'ai reconnu !

Un éclat de rire général – auquel le fantôme se joignit de toutes ses dents – accompagna cette dernière réplique.

Alors, tandis que chacun essuyait sur ses joues avec sa serviette les larmes de rire, Raoul Signoret, qui regardait son oncle à cet instant, le vit faire une chose dont il ne l'aurait pas cru capable.

D'un geste d'une rapidité confondante, Eugène Baruteau rafla les deux truffes orphelines et les engloutit avant que quiconque ait pu réagir.

La tablée hua le gourmand en un chœur unanime.

— Tu aurais pu au moins laisser les dernières à ton ami, le gronda très « grande sœur », Adrienne Signoret. Quel égoïste tu fais !

— J'avais prévu le coup, intervint la voix de Thérèse Baruteau qui s'était éclipsée à la faveur de l'entrée en scène du fantôme et revenait portant une tarte aux abricots de la taille d'une roue de brouette, toute luisante sous sa gelée.

Un barrissement d'enthousiasme sortit de la gorge du policier, saluant l'apparition.

Avec un clin d'œil à Victor Savournin, qui se débarrassait de son suaire, *Thérésou* posa devant lui la tarte odorante et expliqua, désignant son époux :

— En faisant saliver cet ogre sur mes truffes, j'ai pu sauver la tarte afin qu'elle attende votre arrivée.

— C'est ce qu'il fallait faire, approuva l'illusionniste : « Détournement d'attention et vitesse d'exécution ». C'est la base de notre art et la garantie d'un numéro réussi !

— Alors je ne suis pas venue pour rien ! lança une petite voix venant de l'extérieur.

Simone Savournin, saluant la tablée, fit son entrée, tenant dans ses bras quatre bouteilles de clairette qui firent l'objet d'une ovation prolongée, avant que n'éclatent les premiers bouchons.

Du même auteur :

Romans

La Poisse (NEB, 1981), réédité sous le titre *Pris au piège*, Autres temps, 2002 (Grand prix Cognac, 1992).

Comme un cheval fourbu, Belfond, 1984.

Un jour tu verras, Belfond, 1987.

La Cathédrale engloutie, Grasset, 1992.

Pris au piège, Autres temps, 2001.

L'Énigme de La Blancarde, Lattès, 2002 (Prix Paul Féval de la Société des Gens de Lettres, 2003).

La Faute de l'abbé Richaud, Lattès, 2003 (Prix Jean-Toussaint Samat de l'Académie de Marseille).

Le Secret du docteur Danglars, Lattès, 2004.

Double crime dans la rue Bleue, Lattès, 2005.

Le Spectre de la rue Saint-Jacques, Lattès, prix du Carré des écrivains marseillais, 2006.

Les Diaboliques de Maldormé, Lattès, 2007.

Le Guet-apens de Piscatoris, Lattès, 2008.

Le Vampire de la rue des Pistoles, Lattès, 2009.

L'Inconnu du Grand Hôtel, Lattès, 2010.

La Somnambule de la Villa aux Loups, Lattès, 2011.

La Vengeance du Roi-Soleil, Lattès, 2013.

Rendez-vous au Moulin du Diable, Lattès, 2014.

L'Affaire de la Soubeyranne, Lattès, 2015.

Nouvelles

Suite provençale, La Table Ronde, 1996.
Les Raisins à l'eau-de-vie, Après la lune, 2006.

Chroniques

Ça s'est passé à Marseille, 5 volumes, Autres temps, 1992-1998 (Grand prix littéraire de Provence).

Histoire

Et Marseille fut libéré, Autres Temps, 1994.
Marseille, 2 600 ans d'histoire (avec Roger Duchêne), Fayard, 1999.
Parle-moi de Marseille, Autres Temps, 1999.
Marseille de la Belle Époque, Autres Temps, 2005.
Marseille des faits divers, Autres Temps, 2005.
Le Vieux-Port : histoires et légendes. Autres Temps, 2007.
La Ville des tempêtes, HC éditions, 2016.

PAPIER À BASE DE FIBRES CERTIFIÉES

Le Livre de Poche s'engage pour l'environnement en réduisant l'empreinte carbone de ses livres. Celle de cet exemplaire est de :
750 g éq. CO_2
Rendez-vous sur www.livredepoche-durable.fr

Imprimé en France par CPI
en janvier 2017
N° d'impression : 2027295
Dépôt légal 1re publication : octobre 2008
Édition 04 - janvier 2017
LIBRAIRIE GÉNÉRALE FRANÇAISE
21, rue du Montparnasse - 75298 Paris Cedex 06

31/2056/5